Speelveld van de dood

HETTY KLEINLOOG

Speelveld van de dood

Thriller

uitgeverij marmer

Je gaat het pas zien als je het doorhebt.

(Johan Cruijff)

1

Hoe is het mogelijk, 2-1 achterstaan tegen Feyenoord in de Johan Cruijff ArenA. Het is de zesenzeventigste minuut van de klassieker. Ruben Kauffmann beseft dat het er somber uitziet. Het zweet staat op zijn rug. Zijn keel voelt aan als schuurpapier door het schreeuwen naar de doofblinde scheids, naar de keeper van de tegenstander die tergend lang de bal laat stuiteren, naar een aanvaller die niet ziet dat de rechtsbuiten vrijstaat.

'Naar voren!' coacht Ruben de spelers, die hem niet kunnen verstaan, dat weet hij ook wel. 'Over de flanken!'

Ook voetbalmattie Lex, rechts van hem, op de stoel naast de trap in vak 403, is tot het uiterste gespannen. Lex neemt snel een slok bier. Zijn jack heeft hij al uitgedaan. Het ligt als een prop bij zijn voeten. Ook zijn T-shirt is nat van het zweet. De in spijkerbroek gestoken benen wippen op en neer en blond, halflang haar plakt op zijn voorhoofd. Bij elke kans of overtreding schiet hij overeind. En als de arbiter een schwalbe onbestraft laat, brult hij: 'Die vent is corrupt. Zo spelen we tegen twaalf man. Dood moet-ie. Dood.'

'Klotezooi', beaamt Ruben.

Naar deze wedstrijd hebben ze reikhalzend uitgekeken. Al lijkt de winst nu ver weg, Ruben heeft de hoop niet opgegeven. In de twaalf jaar dat hij fanatiek Ajax-supporter is, heeft hij wonderlijkere dingen zien gebeuren. Ajacieden heten niet voor niets godenzonen.

Een lange bal vanuit het midden wordt op de borst aangenomen door de linksbuiten van Ajax, die razendsnel countert. Ruben en Lex buigen naar voren, brullen en zwaaien met hun armen om de aanvaller aan te moedigen. 'Door, dóór, dóór!' Een Feyenoordspeler sprint achter de linksbuiten aan. Zonder bal ben je sneller dan met de bal aan de voet. De keeper zet zich schrap, knieën gebogen, armen wijd, blik gefocust, aarzelend of hij uit moet komen. De Ajacied is nu in het strafschopgebied. Hij wil uithalen, als hij door de verdediger wordt ingehaald en getackeld. Hij kwakt tegen de grond, rolt door en grijpt schreeuwend naar zijn enkel.

Ruben en Lex veren overeind.

'Penalty!' roept Ruben.

'Rood!!' loeit Lex.

De scheidsrechter wijst naar de stip. Het hele stadion juicht. Ruben legt zijn hand op zijn hart en prevelt een schietgebedje. Vijfenvijftigduizend supporters schreeuwen de longen uit hun lijf.

Op het veld wordt overlegd wie deze belangrijke strafschop mag nemen. Een jonge debutant vouwt zijn handen in een bidgebaar richting de trainer, langs de zijlijn. Na een kennelijke goedkeuring steekt hij verheugd zijn duim op, pakt de bal, legt die neer en doet een paar stappen achteruit. Hij tuurt naar het doel, naar de keeper. De ArenA zindert van samengebalde spanning als de speler een aanloop neemt. Vlak voor hij de bal raakt, lijkt hij even te bevriezen, daarna schopt hij hem strak in de rechterbovenhoek.

'Goal!' Ruben is uitzinnig. In het stadion barst een hels tumult los. Het geluid van toeters en knallend vuurwerk weerkaatst op de tribunes. Ruben wordt omhelsd door iemand links van hem en van achteren krijgt hij een tik tegen zijn hoofd. Hij gaat op in de euforie. Op het veld wordt de debutant omhelsd, zijn medespelers slaan hem op de rug en woelen door zijn haren. We hebben zeven minuten, beseft Ruben, misschien een paar minuten blessuretijd – het moet kunnen om nog een keer te scoren. Lachend draait hij zich om naar Lex. 'Als we...'

De plaats van zijn voetbalmaatje is leeg. Het stoeltje is dichtgeklapt, zijn jack ligt eronder. Ruben kijkt omhoog, naar de trap en de uitgang. Geen Lex.

Wat een slecht moment om te gaan pissen.

Slecht moment? Een onmogelijk moment. Niks voor Lex om te gaan plassen tijdens de klassieker, al helemaal niet met zeven minuten te gaan en één doelpunt verwijderd van winst. Hij pist nog liever in zijn broek.

Hij draait zich om naar achteren, naar Slimme Sol en diens zoon, die seizoenplaatsen achter Lex en Ruben hebben en ook vandaag flink tegen hun schouders aan schoppen.

'Sol!' roept hij. 'Heb jij Lex weg zien gaan?'

Sol houdt zijn hand achter zijn oor.

'Lex?!' Ruben wijst naar de lege plaats en maakt een vragend gebaar.

Sol haalt zijn schouders op.

Met één oog op het veld pakt Ruben zijn mobiel en stuurt Lex een appje: *WAAR BEN JE???* Een ping klinkt vanonder de stoel. Ruben pakt het jackie van Lex en voelt: Lex' nieuwe mobiel zit in zijn zak. Hij klapt hem open, staart naar de beveiligingscode, klapt hem weer dicht en stopt hem ter bescherming in zijn eigen binnenzak.

De laatste minuten zijn bloedstollend. Feyenoord schiet nog een keer op de paal, en een van hun verdedigers blijft na een tikje van een Ajax-aanvaller irritant lang liggen, staat dan moeizaam op, strompelt en rent vervolgens door alsof er niets gebeurd is. De Ajacieden weten in de laatste minuut met een fantastische omhaal, nota bene van de centrumverdediger, een fabelachtig doelpunt te maken. Ruben juicht, maar voelt ook een beklemming in zijn borst. Terwijl *Bloed, zweet en tranen* van Hazes door de speakers schalt, baant hij zich met het jackie van zijn maat een weg naar de uitgang. Bij elke stap speurt hij om zich heen. Waar is Lex?

2

Lisa Kauffmann föhnt haar volle bos bruine krullen. Haar lichaam is in een handdoek gewikkeld. De deur van de badkamer staat open. Om de zoveel seconden zet ze het apparaat uit, steekt haar hoofd om de hoek van de badkamer en spitst haar oren. Als ze hoort dat het nog stil is, zet ze de föhn weer aan en vervolgt haar ochtendritueel. Alhoewel, ritueel... zo is het niet echt meer te noemen. Sinds vier weken probeert ze zich een nieuw ritme aan te leren. Een ritueel in wording, dat is het. Met de 'r' van rust, reinheid en regelmaat. En van ritueel dus. Ze ruimt de föhn op en bekijkt zichzelf in de spiegel, van top tot teen. Sinds ze samenwoont met Eric, inmiddels alweer ruim een half jaar, is ze aangekomen. Ontbijten, lunchen, dineren en snacken is een stuk gezelliger met haar bourgondische geliefde dan alleen. Voorbij is de tijd van een haastige salade of een maaltijd overslaan. Als dokter, vader en haar partner vindt Eric gezond eten belangrijk, zeker als zijn kinderen de helft van de week bij hem zijn.

Ze laat de handdoek een eindje zakken en bekijkt haar buik. De buik die eerst zwanger was en toen niet meer. Met haar vingertoppen betast ze het litteken, een rode krater in de zachte, melkwitte huid, overblijfsel van het schot in haar buik dat een einde maakte aan de ongeboren liefdesbaby van Eric en haar. In haar poging haar tweelingzus Kat te bevrijden van een geflipte fan, die in haar zus een soort reïncarnatie van Van Gogh zag en eerst haar oor af wilde snijden, en haar vervolgens van het leven wilde beroven, werd ze door een kogel in haar buik geraakt. Ze zweefde daarna een tijdlang op het randje van de dood, en overleefde het, godzijdank. Onbeschrijfelijk was de slag toen de arts haar vertelde dat de baby het niet gered had en de kans dat zij ooit nog zwanger zou kunnen worden praktisch nihil was.

Een kraaiend geluid doet haar opschrikken uit haar gedachten en ze grist haastig een badjas van de haak. Vervolgens knalt ze met een schouder tegen de douchedeur, glijdt uit op de natte badkamervloer en stoot haar teen hard tegen de deurpost. Met een van pijn vertrokken gezicht strompelt ze zo snel ze kan naar het eind van de gang en vliegt het kamertje in waar... Eric met Hannah in zijn armen staat. Hij drukt de vier weken oude baby tegen zich aan en ondersteunt vertederd haar hoofdje. Een muziekmobiel tingelt het Wiegenlied van Brahms. Eric legt een vinger op zijn lippen.

'Is ze wakker?' fluistert Lisa.

De oogjes zijn gesloten, het meisje ademt rustig, veilig met haar wang tegen papa's borst.

'Een krampje', zegt Eric. 'Onze prinses is alweer in dromenland.'

'Geef haar maar.' Lisa steekt haar handen uit. 'Ze moet verschoond worden. En de fles krijgen.'

'Maartje is er zo', zegt Eric. 'Die doet dat met liefde.' Hij kijkt haar onderzoekend aan. 'Je ziet er uitgeput uit, schat. Die gebroken nachten nekken je. Waarom neem je niet een paar weken ouderschapsverlof?'

'Daar ben ik niet voor verzekerd.'

'Gewoon vrij dan?'

'Mijn hormonen zijn niet op hol en mijn borsten lekken niet, zoals je weet. Dus werk en moederschap kunnen uitstekend gecombineerd worden.'

'Weleens van "emoties" gehoord? Van "babyblues" of "wennen"?'

Ze negeert zijn vraag en reikt dwingender naar Hannah. Eric geeft het minimensje voorzichtig over, Lisa drukt een kus op het donshaar en snuift. Hannah is beslist de allermooiste, allerlekkerst ruikende baby op aarde. Ze loopt in de richting van de commode, maar vlak ervoor aarzelt ze. Als Hannah nu verschoond wordt, wordt ze wakker. Dan kan Lisa pas later naar haar werk en dat terwijl ze met de afronding van een zaak bezig is en de opdrachtgever dringend op een rapport zit te wachten. Vertwijfeld kijkt ze naar haar dochter.

Zonder iets te zeggen neemt Eric Hannah weer van haar over, legt haar in de wieg, doet een wollen dekentje half over haar heen en trekt aan het koord van de muziekmobiel. Het Wiegenlied klinkt opnieuw. Lisa glimlacht. Eric heeft ervaring met baby's. Een betere vader dan Eric kan Hannah zich niet wensen.

Ze slaat haar armen om zijn middel. Samen bekijken ze hun wereldwonder.

'Heeft Kat iets laten horen?' vraagt Eric.

Lisa schudt haar hoofd. Ze heeft haar zus gisteren tevergeefs gebeld en geappt. De foto's van Hannah die ze gestuurd heeft, zijn nog steeds niet bekeken.

'Moeten we niet...?' vraagt Eric.

'Laat haar maar even.'

'Ze mist veel.'

'Dat weet ze.'

De laatste tonen van Brahms klinken. Hannah is in diepe slaap. Met de rugkant van haar vinger streelt Lisa het perzikwangetje.

'Kom', zegt Eric.

Op de gang is ze in tweestrijd. Ze wil thuisblijven, ze wil naar haar werk – geit, kool, geit, kool. Ze moet het bedrijf gaande houden, zeker nu Kat nauwelijks functioneert. Maar ze wil ook de beste moeder van de wereld zijn. De afgelopen maanden heeft ze alle denkbare boeken over ouderschap verslonden, van Penelope Leach tot *Onvoorwaardelijk ouderschap*, van *Happy kids* tot *De zeven stappen naar succesvol ouderschap*. Als Lisa iets niet perfect kan doen, is ze doodongelukkig. Haar stiefmoeder daarentegen, die vandaag voor het eerst op Hannah komt passen, is verre van perfect. Maartje is lief, creatief, geestig, maar ook chaotisch en een rommelkont. Deugt het wel om een vier weken oude baby – bovendien een maand te vroeg geboren – aan een type als Maartje over te laten? En haar drie hele dagen in de week op te laten passen? Krijgt Hannah op deze manier geen hechtingsproblemen? En weet Maartje wel wat een baby nodig heeft? Ze heeft zelf nooit een kind gehad.

Ze spreekt haar twijfels uit. Eric grinnikt.

'Ik denk dat we dat gerust aan Maartje en je vader over kunnen laten. Toen Hannah net geboren was, waren ze op slag verliefd.'

'Ja, maar...'

'Loslaten, schatje – dat begint al bij de geboorte.'

Loslaten: van het woord alleen al draait haar maag om. Een leven zonder Hannah is nu al niet meer denkbaar. En toch komt misschien ooit de dag dat ze haar zal moeten afstaan. Met Kat is niets zeker. Als haar zus zich bedenkt bijvoorbeeld en haar dochter op komt halen. De beloofde intentie tot adoptie heeft ze nog niet getekend en ze negeert alle berichten.

Eric neemt Lisa in zijn armen. 'Hannah heeft geluk met een moeder als jij', fluistert hij liefdevol in haar oor. 'En ik met een vrouw als jij.'

Lisa vermant zich en maakt zich los. 'Ik moet rennen. Over vijf kwartier heb ik een *call*.'

Het kantoor van Kauffmann & Kauffmann Bedrijfsrecherche, op de eerste verdieping van Singel 54, ligt aan een zonovergoten Amsterdamse gracht, vlak bij het centraal station, met uitzicht op trap- en klokgevels, panden met roodverlichte ramen en vaak gesloten gordijnen, en daarachter de koepel van de Koepelkerk. Het is mei en in deze maand zijn de bomen langs het water op hun mooist, met frisgroene bladeren. De zon schijnt er hier en daar doorheen en creëert vlekkerige schaduwen op het wegdek.

Lisa zet haar fiets vast in een rek aan de waterkant. Een politieagent op een elektrische motor rijdt langs. Hoewel ze door zijn helm niet kan zien wie het is, groet ze nog altijd – een collegiale gewoonte die ze heeft overgehouden uit haar tijd bij de politie. Vervolgens steekt ze over en loopt naar het pand waar het koperen naamplaatje van Kauffmann & Kauffmann Bedrijfsrecherche haar tegemoet glimt. Voor ze de sleutel in het slot steekt, appt ze Maartje: *Ben je er al? Alles goed?* Dan betreedt ze het pand, bestijgt de trap en blijft voor de deur van hun kantoor staan. Sinds ze moeder is, moet ze vanbinnen een knop omdraaien om zich op het werk te kunnen richten. Meer dan een knop, het voelt als het omdraaien van een sleutel in een middeleeuws, roestig slot.

Hannah kwam eerder dan verwacht. Op het moment dat Lisa op een scholengemeenschap een zaak aan het oplossen was – de directeur van de school werd verdacht van fraude – kreeg zij het telefoontje. Dat Kats vliezen gebroken waren. Dat ze onmiddellijk naar OLVG West moest komen. Dat het moment aangebroken was om haar dochter in ontvangst te nemen.

Kat, haar twaalf minuten jongere tweelingzus, ex-verslaafd aan onder andere cocaïne en alcohol – waaraan niet eigenlijk –, met een lijf zo graatmager dat je geen röntgenfoto nodig had om er dwars doorheen te kijken. Ondanks een jarenlang lamgelegd seksleven en de menstruatiecyclus van een mummie, was Kat zwanger geworden door een onenightstand met ene Zev, een Israëlische toerist, die als Lisa haar zus moest geloven in de flowerpower-jarenzestig was blijven steken en vrije liefde hoog en condoomgebruik laag in zijn vaandel had staan. Toen de zwangerschapstest geen enkele ruimte voor twijfel liet, had Kat haar gebeld. 'Ik heb een kind voor je', had ze plompverloren gezegd. Lisa had het absurd gevonden. Natuurlijk, door dat schot in haar buik was het voor haar zo goed als onmogelijk om nog zwanger te worden. Maar was dat een reden om je kind aan je zus af te staan? Kat voelt zich schuldig door wat Lisa overkomen is, en dat is wellicht terecht, maar Kat voelt zich *altíjd* schuldig, en dus ook tegenover het kind dat ze in haar wankele leven niet genoeg zou kunnen bieden. Avonden-, nachtenlang heeft Lisa op Kat ingepraat om haar ervan te overtuigen het kind te houden. Ze zou haar zoveel mogelijk bijstaan, ze zouden het samen doen, met hulp van Eric, papa, Maartje, eventueel met Kats beste vriendin Odette: niets was onmogelijk. Kat was echter stellig. Ze zette Lisa voor een dilemma: of jij neemt het en dan maak ik de adoptie in orde, of ik laat het aborteren. Dat was natuurlijk geen eerlijke keus. Lisa beloofde Kats baby te adopteren, samen met Eric. Op voorwaarde dat haar zus officieel afstand zou doen en daar niet meer op terug zou komen. Na de bevalling vroeg Lisa of Kat het goedvond dat het meisje de naam Hannah zou krijgen, naar hun overleden moeder Janna, die voluit Johanna Maria heette. 'Dat is aan jullie', had Kat geantwoord en ze had haar hoofd afgewend.

Lisa en Eric waren in het ziekenhuis gebleven, Hannah was wat geel en werd een paar dagen ter observatie gehouden. Kat wilde de baby niet zien en hield zich na haar ontslag onbereikbaar. Berichten en foto's bleven onbeantwoord. Het leek alsof Kat zichzelf ergens voor wilde straffen, een deur achter zich gesloten had, alsof ze samen met het kind alle gevoel uit zich had geperst. Lisa wist dat die onverschilligheid schijn was, ze kende haar zusje: als er iemand een gevoelsmens was, dan was Kat dat wel. Zo'n emotioneel verdoofde periode had ze vaker gehad en dan moesten ze haar met rust laten; haar zus veerde altijd vanzelf weer overeind, als een... als een kat na een val van vierhoog.

Lisa loopt naar het keukentje, schenkt een glas water in en neemt een paar slokken. Ze hoopt dat Kat toch een band met Hannah kan opbouwen, dat ze een soort van lievelingstante wordt. Haar buik trekt samen. Wat als Kat van Hannah gaat houden? Wat als Kat zich aan haar dochter gaat hechten? Wat als de dag komt dat Hannah oud genoeg is voor de waarheid en beseft dat Kat haar moeder is en niet zij? Lisa neemt nog een slok water. Misschien is het voor iedereen beter als Kat voor altijd wegblijft, flitst het door haar heen. Bij die gedachte beginnen haar wangen te gloeien. Dit meent ze niet, echt niet, belachelijk gewoon. Natuurlijk moet haar zus een band met Hannah krijgen, het zou absurd egoïstisch zijn om hun dat niet te gunnen. Om alle hersenspinsels te verjagen schudt ze haar hoofd en zet het glas met een klap op het aanrecht. Resoluut gaat ze achter haar bureau zitten en zet de computer aan. Nog één blik op haar mobiel. Het antwoord van Maartje is er: een foto van een lege fles.

Schone luier? antwoordt ze.

Plus boertje. Alles oké.

Lisa klapt haar mobiel dicht en gaat aan het werk.

De directeur van de scholengemeenschap raakte verdacht toen hij op kosten van de school nieuwe winterbanden had gekocht en daarna niet de schoolauto, maar zijn eigen bolide nieuwe banden bleek te hebben. Een melding van een medewerker aan een leidinggevende werd niet serieus genomen, maar toen maanden later een televisiescherm verdween en de medewerker op een beveiligingscamera de directeur met het scherm naar buiten zag lopen, sloeg hij opnieuw alarm, dit keer bij de raad van bestuur. In een gesprek dat de raad met hem had, ontkende de directeur spullen en geld voor privédoeleinden te hebben gebruikt. Dat was voor de raad reden om Kauffmann & Kauffmann Bedrijfsrecherche in te schakelen. Lisa had een analyse van de bankrekening van de school gemaakt. Hoewel de directeur toegang tot zijn privérekening gaf en daar niets onoorbaars op te zien was, werd al snel duidelijk dat hij geld doorsluisde naar het bankaccount van zijn vriendin, dat op naam stond van een nep-bv. Daarmee geconfronteerd bleef de directeur bij hoog en laag beweren dat hij het apart had gezet om de school een hoge belastingaanslag te besparen. Hij had dus niet gefraudeerd, had louter in het belang van de school gehandeld. Met die verklaring nam Lisa geen genoegen. Dagenlang schaduwde ze de directeur – wat eigenlijk een typische Kat-klus was – en zag dat hij op een avond met een volle plastic tas het schoolgebouw binnenging. Op camerabeelden was te zien dat hij daarna de kluis betrad. In het indringende gesprek dat volgde, bekende de man dat hij een ton aan contanten in de kluis had gelegd. Hij wilde het doen voorkomen dat het totaal afgeschreven bedrag al die tijd in de kluis had gelegen. Een wanhoopspoging, want hij wist dat er een camera hing. Paniek schakelt kennelijk hersencellen uit. Geconfronteerd met de feiten en de beelden bekende de directeur en toen kon Lisa hem overdragen aan de raad van bestuur. Naar grote waarschijnlijkheid zal die hem ontslaan, dat is aan hen. De taak van Kauffmann & Kauffmann zat erop.

Op een uitgebreid rapport na. Lisa legt er de laatste hand aan en heeft zo meteen nog een aardige verrassing voor de raad van bestuur: niet alleen de directeur stal van de school. Tijdens het onderzoek ontdekte ze dat op de scholengemeenschap op grote schaal sprake was van zogenaamde rozeboordencriminaliteit. Een aantal medewerkers nam stelselmatig pennen mee naar huis, potloden, pakken printpapier, kantoorartikelen enzovoort. Zelfs rollen wc-papier verdwenen in de tassen. Reiskostenvergoeding werd aangevraagd terwijl men op de fiets was. Op straat gevonden ov-kaartjes werden gedeclareerd. Relatief onschuldige, kleine vergrijpen, maar ze kostten de school op jaarbasis tienduizenden euro's.

Deze fraude blootleggen is extra service, weet Lisa. Kauffmann & Kauffmann hoeven dit niet te doen. Het draagt echter bij aan hun integere imago en het idee dat ze meer dan waar voor hun geld leveren. Met de oplossing van de Artismoorden en van de afpersingszaak van het Rijksmuseum, waarbij twee doden vielen, heeft hun bedrijf zich al behoorlijk op de kaart gezet. Veel ondernemingen vinden sindsdien de weg naar Kauffmann & Kauffmann. Lisa kan nauwelijks alle aanvragen behandelen. Zonder Kat moet ze zelfs de minst dringende zaken laten wachten. Zeker, broer Ruben is er ook. Oproepbaar voor cyberzaken. Als hij duidelijke opdrachten krijgt, doet hij prima werk. Het liefst lastige zaken. Voor meedenken over de zaak moet je echter niet bij hem zijn, niet omdat hij dat niet kan, maar omdat het hem niet voldoende interesseert om zich ervoor in te zetten.

Een ping geeft aan dat er een berichtje binnenkomt. Een selfie van haar vader Bart met Maartje en Hannah. Wat krijgen we nou, is Hannah bij Maartje en Bart thuis? Lisa begint te typen dat dit niet de afspraak is, dat Hannah te jong is en nog niet naar buiten mag. Zijn ze nou helemaal gek geworden, om zonder overleg haar kind... Dan komt het volgende bericht binnen. *Lieve mama, ik ben nu bij opa en oma, ze hebben een fles en een wieg en luiers en knuffels en boekjes en ik ben heel blij. Kom je mij hier vanmiddag ophalen? En blijf je dan bij opa en oma eten? Kusjes, Hannah.*

Lisa legt haar handpalmen tegen elkaar aan, voor haar borst, als in een Aziatische groet. Loslaten, Lisa. Ze masseert haar slapen en meldt zich vervolgens aan voor de call met de raad van bestuur.

3

Overal had hij gezocht. Terwijl André Hazes door het stadion galmde en supporters zwaaiend met Ajax-vlaggen en -spandoeken de overwinning aan het vieren waren, zocht hij in de toiletten, in de gangen, op de tribunes dichtbij en aan de andere kant van het veld. Tegen de stroom in daalde hij via de publieksruimtes een trap af en belandde in het vak van de F-Side, waar de supporters de sporen van hun blijdschap hadden achtergelaten: blikjes, vuurwerk, plastic zakjes, peuken en resten van vlaggen en spandoeken op de grond. In de buurt van de perskamer werd hij door een kleerkast tegengehouden. 'Ik zoek mijn vriend', had hij gezegd. 'Hij is tijdens de wedstrijd zomaar ineens verdwenen.'

Het kon hem niet schelen dat hij werd uitgelachen, die reactie kon hij waarschijnlijk overal verwachten. Een volwassen vent die een voetbalwedstrijd niet uitzat, nou en? Er waren er zoveel die eerder opstapten, om niet in een overvolle metro terug te hoeven of in de parkeergarage vast te komen staan.

Lex zou echter nooit zomaar vertrekken en wegblijven, niet zonder iets te zeggen en niet zonder zijn gloednieuwe mobiel. Ruben had zich suf gepiekerd: had hij iets verkeerds gedaan, hem per ongeluk beledigd? Wat hadden ze als laatste tegen elkaar gezegd? Niks ongewoons. Lex vond dat de scheids dood moest en hij, Ruben, zei zoiets als 'klotezooi'. Dat was geen ruzie – integendeel, ze waren het met elkaar eens geweest.

Op de roltrap naar de uitgang zag hij Slimme Sol en zijn zoon weer.

'Wat was er nou?' vroeg Sol.

'Ik kan Lex niet meer vinden. Vlak na dat doelpunt was hij ineens pleite. Hebben jullie hem weg zien gaan?'

'Ik heb niks gezien, jij?' Sol richtte zich tot zijn zoon, die zijn hoofd schudde.

'Ik zou effe bij de Febo kijken', stelde de oude Amsterdammer voor. 'Misschien kreeg-ie de hongerklop en zit-ie nu frikandellen naar binnen te stouwe. Of misschien staat-ie bij de metro wortel te schieten, omdat-ie op je wacht.'

Ruben had het advies opgevolgd, tevergeefs. Bij de snackbar, in de Ajax-fanshop, op het plein voor het stadion, op de Johan Cruijff Boulevard, en bij de perrons van de metro's en treinen – nergens een spoor van Lex. Hij was daarna met de metro naar het centraal station gegaan en de Jordaan in gelopen, naar hun stamkroeg De Zon op de Lindengracht, waar Lex soms achter de bar werkte. Daar werd gezongen en geroepen en gefeest, hij kon zich er nauwelijks verstaanbaar maken. Hier en daar tetterde hij in een oor: 'Lex gezien?', maar hij kreeg uitsluitend troebele blikken en een hees 'Ajax!' als antwoord. In De Zon heerste op dat moment één uniform besef: Ajax had op heroïsche wijze gewonnen van zijn aartsrivaal. Traditiegetrouw kwam de buurvrouw weer over het lawaai klagen en werd ze toegezongen. Bevriende supporters grepen Ruben vast en hij kreeg bier in zijn handen gedrukt. Niet in de stemming maakte hij zich los uit het feestgewoel. Zijn vriend leek in rook opgegaan.

Inmiddels is het eind van de middag. Ruben staat voor het huis van Lex, een halve woning op de begane grond in de Marnixstraat. Drie Ajax-vlaggen hangen aan vlaggenstokhouders aan de muur. Op de vensterbank, achter een groezelig raam, staan vetplanten en sansevieria's die duidelijk te weinig water krijgen, en een modelhand van hout waarvan de middelvinger is opgestoken. Ruben gluurt door het raam. Het is donker binnen en doodstil. Als Lex thuis is staat er altijd mumblerap op, van Wiz Khalifa, Chief Keef, dat soort gasten. Tegen beter weten in drukt Ruben op de bel en tikt op de ruit. Hij blijft een tijdje op de stoep staan, geeft het dan op en loopt naar de Lindenstraat, naar het appartement van Lisa, dat hij heeft mogen betrekken toen zijn zus bij Eric ging wonen.

Als zijn mattie morgen niets van zich heeft laten horen, moet hij contact met diens ouders opnemen, zo neemt Ruben zich voor.

Waar wonen die eigenlijk? Geen idee. Hij beseft dat hij eigenlijk weinig over Lex weet. Ze hebben het nooit over iets anders dan voetbal. Alleen door het naamplaatje bij die deur weet hij nu zijn achternaam: Heerinckx.

Thuis hangt Ruben het jackie van Lex aan de kapstok en legt diens mobiel op een plank in de boekenkast. Hij onderdrukt de neiging om zijn inlogcode te kraken. Zie dat je mattie maar eens uit te leggen als hij weer opduikt. Wel gaat hij achter zijn computer zitten en kijkt of er online iets over Lex Heerinckx te vinden is. Lex heeft geen Facebook en geen Insta. Wel ontdekt hij dat er in Vinkeveen een sportschool Heerinckx is. Op de website ziet hij jongeren trainen, begeleid door de eigenaar die sprekend op Lex lijkt, blond, lang en atletisch. Een oudere versie van Lex – het zou goed zijn vader kunnen zijn. Ruben zet het telefoonnummer van de sportschool in zijn mobiel. Daarna trapt hij zijn schoenen uit, ploft met een biertje op de bank neer, appt eerst Kat: *Hoe gaat het?* en vervolgens Lisa: *Hoe is het met mijn kleine nichtje?* Van Kat komt geen antwoord, Lisa stuurt een foto van Hannah in een lichtblauw pakje en een bijpassend mutsje. Schattig hoor, maar Ruben stelt vast dat die kleine het allerbelangrijkste en het meest elementaire element in een babyleven mist. Daar zal ome Ruben eens even verandering in brengen. Hij gaat naar de website van de Ajax-fanshop en bestelt een Ajax-baby-T-shirt in wit-rood-wit, maat 62.

4

Het ouderlijk huis van de familie Kauffmann ligt in de Stadionbuurt. Het is een twee-onder-een-kapwoning, heeft een voor- en een achtertuin en een garage en bestaat uit twee verdiepingen en een zolder. Op de basisschool dacht Lisa in haar onschuld altijd dat haar klasgenootjes háár huis tekenden, niet wetende dat het de typische vorm heeft die kinderen altijd tekenen: muren, deur, ramen, een puntdak en een schoorsteen. Het huis waarin Kat en zij opgegroeid zijn, is een veilige haven met een geschiedenis. Ruben werd twaalf jaar na hen geboren, hun moeder is er gestorven. Hun vader Bart is na hun vertrek opnieuw verliefd geworden en gaan samenwonen met de achttien jaar jongere Maartje, met wie ze het allemaal goed kunnen vinden.

Maartje heeft al maanden een babykamer op orde. Volledig ingericht, met wiegje, mintkleurige commode en kledingkast, knuffels, aapjesbehang en kleurige junglegordijnen. Rompertjes, luiers, babykleding in drie maten. Een nachtlampje met de gefiguurzaagde naam Hannah, bloemen en vlinders geeft gedempt licht.

'Ik ben mijn schade aan het inhalen', lachte ze toen Lisa haar verbazing erover uitsprak. 'Ik ben altijd dol op baby's geweest. Nu kan ik los.'

Ze zitten aan de eettafel in de woonkamer thee te drinken, met zijn drieën: Lisa en Maartje en Bart. Lisa heeft zich ervan verzekerd dat Hannah goed gedronken heeft en van een schone luier is voorzien. Op het beeldscherm van de babyfoon voor haar neus wordt elke beweging in de kinderkamer geregistreerd. Hannah lijkt volmaakt tevreden te slapen; een wandeling in het meizonnetje lijkt de kleine geen kwaad gedaan te hebben. Of ze wil of niet, Lisa moet toegeven dat Bart en Maartje hun eerste dag als oppas goed doorstaan hebben. Haar schouders ontspannen en ze pakt een lange vinger uit de koektrommel. Voorzichtig bijt ze er een stukje af.

Dan schraapt Bart zijn keel. 'Ik wil het over Kat hebben.'

Lisa stopt abrupt met kauwen en de lange vinger wordt in haar mond een kleffe zooi. Ze slikt het weg.

'Ik krijg haar niet te pakken. Ik maak me zorgen', gaat hij door.

'Ze reageert ook niet op mijn berichten', antwoordt Lisa. 'Je kent Kat: als ze iets te verwerken heeft, wil ze alleen zijn.'

'Ze is net bevallen', zegt Maartje.

'Juist daarom.'

'Ze heeft keurig zwangerschapsyoga gedaan, vitaminen geslikt, gezonde voeding gegeten, en te vroeg, maar volgens het boekje gebaard. En vervolgens het kind afgestaan. Aan jou. Kun je je voorstellen hoe leeg ze zich nu voelt. Ik vind dat ze op dit moment niet alleen mag zijn.' Maartje knikt om haar woorden kracht bij te zetten.

'Het allerergste wat je Kat aan kunt doen is medelijden. Dat ervaart ze als vernederend. We moeten haar met rust laten. Ze komt vanzelf weer', antwoordt Lisa. Dat ze haar zus meer dan nodig heeft op kantoor, laat ze achterwege.

'Ik heb gisteren bij haar aangebeld', zegt Bart. 'Er brandde licht en ze deed niet open.'

'Mijn advies: met rust laten.'

'Om twee uur 's nachts ben ik teruggegaan.'

'Hij kon niet slapen', breekt Maartje in.

'En het licht brandde nog steeds', vervolgt Bart.

'Je vader is bang dat ze weer gaat gebruiken.'

'Ze is al acht maanden clean. Geen drank, geen drugs. Die gaat niet weer beginnen.' Lisa doet haar best om stellig te klinken. 'Echt niet.' Punt.

'Sinds wanneer heb jij vertrouwen in je zusters afkick-capaciteiten?' Als haar vader haar scherp aankijkt, voelt Lisa het bloed naar haar wangen stijgen. Daar gaan ze weer, alle aandacht richt zich op Kat. Afwezige Kat. Probleem-Kat. Zij, Lisa, wil het vooral hebben over de leukste baby van de wereld. En ze heeft behoefte om te praten over het bedrijf dat ze in haar eentje draaiende houdt. Er is zoveel te bespreken en over wie gaat het weer?

'Laten we haar nog een weekje de tijd geven', stelt ze voor. 'Als ze dan niets heeft laten horen, doen we een interventie.'

'Stuur jij haar wel foto's van Hannah?' vraagt Maartje.

'Natuurlijk, wat denk jij nou. Elke dag een paar keer.'

Maartje knikt tevreden en glimlacht: 'Je bent lief. Voor jou is het ook niet makkelijk. Om op zo'n manier... Nou ja, het is behoorlijk bizar allemaal.'

'Tja.'

'Heeft Kat de papieren al getekend?' vraagt Bart.

'Nog niet.'

Blijkbaar ziet Maartje dat het Lisa zorgen baart, want ze steekt een hand uit en legt die op die van haar stiefdochter. Meestal kan Lisa beter uit de voeten met mannen, en hun rationele en oplossingsgerichte manier van denken, maar het is alsof het moederschap haar ook in dat opzicht veranderd heeft. Ze heeft nooit behoefte gehad aan vriendinnen, en met de vrouwen in haar omgeving, zoals haar zus, heeft ze een ambivalente relatie. Vrouwen zijn haar te emotioneel en impulsief, kunnen veelal niet abstract denken. En *last but not least*: je kan niet flirten met vrouwen, niet als je een vierentwintigkaraats hetero bent, zoals zij. En dan nu ineens, sinds Hannah er is, verlangt ze naar vrouwenpraat, naar gesprekken met vriendinnen, liefst vriendinnen met kinderen. Jammer dat ze niet op zwangerschapsgymnastiek heeft gezeten: daar had ze andere moeders kunnen ontmoeten.

Misschien moet ze meer samen met haar stiefmoeder ondernemen: shoppen, kletsen, vertrouwelijkheden uitwisselen. Een rilling gaat langs haar ruggengraat; ze heeft echt geen idee hoe je dat doet, kletsen om het kletsen, 'dingetjes doen'. Zoiets vond ze altijd vreselijk, zonde van haar tijd. Hoe word je minder een mannenvrouw en meer een vriendinnenvrouw?

Een kreetje op het scherm alarmeert haar. Ze staat op, maar Maartje duwt haar terug in haar stoel.

'Ik ga wel.'

'Maar...'

'Kunnen jullie even over het bedrijf babbelen.'

En weg is Maartje.

Bart kijkt haar aan, er zitten pretlichtjes in zijn ogen. 'Er gaat nog om die kleine dame gevochten worden.'

'Ik hoop van niet.'

Van het ene op het andere moment wordt haar vaders blik ernstig. 'Dat moeten we inderdaad zien te voorkomen. Wat er ook gebeurt, Lisa, onthoud dat we familie zijn. En dat niemand gebaat is bij een breuk. Zeker Hannah niet.'

Lisa slikt. Er valt een korte stilte. 'Zullen we het over de zaak hebben?' stelt ze dan voor.

Het imposante, ruim twee meter lange, honderdvijftig kilo zware lijf tegenover haar gaat verzitten. 'Druk?'

'Te.'

'Kan ik helpen?'

Lisa schudt haar hoofd. 'Ik heb net een zaak afgerond.'

'Naar tevredenheid?'

'Kan een vis zwemmen?'

Bart glimlacht. 'Misschien moet je een tijdje geen nieuwe opdrachten meer aannemen. Als je het te druk hebt, gaat het ten koste van het werk.'

'Niets gaat ten koste van het werk; wat ik aanneem doe ik goed.'

'En het tarief verhogen, zodat je wat kleinere opdrachtgevers afschrikt?'

Lisa schuift op haar stoel. 'Pap! En de minder kapitaalkrachtige opdrachtgevers laten barsten? Ik dacht het niet.'

'Dan blijf je tot over je oren in het werk zitten. En zal je het drukker en drukker krijgen.'

'Tja.'

'"Tja"?' Haar vader maakt een ongeduldig gebaar. Hij kan er slecht tegen als zijn advies in de wind wordt geslagen. 'Denk je dat er geen grens zit aan het aantal opdrachten dat je kunt behappen?'

'Het komt wel goed. Echt.'

'Jij zegt het.'

'Ik zeg het. Omdat ik het werk nog altijd leuk en superinteressant vind. Weet je trouwens dat steeds meer van onze zaken betrekking hebben op rozeboordencriminaliteit?'

Er verschijnen opnieuw pretlichtjes in Barts ogen. 'Zeker omdat jullie als vrouwenbureau bekendstaan', zegt hij op plagende toon.

'Vrouwenbureau?' hapt Lisa. 'Als dat zo is wordt het hoog tijd dat we wat prominenter op de website zetten dat Ruben Kauffmann specialist is in harde misdaad, cybercrime enzovoort.' Ze glimlacht. 'En dat Bart Kauffmann onze *éminence grise* is.'

'Toch klinkt het als iets in de marge, "rozeboordencriminaliteit", vindt haar vader.

'Rozeboordencriminaliteit heeft niet alleen met vrouwen te maken', gaat Lisa fel door. 'Het is een term die in de jaren tachtig is ontstaan, als reactie op fraude door mensen in topfuncties, de zogenaamde witteboordencriminaliteit. Omdat de vrouwen vroeger meestal lagere posities hadden, werden hun delicten, zoals kruimeldiefstallen, een factuur vervalsen, goederen stelen, frauderen met kilometervergoedingen, noem maar op, "rozeboordencriminaliteit" genoemd.'

'Terwijl mannen zich daar net zo goed schuldig aan maken', knikt Bart.

'Precies. Een rozeboordencrimineel is meer een beschrijving van de positie van de werknemer en het type diefstal, en het is niet aan sekse gebonden. Heb je notities gemaakt, vader? Einde college.'

Lisa ziet op het scherm voor zich dat Maartje Hannah optilt, wiegt en kusjes op haar hoofd geeft. Ze onderdrukt de neiging om op te staan en haar dochter over te gaan nemen.

'Denk jij dat vrouwen even crimineel kunnen zijn als mannen?' Bart plant zijn kolenschophanden op tafel. 'Het is bewezen dat vrouwen minder misdaden begaan. Slechts achttien procent van de daders van een misdrijf is vrouw.'

Ah, een testvraag, daar zou Kat van genieten. Zij en haar zus zouden hun uiterste best doen om elkaar de loef af te steken met hun kennis en heldere analyses, om zo tot een goed antwoord te komen.

'Wat fraude en diefstal betreft denk ik dat vrouwen tot hetzelfde in staat zijn. Witteboordencriminaliteit wordt nu vooral door mannen gepleegd, maar dat komt omdat nog steeds meer mannen dan vrouwen topposities bekleden', begint Lisa. Vroeger bestookte haar vader zijn kinderen met feiten en weetjes. Nu krijgt hij zelf de volle laag. 'Langzamerhand worden echter steeds meer hoge posities door vrouwen ingenomen. Het is net als bij rozeboordencriminaliteit: witteboordencriminaliteit heeft niets met sekse te maken, wel met machtsposities of het beheer van geldstromen. Ik denk dat de aard en de omvang ervan causaal verband houden met de maatschappelijke positie van de dader.'

'Dus hoe meer vrouwen aan de top, hoe meer criminaliteit op hoog niveau door vrouwen zal worden gepleegd?'

'Ja.'

'Kennen we grote fraudezaken met vrouwelijke daders?'

'Elizabeth Holmes', antwoordt Lisa, trots op haar parate kennis. 'Topvrouw bij een Amerikaans bloedtestbedrijf. Ze is schuldig bevonden aan het voor honderden miljoenen dollars oplichten van investeerders en ze heeft rücksichtslos patiënten in gevaar gebracht met onnauwkeurige laboratoriumresultaten.' Ze raakt op stoom. 'En dan hebben we natuurlijk OneCoin-medeoprichter Ruja Ignatova. Die zelfbenoemde "cryptokoningin" heeft honderden miljoenen dollars verdiend met een digitale munt die niets waard was, doordat er geen transactiegegevens werden bijgehouden, de zogenaamde *blockchain*. Investeerders hadden bijna vier miljard euro in OneCoin gestoken.'

'Dat kan toch een verkeerde inschatting geweest zijn?'

Lisa schudt haar hoofd. 'Een onderzoek van de FBI concludeerde dat de onderneming uitsluitend was opgericht om mensen op te lichten. Ze is overigens sinds 2017 voortvluchtig en staat op de FBI-lijst van meest gezochte criminelen.'

'Maar die lijst bestaat al vierenzeventig jaar en Ignatova was er pas de elfde vrouw op. Dat zou toch doorslaggevend bewijs moeten zijn dat vrouwen minder crimineel zijn dan mannen?'

Lisa valt even stil. Haar vader houdt de actualiteit beter bij dan ze had gedacht. Misschien moet ze zijn hulp toch inroepen als Kat lang wegblijft. Dan vervolgt ze: 'Er is onderzoek naar gedaan: met het stijgen van vrouwen op de maatschappelijke ladder kunnen we meer criminaliteit door hen verwachten. Ik ben ervan overtuigd dat vrouwen in eenzelfde positie als mannen hetzelfde gedrag gaan vertonen.'

Haar vader trekt zijn wenkbrauwen op.

'Wat betreft criminaliteit is er geen verschil', benadrukt ze. 'Maar misschien is het wel zo dat mannen misdrijven ánders uitvoeren.'

Bart knikt. 'Dat klopt. Vrouwen zijn minder geneigd tot risicovol gedrag. En waar ethische dilemma's door mannen in termen van rechtvaardigheid, regels en rechten beoordeeld worden, zijn vrouwen meer geneigd om die te zien in termen van relaties, zorg en compassie. Dat betekent ook dat door mannen en vrouwen verschillende rechtvaardigingen worden gegeven voor onethisch handelen.'

'Rechtvaardigingen, ja. Redenen. Daarom doen vrouwen het nog wel.'

Wat heerlijk om met haar vader te sparren, haar hersenen worden weer uitgedaagd; ze had het gevoel dat haar IQ de afgelopen weken met sprongen achteruitholde. Maar waar blijft Maartje met Hannah eigenlijk? Ze ziet haar niet meer op de babyfoon. Ze heeft het nog niet gedacht of haar stiefmoeder komt binnen, Hannah in een omslagdoek.

'Ik heb haar in bad gedaan', glimlacht Maartje. 'Ze ruikt heerlijk. Mag ik haar een ander pakje aandoen?'

Blijf met je handen van mijn kind af, denkt Lisa. Ze knikt, beseffend dat Maartje het beste met Hannah voorheeft en dat ze haar hard nodig zal hebben.

5

'Piep piep, tring tring, bèèèp bèèèp. Donder op.' Kat doet de geluiden na waarmee mensen haar proberen te bereiken. De buitenwereld wil contact met haar. Kat steekt een vinger in de lucht. '*ET phone home.*'

Ze zit op de grond en leunt met haar rug tegen het bed. Smelleycat, de cyperse kater die er standaard uitziet alsof hij onder een bus is gekomen, staart vanaf een stoel naar haar alsof hij recht in haar ziel kan kijken. Om haar heen liggen lege wijn- en sterkedrank-flessen. Ze zet een halfvolle fles rosé aan haar mond en neemt een paar slokken. De kamer draait, smog hangt in haar hoofd, ze is misselijk.

Amy Winehouse heeft zich doodgedronken. Whitney Houston, André Hazes, grote namen gingen haar voor. Wacht even, ho, hé, ze wil nog niet dood.

'Welnee', zegt ze hardop met dubbele tong. 'Kat wil een beetje weg. Een beetje weg.'

Ze neemt nog een slok. Zuur komt omhoog en brandt in haar keel. Nog een slok om het weg te spoelen. Ze verslikt zich. De fles glijdt uit haar handen en valt boven op een andere fles, waarvan de hals afbreekt.

'Kutterdekutkut.'

Ze probeert de hals op te rapen en snijdt zich aan een scherf. Bloed druppelt uit een vinger en ze vangt het in de palm van haar andere hand op. Terwijl ze naar het rode plasje staart dat tussen haar hoofd-, levens- en hartlijn ontstaat, dringt een herinnering zich op, vol bloed, stront en chemicaliën.

Een witte kamer. Zij, met haar benen in ijzeren beugels, het zweet op haar voorhoofd, uit alle macht persend met haar kin op haar borst. De aderen in haar hoofd kunnen knappen, een voor een, als bubbels in noppenfolie onder te hoge druk. Ze hoort aanmoedigende kreten: 'persen, persen' en 'je kan het'. En dan, op het moment dat ze denkt dat ze echt op is, valt een glibberig wezen uit haar. Het wordt opgevangen. Een navelstreng volgt, bloed, nog meer bloed, en slijm. Dan klinkt 'eh, eh' als een trompetje, 'eh, eh', en opeens huilt en lacht iedereen om haar heen. Lisa is erbij, en een verloskundige die 'goed gedaan' zegt. Ze hoort: 'Een mooi meisje.' Wie waren er nog meer in de kamer?

De verloskundige wil de baby in haar armen leggen, maar ze schudt haar hoofd en duwt het kind richting Lisa – ik kan niet voor haar zorgen, ze is voor jou, neem haar mee. Het laatste wat ze baart is de nageboorte, en dan is het klaar.

Als Lisa wegloopt, haar dochter in de armen, heft Kat even haar hoofd en ziet zwarte haartjes, als het dons van een zwart kuikentje. En oogjes, amper open en nieuwsgierig, de hare zoekend, lijkt het wel. Zoek mij niet, meisje, niet mij, had ze gedacht; ik ben niet goed voor je, ga maar weg.

Ze begint te huilen. Tranen biggelen over haar wangen, snot druipt uit haar neus. Haar bloedende hand voelt ze niet meer. Het etiket van de fles die ze opnieuw aan haar mond zet wordt plakkerig. De dam is doorgebroken, ze huilt, met gierende uithalen. Dan kotst ze er alles uit, in golven, ze stikt bijna en hapt naar adem. Er volgt nog een golf. Ze zakt opzij en blijft bewegingloos in een plas roze, rood en rosé liggen.

6

'Ik heb een plan', zegt Lisa, en ze neemt een hap yoghurt met muesli.

Eric geeft Hannah de fles en kijkt haar afwachtend aan.

'Op de drie dagen dat jij niet werkt, ga ik 's ochtends weer rennen. En niet zomaar...' Ze laat een stilte vallen en roffelt op de tafel. 'Ik ga trainen voor de Dam tot Damloop.'

'Eind september?'

'Yep.'

'Dit jaar?'

'Dit jaar.'

'Dat is al over vier maanden.'

'Zeker.'

'Ruim zestien kilometer?'

'Hallo. Het lijkt alsof je er geen vertrouwen in hebt. Lekker bemoedigend ben jij. Ga je dat bij onze dochter ook doen?' Ze trekt een quasi-vertwijfeld gezicht. '"Lezen en schrijven? Over zes jaar, nee toch?"'

Eric lacht. 'Je hebt gelijk.'

'Je krijgt een herkansing.'

'Wat goed van je, schat. De Dam tot Damloop gaat je zeker lukken. Wanneer begin je met trainen?'

'Straks. Want vandaag is papadag.'

'Vandaag is papadag.'

'Die pondjes moeten eraf.' Lisa knijpt in haar heupen. 'Volgens mij zit mijn sport-outfit nog in een van de verhuisdozen.' Ze geeft Hannah een kusje op haar hoofd, 'dag lief mensenkind', en gaat op zoek.

Even later, in jogging-ornaat in de lift, vraagt ze zich af of Eric Hannah wel laat boeren. En of hij haar billen wel insmeert tegen luieruitslag. En of hij haar warm genoeg aankleedt, haar wel een mutsje opdoet – in de schaduw kan het nog fris zijn, ook al is het half mei. In de centrale hal overweegt ze rechtsomkeert te maken. Buiten staat echter een vrouw voor de glazen deur, met een vrij groot pakket in haar handen. Ze is broodmager, haar haren hangen in twee vlechten langs haar hoofd en ze draagt een lange, katoenen jurk; ze zou zo uit *Het kleine huis op de prairie* gestapt kunnen zijn. De vrouw mimet of Lisa de deur voor haar open wil houden.

'Dank je', hijgt ze als ze binnen is. 'Het is niet zo zwaar, alleen erg onhandig. Poeh poeh, wat een gesjouw. Maar ja, alles voor de baby, hè?'

'Baby?' Lisa is getriggerd.

'Ik heb blokken gekocht. Antroposofisch in natuurkleuren en van natuurlijk materiaal. Goed voor de ontwikkeling van Clementine. Fantasie, creativiteit, je weet wel.'

'Ik heb ook een baby.'

'Nee! Hoe oud?'

'Vier weken.'

'Zo klein. Clementine is al anderhalve maand.'

Lisa schiet in de lach. 'Dat scheelt niets. Hoi, ik ben Lisa trouwens. Ik woon op de tweeëntwintigste etage.'

'Famke. Driehoog.'

De buurvrouw zet het pak neer en geeft haar een hand. Met een goedkeurende blik bekijkt ze Lisa's figuur. 'Dat je na de bevalling zo *in shape* kan zijn', lacht ze.

'Ach', antwoordt Lisa, en knikt naar Famke. 'En jij dan.'

'Ga je nu sporten?'

'Voor het eerst weer.'

'Zou ik ook moeten doen. Ik heb nul conditie. Weet je wat?' Famke legt een hand op Lisa's arm. 'Ik breng dit snel naar boven, kijk even hoe het met Clementine is, schiet een oude legging aan en ren met je mee. Vind je dat oké?'

'Eh, ja, zeker. Leuk.' Niet te lang, want ik moet werken, denkt ze. 'Heel leuk.'

'Drie minuten.' Famke duikt met de doos de lift in.

Wat een mazzel, denkt Lisa. Twee vliegen in één klap. Een buurmeisje voor Hannah en een soort van gezellige buurvrouw annex collega-moeder voor mij. Ze gaat naar buiten en warmt zich springend op.

Het beoogde Westerpark wordt niet gehaald. Net niet; halverwege de Spaarndammerstraat hijgt Famke al: 'Pfff, ik kan niet meer. Wat drinken?'

Lisa had graag drie kilometer willen rennen. Een vriendschap is echter ook wat waard, dus lacht ze: 'Ik ben blij dat jij ermee komt.'

In een koffietent zoeken ze een plek voor het raam en ploffen neer. Famke bestelt een watertje en Lisa een dubbele espresso.

'Twee koffie is de max als je borstvoeding geeft', zegt Famke. 'Je geeft toch wel borstvoeding?'

'Eh, nee.'

'Nee?'

'Dat lukte niet.'

Famkes ogen vullen zich met tranen. 'Arme jij. En arme...?'

'Hannah.'

'Hannah.'

'Mijn vriend en ik zorgen wel voor regelmatig huid-op-huidcontact, hoor.' Lisa schiet in de lach. 'Met Hannah, bedoel ik.'

'Met elkaar ook, neem ik aan. Anders was Hannah er niet gekomen.'

Lisa giechelt mee; het voelt onnatuurlijk, alsof ze de rituelen van een vreemde stam nabootst.

Ze neemt een slok van haar koffie. 'Heeft jouw man vandaag ook papadag?' vraagt Lisa.

'Mijn man heeft altijd papadag', antwoordt Famke.

'O?'

'Stanley heeft mentale problemen. Straatvrees. Hij werkt er hard aan, maar ja... Om bij een therapeut te komen moet je over straat.' Ze pulkt aan een van de vlechten.

'Wat naar.'

'Ja en nee. Hij kan nu wel altijd bij Clementine zijn. Ik wil geen oppas. En ik wil ook niet dat zij al naar buiten gaat.'

Vast iets antroposofisch, denkt Lisa.

'Een baby moet zo lang mogelijk in de vertrouwde omgeving blijven', vervolgt Famke. 'Bij de vader of moeder, dat is belangrijk voor een veilige hechting. Ik wil dat ze zo weinig mogelijk schadelijke invloeden van buitenaf krijgt. Ik geloof bijvoorbeeld ook niet in tv. De drie T's zijn funest voor een kinderziel. Televisie, telefoon, tablet. Wij houden Clementine zo lang mogelijk binnen en spelen, zingen en dansen met haar.'

'Buitenlucht is ook belangrijk.'

'Ons raam staat altijd open. En een balkon is ook buiten.'

Lisa staart naar het verkeer dat langsrijdt. Famke heeft een visie. Ze weet niet of ze het ermee eens is, maar het is in ieder geval een visie. Hoe kom je erachter of je het goed doet? Volgend jaar verschijnen er weer nieuwe boeken over opvoeding, met andere inzichten.

'Hoe kom je aan jouw opvoedingsideeën?' vraagt ze.

'Een combinatie van antroposofie en de opvoeding van de Yeguana-inheemsen. De kinderen van de Yeguana-stam worden constant gedragen, door hun vader of moeder, en slapen in dezelfde ruimte als hun ouders. Op die manier is er voortdurend vertrouwenwekkende nabijheid en kan direct worden gereageerd op primaire behoeften als eten, verschoning en troost.'

'Dat lijkt me nogal vermoeiend.'

'Je krijgt er zoveel voor terug!' Famke straalt. 'Een mentaal gezond, gelukkig kind. Wie wil dat nou niet!'

Lisa heft haar handen, in een gebaar als 'vanzelfsprekend'.

'Weet je hoe schadelijk het buiten voor een kind kan zijn?' vervolgt de collega-moeder. 'En veel volken weten dat. In Turkije bijvoorbeeld blijven moeder en kind na de geboorte veertig dagen binnen.'

'O ja?'

'Alleen al de verkeersgeluiden en uitlaatgassen. Die dringen in lijf en geest van de pasgeborene. Wij zijn er verantwoordelijk voor dat hun puurheid bewaakt wordt.'

'Ja, natuurlijk. Mooie gedachte. Super. Maar eh...' Lisa kijkt op haar horloge. 'Ik moet aan het werk.'

'Werk jij?'

'En mijn partner ook. Slecht, hè?' grapt Lisa en trekt een scheve mond.

Famkes ogen gaan wijd open. 'O nee', zegt ze, haar stem vliegt de hoogte in. 'Daar wil ik helemaal niet over oordelen. Iedereen doet het op haar eigen manier. Liefde is het allerbelangrijkste. En aandacht, gerichte aandacht.'

'Zo is dat', zegt Lisa. 'Jij werkt niet, begrijp ik?'

'Ik brei.' Als Lisa haar vragend aankijkt vervolgt ze: 'Truien, poppen, spreien. Die verkoop ik op de gezondheidsmarkt.'

'Goh. Knap.' En echt 'moederlijk', denkt Lisa. Misschien is breien ook iets voor haar. Als ze ooit tijd heeft. Ze staat op. 'Ik moet gaan. Ik reken wel af.'

'Dan doe ik dat de volgende keer. Er komt toch een volgende keer?'

'Ja, natuurlijk. We laten ons niet zo gauw uit het veld slaan. Pontsteiger-mama's *nailen* de Dam tot Damloop.' Lisa geeft Famke een high five. Voor ze er echter erg in heeft, heeft Famke haar naar zich toe getrokken en krijgt ze een knuffel. Een vlecht kriebelt in haar neus en ze maakt zich snel los. 'Ik zie je. Kusje voor Clementine.'

Famke fronst.

'Of misschien ook niet. Dag!'

Lisa rekent af en rent terug naar huis, ervan overtuigd dat Famke haar meewarig nakijkt.

7

Op kantoor bekijkt Lisa de lijst met opdrachten. Die is in drie rijen onder te verdelen: een voor Kat, een voor Ruben en een voor haarzelf. Ruben krijgt de cyberzaken. Hun broertje, die al het werk *freelance* doet, zou er een dagtaak aan kunnen hebben. Ruben is echter een beetje... Lui wil ze het niet noemen. Gemakzuchtig. Met zijn hoofd bij andere dingen. Onvolwassen. Hij heeft geen school afgemaakt en nooit ergens verantwoordelijkheid voor genomen. En dat terwijl hij superslim is, zelfs hoogbegaafd volgens de test. Hij gedijt alleen bij ingewikkelde zaken die een uitdaging voor hem zijn en waarop hij zijn hersenen kan laten kraken, zoals die hack in de beveiliging van het Rijksmuseum. Hoe moeilijker, hoe beter. De opdracht die net is binnengekomen is misschien voor hem iets te makkelijk. Het is van een bedrijf waar bij de afdeling boekhouding vertrouwelijke gegevens lijken te worden gestolen. Hopelijk ziet Ruben het zitten, dan kunnen Kat en zij zich daarna buigen over het ontrafelen van het motief en de ontmaskering van de datadief, inclusief bekentenis. Lisa zucht. Kat en zij? Vergeet Kat. Het zal wel weer op haar neerkomen.

Ze toetst het nummer van haar broertje in.

'Hey zus.'

'Heb jij tijd voor een klus?'

'Dat rijmt.'

'Heb je tijd? Ik heb hier een bedrijf dat wil weten of en door wie vertrouwelijke gegevens worden gestolen.'

'Ik heb het druk, sorry.'

'Ruben!'

'Kun je papa niet vragen?'

'Papa en cybercrime, wat denk je zelf?'

Het is stil aan de andere kant van de lijn.

'Voor jou is het een fluitje van een cent', dringt Lisa aan. 'Please, Ruub. Ik kan het me niet permitteren nee te zeggen tegen opdrachten.'

'Zeg je nee tegen opdrachten dan?'

'Ik moet het in mijn eentje doen.'

'Ja, oké, ik snap het.' De stem van haar broertje klinkt nu ernstig, invoelend.

'Dus je doet het?' vraagt Lisa.

'Mail me de gegevens maar.'

'Je bent een topper. Als ik iets voor jou kan doen...?'

'Nou, nu je het zegt... Ik heb een vraag. Waar begin jij met zoeken als iemand van de aardbodem verdwenen lijkt te zijn?'

'Als iemand verdwenen is, ga ik zijn of haar laatste uren of dagen na. Met wie heeft hij gesproken? Wat heeft hij gedaan? Waar is hij voor het laatst gezien?'

'Dat is het hem nou juist. Dat ben ik, de laatste. Het gaat om een voetbalvriend van mij, Lex. Verdwenen tijdens de wedstrijd Ajax-Feyenoord. De laatste die hem gezien of gesproken heeft ben ik dus zelf.'

'Dan zou ik in zijn huis kijken of ik aanwijzingen in zijn computer kan vinden, of in zijn post, adressenboekje, agenda, van die dingen. Legaal natuurlijk. Met toestemming van zijn ouders bijvoorbeeld en als zijn woning niet van hem is, van de eigenaar.'

'Ja, zoiets dacht ik ook al. *Thanks.*'

'Graag gedaan.'

'Enig zicht op wanneer Kat terugkomt?'

'Geen idee. Heb jij haar gesproken?'

'Nope.'

'Niemand krijgt haar te pakken.'

'Maak je je zorgen?' vraagt Ruben.

'Nog niet.'

'Ik heb haar een app gestuurd met de vraag of ze hulp nodig heeft. Daar heb ik nog geen antwoord op.' Hij laat een korte stilte vallen. 'Hoe is het met de kleine?'

'Vraagt voortdurend naar ome Ruben.'

'Ome Ruben heeft een cadeautje voor haar.'

'Niet te veel verwennen, hoor.'

'Omes mogen verwennen. Ik ga hangen, zus. *See you!*'

'Wacht, ik wilde je vragen of je...'

De verbinding wordt verbroken. '... meer voor het bureau zou willen doen.'

Lisa zucht.

Er is best veel waar Kat haar tanden in zou kunnen zetten. Eventuele fraude door een medewerker op de crediteurenafdeling van een bedrijf, dat is bijvoorbeeld een interessante voor haar. De bank heeft Kauffmann & Kauffmann benaderd omdat een van zijn klanten – de bewuste medewerker op een crediteurenafdeling dus – zes keer een erg hoog bedrag op zijn rekening gestort heeft gekregen. Het is bekend dat de man een gokverslaving heeft en regelmatig rood stond. Nu heeft hij ineens een groot deel van zijn hypotheek afgelost. Lisa weet zeker dat Kat de man onvermoeibaar zou schaduwen en deze zaak in *no time* zou oplossen. Nu moet ze het zelf doen, of de bank vragen om even geduld te hebben.

Ze wordt opgeschrikt door de voordeurbel. Ze drukt op de knop van de intercom en meteen klinkt een vrouwenstem: 'Helena Pastor. Ik heb geen afspraak, kan ik toch binnenkomen?'

Helena Pastor, Helena Pastor, waar ken ik die naam toch van, peinst Lisa, terwijl ze de deur opent. Bovenaan de trap wacht ze haar bezoekster op: een vrouw van rond de veertig met een sportief uiterlijk, kort, dik haar, weinig make-up, een vleugje roze oogschaduw, de zongebruinde huid van iemand die vaak buiten is. 'Hoi. Ik ben Helena', zegt de vrouw terwijl ze Lisa een ferme handdruk geeft. 'Fijn dat je me kunt ontvangen, ik heb gisteren al een paar keer jullie voicemail ingesproken. Heb je even tijd?'

Lisa realiseert zich eens te meer dat ze achter de feiten aan loopt. Dit moet echt veranderen. 'O ja, sorry, we hebben een paar zieken en ik ben vergeten de voicemail af te luisteren. We komen nogal om in het werk op het moment. Kom binnen, ga zitten. Koffie?'

Helena neemt plaats aan tafel en wil alleen een glas water. Als Lisa tegenover haar is gaan zitten, steekt ze van wal: 'Door de Artiszaak en die van het Rijksmuseum zat jullie naam in mijn hoofd. Sorry, ik moet me iets beter voorstellen. Ik ben manager vrouwenvoetbal van Ajax.'

Lisa is meteen bij de les. Het eerste team van Ajax Vrouwen heeft onlangs een aantal belangrijke wedstrijden gewonnen, ook op Europees niveau. Manager Helena Pastor werd in de pers geroemd: oud-voetbalster, gedreven, zakelijk, de juiste vrouw op de juiste plek.

'Het vrouwenvoetbal wordt de laatste tijd steeds populairder, zoals je weet,' gaat Helena door, 'helemaal sinds de Oranjeleeuwinnen in 2017 Europees kampioen werden en tweede tijdens het wereldkampioenschap in 2019.'

Lisa knikt. Ze heeft het destijds op de voet gevolgd, en de toenmalige bondscoach Sarina Wiegman is een vrouw voor wie ze diep ontzag heeft.

'Het is mijn taak om het vrouwenvoetbal gezond te houden. Nu er meer geld in omloop is, worden we interessant voor criminelen. Op jullie website staat dat Kauffmann & Kauffmann ook preventief te werk gaat. Ik wil graag weten hoe bij Ajax Vrouwen malafide praktijken voorkomen kunnen worden.'

'Zoals witwassen, omkoping, matchfixing?'

'Bijvoorbeeld. Hoewel Nederland een van de weinige landen is die nog niet zijn opgeschrikt door een omkoopschandaal, is Ajax vorig jaar wel regelmatig op een negatieve manier in de publiciteit geweest.'

Lisa knikt. 'Belangenverstrengeling, handel met voorkennis, een vergeten registratie van aandelen bij de Autoriteit Financiële Markten, een transferbeleid dat ruim honderd miljoen kostte, terwijl de gewenste resultaten uitbleven... Gedoe, gedoe, gedoe; zulke crisissen zijn niet bepaald bevorderlijk voor de goede naam van Ajax.'

Helena neemt een slok van haar water. 'Nee, inderdaad. En als ik dan denk aan de operatie Propere Handen bij onze zuiderburen, lopen de rillingen over mijn rug. Ik wil niet zeggen dat zoiets bij ons aan de hand is, maar malafide praktijken komen vaak pas aan het licht als ze al een tijdje ongestoord uitgevoerd worden.'

Lisa herinnert zich dat een paar jaar geleden in België de recherche de groeiende macht van voetbalmakelaars blootlegde, evenals wedstrijdvervalsing, fiscale fraude en witwaspraktijken. Logisch dat Helena dat uit alle macht voor wil zijn.

'Ik wil voorkomen dat het Ajax-vrouwenvoetbal een doelwit voor de gokmaffia wordt', zegt Helena. Ze klemt haar vingers om het glas en haar knokkels worden wit.

'Gokken op voetbaluitslagen is een lucratieve business voor criminelen', knikt Lisa. 'Zelfs in het amateurvoetbal wordt met gokken crimineel geld witgewassen. De inleg is zwart, de winsten zijn wit.'

'Over de hele wereld wordt op uitslagen gegokt, en juist kleinere teams zijn interessant voor criminelen. Ze trekken minder de aandacht, er zijn geen camera's die de wedstrijd registreren en geen tienduizenden toeschouwers die eromheen staan', vult Helena aan. 'Ik wil die ellende niet. Ons voetbal moet zuiver blijven.'

Lisa denkt heel snel na. Eigenlijk kan ze er geen klant bij hebben. Deze Helena is echter zo ontwapenend gedreven dat het moeilijk is deze opdracht te weigeren. 'We kunnen beginnen met een analyse van de risico's. Daarna inventariseren we dreigingen en eventuele malafide praktijken. Ten slotte schrijven we een rapportage met aanbevelingen en adviezen en kunnen we sessies met speelsters houden om risico's te bespreken. Lijkt dat je wat?'

Helena tovert een dankbare lach tevoorschijn. Ze heeft kuiltjes in haar wangen.

'Ik kan vandaag een offerte voorleggen waar je ja of nee tegen kunt zeggen', zegt Lisa.

'Zo snel? Jullie maakt je naam wel waar, zeg. Goed, lijkt me uitstekend. En bij een akkoord zal ik zorgen dat je inzage in de administratie en onze gegevens krijgt. Plus onbeperkt toegang tot het sportcomplex De Toekomst, waar de vrouwen trainen en de meeste thuiswedstrijden spelen, en de ArenA.'

Ze kijken elkaar aan alsof ze hun krachten met elkaar meten. Lisa ziet een vastberaden blik in twee helderblauwe ogen. Dan glimlachen ze gelijktijdig en schudden elkaar de hand.

'Goed dat je gekomen bent', zegt Lisa.

'Dat gevoel heb ik ook.'

Als Lisa Helena uitlaat, vraagt ze zich af waar ze nou weer ja tegen heeft gezegd. In ieder geval niet tegen het advies van haar vader om het aantal opdrachten voorlopig even te beperken. Dit is echter een grote opdracht, een hele grote. De belofte om vandaag een offerte te schrijven betekent dat ander werk blijft liggen. Ze bekijkt een fototje van Hannah op haar mobiel, zet zich met een zucht achter de computer en legt een nieuwe map aan: Ajax.

8

Kat schrikt wakker van de voordeurbel. Haar hoofd bonkt en ze heeft de smaak van een dode cavia in haar mond. Kunnen ze haar geen moment met rust laten? Ze drukt haar oren dicht. De bel gaat nog een keer, langer.

'Flikker op', schreeuwt ze.

Het blijft een tijd stil. Dan gaat de bel bij de benedenbuurman, Richard. Hopelijk is hij er niet. Maar dan wordt de voordeur opengedaan. Stemmen klinken op de trap, vrouwenstemmen. De deur bij Richard gaat weer dicht, de voetstappen naderen. Er wordt op haar deur geklopt.

'Kat.' Het is de stem van Odette.

'Wij zijn het.' Dat is Kiki.

Kat verroert zich niet. Ze durft nauwelijks adem te halen.

'We weten dat je thuis bent.' Odette weer.

'Doe open, Kat. *Please.*' Kiki.

Odette is Kats therapeut geweest. Eerst in de afkickkliniek in Voorthuizen, later bij haar thuis. Na het beëindigen van de therapie werden ze vriendinnen. Beste vriendinnen zelfs. Hun vriendschap kwam in gevaar toen Odette verliefd op haar werd. Ze hebben er niet meer over gesproken, Kat had andere dingen aan haar hoofd. Daarbij, zij is nooit verliefd op Odette geweest.

Dat was anders bij Kiki: voor haar viel Kat als een blok. Kiki, de blauwharige chemicus die ze tijdens de Rijksmuseumzaak ontmoette, de vrouw met het onweerstaanbare profiel, een lichte wipneus en een zachte kaaklijn. Ze weet nog steeds niet of het echt verliefdheid was, en of ze überhaupt verliefd kan worden – ook niet of dat dan op mannen of op vrouwen is. Ze heeft als grap bedacht dat ze 'kikisch' was, een variant op lesbisch. De ruis van de afgelopen maanden heeft alle romantiek en erotiek, als die er al was, op een dood spoor gezet. Kiki is contact blijven houden, ook toen Kat steeds meer in zichzelf gekeerd raakte. Dat is wat vriendinnen doen. Zou Kat dat ook voor Kiki kunnen opbrengen?

Kat kan niets meer voelen, dus ze weet het niet. Je kunt niet gevoel voor het ene uitzetten en voor het andere houden, als een stoppenkast met verschillende groepen. Bij deze kortsluiting is de zekering van de hoofdschakelaar doorgeslagen, en alle licht gedoofd.

Er wordt nog een paar keer gebonsd. Dan blijft het stil. Kat zou overeind moeten komen, de kots moeten opruimen. Haar familie moeten geruststellen, Lisa ontlasten met het bedrijf. Ze zou, ze moet, ze moet zoveel. 'Ik moet helemaal niks', zegt ze hardop. 'Ik moet rosé.'

Een beweging bij het raam trekt haar aandacht. Een mand zakt aan een touw naar beneden, en belandt op haar balkon. Kat hijst zich overeind. Een stekende hoofdpijn doet haar voor even het zicht verliezen. Ze knijpt haar ogen dicht en spert ze weer open. De mand gaat op en neer, als een dobber waarmee gevist wordt. Ze strompelt naar de balkondeur en opent die, knipperend tegen de felle zon. Ze stapt naar buiten. Er zit fruit in de mand, flessen sap, noten, kaas en veel meer. Haar ogen volgen het touw, omhoog. Odette en Kiki hangen uit het zolderraam. Kiki heeft het touw vast.

'Hoi', zegt ze.

'Mogen we binnenkomen?' vraagt Odette.

'Nee.'

'Als je de deur niet voor ons openmaakt,' dreigt Kiki, 'dan klimmen we naar beneden. Ik weet niet of Odette dat op haar leeftijd...'

'Nou zeg', protesteert Odette voor de vorm.

'Ik wil niemand zien, niemand spreken. Is dat niet duidelijk?' zegt Kat. 'Ga weg.'

Kiki duwt Odette opzij en er komt een been uit het zolderraam. Kat peilt de diepte. Driehoog is erg hoog. Als Kiki valt, overleeft ze het niet.

'Jullie chanteren me', zegt ze.

'Ja', antwoordt Odette.

'Ik wil jullie niet spreken.'

‘Wij jou wel.’

Er komt een been bij, Kiki zit op de vensterbank en houdt zich vast aan de kozijnen.

‘Doe effe normaal’, roept Kat.

‘Ik kom ook liever door de voordeur naar binnen, maar ja.’

Kat kreunt, wankelt naar de voordeur, zet hem open, gaat op de bank zitten en maakt zich klein.

Niet veel later stappen Odette en Kiki naar binnen. Odette loopt direct door naar de keuken en vult de waterkoker. Kiki haalt de ‘gezonde mand’ van het balkon en zet hem op tafel.

Kat ziet het aan, met lede ogen, ze heeft het koud en rilt. Odette loopt terug de hal in en zet de douche aan. Ze gaat voor Kat staan en zegt: ‘Als jij nou even een douche neemt…’

‘Je bent mijn moeder niet.’

‘Geen gezeur, kom op.’ Vier handen trekken haar overeind en ze krijgt een duw richting badkamer. Daar kleedt ze zich uit en stapt rillend onder de straal. Ze moet toegeven, het warme water voelt weldadig aan. Het stroomt over haar hoofd en haar lijf, met open mond vangt ze het water en spoelt haar tong en tanden. Uit de huiskamer klinken geluiden, van borden, bestek en het schuiven van stoelen. Dan de stemmen van Kiki en Odette. De deur van de badkamer gaat open en dicht.

Kiki zet de douche uit. Op de wasmachine ligt een dikke badhanddoek en een ochtendjas van velours. Op de grond staan pantoffels, ze hebben aan alles gedacht. Als ze dik ingepakt de hal in stapt, ziet ze dat de boel is opgeruimd; de kots in de slaapkamer is weg en frisse lucht stroomt door de openstaande balkondeuren naar binnen. Ook de huiskamer is schoon en op de salontafel voor de bank staat een glas met groentesap en een bord met crackers, noten, druiven en Franse kaas. Ze gaat op de bank zitten en neemt het glas groentesap van Kiki aan.

‘Er is een verschil tussen iemand laten en iemand in de steek laten’, begint Odette. ‘We weten dat je met rust gelaten wil worden, maar dit is niet goed voor je. Als je zo doorgaat kom je er niet meer uit.’

'Dus word gerust pislink op ons, we blijven toch komen', vult Kiki aan.

Kat staart naar de twee vrouwen. Hun betrokkenheid is oprecht, daar twijfelt ze niet aan. Het is alleen zo verrekte lastig om hun bezorgdheid en liefde te ontvangen. Als ze de emotie binnen laat komen, dan verzacht ze, en als ze verzacht, dan wordt ze kwetsbaar, en als ze kwetsbaar is... Ze probeert uit alle macht om aan het puntje van haar neus te denken, zoals altijd als ze niet wil huilen. Het gat in de dam is echter al geslagen. Een traan biggelt over haar wangen, en dan nog een, en nog een. Kiki en Odette zien het zwijgend aan. Dan veegt Kat met de mouw van haar ochtendjas haar wangen droog, en neemt een slok groentesap en een hap uit een toastje met kaas.

Haar vriendinnen halen opgelucht adem en kijken naar elkaar.

'Het is nog niet goed', waarschuwt Kat.

'Natuurlijk niet', antwoordt Odette. 'Nog lang niet.'

'Ik bedoel: het komt nooit meer goed.'

'Het wordt misschien nooit meer zoals het was.' Odette legt haar hand op die van Kat. 'Maar er komt een nieuwe werkelijkheid. Het heeft tijd nodig, en dan komt die er. Een werkelijkheid waarin...'

'Niet haar naam noemen.'

Odette slikt. 'Goed.'

'Ik krabbel wel weer op', zegt Kat. 'Dat doe ik altijd. Ik zal wel weer aan het werk gaan, mijn dingen doen. Ik wil alleen nooit... je weet wel. Nooit. Dat kan ik niet aan.'

Odette en Kiki knikken.

'En ik stop ook niet met drinken, Odette.'

Odette heft haar handen in een machteloos gebaar.

Kiki zegt: 'Als je ons maar wel in je leven toelaat.'

Kat bromt een antwoord.

'Contact?' vraagt Odette.

Kat zwijgt.

9

De offerte is goedgekeurd: binnen een uur nadat Lisa hem gestuurd had, kreeg ze al een positief antwoord. Kauffmann & Kauffmann kan aan de slag bij Ajax Vrouwen en dat betekent dat de andere opdrachten on hold komen te staan. Ze krijgt het er benauwd van, maar goed, ze heeft ja tegen Helena gezegd. Om te beginnen moet ze in de financiële administratie van Ajax Vrouwen duiken om te onderzoeken of alles volgens het boekje gaat. Ook moet ze kijken op wat voor manier geld eventueel witgewassen zou kunnen worden. En natuurlijk hoe je dat kunt voorkomen. Van Helena heeft ze de contactgegevens van een van de externe hoofdaccountants gekregen, de heer Lodewijk Schutte, die jaarlijks de accountantsverklaringen goedkeurt. Aan hem stuurt ze als eerste een mailtje met het verzoek om een gesprek en inzage in de cijfers.

Een mailtje van de raad van bestuur van de scholengemeenschap komt binnen. Vast een bedankje. Niets is echter minder waar. De raad van bestuur schrijft dat ze *not amused* zijn aangezien Lisa in het verhoorverslag een onjuiste hoogte van het ontvreemde bedrag heeft genoemd. Ze heeft wel het contante geld in de kluis vermeld; het onrechtmatig verkregen bedrag dat de directeur op de rekening van zijn vriendin had staan, is ze echter vergeten. Tijdens zijn bekentenis had hij opgebiecht dat hij tienduizend euro had achtergehouden, en door zijn wollige verhaal over zijn veeleisende vriendin, zoon die niet wilde deugen, demente moeder blablabla, is het Lisa ontschoten dat in het verslag te verwerken. Wat een stomme fout. Haar wangen gloeien van schaamte. Ze heeft het nota bene wel in haar notities staan. Gelukkig kan ze een herzien rapport schrijven en is er nog geen rechtszaak geweest.

Haar telefoon gaat. Vader Bart. Even twijfelt ze, ze vertelt liever succesverhalen. Ze neemt toch op. 'Pap. Alles goed met Hannah?'

'Jaja. Ik vroeg me af of ik iets van je kan overnemen.'

'Nee hoor.'

'Tot Kat terug is, bedoel ik.'

Eerst zint ze op een smoes. Dan besluit ze om eerlijk te zijn. 'Dat wil ik niet, pa. Ik ken je: als jij je weer met het bedrijf gaat bemoeien, neem je binnen de kortste keren de hele tent over. Jij kunt je niet "een beetje" met de zaak bezighouden.'

'Ja, je hebt gelijk. Als vraagbaak blijf ik wel beschikbaar, hoor.'

'Natuurlijk, je bent en blijft ons wijze opperhoofd. Gepensioneerde opperhoofd, welteverstaan.'

'Gepensioneerde opperhoofd', herhaalt hij traag.

'Ik heb net een stomme fout gemaakt, maar ik worstel me er wel doorheen.'

'Wat dan?'

'Iets vergeten te vermelden. Ik moet een rapport herzien en opnieuw schrijven.'

'Wel noemen dat het een herzien rapport is, hè? Je mag niet verzwijgen dat er een eerder eindrapport is uitgebracht.'

'Natuurlijk niet. En ik zal beide rapporten meenemen, mocht ik in de rechtszaak als getuige moeten optreden.'

'Heel goed, meissie. Weet je wat jullie zouden moeten doen?'

'Nou?'

'Een secretaresse in dienst nemen. Volgens mij kan het bedrijf dat inmiddels financieel best aan.'

'Een secretaresse?'

'Het zou je zoveel administratief werk schelen. Iemand die de telefoon aanneemt, agenda's bijhoudt, verslagen uittypt, van die dingen. Denk er eens over na.'

'Dat kost geld.'

'Ja, dat kost geld.'

'Ik los het zelf wel op.'

'Fouten maken en herstellen kost uiteindelijk meer geld.'

Nadat de verbinding is verbroken, typt Lisa een mail naar de raad van bestuur. *Dank voor uw reectie. Mijn oprechte excuses voor de door mij over het hoofd geziene…* Precies op het moment dat ze op de *send*-knop drukt, ziet ze dat ze 'reectie' in plaats van 'reactie' heeft getypt. En dat de autocorrectie er iets anders van maakt. Het bericht is echter al verzonden. Ze bonkt met haar hoofd op haar bureau, wat een sukkel is ze toch, en het is niet meer terug te draaien, het is verstuurd, ze heeft zojuist een mail naar een raad van bestuur gestuurd die begint met *Dank voor uw erectie.*

Het stereotiepe plaatje van de ideale secretaresse verschijnt op haar netvlies, een vrouw met het haar in een knot, grijze kleding, netjes, accuraat, beleefd, kalm, dienstbaar, keurig ABN sprekend, onzichtbaar als het moet, zichtbaar als ze op moet treden. Die moet ik hebben, denkt ze, een secretaresse die mij komt redden.

10

Bellen leek Ruben niet zo'n goed idee. 'Hallo mevrouw, uw zoon is vermist', doe je niet door de telefoon. Bovendien is het de vraag of Lex vermist ís. Voor hetzelfde geld heeft hij een mooi meisje gezien en ligt hij samen met haar op Ibiza te chillen.

Hij zou op neutrale toon kunnen vragen of de moeder van Lex weet waar haar zoon is. Er zijn echter ouders die dan meteen in paniek schieten. Daarom was Ruben op zijn scooter gestapt en had hij de vijfentwintig kilometer naar Vinkeveen gereden, want sportschool Heerinckx bleek inderdaad volgens de 'Wie ben ik' op de website '... Bouke, met mijn vrouw Lobke en zoon Lex...' te zijn.

De villa aan de Herenweg is aan drie kanten omringd door water, een privébrug leidt ernaartoe. Ruben staat voor de ingang, die aan de zijkant van de woning is. Zijn scooter heeft hij aan de straatkant geparkeerd, tussen een Volvo en een BMW.

Een kleine vrouw met grote blauwe ogen opent de deur. Tegen de vijftig schat hij haar, goedverzorgd, met zorgvuldig aangebrachte make-up en lange, gelakte nagels in leverkleur. Haar halflange, bruingeverfde haar heeft ongetwijfeld extensions en is met een stijltang in model gebracht. Ze glimlacht naar Ruben. 'Kan ik je helpen?'

'Hoi, ik ben Ruben, een vriend van Lex; ik vroeg me af... Kan ik binnenkomen?'

Ze lijkt even te aarzelen, en zet dan de deur verder open. 'Mijn man komt zo thuis, we gaan naar het winkelcentrum. Ik heb niet erg lang', zegt ze terwijl ze voor Ruben uit naar de woonkamer loopt.

De woonkamer is wit. Witter dan wit, de muren, de leren bank, de meubels langs de muren, de salontafel: alles is smetteloos wit – geen boeken, wel een kast vol cd's en vinyl, de 'ouderwetse' manier om muziek te luisteren dus.

‘Ga zitten.’ Ze wijst naar de Des Bouvrie-bank. ‘Wil je wat drinken?’

‘Heeft u cola?’

In de open keuken haalt de moeder van Lex een fles uit de koelkast en schenkt in. Ruben kijkt ondertussen om zich heen. Hij kan zich niet voorstellen dat Lex hier als kind heeft rondgebanjerd. Als iemand niet netjes is, is het zijn voetbalvriend wel; als schooljongen is hij vast elke dag met modder tussen zijn noppen en een bal vol grassprieten naar binnen gehold.

Lobke lijkt zijn gedachten te raden. ‘Toen Lex de deur uit ging hebben we alles opgeknapt’, zegt ze, terwijl ze het glas cola voor Ruben op tafel zet. Ze glimlacht. ‘Het huis kon wel een likje verf gebruiken.’ Ze gaat op een stoel tegenover hem zitten en slaat haar benen over elkaar. ‘Vertel’, zegt ze. ‘Wat brengt je hier?’

‘Ik ben op zoek naar Lex’, antwoordt Ruben. ‘Ik kan hem nergens vinden.’

‘Sinds wanneer?’

‘Sinds zondag.’

‘Dat is nog niet zo lang.’

‘Nee, maar eh…’

Lobke knijpt haar ogen samen. ‘Waarom zoek je hem? Krijg je soms geld van hem?’

‘Nee, nee, helemaal niet. Hij zou me helpen met… een klusje in huis.’ Dit klinkt duidelijk als een smoes.

Lobke vouwt haar armen over elkaar. ‘Ik weet niet waar hij is’, zegt ze. Haar blik is koel geworden. ‘Ik kan je helaas niet helpen.’

Ruben zoekt tevergeefs naar woorden, om de slechte eerste indruk weg te nemen. De moeder van Lex blijft hem ondertussen argwanend aanstaren.

Door de ramen ziet Ruben hoe een man via de tuin naar de voordeur loopt. Hij heeft een vrolijke uitstraling en lijkt te zingen. Als de man de hal in komt, hoort Ruben inderdaad een liedje, Kleine jongen. ‘Dit leven gaat voorbij, er is zo weinig tijd, dus leef want jij bent vrij…’ Ruben herkent de man die binnenkomt van de foto op de website.

‘Wie ben jij?’ vraagt de vader van Lex als hij Ruben ziet.

‘Dit is een vriend van Lex’, antwoordt Lobke. ‘Ruben, hij zoekt hem.’

‘O?’ Bouke steekt zijn hand uit, zijn handdruk is stevig. De man heeft het uiterlijk van een Fries, stelt Ruben vast: groot, blond, met blozende, gezonde wangen, enorme handen en een open, vriendelijk gezicht. Hij mag hem meteen omdat de vader hem zo aan zijn vriend doet denken.

‘Waar hangt Lex nu weer uit?’

‘Als ik dat wist zou ik hem niet zoeken.’

Vader Bouke slaat op zijn voorhoofd. ‘Dingdong.’

‘We moeten gaan’, zegt Lobke.

Ruben drinkt zijn glas in één keer leeg en staat op. ‘Mag ik even gebruikmaken van uw toilet?’

‘Tweede deur rechts.’ Ze gebaart naar de hal.

Hèhè, eindelijk iets persoonlijks in dit huis, denkt Ruben als hij in de kleine ruimte staat. Er hangen familiefoto’s, ook van Lex als kind, keurig in goudkleurige lijstjes. De foto waar hij zijn vriend het meest op herkent trekt zijn aandacht. Lex zit in een roeiboot, samen met een donkere jongen. Ze houden allebei een peddel vast en lachen naar de camera. Met zijn mobiel maakt Ruben een foto van de foto, nu heeft hij tenminste een recente afbeelding. Wie weet komt dat van pas in zijn zoektocht.

‘Wie is die jongen in de roeiboot?’ vraagt hij als hij de hal weer in komt. Lobke en Bouke staan bij de deur met hun jassen aan op hem te wachten. ‘Die donkere jongen op de foto in de wc.’

Het ontgaat Ruben niet dat Bouke en Lobke elkaar een snelle blik toewerpen en dat een schaduw over het gezicht van de vader trekt. Lobke haalt een lok haar uit haar gezicht en stopt die achter een oor. ‘Hoelang ken je Lex al?’ vraagt ze.

‘Een jaar of twee, sinds hij op de Marnixstraat woont en in café De Zon komt. We hebben een seizoenkaart bij Ajax en gaan samen naar wedstrijden.’

‘O, vandaar dat je niet weet wie op die foto staat’, zegt Lobke. ‘Het was een jongen uit zijn klas.’

'Destijds zijn beste vriend', vult Bouke aan. Zijn ogen staan opeens droef.

'Ik heb hem nooit samen met Lex gezien.'

'Dat kan kloppen, hij is verdronken.' Lobke opent de deur. 'We hebben het er niet graag over.'

Een beetje beduusd loopt Ruben mee naar buiten. Er is inderdaad veel wat hij niet van Lex weet, realiseert hij zich. Hij loopt naar zijn scooter en draait zich om.

'Hoe... eh... Hoe heette die vriend eigenlijk?' vraagt hij.

'We laten het liever rusten, Ruben', zegt Bouke.

'Als we iets van Lex horen, zullen we zeggen dat hij contact met je op moet nemen.' Lobke opent de Volvo, met de afstandsbediening. Ruben wil zeggen dat contact opnemen moeilijk gaat, omdat hij de mobiel van Lex heeft, maar dan bedenkt hij zich. Straks denken ze dat hij hem gestolen heeft. Misschien maakt hij zich voor niets druk over Lex, zijn ouders zijn duidelijk niet bezorgd. Wellicht zijn ze gewend dat hun zoon een paar dagen van de radar is.

'Bedankt', zegt hij. Hij zet zijn helm op en start de scooter. Ondanks die zorgeloosheid van de ouders is het gevoel dat hij door moet zoeken, nog sterker dan vóór het bezoek. Hij weet wat zijn volgende stap wordt – een 'kattiaanse' stap waar Lisa het niet mee eens zou zijn.

11

Sjouwend met een tas vol boodschappen arriveert Lisa later bij de Pontsteiger dan ze van plan was. Het herschrijven van het rapport heeft meer tijd gekost en een vaag schuldgevoel drukt nu op haar. Ze had Hannah graag zelf nog in bad gedaan.

Bij de lift staat Famke, de buurvrouw, met een boodschappentas waar wortelen uit steken.

'Hé, hoi', zegt Famke. 'Ik dacht dat ík laat was.'

Ja, wrijf het maar in, denkt Lisa. 'Er lag een lading werk', zegt ze. 'En ik moet het alleen doen, mijn zus is ziek.' Waarom verontschuldigt ze zich eigenlijk.

'Wat voor werk doe je?' vraagt Famke.

'Ik heb een bedrijfsrecherchebureau. Samen met mijn zus.'

'Een bedrijfsrecherchebureau?'

'Gespecialiseerd in fraudezaken. Voorkomen en oplossen. En ook andere zaken.'

'Je bent dus een soort detective?'

'Soms wel.'

Famke wijst naar de boodschappentas van Lisa. 'Wat ga je eten?'

'Chili con carne, lekker snel klaar', antwoordt Lisa; ze begint zich ongemakkelijk te voelen bij die nieuwsgierigheid. Ze stappen in de lift.

'Met vlees dus?' constateert Famke.

'Anders was het chili sin carne.' Lisa heeft geen zin om het gesprek voort te zetten, maar in de lift is er bij deze buurvrouw geen ontkomen aan.

'En groente van…?' vraagt Famke.

'Wat bedoel je?'

'Biologisch?'

'Appie. Niet biologisch.'

Ze bereiken de derde etage en Famke stapt uit de lift. Voor de deuren sluiten zegt ze verontschuldigend: 'Ik heb besloten om toch niet samen te rennen, sorry. Ik wil meer bij Clementine zijn. Een baby heeft zo vaak mogelijk...'

De deuren zijn weer dicht. '... de moeder nodig', zucht Lisa.

12

Het is donker en stil in de Marnixstraat. De laatste tram is al ruim een uur geleden vertrokken en de cafés zijn dicht.

Ruben heeft zich verdekt opgesteld, tussen twee auto's, in donkere kleding. Aan zijn arm hangt een plastic tas. Hij speurt de uitgestorven straat af en stapt dan naar het schuifraam, onder de Ajax-vlaggen. Uit de tas haalt hij een koevoet en steekt die onder het raam. Kracht zettend wrikt hij het op een kier en werpt opnieuw een blik om zich heen. Niemand heeft hem gezien. Het is stil. En bij de buren blijft het donker.

Hij schuift het raam verder open, duwt de vetplanten opzij, klimt naar binnen en trekt het vervolgens dicht. Hij zet de zaklantaarn op zijn mobiel aan en zoekt het lichtknopje aan de muur. Dat vindt hij en de kamer baadt ineens in het licht. Het is, zoals verwacht, een klerezooi. Lege blikjes en een volle asbak met resten van joints. Het stinkt naar oude sokken, rook, verschaald bier, vuilniszakken die al weken geleden buitengezet hadden moeten worden. Op tafel liggen geopende post en ongeopende, lege enveloppen waarop sommen uitgerekend zijn, een boodschappenbriefje, een bananenschil en een bon van wasserette 'Het ruime sop' en – niet onbelangrijk – Lex' paspoort. Zijn blik gaat naar graffiti op de muur. *Freedom and justice* staat er, in rode, gele en groene letters, op gespoten. Hij vergelijkt het graffiti-handschrift met dat op het boodschappenbriefje. Duidelijk Lex die dit in hanenpoten heeft geschreven. *Freedom and justice.* Opnieuw betreurt Ruben het dat hij nooit met zijn vriend over andere dingen dan voetbal heeft gesproken.

In een kleine slaapkamer, niet groter dan drie bij anderhalf, vindt hij naast het eenpersoonsbed een laptop. Hij opent hem en probeert een wachtwoord. 'Ajax'. Nee. 'ArenA'. Ook niet. Tevergeefs voert hij wel twintig wachtwoorden in, gerelateerd aan hun favoriete voetbalclub. Dan heeft hij beet. Met het wachtwoord 'Godenzonen' – niet bepaald veilig – komt hij in de bestanden.

Boven hem valt iets, met een bons. Er gaat een deur dicht en iemand stommelt de trap af. Ruben stopt en wacht tot het weer stil is. Zijn vingers vliegen daarna over het toetsenbord als hij naar de zoekgeschiedenis gaat. Die wordt automatisch gewist; verdorie, het zal dagen, zo niet weken kosten om dat terug te halen. En dat kan niet hier. Hij mag echter ook niet zomaar iemands laptop meenemen. Ach wat, hij legt het later wel uit. Als er een 'later' komt, tenminste. Een onbestemd gevoel trekt vanuit zijn buik omhoog en schroeft zijn keel dicht. Met de laptop onder de arm verlaat hij even daarna het pand, via de voordeur.

13

Godzijdank heeft ze Odette en Kiki met een hoop beloftes de deur uit weten te werken en is ze nu weer alleen met het enige levende wezen dat ze om zich heen verdragen kan, Smelleycat. De kat staart Kat met zijn groene, lichtgevende ogen aan alsof hij haar doorgrondt. Hij zit op de grond in een hoek van de slaapkamer, onbeweeglijk, als een sfinx.

'Kom dan.' Ze klopt op bed en maakt smakkende geluidjes. 'Kom dan bij me liggen.'

Haar kater vindt haar eng. Tenminste, dat gevoel krijgt ze als hij zo kijkt. Licht in haar hoofd stommelt ze uit bed en haalt hem aan. Hij geeft geen krimp. Ze tilt hem op, hij stribbelt tegen en krabt zelfs, ze krijgt een flinke kras op haar arm.

'Oké', zegt ze, terwijl ze hem op de grond zet en hij opnieuw naar haar begint te staren. 'Tijd voor een goed gesprek.' In kleermakerszit gaat ze op bed zitten. 'Vind je het irritant dat ik niet meer naar de Kat van de afgelopen maanden ruik omdat er alcohol uit mijn poriën komt?' Ze ruikt aan haar arm. 'Dat kan ik me voorstellen, maar...' Ze zwaait met haar vinger. 'Is dat een reden om mij af te wijzen?'

Smelleycat draait zijn kop om en begint zijn vacht te likken.

'Of ben ik te veel thuis en wil je het rijk voor je alleen? Moet ik vaker de deur uit? Moet alles weer normaal zijn: baasje aan het werk, jij vogels vangen op het balkon?'

Het moet niet gekker worden, denkt ze. Ik praat tegen de kat alsof hij mijn *shrink* is. Ze lacht hardop. Hoewel ze een paar uur geslapen heeft, is ze nog steeds aangeschoten.

'Wat moet ik nou met mijn leven, Smelleycat?'

'Miauw', klinkt het.

'Je hebt gelijk, ik moet dit hol uit. Maar wel op mijn manier, hoor je. Mijn manier.' Dat laatste zingt ze als een operazangeres. Dan laat ze zich achterovervallen en staart naar het plafond. Na een tijdje springt Smelleycat op bed en nestelt zich op haar buik, waar hij spinnend warmte verspreidt.

14

De volgende ochtend verdiept Lisa zich in witwaspraktijken in de voetbalwereld op Europees en nationaal niveau, ter voorbereiding op het gesprek met de hoofdaccountant van Ajax. De heer Schutte is verantwoordelijk voor de financiële controle die jaarlijks door middel van een streng licentiesysteem de boekhouding van Ajax onder de loep neemt. Lisa wist al dat de UEFA, de Europese voetbalbond, strikte voorwaarden stelt aan de financiële controle door middel van de *Financial Fair Play*. De marge om in Nederland fiscale fraude te plegen of geld wit te wassen lijkt erg klein. Het is echter niet onmogelijk, want zolang die marge er is, bestaat de kans dat criminelen Ajax gebruiken om zwart geld wit te wassen.

Het raam van het kantoor staat open en ze kijkt peinzend naar buiten. Stralend lenteweer. Een stel loopt hand in hand op de stoep, in zomerjurken, likkend aan een ijsje. Hopelijk is ze vanmiddag wat vroeger klaar, om met Hannah in het Westerpark te kunnen wandelen. Misschien kan ze achter de kinderwagen rennen, je ziet moeders dat soms doen. Het is schipperen met oppas, een normale moeder zou tien weken ouderschapsverlof krijgen. Ze is alleen geen normale moeder. Hoe word je dat eigenlijk, een normale moeder? Door meer tijd aan je kind te besteden? Ze zucht. Tijd. Maartje past weer op. Alweer, haar stiefmoeder heeft zelfs aangeboden om een dag minder te gaan werken. 'Of twee', had ze geopperd. Eric heeft geen recht op vaderschapsverlof omdat Hannah niet officieel geadopteerd is. Het is al een wonder dat het ziekenhuis het hem mogelijk maakte om een dag in te leveren en vier in plaats van vijf dagen te gaan werken.

Kom op Lisa, aan de slag, dan mag je van jezelf misschien iets eerder weg. Online zoekt ze verder naar informatie over het vernieuwde systeem voor financieel toezicht op voetbalclubs. Ze leest dat volgens de nieuwe regels slechts een bepaald deel van de inkomsten mag worden besteed aan salarissen voor spelers, afschrijving op transfersommen en makelaarskosten. Er worden ook grenzen gesteld aan verliezen die een club mag maken. Op deze manier, door uitwassen zoals buitensporige salarissen of transfersommen te voorkomen en de continuïteit van de voetbalclubs te bewaken, probeert het systeem een meer gelijk speelveld tussen clubs te creëren.

Dit is een nieuwe wereld voor haar. Ze haalt de handen door haar haren en schudt haar krullen los. In de voetbalwereld gaat geld om, veel geld. En waar veel geld omgaat ruikt de misdaad zijn kans. Helena Pastor wil inmenging van criminelen voorkomen en ze heeft groot gelijk.

De deur kraakt. Een tochtstroom doet losse papieren op haar bureau opwaaien.

Kat staat op de drempel, mager, lijkbleek met donkere wallen onder haar holle ogen, haar armen om zich heen alsof ze zichzelf troost of verwarmt.

'Hoi', zegt Kat.

'Ik...'

'Ik wát?'

'Ik had je niet verwacht.'

'Ik doe weer mee.'

Lisa veert overeind. 'Wat fijn', zegt ze welgemeend. 'Welkom. Gaat het wel? Wil je niet liever wat meer tijd om...?'

'Is er koffie?'

'Natuurlijk.' Lisa loopt naar het Nespressoapparaat. Terwijl ze wacht tot de koffie klaar is, voeren blijdschap en bezorgdheid een strijd. Ze weet niet wat ze moet voelen; Kat in de buurt betekent onrust, onvoorspelbaarheid. Kat niet in de buurt ook. Ze zet de bekers op tafel. Haar zus heeft zich nauwelijks verroerd terwijl de koffie liep, ze heeft slechts een paar stappen naar binnen gezet en bekijkt de ruimte alsof ze van een lange reis is teruggekomen.

'Koffie', zegt Lisa ten overvloede en wijst.

Kat knikt, loopt een paar stappen, gaat zitten, blaast en neemt een slok. Dan schraapt ze haar keel en zegt: 'Werkoverleg.' Ze schraapt nog eens. 'Tijd voor werkoverleg.'

Lisa neemt aarzelend tegenover haar plaats. 'Mag ik eerst weten hoe het met je gaat?'

Kat staart naar een punt op tafel. Dan zegt ze: 'Ik ben gekomen om aan de slag te gaan, Lisa. Omdat Kiki en Odette en mijn kat zeggen dat ik dóór moet en ik zelf geen idee heb wat ik met mezelf aan moet. Hoe het gaat, doet niet ter zake. Ik wil bezig zijn. En ik kan het. Ik wil alleen één afspraak met je maken.'

Lisa wacht af, ze weet wat er komt.

'Ik wil het niet over jouw dochter hebben', zegt Kat. 'Laten we werk en privé strikt gescheiden houden.'

'Ik ben je tweelingzus, Kat. Alleen al daarom kunnen werk en privé onmogelijk gescheiden zijn. Ik zie wat je denkt, wat je voelt, elke beweging in je gezicht verraadt een wereld aan emoties. Je bent een open boek voor mij; voor je je mond opendoet, weet ik wat je wil gaan zeggen. Nog voor je tranen komen, weet ik dat je verdrietig bent, voor je een vuist balt dat je boos bent, voor je lacht dat de zon bij je doorbreekt. Hoe kan ik bij jou in godsnaam werk en privé scheiden?'

Kat lijkt na te denken. 'Oké, laten we afspreken dat we alléén over werk praten', zegt ze dan. 'Dat we alle lagen daaronder met rust laten, dat emoties onbenoemd blijven.'

Lisa's hart breekt als ze naar haar zus kijkt. Kat is kapot, fragiel en kwetsbaar, heeft het werk kennelijk nodig om erbovenop te komen, niet alleen als afleiding, ook om weer ergens goed in te zijn en trots op te worden. Het zal vast een tijd duren voor Kat fysiek en mentaal sterk genoeg is om voor de volle honderd procent mee te doen; niets doen zal echter averechts werken. Bovendien beseft ze dat Kat weg zal lopen als ze niet met haar voorwaarden akkoord gaat, en dan is ze haar zus kwijt, misschien wel voorgoed. Ze knijpt haar ogen dicht en slikt. Als ze nu iets zegt gaat ze huilen. Ze slikt opnieuw. Uiteindelijk legt ze haar handen plat op tafel, haalt diep adem en zegt: 'Ajax Vrouwen.

Manager Helena Pastor wil malafide praktijken voorkomen. Ze heeft ons om advies gevraagd.'

Kat legt eveneens haar handen op tafel. Haar vingertoppen raken die van Lisa. 'We gaan haar het beste advies geven', zegt ze.

Drie uur later ligt de tafel vol beschreven vellen papier. Lisa heeft met Kat geïnventariseerd wat de mogelijkheden zijn om geld binnen het betaald voetbal wit te wassen. Ze hebben die opties op een rij gezet om gerichte vragen aan de accountant te kunnen stellen.

'Wat hebben we tot nu toe?' vraagt Kat. Lisa maakt een stapel van de papieren en pakt het bovenste A4'tje.

'Crimineel geld, zoals bijvoorbeeld geld dat door de drugshandel verdiend is, kan worden witgewassen via...' Ze leest voor: 'Aan- en verkoopactiviteiten.'

'Waarbij de waarde van spelers wordt opgedreven, bijvoorbeeld door gefingeerde positieve persberichten en rapporten over hun prestaties', vult Kat aan.

Lisa pakt het tweede blaadje. 'Het oversluizen van commissies voor voetbalmakelaars naar eigen buitenlandse rekeningen, of naar die van familieleden of van bij het complot betrokken voetballers. Rekeningen bijvoorbeeld in Cyprus, Montenegro of Servië. Het geld keert via een omweg "wit" terug naar Nederland.'

'Cashgeldopnames', voegt Kat toe.

'Klopt.' Lisa wappert met een volgend vel. 'Makelaars die valse facturen sturen onder de noemer van scoutingsopdrachten, consulting, commissie, provisie, extra kosten, noem maar op.'

'En niet te vergeten de gokindustrie', zegt Kat. 'Daar gaan miljoenen in om. Je kunt schuiven met geld via bookmakers, overal ter wereld, en de winsten zijn wit. Zelfs als je verliest en minder terugkrijgt dan je hebt ingezet, dan heb je nog altijd wit geld in handen, dat daarvóór zwart was.'

'Kortom, genoeg om morgen aan hoofdaccountant Schutte voor te leggen.' Lisa legt een hand op Kats rug en voelt de botten van haar ribben en ruggengraat. 'Goed gedaan, zussie.'

'Dank je.' Kats handen trillen. 'Ik vind het mooi geweest, ik ga ervandoor.'

'Wat ga je doen?'

'Naar huis.'

Kat ziet lijkbleek, het zweet staat op haar voorhoofd.

'Je bent drijf', zegt Lisa.

Kats mond vertrekt in een grijns. Het doet Lisa denken aan een doodshoofdaapje dat zijn lippen optrekt. Kat steekt een hand op. 'Tot morgen.'

'Tot morgen, Kat, en eh...'

Haar zus draait zich om bij de deur.

'Fijn dat je er was', zegt Lisa.

Een zwaai en Kat is weg.

15

Lisa loopt naast Maartje in het Westerpark en duwt de kinderwagen met Hannah voort. Het park staat in volle bloei. Narcissen, rododendrons, wilde bloemen die vlinders aantrekken, hondjes die dartelen, bijen die zoemen – ze voelt zich als in een Disneyfilm, waarin Maartje en zij de acteurs zijn en alles om hen heen getekend is. Wandelen met een kinderwagen is wennen: alsof ze een rol speelt, alsof een regisseur die '*Cut!*' roept uit de bosjes kan springen, waarna de kinderwagen met baby afgepakt en zij afgeschminkt wordt.

Ze was wat vroeger thuisgekomen, om vier uur. Ze trof Hannah diep in slaap aan, in de armen van Maartje. Die deed niets, behalve verzaligd naar de baby staren. Toen Lisa voorstelde om samen een stukje te gaan wandelen, zei haar stiefmoeder: 'Eric vertelde dat je de Dam tot Damloop wil gaan lopen. Trek je sportkleding aan, dan kun jij rennen terwijl ik lekker op een bank een boek lees. Hannah slaapt wel even door. En als ze wakker wordt, geef ik haar een schone luier en de fles.'

Ze besloten uiteindelijk samen naar buiten te gaan. En nu wandelt ze in sportkleding achter de kinderwagen, onhandig, alsof ze under- of overdressed is, alsof ze in een jurk en op hakken in de sportschool verschijnt, of andersom. Ze wordt er gek van dat ze zichzelf doorlopend observeert. Geen moment kan ze zich niet van zichzelf bewust zijn. 24/7 staat haar zelfreflectie aan sinds ze een rol heeft die eigenlijk een ander toebehoort. Ze schraapt haar keel en om het zwijgen te verbreken zegt ze: 'Ik heb een buurvrouw ontmoet.'

'Aardig?'

'Ze heet Famke en heeft ook net een dochtertje.'

'Wat leuk.'

Lisa knikt. 'Famke heeft ideeën over opvoeden.'

Maartje lacht. 'Wie niet.'

'Van een of andere inheemse stam overgenomen. Die hun kinderen constant bij zich dragen en het eerste jaar niet buiten laten komen.'

'Zitten die inheemse moeders dan ook een jaar binnen? Of vaders.'

'Ik denk het.'

'Wat een raar verhaal. Inheemse volkeren leefden toch van oudsher juist in de buitenlucht?'

'Misschien combineert Famke het beste van twee opvoedingstechnieken.'

'Een baby niet naar buiten, wat een onzin.'

'Vind je?'

'Jij niet dan?'

Hannah ligt vredig te slapen, haar wangen en lippen rood. Met haar zwarte haartjes doet ze Lisa denken aan Sneeuwwitje, baby Sneeuwwitje. Opnieuw bekruipt haar het gevoel in een Disneyfilm te bewegen – Mary Poppins in het park met Danny Kaye en van die getekende dierfiguren.

'Komt er nog wat van dat sporten?' vraagt Maartje. Ze gaat op een bankje zitten, met één hand houdt ze de wagen vast. Lisa laat los, zet een voet op het bankje en rekt de spieren van haar benen. Als drie mannen met een zweetband om het hoofd langsjoggen veert ze overeind. 'Tot zo.' Ze steekt een hand op, naar Maartje, en trekt een spurtje. Een tijd geleden dat ze achter mannen aan heeft gerend. Een tijd geleden dat ze daar onweerstaanbaar veel zin in had.

16

Kat draait een jointje. Kruimels shag vallen op de grond. En op de glazen salontafel waar een glas rosé een kring op heeft gemaakt. Na met haar tong de plakrand van het vloeipapier bevochtigd te hebben, plakt ze de joint dicht. Daarna steekt ze hem aan, en neemt een hijs en inhaleert diep. Ze sluit haar ogen. De rook prikkelt tot diep in haar longen.

'Mijn god, het lijkt hier The Bulldog wel, na een invasie van een buslading Britten.' Odette komt uit de keuken en zet een raam open. 'Vind je het goed als ik wat openzet?'

'Dat heb je al gedaan', mompelt Kat.

'Ik heb spaghetti bolognese gemaakt. Met vegetarisch gehakt en extra groenten.'

Kat neemt nog een hijs en leunt achterover. Ze wordt licht in haar hoofd. Het ontspant.

'Ik ga de tafel dekken, Kiki zal er zo zijn', kondigt Odette vervolgens aan en ze begint onmiddellijk te rommelen met borden en bestek.

De geur van de gehaktsaus maakt Kat misselijk. Het liefst wil ze alleen zijn. Odette is een schat, tot haar hulpverlenerssyndroom de overhand krijgt. Odette en Kiki zeggen dat ze van haar houden, dat ze het daarom niet accepteren dat ze zichzelf de vernieling in helpt, dat ze haar niet in de steek laten, dat ze er voor haar zíjn. Met het accent op 'zijn'. Daar is ze mooi klaar mee, door die vriendschap wordt ze gegijzeld. Het is of ze is beland in een liefdevolle klem tussen Florence Nightingale en Moeder Teresa, die haar hapjes voeren en haar doodknuffelen. Ondanks dat open raam is het of ze geen adem meer kan halen, nee, juist dóór dat ongevraagd geopende raam. Ze weet dat ze niet ondankbaar moet zijn, maar... Misschien komt er wat speling in die wurggreep als ze een beetje meebeweegt.

De bel gaat. Kat opent haar ogen.

'Ik ga al', roept Odette. Even later komt ze terug met Kiki.

'Hoooi.' Als Kiki haar een kus op haar wang geeft, ruikt Kat de zon op haar huid en zelfs een vleugje bloesem in haar haren.

'Was je vrij vandaag?' vraagt ze.

'Hoe weet je dat?' vraagt Kiki verrast.

'Dat ruik ik.'

'Ik heb een kijkje genomen in De Toekomst.'

'En? Was ik al dood?'

'Ze kan nog grapjes maken', lacht Kiki tegen Odette.

'"Ze" zit erbij, hoor', moppert Kat.

'De Toekomst is het sportcomplex waar Ajax Vrouwen traint', legt Kiki uit. 'Een vriendin van mij, Elif weet-je-wel, is aanvoerder geworden van het eerste. Ze vroeg of ik zin had om naar een training te komen kijken.'

'Eten!' Odette zet twee pannen op tafel. Kiki gaat zitten.

Kat neemt een laatste hijs van haar joint, legt hem in de asbak en schuift aan.

'Heb je zin om een keer mee te gaan?' vraagt Kiki.

Zin? Op zo'n vraag geeft ze liever geen antwoord.

'Oké, zin is een groot woord', corrigeert Kiki zichzelf. 'Opnieuw dan: ga je een keer mee?'

'Nee.'

Odette schept de spaghetti op, Kiki de saus.

'Ik heb geen zin in leuke dingen', legt Kat uit, zich afvragend waarom ze het überhaupt uitlegt.

'Natuurlijk niet', antwoorden Kiki en Odette tegelijk.

Kat draait de spaghetti om op haar vork. En nog eens, en nog eens, de uiteindes van de sliertjes vallen en draaien mee.

'Je hoeft niets, alleen ademen', probeert Kiki. 'Het gaat er soms hard aan toe op zo'n training. Die meiden sparen elkaar niet. Fascinerend om te zien.'

Kat doopt wat spaghetti in de saus en brengt de vork naar haar mond. In het kader van de nieuwe opdracht zou het interessant kunnen zijn om een bezoekje aan De Toekomst te brengen. Maar om nou helemaal naar Zuidoost te reizen, mensen te ontmoeten, sociaal te moeten doen… Ze kauwt. De spaghetti bolognese smaakt zo gek nog niet.

'Ik kan je morgen ophalen', zegt Kiki.

'Wat kan jij drammen.'

'Je moet er een keer uit.' Kiki kijkt Odette aan, duidelijk voor steun. Die knikt.

'Ik ben vandaag al naar kantoor geweest.'

Kiki en Odette laten nog net niet hun bestek vallen. Met open mond staren ze naar Kat.

'Echt?!' Odettes ogen stralen.

'Wat goed!' jubelt Kiki.

Wat is het toch makkelijk om een mens blij te maken.

17

'Zie je wel!' Lisa houdt haar mobiel voor Erics neus. Ze hebben net samen Hannah in bad gedaan en in bed gelegd, gegeten en zitten nu op de bank uit te buiken. Lisa heeft een artikel gevonden over buitenlucht en baby's. 'In Scandinavië raden ze zelfs aan om baby's één keer per dag buiten te laten slapen.' Ze leest voor. '"Vitamine D-opname. De frisse buitenlucht zorgt voor meer weerstand door een grotere opname van vitamine D. Deze vitamine is onder andere belangrijk voor sterke botten en tanden." En het is ook goed voor de longen én baby's slapen dieper, waardoor ze fitter zijn.' Ze veert overeind. 'Dit artikel moet ze lezen.'

'Ho, wacht, wie?' protesteert Eric.

'Famke van driehoog. Zij zegt dat er buiten kwade prikkels zijn blablabla. Maar hier staat dat buitenlucht juist hartstikke gezond is.'

'Dat weet toch iedereen?'

'Famke niet.'

Eric pakt haar hand en trekt haar naar zich toe op de bank. 'Wat ik weet, is dat je je vooral niet met elkaars opvoeding moet bemoeien. Anne-Marie is er destijds drie vriendinnen door verloren.'

Anne-Marie is de ex van Eric en de moeder van zijn kinderen Sywert, Imke en Moos. Lisa weet dat het aardig zou zijn om Anne-Marie af en toe te bellen en om advies te vragen. Alleen, ze mag dat mens totaal niet. Ongetwijfeld wordt dat gevoel gevoed door heel veel kleinzielige, onzekere en misschien ook wel jaloerse redenen, maar Anne-Marie is ook gewoon niet sympathiek. En reuze-opdringerig: geef die één vinger en ze neemt de hele arm. Stel haar één vraag over opvoeding en ze komt met een vrachtlading adviezen. Niet om te helpen, maar om zichzelf beter en deskundiger te voelen, daar is Lisa van overtuigd.

'Die Famke en ik zijn een soort van vriendinnen aan het worden.'

'Dan al helemaal niet. Zolang een kind geen schade ondervindt, moet je de ouders met rust laten.'

'Dat is het nou net. Die arme Clementine krijgt vast weke botten door te weinig vitamine D. Die heeft straks O-benen waar een big doorheen kan en wie had dat kunnen voorkomen? Ik.'

'Je overdrijft. Ze hebben een balkon met zon.'

'Het is een van de huurwoningen. Een kléín balkon met weinig zon. En bovendien: ik heb háár visie ook moeten aanhoren.'

Eric buigt naar voren en pakt de avondkrant van tafel.

'Ik ga toch even langs.' Lisa schiet in haar slippers en neemt de lift naar beneden.

Voor de deur van Famke blijft ze staan en schikt haar krullen. Haar adem zit hoog, die moet eerst omlaag. Binnen klinkt een vrouwenstem, ze zingt een kinderliedje. Lisa wacht een paar tellen en belt dan aan. Als het zingen aanhoudt, belt ze nog een keer. Dan klinken er voetstappen. De deur gaat op een kier, dan iets wijder open.

'O, hoi', zegt Famke met een verbaasde blik. Ze ziet er verfomfaaid uit.

'Kom ik gelegen?' vraagt Lisa.

'Ik was met Clementine aan het spelen.'

'Oké.'

Ze staren naar elkaar. Vanuit de huiskamer klinkt zachte muziek.

'Mag ik misschien even...?' Lisa gebaart naar binnen. 'Ik ben zo weer weg.'

'Sorry, dat gaat helaas niet.'

'O, oké.' Lisa trekt haar wenkbrauwen op.

Famke krabt in haar hals en fluistert. 'Stanley heeft, naast wat hij al had, een sociale angststoornis ontwikkeld.'

'Ach, wat naar.'

'Ja, dat kan er ook nog wel bij.'

'Ik kwam alleen even zeggen dat ik een wetenschappelijk artikel gelezen heb over buitenlucht.'

'Vertel me niks over de zogenaamde wetenschap.'

'Het is goed voor de baby om af en toe buiten te lopen, hoor. Vanwege vitamine D en allergieën en zo.'

'Dank je voor de tip.'

'Dus zullen we een keer samen met de meisjes in het Westerpark wandelen?'

Famke werpt een blik over haar schouder, de gang in.

'En weet je', verzint Lisa ter plekke. 'Ik ben van plan om voortaan elke ochtend een duik in het IJ te nemen. Schijnt ook heel goed voor de weerstand te zijn. Doe je mee? Zonder de baby natuurlijk.' Ze lacht. 'De moeders moeten ook gezond blijven.'

Famke staart haar aan. 'Wat goed voor jou is, hoeft niet goed voor mij te zijn. Goedenavond.'

Voor Lisa iets kan zeggen, heeft Famke de deur gesloten. Verbluft blijft ze een ogenblik staan. Dan haalt ze haar schouders op. Oké, dan niet.

'Er is iets met die man', zegt ze als ze zich even later in Erics arm genesteld heeft.

'Hm', bromt hij.

'Ze lijkt bang voor hem.'

'Heb je hem gezien dan?'

'Nee.'

'Kappen, Lies. Ze hebben blijkbaar geen behoefte aan vrienden. Laat het los.'

Lisa buigt voorover en neemt een handje borrelnootjes uit een bakje op tafel. Loslaten: daar heb je dat woord weer. Ja, een lid van de postduivenvereniging, dié moet loslaten. Of een discuswerper. Zij niet.

18

Als Lisa de volgende dag binnenkomt, zit Kat al aan tafel de *z!* te lezen, een kop koffie in haar hand. Die daklozenkrant heeft ze blijkbaar onderweg gekocht. Lisa besluit er niets over te zeggen, ze hoopt dat Kats interesse in de buitenwereld weer terug aan het komen is.

'Hoi', zegt Kat. 'Heeft pa jou ook gesproken over een secretaresse?'

'Ja.' Haar zus en haar vader hebben blijkbaar contact gehad. 'Wat vind je ervan?' Lisa schenkt koffie voor zichzelf in, scheurt de zak met amandelcroissantjes die ze onderweg gekocht heeft open en legt hem tussen Kat en zichzelf in op de tafel. Ze zet haar tanden in een van de croissantjes.

'Best een goed idee. Zat mensen die een baan nodig hebben.' Kat wijst naar de *z!*

'We zoeken een secretaresse – áls we die zoeken – om ons te ontlasten. Niet om de wereld te verbeteren.'

'Dat is behoorlijk egocentrisch gedacht.'

'Pardon?'

'Dus je wil iemand aannemen puur om er zelf beter van te worden?'

'Dat is heel normaal, hoor.'

'Dat zegt alles over jou, dat jij dat normaal vindt.'

Lisa voelt haar bloeddruk verdubbelen. Wat kan die zus van haar toch een verschrikkelijk mens zijn, ze is onmogelijk, eigenwijs en beledigend. Na twee dagen, nee, niet eens twee dagen samenwerken, heeft Kat haar alweer op de kast. Ze masseert haar slapen. 'We beginnen opnieuw', zegt ze dan en ze forceert een glimlach. 'Papa vindt dat wij een secretaresse in dienst zouden moeten nemen en wij staan daar niet onwelwillend tegenover.'

'Of secretaris.'

'Of secretaris. Zijn we het tot zover eens?'

Kat knikt.

'Omdat we iemand nodig hebben', vervolgt Lisa. 'Omdat we te veel opdrachten krijgen, het werk nauwelijks aankunnen en te veel tijd met administratie en zo kwijt zijn. Nog steeds akkoord?'

'Doe niet zo flauw.'

Ze gaat door. 'Dus we zoeken iemand die ons aanvult. Zodat wij kunnen doen waar we goed in zijn, namelijk fraudeurs opsporen.'

'Je wil iemand die facturen kan sturen, de telefoon op kan nemen, verslagen kan typen, enzovoort enzovoort.'

'Precies! Het verlicht ons werk.' Ze gebruikt expres het woord 'ons'. 'En het komt professioneel over. Elk zichzelf respecterend bedrijf heeft een ondersteunende kracht.'

'Oké', zegt Kat. 'Jij je zin.'

Hoewel de waarde van 'jij je zin' discutabel is, lijkt een storm te zijn overgewaaid. Lisa stopt het laatste stuk croissant in haar mond en likt haar vingers af. Kat speelt met kruimels in het zakje. Het is alsof ze allebei aan het idee moeten wennen. Hun tweevrouwszaakje breidt uit.

'Misschien kunnen we een profiel schetsen?' polst Lisa voorzichtig. 'Wat moet iemand volgens jou kunnen?'

'Nou, vooral: hoe moet iemand zijn? Wat voor persoon willen we bij ons team', antwoordt Kat.

'Oké. Wat voor persoon dan?'

Kat staart naar een punt op tafel. 'Iemand met potentie', zegt ze ten slotte.

'Die zich verder wil ontwikkelen', knikt Lisa. 'Goed idee.'

'Die weinig kansen heeft gehad', vervolgt Kat.

Die afslag wil Lisa niet in. Ze werpt een blik op het daklozenblaadje. 'Maar wel iets moet kunnen, toch?' oppert ze voorzichtig. 'Basisvaardigheden.'

'Jahaa.'

Iets vat vlam in Lisa – klein, als een weggegooide peuk in een droog, bosrijk gebied. Alsjeblieft, Kat, hou op met stumpers redden.

Help mij! Red mij! Red vooral jezelf. Van het ene op het andere moment flapt ze eruit: 'Hou eens op, ik wil iemand die goed is! Die geen issues heeft, en gewoon haar werk doet. Ik wil een professionele, degelijke, hardwerkende secretaresse die op tijd komt!'

Heel even lijkt Kat verbluft. Dan sist ze: 'O, het moet een normaal iemand zijn.'

'Ja.'

'Niet iemand zoals ik, bedoel je.'

'Hou op! Ik wil iemand die goed is en ervaring heeft. Of in ieder geval inzet toont en leergierig is!'

Kat krijgt een wazige blik in haar ogen. Ze gaat afhaken, weet Lisa. Maar ze zijn een professioneel bedrijf en ze hebben niets aan iemand die tijd kost in plaats van tijd bespaart. Wanhopig roept ze: 'Laat mij iemand uitkiezen, ik moet met haar werken, jij bent er nooit omdat je om de haverklap instort!'

Het valt stil. Compleet stil. Kat staart naar haar. 'Dit is zo onder de gordel', stamelt ze na een paar tellen. 'Als je van me zou houden, zou je dit nooit zeggen.' Ze veegt de map met de Ajax-documenten van tafel, staat op en loopt naar de deur.

'Waar ga je heen?'

'Naar De Toekomst', antwoordt Kat en vertrekt. De deur klikt in het slot.

Dit was chantage, denkt Lisa, het is niet de eerste keer dat Kat met zelfmoord dreigt. Ze haalt diep adem, schudt haar krullen los, gaat achter haar computer zitten en begint te typen: *Voor ons gezellige familiebedrijf zoeken we een ervaren secretaresse die de volgende taken op zich kan nemen...*

19

Ze had lucht nodig. Lisa kon dan misschien wel gelijk hebben, de manier waarop haar zus haar op haar nummer zette, hoefde ze niet te pikken. Op kantoor blijven was geen optie en de muren van haar huis komen zo langzamerhand op haar af, zeker met Smelleycat die zich het ene moment verwaardigt haar op te zoeken en het volgende moment haar weer afwijst. Ze was eigenlijk helemaal niet van plan naar De Toekomst te gaan, maar toen ze Kiki belde, stelde die enthousiast voor af te spreken voor de ingang van het sportcomplex.

Eenmaal op metrostation Amsterdam ArenA, op de roltrap naar beneden, roept iemand haar naam. 'Kat!'

Onderaan staat Ruben enthousiast te zwaaien. Ze tuimelt nog net niet in zijn armen.

'Ik heb je honderd keer gebeld', zegt hij. 'Ik snap het als je niet op wil nemen, maar een appje...?'

'Sorry.'

Hij lacht. 'Zo zie je wekenlang geen Kauffmann, zo zie je er drie achter elkaar. Ik was gisteren bij Lisa en Eric. Om een Ajax-T-shirt te brengen, maat mini, iets te groot. Ik heb niet veel met baby's, kinderen worden pas interessant als ze kunnen voetballen, maar deze Kauffmann is het leukste exemplaar van de familie – wat zeg ik, van het universum. Ze kijkt je al zo doordringend aan met die blauwe ogen, alsof ze wil zeggen: ja, jou mag ik wel, oompje.' Hij stokt en slaat zijn handen voor zijn gezicht. 'O, sorry. Dit is heel stom... Sorry. Ik ben een lompe, botte klootzak.'

'Geeft niet.'

'Jawel, geeft wel.'

Kat trekt haar schouders op.

'Echt sorry. Maar Hannah...'

'Dan nu wel kappen, Ruub.'

Ruben staart naar zijn schoenen en neemt een hap adem.

'Kappen!'

Ruben steekt zijn handen in overgave omhoog. 'Ik zeg er nog één ding over en dan houd ik mijn muil. Wat ik wil zeggen is... Het gebeurt toch een keer, Kat. Je zal haar een keer tegenkomen.' Hij doet een stap naar voren en slaat een arm om haar schouder. 'Je kunt haar beter opzoeken. Zal ik meegaan?'

Kat haalt zijn arm weg. 'Geen woord meer over haar, afgesproken? Anders kan ik jou ook niet meer zien.'

Ruben knikt.

'Wat doe je hier eigenlijk?' vraagt Kat. 'Er is toch geen wedstrijd?'

'Ik zoek een vriend.'

'O. Ik moet bij De Toekomst zijn. Waar Ajax Vrouwen traint.' Kat kijkt rond of ze ergens borden ziet. 'Weet jij waar dat is?'

'Dan ben je een halte te laat uitgestapt. Maar je kunt het lopen, voorbij de ArenA naar rechts.'

'Ik zie je, broertje.'

'*See you, sissie.*'

Na een vluchtige hug loopt Kat het station uit, de Johan Cruijff Boulevard op. Ze probeert het beeld van de baby met de blauwe ogen weg te krijgen; het is hardnekkig als een oorwurm, zo'n liedje dat de hele dag in je hoofd blijft zitten.

Via standaarden met ansichtkaarten en kranten loopt Ruben naar een medewerker van de AKO-winkel in het metrostation. 'Mag ik je wat vragen?'

De medewerker kijkt op. Ruben houdt zijn mobiel omhoog, waarop de foto van Lex en de onbekende jongen staat, ingezoomd op Lex.

'Ken je hem?'

De medewerker neemt de telefoon over en bestudeert de foto. 'Hij komt me vaag bekend voor.'

'Werkte je zondag tijdens Ajax-Feyenoord?'

'Ja.'

'Heb je hem toen gezien?'

De jongen lacht. 'Weet je hoeveel mensen er op zo'n dag langslopen?'

'Hij is voor het einde van de wedstrijd weggegaan. Het moet toen redelijk rustig zijn geweest.'

De medewerker schudt zijn hoofd. 'Het spijt me.' Hij geeft de telefoon terug.

Ruben overhandigt hem een papiertje met zijn telefoonnummer. 'Als je hem ziet, wil je mij dan bellen?'

'Natuurlijk, bro. Doe ik.'

'Thanks, man. Hoe heet je?'

'Jeremiah.'

'Thanks, Jeremiah.'

Bij de AH to go is er niemand die op de dag van de wedstrijd werkte. Ook in andere winkels kunnen ze hem niet helpen. Hij springt op de metro terug naar huis en weet dat hij ondanks het mooie weer de rest van de middag binnen zal zitten en uren zal besteden aan het bestuderen van Lex' telefoon en het kraken van diens laptop. En dan is er ook nog de fraudezaak waar Lisa hem voor ingeschakeld heeft.

Kat kijkt op een van de velden in De Toekomst naar zich uit de naad rennende, springende, bukkende speelsters. Het sportcomplex bestaat uit zeven voetbalvelden, twee kunstgrasvelden, een clubgebouw, en een gebouw waar de kleedkamers en sportzaal van de vrouwen zich bevinden. In de verte zie je de Johan Cruijff Arena. Bij het veld waar Kat met Kiki de training volgt staat een overdekte tribune. Het veld is omheind met reclameborden; sinds het vrouwenelftal succesvol is, vinden ABN Amro, Ziggo, TUI en andere grote bedrijven het de moeite waard om reclame te maken. Succes trekt geld aan, dat blijkt weer. En geld trekt criminelen aan. Wat dat betreft heeft die Helena Pastor groot gelijk om malafide praktijken bij de wortel aan te willen pakken. Kat duwt de gedachte weg dat ze op dit moment eigenlijk iets voor het bedrijf zou moeten doen. Ach, morgen weer een dag, bovendien straalde Lisa niet bepaald vertrouwen in haar uit.

Kiki staat naast haar, achter de lage omheining die toeschouwers van het veld scheidt. Aan weerszijden van hen staan jonge supporters, meisjes in rood-witte T-shirts – Kat schat de meesten rond de tien, twaalf jaar. Dat die ervan dromen om ooit zelf bij Ajax te spelen staat buiten kijf. Met rode wangen staan ze druk te wijzen en met hoge, schelle kinderstemmen roepen ze als volleerde voetbalkenners termen naar de speelsters, die Kat absoluut niets zeggen. Ze heeft het niet op sport; naar voetbal kijkt ze alleen de zeldzame keer dat het Nederlands elftal of een Nederlandse voetbalclub in een belangrijke internationale finale staat. Ze wil dan zelfs wel iets oranjes aantrekken, en verder houdt haar interesse op. En nu staat ze nota bene te kijken naar zwetende en hijgende vrouwen die achter een bal aan rennen.

Haar aandacht wordt getrokken door een meisje naast haar, niet ouder dan twaalf, dat elke keer als ze iets ter aanmoediging roept, omhoogspringt, alsof ze tegen een denkbeeldige bal schopt of kopt. Een dikke staart die haar kroeshaar bij elkaar houdt springt mee. De wangen van het kind zijn knalrood, ze draagt een Ajax-tenue en kniekousen in rood-wit. 'Mooi een-tweetje!' roept ze, en: 'Yeah, panna!'

De speelsters in het veld onderbreken de training om water te drinken. 'Wie is jouw favoriet?' vraagt Kat aan het stoere meisje.

'Wat denk je?!' Het kind laat de achterkant van haar shirt zien. BLONDIE, staat er in grote letters. 'Blondie natuurlijk!' De andere meisjes om haar heen vallen haar bij en ze slaan de armen om elkaars schouders: 'Blon-die, Blon-die!' scanderen ze.

Kat moet lachen om die enthousiaste kinderen die zonder enig voorbehoud hun heldin bewonderen. 'En wie is dat?' vraagt ze.

Ze wordt met grote ogen aangekeken. Dan begint het hele stel te grinniken. 'Ze weet niet wie Blondie is.' Het stoere meisje wijst naar een lange, bijna witharige speelster. 'Zij natuurlijk! Dat is Blondie! Ze speelt ook bij Oranje!'

'Die langste?' vraagt Kat. 'Met die paardenstaart?'

'Net als ik', glundert het stoere meisje. Dan richt ze zich weer tot haar vriendinnen en lijkt Kat vergeten te zijn.

‘Blondie is *the best*’, zegt Kat tegen Kiki. ‘Althans, als je de volgende generatie mag geloven.’

‘Ja, ze is erg populair’, zucht Kiki. ‘Helaas.’

‘“Helaas”?’

‘Als er één bitch bij loopt... Het is een publiek geheim dat de andere speelsters haar haten. Elif heeft enorme moeite om de sfeer binnen het team goed te houden.’

Kat kijkt naar de aanvoerster die door Kiki wordt aangewezen. Elif, zo te zien de kleinste, de tengerste van het team, rent het veld over. Hoewel ze door haar lengte twee keer zoveel passen als de anderen moet maken, lijkt ze te zweven.

‘Ze wordt Elfje genoemd’, verduidelijkt Kiki.

‘Ik begrijp helemaal waarom.’

‘In het veld is ze fanatiek’, gaat Kiki door, ‘en ondertussen is ze de meest sociale. Iedereen kan met haar opschieten, terwijl ze toch echt niet over zich heen laat lopen. Dat maakt haar een goede aanvoerder.’

‘En die Blondie?’

‘Ambitieus, gedreven, zoals alle speelsters, maar zet zich vooral in voor zichzelf, niet voor het team. Ze heeft al een aantal waarschuwingen gehad, maar ze laten haar niet zomaar gaan, ze is wel topscoorder. Blondie gaat over lijken om haar doel te bereiken.’

‘Hoort dat niet bij topsport?’

‘Winnen staat voorop en in het veld hoef je niet altijd vriendelijk te zijn. Als je na de wedstrijd maar weer met elkaar door één deur kan.’

‘En dat geldt niet voor Blondie?’

‘Er wordt gezegd dat ze aardig is tegen mensen van wie ze iets gedaan moet krijgen, maar rücksichtslos als dat niet zo is.’

‘O?’

Elif komt op hen afgelopen, lachend, met een bezweet hoofd. ‘En hoe vond je de training?’ vraagt ze aan Kiki.

‘Ha, laat mij elf paar mooie vrouwenbenen zien en mijn dag is goed’, lacht Kiki. ‘Dit is trouwens Kat.’

‘Hoi Kat.’ Ze geven elkaar een hand. ‘We zijn klaar, gaan jullie mee iets drinken?’

'Niet voor mij', zegt Kat. 'Ik ga naar huis.'

'Ik kom zo', zegt Kiki tegen Elif.

Elif legt even een hand op Kiki's arm en loopt dan weg. Kat voelt een steek in haar borst. 'Nieuwe liefde?' vraagt ze, zo neutraal mogelijk.

'Ex. En nog altijd een van mijn beste maatjes. Elif is een schat.'

Kat forceert een glimlach tot Kiki haar tegen zich aan drukt.

'Ik ben blij dat je meegekomen bent', zegt ze. 'Je hebt twee keer gelachen, weet je dat?'

'Ik kan het me niet herinneren.'

'Toen die meisjes "Blondie, Blondie" scandeerden en toen ik zei dat met elf paar mooie vrouwenbenen mijn dag goed is.'

'Je houdt me goed in de gaten.'

'Met de beste bedoelingen, schat.'

Schat?!

Kat duikt weg van Kiki's arm. 'Ik ga ervandoor.' Ze draait zich om.

'Viel mee, hè?' roept Kiki haar na. 'Geef toe dat het meeviel.'

Kat zwaait zonder om te kijken.

'Ajax-PSV komt eraan', roept Kiki wat harder. 'Ik regel kaartjes.'

Tot haar eigen verbazing heeft Kat een duim opgestoken.

Later op de avond, weer met een glas rode wijn in de hand en alleen thuis, de groen oplichtende, starende ogen van Smelleycat op haar gericht, ontvangt ze een bericht van Lisa.

Voor ons gezellige familiebedrijf zoeken we een ervaren en deskundige secretaresse om ons team te versterken. Als kloppend hart van ons bureau ben je verantwoordelijk voor diverse administratieve en organisatorische taken. Wij moedigen actief sollicitaties van minderheden aan en streven naar een diverse en inclusieve werkomgeving. Mee eens zo? PS Sorry voor vanochtend.

Kat heft het glas en proost in het luchtledige. 'Op ons gezellige familiebedrijf.'

20

Ruben opent de laptop van Lex, voor de zoveelste keer. Noch op Lex' mobiel, noch op zijn laptop heeft hij iets kunnen ontdekken dat met zijn verdwijning te maken heeft. Niets dat wijst op een vriendin, überhaupt niet op een liefdesleven. Het gaat vooral over voetbal, over Ajax. Het enige persoonlijke wat Ruben kan vinden is dat Lex een paar keer bij sportzaken en sportscholen gesolliciteerd heeft. Overigens niet bij die van zijn vader. In Lex' mailbox zitten berichten van zijn moeder die vraagt of hij alsjeblieft langs wil komen om erover te praten. Vast over de dood van die vriend. *Je moet je emoties uiten, lieverd,* schrijft zijn moeder. *Er is nogal wat gebeurd.* En even later: *Praat toch eens, jongen. Je kunt je vader en mij vertrouwen, dat weet je toch? Alles opkroppen is niet gezond. Van stress krijg je kanker.*

Hoewel Ruben zijn moeder nog steeds mist, is hij blij dat dit soort emotionele gezeik aan hem voorbij is gegaan. Alsof praten iets oplost.

Dan liever die vader van Lex. Die heeft een muziekbestand met een zelfgemaakt en ingezongen levenslied naar Lex gemaild: *Lachend Amsterdam. Lachend Amsterdam, lachend Amsterdam, de Amsterdamse humor, van Jordaan tot aan de Dam, een Mokumer moet feesten, al vat de stad soms vlam, er is nog altijd gein in Amsterdam.* Die ouwe zingt best aardig, droomt vast van een carrière als volkszanger.

Het ongeluk van die vriend van Lex wordt in geen enkel mailtje letterlijk genoemd, maar als je Lex' moeder moet geloven, is Lex sindsdien veranderd. *Ik ken je niet meer sinds we hem kwijt zijn,* is de duidelijkste hint naar diens tragische dood.

Het ongeluk moet in de krant hebben gestaan. Ruben typt een zoekterm: *Jongen verdronken Vinkeveen.* Een 21-jarige Amsterdammer is in de Vinkeveense Plassen verdronken omdat hij iemand wilde redden. Zou dat hem zijn? Hij zoekt bij Afbeeldingen en ziet behalve de reportages van de reddingsactie een foto van het slachtoffer: een Hindoestaanse jongen, in niets lijkend op de vriend van Lex. Verder stuit hij op een artikel over een melding van een hoofd in het water. Toen de politie het uit de sloot viste, bleek het om een sixpack-verpakking te gaan, van bierblikjes. En in 2016 is er een vrouw verdronken in de Vinkeveense Plassen. Over de vriend van Lex vindt hij niets. Misschien waren het niet de Vinkeveense Plassen, bedenkt Ruben. Die foto kan op elk water gemaakt zijn, in Nederland en misschien zelfs wel in het buitenland. Hij haalt de foto erbij, gaat naar Google Street View en typt: *Vinkeveense Plassen*. Er staan natuurlijk alleen camera's langs de kant en het bootje waar de jongens in zitten, ligt midden op het water. Op de foto is op de achtergrond een rij vage bomen te zien. Ruben probeert de contouren ervan te vergelijken met de beelden van Street View en Afbeeldingen. In de verte staan wat lagere bomen, dan weer een hoge, een populier waarschijnlijk, dan weer een rand struikgewas, hoge boom, lage. Laag-laag-hoog-lager-lager-lager-hoog-laag-laag. Hoewel wat aanlegsteigers in de verte lijken overeen te komen, kan hij niet ontdekken waar deze plek precies is.

Ruben heeft inmiddels heel wat vragen. Allereerst: de naam van de vriend? Hoe close waren Lex en hij? Ging hij mee op vakantie? Wie zijn de ouders van die jongen? Kan de verdwijning van Lex iets met het niet-verwerken van zijn dood te maken hebben? Hij had in Lex' kamer beter naar aanwijzingen moeten zoeken. Graag zou hij de vader van Lex alleen willen spreken. Die leek jovialer en opener dan die moeder. *Van wie denkt u dat Lex die geslotenheid heeft, mevrouw?*

Zuchtend sluit hij de laptop en opent die van zichzelf om de klus van Lisa, waar hij met succes al wat uren aan besteed heeft, af te ronden. Hij heeft al ontdekt dat een medewerker van de afdeling boekhouding vertrouwelijke gegevens heeft gestolen, door middel van een zogenaamde *man-in-the-middle*-aanval. De medewerker heeft zichzelf tussen de communicatiekanalen geplaatst en terwijl ze werden verzonden, vertrouwelijke documenten, wachtwoorden en creditcardgegevens onderschept – daarbij gebruikmakend van DNS-*spoofing*; daarmee wordt het domein omgeleid. Heel slim: op deze manier is het net alsof de bedrijfscomputer rechtstreeks met de externe server communiceert, terwijl de medewerker eigenlijk alle communicatie onderschept. Zo kan hij alle mail bekijken die tussen de bedrijfscomputer en de externe server wordt verzonden. De mails waar het in dit geval om ging bevatten gevoelige informatie, zoals inloggegevens, financiële overzichten en andere vertrouwelijke bedrijfsdocumenten. De medewerker kon alles bekijken, wijzigen of zelfs voor eigen doeleinden gebruiken zonder dat de communicerende partijen ervan op de hoogte waren.

Ruben zet zijn bevindingen in een bestandje, evenals wat tips om vertrouwelijke informatie beter te beschermen, zoals het toekennen van een code aan vertrouwelijke digitale documenten. Hij leunt achterover; zo, hij heeft zijn best weer gedaan. Aan Lisa de taak om het motief van de medewerker te achterhalen en hem of haar tot een bekentenis te dwingen. Het is vast een sukkel die een carrière is misgelopen en die is blijven hangen in een lullig baantje. Prestige als motief, het verhogen daarvan. Hij stuurt het bestand naar Lisa en duikt dan eindelijk zijn bed in.

21

Ping. Lisa schiet overeind in bed. Hannah?! Waar is Hannah?! Het is elke ochtend haar dochter die met haar gekraai Eric en haar wakker maakt. Nu is het stil. Ze grijpt naar de babyfoon, maar stoot het ding van het nachtkastje. Hij klettert op de grond.

'Eric!' roept ze terwijl ze uit bed springt. 'Hannah is niet wakker geworden!'

Eric gaat rechtop zitten, zijn ogen halfdicht, op zijn hoofd een woest warrige haardos. Lisa racet naar Hannahs kamertje, en staat voor de deur plotseling stil. Haar hart klopt in haar keel en haar mond is droog. O god, het zal toch niet. Het ergst denkbare scenario schiet door haar hoofd. Wiegendood. Eric en zij moeten het verdriet samen dragen. Vijfenzeventig procent van de stellen gaat na het overlijden van een kind uit elkaar. Ze sluit haar ogen, haalt diep adem en legt haar hand op de klink. Drie, twee, een... Voorzichtig opent ze de deur. Hannahs kamer is alleen verlicht door een slaaplampje in het stopcontact en Lisa's ogen moeten daardoor wennen. Knipperend sluipt ze naar de wieg en legt een hand op het stille lijfje. Het is warm. Ze voelt aan Hannahs hoofd. Ook warm. Zachtjes schudt ze Hannah heen en weer. Die beweegt niet. Ze schudt harder. Als Hannah plotseling haar ogen opent en hartverscheurend begint te huilen, springt ze achteruit. En het geluk springt haar leven weer in.

'Ach meisje, heeft mama jou wakker gemaakt?'

Lisa pakt haar dochtertje op en wiegt haar, zachtjes, ondertussen sussende geluiden makend.

'Slimme actie, schat.' Eric staat in de deuropening, nog steeds met een slaperige blik in zijn ogen. Hij heeft niet bepaald de alerte uitstraling van een spoedeisendehulp-arts. 'We hadden een uurtje door kunnen slapen.'

'Door kunnen slapen? Hoe laat is het dan?'

'Vijf uur', bromt Eric.

Vijf uur? Waar is ze dan door wakker geworden? Ze weet het weer, het geluid van een binnenkomend bericht. Wie appt er in godsnaam op dit tijdstip? O, vast Kat! Opnieuw schiet ze in de paniekstand.

'Wil jij haar een fles geven?' Ze duwt Hannah in Erics armen en gaat terug naar de slaapkamer. Er is geen app, maar een mail binnengekomen. Van ene Veronica Verhulst. Het onderwerp is: 'Vacature secretaresse'. Dat is snel en vroeg, ze heeft pas gisteravond de vacature online gezet. Ze ploft op bed en opent het bericht. *Geachte dames Kauffmann...* Ze scrolt naar beneden. ... *Met mijn uitgebreide ervaring als secretaresse en mijn sterke affiniteit met de wereld van de bedrijfsrecherche, ben ik ervan overtuigd dat mijn vaardigheden en toewijding goed aansluiten... Ik hecht veel waarde aan discretie en nauwkeurigheid...* Het klinkt Lisa als muziek in de oren. ... *Mijn achtergrond in secretariële taken, inclusief agendabeheer, documentbeheer en communicatie, heeft me goed voorbereid op de diverse uitdagingen die de rol van secretaresse bij Kauffmann & Kauffmann Bedrijfsrecherche met zich meebrengt. Daarnaast beschik ik over sterke organisatorische vaardigheden en ben ik bekend met het gebruik van diverse kantoorsoftware... Ik ben ervan overtuigd dat mijn vaardigheden en toewijding waarde kunnen toevoegen aan uw organisatie.*

Lisa bekijkt het bijgevoegde cv. Veronica Verhulst, 43 jaar, hbo Officemanagement in Groningen gestudeerd, aangevuld met het certificaat *Certified Administrative Professional.* Ervaring bij een advocatenkantoor in Brussel en bij een gerenommeerd notariskantoor, Hornstein & Van Doornum, op de Zuidas.

'We hebben een secretaresse', zegt ze als ze de keuken binnenkomt, waar Eric Hannah de fles zit te geven. Lisa voelt zich tien kilo lichter. 'Ze is perfect. En ze is vroeg uit de veren. Wat willen we nog meer?'

'Iemand die uitgeslapen op het werk komt?'

'Weet je dat Elon Musk nooit meer dan vier uur slaap per nacht nodig heeft?'

'O, je hebt Elon Musk aangenomen?'

Lisa steekt haar tong uit. 'Ik ga een duik in het IJ nemen.'

'Ben je dat echt van plan? En nu meteen? Ik dacht dat we misschien even konden...' Zijn glimlach is ondeugend als hij naar Hannah knikt. 'Ons voorbehoedsmiddel is weer bijna in dromenland.'

Lisa weet het, ze hebben al in weken geen seks meer gehad. Ze is gewoon te afgeleid. Als moeder staat haar hoofd er niet naar. 'Vanavond, oké?' Ze wacht het antwoord niet af en loopt weg om haar badpak te pakken.

'Vanavond komen de kinderen', hoort ze Eric roepen. 'En Sywert, Ymke en Moos willen jouw onovertroffen moussaka met tzatziki.'

Ze steekt haar hoofd om de deur van de keuken. 'Moussaka, tzatziki en seks als nagerecht. Beloofd, dokter.'

Als Lisa met natte haren op kantoor verschijnt, is Kat er niet. Ze is vast nog boos. Lisa stuurt haar een bericht: *Hoi, kom jij vandaag naar kantoor? Gesprek met sollicitant.*

Er komt zowaar een antwoord. *Ik blijf in bed.*

Kater dus.

Er wordt opnieuw getypt. *Is het iemand die een kans verdient?*

Ja. Dat is geen leugen, iedereen verdient een kans.

Beslis jij maar.

Typisch Kat, verzucht Lisa: eerst moeilijk doen en dan onverschillig zijn. Enfin, oké, als het zo moet, neem ik het besluit wel in mijn eentje.

Ik ben er maandag weer, vervolgt Kat, *bij gesprek accountant.*

Wat ga je dit weekend doen?

Voetbalwedstrijd vrouwen. Ajax-PSV.

Kat begint weer te leven. Dat is mooi.

Veel plezier. En let meteen op of je dingen ziet die mogelijk op onze opdracht bij Ajax betrekking hebben.

Kat stuurt als antwoord een duimpje.

Dan leest Lisa de mail van Ruben, over de diefstal van persoonlijke gegevens van de medewerker van een boekhoudkantoor. Ze maakt een afspraak om de zaak af te ronden en trommelt op het bureau. Met een beetje geluk kan de secretaresse snel beginnen en geeft het Lisa ruimte om zich volgende week op Ajax te richten. Vervolgens belt ze Veronica Verhulst. Die neemt meteen op. Ze kan vandaag al langskomen voor een gesprek.

'Tot vanmiddag dan', zegt Lisa, een beetje verbluft door het tempo waarin het gaat. Een vrouw die kort van stof is, met daadkracht en tijd om meteen haar schouders eronder te zetten, constateert ze.

'Tot vanmiddag!' antwoordt Veronica in keurig ABN. In haar stem zit een warme klank, niet te persoonlijk en niet te zakelijk.

22

'Dag Hannah. Ik ben je gjote bjoej.' De vierjarige Moos zit met de baby op schoot op de bank. Hij beweegt zijn lijf naar voren en naar achteren om zijn zusje te wiegen. Lisa en Eric kijken elkaar vertederd aan. Moos heeft moeite met de letter r. Het maakt hem nóg schattiger.

'Hooj je het, ik ben je gjote bjoej.' Hij geeft Hannah een kusje op haar voorhoofd.

De twaalfjarige Sywert zit bij Lisa op de leuning van de fauteuil en de veertienjarige Ymke leunt naast Moos tegen haar vader op de bank. Eric heeft zijn arm om Ymke geslagen. Het perfecte plaatje, denkt Lisa. Ze krijgt een brok in haar keel.

'Kijk, ze lacht.' Sywert wijst naar Hannah.

'Dat kan niet', zegt Eric. 'Baby's kunnen pas vanaf zes weken lachen.'

'Dit is een wonderkind', zegt Ymke. 'Want ze lijkt op mij.' Ze lachen allemaal en Sywert zegt: '*Yeah, right.*'

De kinderen lijken nu al vergeten dat Hannah noch op Eric, noch op hen kan lijken. Het maakt duidelijk niet uit, Hannah is hun zusje, punt, een Mesdag. Lisa's hart slaat een keer over. Was het maar al zover. Haar echte Mesdag.

'Kijk, nu lacht ze weer', zegt Sywert.

'Omdat ze bij haaj gjote bjoej op schoot zit. Hè, Hannah?' Moos beweegt opnieuw heen en weer.

Verhip, het lijkt echt een lachje. Het is op zijn minst een intens tevreden babygrimas. Mag ook wel met zo'n verliefde familie om je heen.

'Moeten opa en oma dit niet zien?' vraagt Ymke.

'Ze gaat maandag weer naar opa en oma', antwoordt Lisa. 'Dan kunnen ze de lach ook bewonderen.'

'Ik ga een filmpje maken.' Ymke haalt haar mobiel tevoorschijn. 'Ook leuk voor tante Kat.'

Als Lisa en Eric elkaar aankijken, gaat ze door: 'Ik weet dat tante Kat dat niet wil, maar ze heeft Hannah gebaard...'

'Ymke', maant Eric.

'Tante Kat heeft geen baajd', zegt Moos.

'Nee, tante Kat heeft geen baard,' antwoordt Eric, 'en Ymke, tante Kat wil graag even met rust gelaten worden. En het is ook vervelend voor Lisa om er steeds aan herinnerd te worden.'

'Ymke mag zeggen wat ze wil', zegt Lisa. Ik heb liever dat er nooit meer over gesproken wordt, denkt ze, maar ze zou nog liever haar tong afbijten.

Ymke zucht overdreven. 'Dus ik mag tante Kat niets sturen?' vraagt ze.

'Jawel', zegt Lisa, tegelijk met Erics 'Nee.'

'Als Hannah echt haar eerste lachje laat zien, laat ik het tante Kat weten', zegt Lisa sussend.

'Ga je nou filmen?' vraagt Moos, en hij glimlacht van oor tot oor, terwijl hij de baby stevig tegen zich aan houdt. 'Doe dan.'

Iedereen schiet in de lach. Ymke tikt op haar mobiel.

'Eigenlijk moeten we een foto maken van ons allemaal', zegt Lisa. 'Dit is een gouden moment. Kun jij de zelfontspanner...'

Op dat moment wordt er aangebeld. Lisa staat op en zodra ze de deur opent, begint Famke te ratelen.

'Stoor ik?' vraagt de buurvriendin. 'Ik heb zelfgemaakte biologische fruithap. Onbespoten aardbeien en wortelen van de Noordermarkt voor jouw kleine.' Ze houdt een glazen potje met een draaidop omhoog. 'Supergezond.'

'Volgens mij mag Hannah dat nog niet.'

'Je kunt het invriezen. Ik had zoveel gemaakt, ik maak altijd alles zelf, en helemaal verantwoord, biologisch natuurlijk, en seizoensgebonden, dus ik dacht... Nou ja, het hoeft niet, hoor.'

'Hartstikke lief, dank je wel.' Lisa pakt het potje aan. 'Wil je even binnenkomen?'

'Nee, eh... Stanley.' Famkes mond vertrekt. 'Je weet hoe hij is.'

Dat weet ik nou net niet, denkt Lisa. 'We zijn met z'n allen bij elkaar', zegt ze. 'Erics kinderen zijn er ook. Ik vind het leuk om ze aan je voor te stellen. Zou jij misschien een foto van ons allemaal willen maken?'

Famke krijgt een kleur.

'Ik ben tegen foto's.'

'Je hoeft er natuurlijk zelf niet op. Je zou me er echt enorm blij mee maken.' Ze zet de deur wagenwijd open. Famke aarzelt en stapt dan naar binnen.

'Mesdagjes, dit is buurvrouw Famke', zegt Lisa als ze de huiskamer binnenkomen. 'Famke, dit is Eric, misschien hebben jullie elkaar weleens gezien? En dat zijn Sywert, Ymke, Moos. En Hannah – zie je die ook eindelijk eens goed.'

'Jij hebt ook een baby, hoorde ik?' zegt Eric. 'Ook een meisje, hè?'

'Clementine', bevestigt Famke.

'Heb je een foto?' vraagt Moos.

'Moos houdt erg van baby's sinds Hannah er is', glimlacht Lisa. 'Hij wil constant plaatjes van baby's zien. En hij wil steeds met zijn zusje op de foto.'

'Wij zijn tegen foto's', zegt Famke weer.

'O?' Eric trekt zijn wenkbrauwen op.

'Wij geloven dat je met het nemen van een foto een stukje van de ziel weghaalt. Fotografie legt de spirituele essentie van een persoon vast. De ziel is verbonden met het beeld en het vastleggen ervan kan de integriteit schaden. Dat hebben wij van de inheemse Noord-Amerikaanse volkeren.'

Moos, Sywert en Ymke luisteren met open mond. Lisa vermijdt Erics blik.

'We mogen wel tekeningen maken, kijk.' Uit haar zak haalt Famke een opgerold vel papier. 'Ze lijkt precies.'

Het is de tekening van een baby, met kleurpotlood gemaakt. Heel knap gedaan, moet Lisa toegeven. Realistisch, met veel details. 'Wat een mooi kindje', zegt ze. 'Een schatje.'

'Ja, hè?' glundert Famke. 'Ik maak elke dag een tekening van haar.' Lisa laat het kunstwerk rondgaan. Iedereen beaamt dat het een prachtige baby is. Als de tekening weer terug bij Famke is beland, rolt ze hem op en stopt hem in haar zak. 'Ik moet gaan', zegt ze.

'Laat die foto maar zitten', zegt Eric. 'Ik wil je niet iets laten doen wat niet mag van de indianen.'

'Indiaan?' Moos zet ogen zo groot als schoteltjes op. 'Ben jij een indiaan?'

'Inheems. We zijn allemaal inheems', glimlacht Famke. 'Als je het ziet.'

'Ben ik ook een indiaan, papa?' vraagt Moos.

'Nee, jongen, maar je kunt er wel een spelen.'

23

Het was een belangrijke wedstrijd, volgens Kiki. PSV was een geduchte tegenstander en de vorige keer had Ajax van ze verloren. De vrouwen maakten zich op voor een knetterende revanche.

Wat de wedstrijd ook spannend maakte, was de aanwezigheid van voetbalmakelaar Freek Havermans. Het was algemeen bekend dat Blondie op een transfer naar Amerika rekende en vastbesloten was haar beter-dan-beste beentje voor te zetten. Dat maakte haar vandaag nog onuitstaanbaarder dan onuitstaanbaar. Elif had voor de wedstrijd in de kleedkamer een geluidsopname gemaakt, en die naar Kiki gestuurd. Blondie ging als een feeks tekeer. De ene teamgenoot had haar schoen verplaatst, een ander had een overbodige vraag gesteld over de opstelling, alles was voor haar aanleiding voor gevloek en getier. Een van de vrouwen kreeg zelfs een scheldkanonnade over zich heen omdat ze Blondie aangekeken had. Blondie eiste dat iedereen de bal zo snel mogelijk bij haar zou inleveren om háár de doelpunten te laten maken.

'Dit flikt ze alleen als Helena Koster of Minh Nguyen er niet bij is', had Elif gezegd.

'Elif is aanvoerder, waarom snoert ze die Blondie de mond niet?' had Kat gevraagd, waarop Kiki antwoordde dat de directie de linksbenige topscoorder leek te beschermen. Een transfer naar Amerika kon voor de club veel geld betekenen.

Toen Kiki Kat thuis ophaalde, was Odette er ook bij.

'Zo, luxe hoor, twee bodyguards.'

Kiki had aan Kats ene arm ingehaakt, en Odette aan de andere. 'Gezellig', had Odette gezegd. 'We gaan er een fijne dag van maken.'

Kat verdenkt Odette er nog steeds van dat ze verliefd op haar is. Ze heeft echter niet de moed om ernaar te vragen; ze wil het niet eens weten, haar hoofd is vol en haar hart leeg en vooral dat laatste wil ze graag zo houden. Geen geroer in haar ziel, het is al erg genoeg dat haar gevoel voor Kiki haar soms verwart. Maar goed, een dag met twee vrouwen bij wie ze zichzelf kan zijn, is niet een dag in de hel.

Ze zitten nu naast elkaar op de tribune. Kiki heeft net de scout, Freek Havermans, aangewezen, een kale man in een donkerblauw jack, die langs het veld loopt en de speelsters nauwlettend in de gaten houdt. Een andere, jongere man volgt hem en maakt aantekeningen. De wedstrijd is in volle gang. Hoewel Ajax meer balbezit heeft en beter lijkt te spelen, komt de club niet tot scoren. Blondie is voortdurend boos op haar medespeelsters. De scheidsrechter, Xenia Okkes, een oude rot in het vak, werkt ook niet bepaald mee: overtredingen van PSV lijkt ze niet te zien en de kleinste fouten van Ajax straft ze hard af.

'Dat was geen buitenspel', zegt Kiki als Okkes voor de zoveelste keer tegen Ajax fluit.

De vrije trap wordt snel door PSV genomen. Een van hun speelsters zet het op een rennen richting het doel van Ajax. Als een dolle gaat Blondie achter de speelster aan. Die moet vaart minderen omdat een verdedigster haar opvangt. De PSV-aanvalster maakt een schijnbeweging, zwenkt om haar tegenstander heen en gaat alleen op de keepster af. En dan ineens is er Blondie die haar een harde duw van achteren geeft. De aanvalster valt, in het strafschopgebied, Blondie duikelt over haar heen en maakt een schoppende beweging naar de enkel van de tegenspeelster. De supporters van de tegenpartij joelen.

'Penalty!' klinkt het in koor.

'Hoe kan ze dat nou doen?' Kiki is verbijsterd. 'Onze keeper had hem misschien wel gehouden. En dan die trap naar de enkel. Zo onsportief.'

'De solo-Blondieshow', antwoordt Odette. 'Als opvallen haar bedoeling is, dan is dat gelukt. Op een negatieve manier.'

Kiki wijst. 'Het wordt een strafschop.'

Dat wordt het. Maar niet alleen een strafschop. De scheidsrechter gaat voor Blondie staan en steekt een gele kaart omhoog. Blondie protesteert heftig, maar de scheidsrechter is onverbiddelijk. En met geel komt ze er onwaarschijnlijk goed van af.

De strafschop wordt genomen. Goal. 1-0 voor PSV. De PSV-supporters juichen.

Blondie werpt schuine blikken op de voetbalscouts. Ze beseft natuurlijk dat haar gedrag geen goede indruk achterlaat. Havermans wijst naar Elif en zijn assistent maakt een notitie. Wat er langs de lijn en tussen de betrokkenen speelt, vindt Kat veel interessanter dan de wedstrijd. Jaloezie, na-ijver, geldingsdrang, woede, wraakgevoelens. GTST is er een kleuterprogramma bij, denkt ze.

De kansen voor Ajax lijken drie minuten voor rust te keren als een van de speelsters van PSV de bal in het strafschopgebied onopzettelijk met de hand raakt. Zelfs Xenia Okkes ziet het. Een gele kaart en een penalty, dat kan niet anders. Blondie stormt met opgestoken hand naar voren. Natuurlijk wil zij de strafschop nemen, dit is haar kans om zich te revancheren. De bal wordt op de stip gelegd. Blondie gaat ervoor staan, slaat een kruisje, springt op en neer, en trekt haar paardenstaart strak.

'Wat een aanstellerij', zegt Odette.

'Ja, het is een uitsloofster, hè?' bevestigt Kiki. 'Allemaal voor die scouts. Alsof die onder de indruk raken van deze komedie.'

De scheidsrechter fluit. Blondie neemt een aanloop, doet alsof ze hard in de linkerhoek gaat trappen, maar stift de bal in een boogje door het midden. Hij wordt gemakkelijk gevangen door de keepster, die niet – zoals Blondie ongetwijfeld hoopte – naar de hoek is gedoken. Ze is rustig blijven staan.

'Blondie wilde een panenka maken', weet Kiki. 'Zo overmoedig en arrogant.'

'Het ziet er enorm lullig uit', zegt Odette.

'Inderdaad, als-ie mislukt ben je de schlemiel van het veld.'

Blondie grijpt naar haar hoofd en werpt een radeloze blik naar haar medespeelsters. Niemand die haar troost, een gebaar ter geruststelling maakt. Drie minuten later fluit de scheidsrechter af. Rust. De Ajax-speelsters lopen naar het grijze gebouw naast de velden, waar de kleedruimtes en douches van de vrouwen zijn. De PSV-speelsters volgen.

'En, wat vind je ervan?' vraagt Kiki, nadat ze chocomel en gevulde koeken hebben gekocht en terug op de tribune aan een rietje lurken.

Kat trekt haar schouders op. 'Die Blondie is een stakker', zegt ze. 'Ze heeft een grote bek en doet alsof ze barst van het zelfvertrouwen; maar in wezen schijt ze bagger en heeft ze gigaveel faalangst.'

Kiki blaast als een kat. 'Het is een bitch. Ze heeft schathemelrijke ouders en is tot op het bot verwend.'

'Ik vraag me af waar die ouders zijn. Ik heb geen mens gezien die haar aanmoedigde of troostte.'

'Kat heeft gelijk', valt Odette haar bij. 'Zag je niet hoe ze in elkaar kromp toen ze de strafschop miste? En hoe haar medespeelsters niets deden om haar te troosten? Hoe ze heel zielig het veld af liep?'

'Ik kan geen medelijden hebben', zegt Kiki.

'Kiki heeft een hart van steen', lacht Odette. 'Ze lijkt een schattig blauwharig poppetje, maar ondertussen.'

'De wedstrijd begint weer.' Kiki wijst naar de speelsters die uit het grijze gebouw komen. Eenmaal op het veld beginnen ze te rekken en strekken en sprintjes te trekken.

'Waarom hebben ze eigenlijk allemaal bijnamen?' vraagt Odette. 'Blondie, en Beton, en de Zwarte Roos?'

Kiki haalt haar schouders op. 'Een voetbaltraditie, denk ik. Elif wordt Elfje genoemd. Omdat ze zo klein is.'

'Klopt het dat voetballers superbijgelovig zijn en allemaal een ritueel hebben waar ze niet van afwijken?' vraagt Odette. 'Op het dwangmatige af?'

'Kijk, dat vindt mevrouw de psycholoog nou interessant', lacht Kiki. 'Ja, dat klopt. Het schijnt dat Abenaa vlak voor de wedstrijd en in de rust, voor de wedstrijd hervat wordt, twaalf keer op een boksbal moet slaan. Elif zweert bij altijd hetzelfde waterflesje dat ze ooit op vrijdag de dertiende van haar favoriete coach heeft gekregen. En de keeper moet haar sokken altijd binnenstebuiten dragen, anders gaan ze verliezen.'

'Waar is Blondie?' Kat speurt naar de spits. Alle andere speelsters zijn op het veld. De scheidsrechter kijkt op haar horloge en gebaart naar trainer Minh Nguyen. In en rond het veld worden mensen onrustig, de speelsters stoppen met opwarmen en zoeken elkaar op, duidelijk om nog iets over de tactiek te overleggen.

'De prinses laat op zich wachten', zegt Kiki. 'Arrogantie ten top.'

Kat krijgt een vreemd gevoel in haar buik. Er klopt hier iets niet. Blondie heeft een helft over om te laten zien wat ze waard is, het lijkt onbestaanbaar dat ze bij zo'n belangrijke wedstrijd op zich laat wachten. De ergernis op het veld neemt zichtbaar toe, er wordt keihard getrapt tegen een bal die in een kring wordt overgespeeld, in het geluid klinkt verbetenheid. Xenia Okkes tikt op haar horloge en loopt met driftige passen naar Minh Nguyen. Kat is voor de eerste keer bij een wedstrijd, kent Blondie helemaal niet, en toch voelt ze in elke vezel van haar lichaam dat dit *out of character* is. Zonder iets te zeggen rent ze naar het spelershonk. Achter zich hoort ze verbaasde uitroepen van Kiki en Odette. Ze gaat het gebouw in, naar de kleedkamers. Die zijn leeg. Ze haast zich verder, naar de douches: niemand. Ze holt terug, naar de wc's: niemand. De deur van de sportzaal staat op een kier. Kat doet hem verder open en slaakt een kreet. Aan een ceintuur van een badjas, aan een haak, boven een omgevallen kruk, bungelt het levenloze lichaam van Blondie.

Ook al is ze zich ervan bewust dat ze wellicht sporen wist, Kat zet onmiddellijk het krukje recht en klimt erop. Zo lang kan Blondie er niet hangen, misschien is ze te redden. Wankelend op het krukje, de longen uit haar lijf schreeuwend om hulp, omklemt ze het lichaam en probeert Blondie een stukje op te tillen om zo de strop om het hoofd te verwijderen. Dan komt Minh Nguyen binnen, gevolgd door assistent De Rooy.

'Fuck!' roepen ze uit. Minh handelt snel en probeert Kat te ondersteunen, terwijl De Rooy 112 belt en zich haast om elders hulp te halen. Samen met Minh krijgt Kat Blondie los. Ze leggen haar op de grond. Blondies gezicht is grauw, haar lippen zijn blauw. Kat voelt de pols. Geen hartslag. Minh plaatst zijn hand op het midden van de borstkas, begint erop te drukken en geeft tussen compressies door twee beademingen. Na een paar keer de compressies en beademingen af te hebben gewisseld, voelt hij haar pols en stopt, hoofdschuddend, hijgend, zijn voorhoofd kletsnat. Tijdens de reanimatie neemt Kat snel de ruimte op. Waar stond de kruk voor zij hem had rechtgezet? Hoe had die ceintuur om Blondies nek gezeten? Er zat een rode vlek op, terwijl Blondie geen wond heeft. Wat betekent dat?

Assistent De Rooy komt met de beveiliging naar binnen rennen. Vanaf dat moment lijkt alles heel snel te gaan. Kat wordt door een beveiliger naar buiten geleid. Leunend, haar rug tegen een muur, probeert ze bij te komen van de schrik. Hulpverleners en bewaking rennen nu het gebouw in en uit, zonder haar op te merken, lijkt het. Uiteraard wordt de wedstrijd gestaakt. Speelsters zijn aangeslagen en in paniek, ieder op haar eigen manier. Sommigen huilen, anderen zitten op de bank en staren wezenloos voor zich uit. Elif troost de keepster, Aaliyah, een stoere vrouw met enorme handen. Een ambulance rijdt het complex op. Toegesnelde politie zet het gebouw af en noteert de namen van de aanwezige medewerkers en sommeert de toeschouwers het terrein te verlaten. Kiki en Odette protesteren, ze willen naar Kat, maar worden tegengehouden. Ze kijken nu al een tijdje vanaf een afstandje met bezorgde blikken toe.

Twee agenten komen op Kat af, een man en een vrouw.

'Kat Kauffmann?' vraagt een van hen, een jonge, donkere man met vriendelijke ogen.

Kat knikt.

'Heeft u een identiteitsbewijs bij u?'

Kat haalt haar ID-kaart tevoorschijn en laat die zien.

'U heeft Madeleine Piël gevonden?' vraagt de agent als hij de kaart bekeken en haar gegevens overgenomen heeft.

Zo heette Blondie dus. Madeleine Piël. Een beetje voetbalkenner weet dat, zij niet.

'U heeft haar gevonden?' herhaalt de agent.

Kat knikt opnieuw. Haar mond is droog, ze voelt haar handen trillen. Zou ze om een borrel kunnen vragen? Een biertje?

'Waarom ging u naar binnen?' vraagt de agent.

Ze haalt haar schouders op. Hoe leg je uit dat er bij gevaar 'iets' in haar is dat haar waarschuwt? Daarbij: hoe leg je uit wat dat 'iets' is?

'Wat ging u binnen doen?' dringt de andere agent aan, een vrouw van haar eigen leeftijd, iets ouder misschien.

'Kijken waar Blondie bleef.'

'Kent u haar?' De donkere agent weer.

Kat schudt haar hoofd.

'Nogmaals: waarom deed u dat dan?'

'Ik vond het vreemd dat iemand die zo ambitieus is, bij een wedstrijd waar zoveel van afhing, wegbleef. Ik begreep ook niet waarom niemand haar ging halen. Het spel moest hervat worden.' Dat was niet helemaal waar, beseft ze dan. Ze begreep heel goed waarom niemand haar ging halen. Iedereen had een spuughekel aan haar. Misschien hoopten ze wel dat ze in een wc opgesloten zat en hadden ze daar lol om.

De twee agenten kijken elkaar aan. Ze vinden me raar, denkt Kat. Nu al. En ze hebben gelijk, ik ben raar.

'Hoe trof u mevrouw Piël aan?' vraagt de vrouwelijke agent. 'Kunt u beschrijven wat u zag?'

'Ze hing aan een ceintuur. Van een badjas uit de kleedkamer.'

'Hoe weet u dat?'

'Toen ik in de kleedruimte naar haar op zoek was, zag ik dat van een van de badjassen de ceintuur ontbrak.'

'U bent heel kort, drie, vijf tellen...?'

'Zoiets.'

'... in een kleedruimte en u registreert dat een van de vele badjassen geen ceintuur heeft?' Ongeloof staat op het gezicht van de agent.

'Ja.'

Weer een snelle blik van verstandhouding. De agent maakt een notitie en vervolgt: 'Vertelt u verder.'

'Er lag een krukje onder haar. Waarschijnlijk omgeschopt.'

'Het stond rechtop.'

'Dat heb ik rechtgezet om haar los te krijgen.'

‘Heeft u verder iets gezien? U was alleen? Weet u zeker dat er niemand in het gebouw was?’

‘Nee, dat weet ik niet zeker. Ik ben in de kleedkamer geweest, in de doucheruimte, bij de toiletten en in de sportzaal, verder niet.’

‘En daar was niemand?’

‘Nee.’

Een derde agent komt erbij staan. ‘Alles wijst op zelfdoding’, zegt hij tegen zijn collega’s. ‘Het schijnt dat ze tijdens de wedstrijd is afgegaan onder het oog van scouts. Terwijl ze juist hoopte op een contract. Ze stond onder hoge druk. Deze wedstrijd was van groot belang voor haar.’

‘Een contract in Amerika’, weet de donkere agent. ‘Volgens het sportnieuws had Columbus Crew in Ohio belangstelling getoond.’

De agent klapt zijn mobiel dicht. ‘Het ziet er voorlopig inderdaad uit als zelfdoding. We laten het verder aan de schouwarts en het forensisch onderzoek over.’ Hij richt zich tot Kat. ‘We nemen even uw contactgegevens op en dan kunt u gaan.’

‘Sterkte.’ De agente legt een hand op Kats schouder. ‘U kunt contact opnemen met Slachtofferhulp, mocht u daar behoefte aan hebben.’

Kat knikt en geeft haar gegevens. Daarna loopt ze naar Kiki en Odette, die haar omhelzen.

‘Dat het nou net jou moet overkomen’, zegt Odette.

‘Ik ben een misère-magneet’, mompelt ze.

‘Dat kun je wel zeggen. Er gebeurt nooit iets bij het vrouwenvoetbal, en nu...’ zegt Kiki.

Kat kijkt haar aan. ‘Zelfmoord, dat is de voorlopige conclusie van de politie.’

‘Denk jij van niet dan?’

Kat zwijgt. Ik geloof het pas als ik het zelf uitgezocht heb, denkt ze.

‘Er zit sowieso een luchtje aan deze wedstrijd’, zegt Kiki.

Kat is weer alert. ‘Wat bedoel je?’

‘Het was niet normaal zoals Xenia Okkes floot’, zegt Kiki.

‘Ze had gewoon haar dag niet’, zegt Odette.

'Nee.' Kiki klinkt verbeten. 'Ik kan het niet bewijzen, maar haar beslissingen waren vreemd, ook voor iemand die haar dag niet heeft.'

'Waar denk je aan?' vraagt Kat.

'Matchfixing', zegt Kiki. 'Volgens mij is de wedstrijd gekocht.'

Kat voelt de mist in haar hoofd optrekken en voor het eerst in weken stroomt de adrenaline weer door haar lijf. Een vermeende zelfmoord. Matchfixing. Ze gaat 'aan'. Met een vinger wijst ze naar de bank waar de speelsters zitten. 'Elfje heeft je nodig', zegt ze tegen Kiki. En tegen Odette: 'En jij kunt als therapeut ook van nut zijn.'

'En jij dan?' vragen Kiki en Odette in koor.

'Ik red me wel', zegt Kat. Haar vriendinnen verbaasd achterlatend loopt ze De Toekomst uit, richting metro.

24

'Je was erbij?!' Lisa zit met Kat aan de tafel in hun kantoor. Het is voor negenen; op haar verzoek zijn ze deze maandagochtend vroeg gestart, want ze wil de nieuwe secretaresse Veronica samen met haar zus verwelkomen. 'Wat heb je ervan meegekregen?' Lisa had gehoopt op een kalme start van de week, en nu vertelt haar zus dat ze bij de Ajax-wedstrijd was waarbij de sterspeelster overleden is. Kat trekt een scheve mond.

'Nou?' dringt Lisa aan.

'Ik heb haar gevonden', zegt Kat. 'En losgeknoopt.'

'Je hebt wát?!'

'Samen met de trainer, in mijn eentje lukte het me niet.'

Lisa's mond valt open. Als er iets ellendigs gebeurt, is haar zus of erbij of op zijn minst in de buurt. Hoe krijgt ze het voor elkaar. 'Wat vreselijk. En hoe... hoe gaat het nu met je? Heb je hulp gekregen? Ben je opgevangen? Moet je niet met Slachtofferhulp gaan praten of zoiets?'

'Ik praat nu toch?'

'Minimaal.'

Ze vallen stil. Dan legt Lisa haar hand op die van haar zus. 'Klote voor je', zegt ze. 'Kan ik iets voor je doen?'

Kat schudt haar hoofd.

'Waarom zou zo'n topvoetbalster een eind aan haar leven maken', peinst Lisa.

'Er was een scout bij de wedstrijd. Ze maakte serieus kans op een transfer naar Columbus Crew in Ohio. Ze had een schitterende carrière voor de boeg. Lisa, het was geen zelfmoord.'

Lisa staart haar zus aan.

'Blondie was linksbenig en het krukje was naar links geschopt. Maar als je linksbenig bent, schop je zo'n krukje naar rechts.'

'Hoe kom je daar nou bij?'

'Ik heb het gisteravond uitgeprobeerd.'

'Je hebt wát?'

'Dit is binnen vijf minuten de tweede keer dat je "je hebt wát" vraagt', zegt Kat. 'Ik kan je geruststellen hoor, ik heb de test uitgevoerd zonder strop. En er was nog iets.'

Kat neemt een slok koffie en staart voor zich uit alsof ze de situatie probeert te herbeleven. Lisa's maandagochtenddufheid is totaal verdwenen en ze wacht ongeduldig op wat komt.

'Op de ceintuur waaraan ze hing zat een rode vlek. Dat zat ook op een van de badjassen.'

'Hoe heb je dat zo snel kunnen vaststellen? En in alle opwinding? Zulke details registreer je toch niet in die paar seconden?'

'Zo reageerde de politie ook al. En inderdaad: dat registreerde ik in een paar seconden.'

'Oké.' Het is waar, haar zus kan in één oogopslag een situatie overzien, alsof ze in haar hoofd een foto maakt.

'Ik denk dat er een rode vloeistof op is gemorst of iets dergelijks', vervolgt Kat.

'Dus...? Die rode vloeistof zat er misschien al dagen op. En ze heeft waarschijnlijk de eerste de beste ceintuur gepakt. Gewoon toeval.'

'Zou je denken. De badjas met de rode vlek hing echter bij de douches. Een heel stuk van de sportzaal vandaan.'

'En daarom is het volgens jou geen zelfmoord?'

'Ten eerste: de ligging van het krukje klopte niet. Ten tweede: de ceintuur kwam van een badjas die meters van de uitgang van de kleedkamers vandaan hing. Ze kwam daar op weg naar de sportzaal niet langs. En ten derde: iedereen had een pesthekel aan haar.'

'Heb je dat ook aan de politie verteld?'

'Nee. Ze geloofden net zomin als jij dat ik zo snel gezien had dat er een ceintuur aan een van de badjassen ontbrak. Als ik te veel vertel, gaan ze me nog verdenken.'

'Denk je dat een van de speelsters haar heeft vermoord?'

'Ik weet het niet. De teams kwamen bijna gelijktijdig het veld weer op. Ik heb er niet op gelet wie als laatste het gebouw verliet, maar het lijkt me onmogelijk om in zo'n korte tijd Blondie in je eentje te overmeesteren en op te hangen aan een ceintuur die je van tevoren al bevestigd moet hebben.' Kat schudt haar hoofd. 'De moordenaar heeft dit voorbereid en moet al in het gebouw geweest zijn. Moordenáárs – het moeten er minstens twee zijn geweest.'

'Je praat over moord alsof het een zekerheid is.'

'Ik ga het uitzoeken. Die badjas met de vlekken. Van wie is die? Waarom is Blondie aan die ceintuur opgehangen? We moeten weten wat de politie op de plaats delict ontdekt heeft, en wat de conclusies zijn van de patholoog-anatoom. Jij staat toch in contact met die manager?'

'Ik spreek Helena Pastor vanmiddag. Jij en ik hebben straks een afspraak met die accountant, weet je nog?'

Kat trekt een *not my cup of tea*-gezicht. Boekhouding boeit haar niet, weet Lisa. Mensen die onder verdachte omstandigheden overlijden wel. Kat heeft weer wat kleur op haar wangen en knabbelt zelfs aan een koekje.

Er wordt op de deur geklopt. Kat kijkt verbaasd op.

'Ah, ze is al boven', zegt Lisa.

Met een grote glimlach doet Lisa voor Veronica open, die er keurig uitziet in een donkerblauwe pantalon met scherpe vouw, een witte blouse in travelstof en daaroverheen een donkerblauwe blazer. Ze draagt platte schoenen met een gesp. Haar dikke, bruine haren hangen vanuit een middenscheiding steil tot op haar schouders. Deze outfit, gecombineerd met de donkere bril, doet Lisa denken aan Nana Mouskouri, van wie haar vader vroeger een plaat had. Het nummer Coucouroucoucou Paloma komt zomaar in haar op.

'Goedemorgen, keurig op tijd', zegt Lisa. Ze gebaart naar Kat. 'Veronica, dit is mijn zus Kat; Kat, dit is Veronica. We hebben vrijdag een sollicitatiegesprek gehad en ze is aangenomen.'

'Weet je dat niet?' vraagt Veronica aan Kat.

'Jawel', zegt Lisa. 'We overleggen alles.'

'Maar...'

'Hallo', zegt Kat en schudt de hand van hun secretaresse. 'Welkom.'

'Ga zitten', nodigt Lisa Veronica uit. 'Dan nemen we je werkzaamheden door. Wil je koffie?'

'Koffiezetten hoort tot mijn takenpakket.' Nana Mouskouri hangt haar jas aan de kapstok en loopt naar de keuken. Daar blijft ze staan, op twee meter van het aanrecht. 'Een Nespressoapparaat?'

'Ja, niet goed?'

'Bij mijn vorige werk hadden ze een koffiemachine met verse bonen.'

Is dat een mededeling, een wens of een verwijt? Lisa komt niet verder dan: 'O.'

Terwijl Veronica koffiezet en het aanrecht met een doekje reinigt, richt Lisa zich tot Kat. 'Ik kan Helena vragen of er al meer bekend is', zegt ze. 'En of ze weet van wie die badjas is.'

Kat knikt. 'Misschien kun je ook de gangen van die scheidsrechter nagaan. Xenia Okkes.'

'Want...?'

'Want het leek alsof ze partijdig was. Volgens Kiki...' Kat stokt en knikt met veelbetekenende blik naar Veronica. Lisa begrijpt wat ze wil zeggen. Alles wat besproken wordt is vertrouwelijk. Veronica voelt blijkbaar dat het gesprek ineens ophoudt, ze kijkt op.

'Kunnen we op jouw discretie rekenen?' vraagt Lisa.

'Wat denk je?' antwoordt Veronica beledigd. 'Je hebt dat in het sollicitatiegesprek al benoemd. En ik heb gezegd: "Ik ben de drie aapjes: horen, zien en zwijgen."'

'Om het formeel te maken, voegen we in jouw contract een geheimhoudingsclausule toe.'

'Mij best, hoor.'

Kat vervolgt, op gedempte toon: 'Volgens Kiki zou er sprake zijn van matchfixing. De scheidsrechter nam vreemde beslissingen.'

'Het is dus niet uitgesloten dat de malafide praktijken al aan de gang zijn. Dat moet Helena weten.'

'Tee zet tee. Eerst moeten we bewijs hebben.'

Veronica zet twee koffie op tafel en maakt vervolgens de derde. Ondertussen veegt ze met een doekje opnieuw het aanrecht schoon.

'Weet je, ik heb de hele nacht gepiekerd', vervolgt Kat. 'Ik zie iets over het hoofd, en ik kan er niet achter komen wat. Iets dat tijdens de wedstrijd is gebeurd. Ogenschijnlijk onbelangrijk, en toch essentieel. Daarom moet ik zo even lopen, Lies. Als ik wandel schudden mijn grijze celletjes door elkaar en gaan ze, plop, plop, precies in de juiste volgorde staan. En dan, tadaa, opeens valt het me in. Dus als jij subtiel navraag doet over die Xenia...'

'En in mijn eentje naar de accountant ga, én naar Helena Pastor.' Lisa zucht.

'Sorry.'

'We hebben geen opdracht om die zogenaamde moord, zoals jij het noemt, te onderzoeken en we komen om in werk waar we wél een opdracht voor hebben.'

'Sorry, zei ik toch.'

Lisa denkt na. Ze wil eerst de administratie van Ajax Vrouwen op een rijtje hebben, maar matchfixing was wel iets waar Helena bang voor is. Als ze kan bewijzen dat de wedstrijd Ajax-PSV een fix was, en dat dus Ajax Vrouwen al besmet is met fraude en corruptie, dan bewijst ze hun opdrachtgeefster en dus hun bureau een dienst. Kat lijkt er zin in te hebben om haar tanden in de dood van Blondie te zetten. Aan de andere kant: de politie doet onderzoek. Die moet je nu niet voor de voeten lopen. Zin is echter iets dat ze bij haar zus lang niet gezien heeft. Als laatste telt het niet onbelangrijke argument dat Kat de naam Kiki altijd met een iets warmere klank in haar stem uitspreekt. Ze lijkt te ontdooien en een ontdooide Kat is empathischer, aanspreekbaarder. 'Goed', zegt ze. 'Ga jij lekker wandelen en hopen op "plop-plop-plop".'

Veronica staat met een koffiemok bij het raam en draait een bureaustoel rond. 'Hoe oud zijn deze stoelen?'

'Ze waren van pa', antwoordt Kat. 'Dus...'

'Twintig jaar?'

'Zoiets, ja.'

'Twintig jaar.' Lisa lacht naar Veronica. 'Onverwoestbaar.'

'Niet ergonomisch.'

'Niet?'

'Hij heeft geen vijfsterrenkruisvoet.'

'Eh, nee, vast niet.'

'De vijf steunpunten van een draaibare voet moeten op een cirkel liggen die minstens een vijfde groter is dan de maximale zitdiepte.'

Veronica wijst naar de stoel. 'Ga eens zitten.'

Lisa staat aarzelend op en neemt in de bureaustoel plaats. 'Dat dacht ik al', zegt Veronica. 'Je benen moeten een hoek van negentig graden maken en je voeten moeten stevig op de grond staan, ook als je naar achteren leunt. Leun eens naar achteren.'

'Ik leun nooit naar achteren als ik werk.'

Veronica duwt Lisa's rug tegen de rugleuning. 'Precies wat ik dacht', zegt ze. 'Je hielen zijn van de grond.'

'Ik ben weg', roept Kat en loopt naar de deur. 'We spreken elkaar. Dag Veronica. Succes met de vijfsterrenkruisvoet.' De deur gaat achter haar dicht.

'De rugleuning moet beweeglijk zijn', vervolgt Veronica. 'Bij een ergonomische stoel neemt de rugleuning de houding van je rug aan. En hij moet anatomisch voorgevormd zijn, zodat de druk op je wervelkolom wordt verspreid en opgevangen.'

'Interessant', zegt Lisa. 'Zullen we jouw werkzaamheden doornemen?' Ze loopt zo gedecideerd mogelijk naar de werktafel. Veronica inspecteert het zitvlak van de bureaustoel, schudt haar hoofd en neemt dan aan tafel plaats.

'Als het aan jou ligt zijn we binnen de kortste tijd failliet', grapt Lisa. 'Dan kopen we een ultramodern koffieapparaat en onbetaalbare bureaustoelen.'

Veronica lacht niet terug. Met een vinger schuift ze haar bril hoger op de brug van haar neus en staart Lisa aan.

'Ik stel voor dat je deze week gebruikt om erin te komen', zegt Lisa. 'Verdiep je in onze werkwijze, onze manier van notuleren, verslaglegging en factureren enzovoort. Misschien kun je onze computers ordenen, nieuwe mappen maken en de oude verplaatsen naar mappen van voorgaande jaren. Het is wel belangrijk dat je niets weggooit. Bij twijfel moet je altijd een van ons raadplegen.'

'Uitstekend. En het boekhoudsysteem? Ook van "pa"?'

'We doen de boekhouding in Excel.'

'Niet gebruiksvriendelijk, intuïtief, effectief en efficiënt.'

'Zo doen we het al jaren.'

'We hebben een boekhoudprogramma nodig dat automatisch factureert en scant, automatisch facturen verwerkt, en uitgebreide rapportagemogelijkheden kent.'

'Kassa', lacht Lisa, en ze vraagt zich af waarom ze nu al uitgeput is. 'We doen het hiermee, Veronica. Bovendien is de boekhouding niet jouw taak. Kan ik je je gang laten gaan?'

'Zeker.'

'Ik moet wat telefoontjes plegen.'

'Ik ben er niet.'

'Pardon?'

'De perfecte secretaresse is de onzichtbare secretaresse.' Voor het eerst glimlacht Veronica. 'Ga gerust bellen, ik red me wel.' Veronica loopt naar een van de bureaus, gaat zitten en neemt een slok van de inmiddels koud geworden koffie. Ze trekt een vies gezicht.

Het komt vast goed, denkt Lisa. Ook met oude stoelen, zonder vijfsterrenkruisvoet. Ook zonder vijfsterrenkantoor.

25

Kat heeft geen idee waar ze naartoe wil. Ze wil lopen, gewoon lopen, over de grachten, de Dam, via de Plantage Middenlaan en het Tropenmuseum richting Oost. Misschien wandelt ze helemaal door naar de ArenA. Het is alleen de kunst de Nieuwmarktbuurt met al zijn dealers en coffeeshops te negeren. In dit oudste gedeelte van Amsterdam hangt altijd een walm van alcohol, alsof zevenhonderd jaar drankgelagen in straat en stenen is getrokken. Alcohol mag ze van zichzelf consumeren, zoveel ze wil, van coke moet ze afblijven. Nu ze een mogelijke misdaad op het spoor is, wil ze proberen om helder blijven in de ochtenden, het eerste glas wijn pas drinken als de vijf in de klok zit, liever nog de zes.

Ze wandelt om na te denken, haakjes te vinden waarmee ze verder kan – het eerste draadje dat ze los kan tornen, waarna het breiwerk kan worden uitgehaald.

Madeleine Piël is vermoord. Vermoord – het woord draait rond in haar mond, alsof ze wijn keurt. Ze realiseert zich dat ze Madeleine geen Blondie meer noemt. Door haar dood is ze meer mens en minder fenomeen geworden.

'Er is geen moord zonder motief', zei Agatha Christie ooit. Madeleine was onuitstaanbaar, jazeker, maar dat is geen reden voor moord. Zoveel mensen zijn onuitstaanbaar. Zijzelf soms ook, om over haar zus maar te zwijgen. Ze gaat mogelijke drijfveren langs. De motieven om iemand om zeep te helpen zijn onder te verdelen in emotionele, materiële en seksuele. Bijna zestig procent van alle moorden heeft een emotionele achtergrond, weet ze. Het gaat dan bijvoorbeeld om wraak of jaloezie, het zijn de huiselijke conflicten, een crime passionnel, een uit de hand gelopen woordenwisseling of een ander soort ruzie. Hm. Als wraak het motief is, moet Madeleine iemand iets onvergeeflijks hebben aangedaan, of iets onvervangbaars hebben afgepakt, hem of haar geruïneerd hebben bijvoorbeeld. Zowel wraak als jaloezie is denkbaar, ruzie ook. Een crime passionnel dan? Had Madeleine een obsessieve stalker? Heeft ze een man of vrouw van iemand afgepakt? Lopend op de Dam spreekt ze de voicerecorder van haar mobiel in: 'Liefdesleven Madeleine.' Ze steekt over en loopt de Damstraat in. In driekwart van alle moorden is het precieze motief niet bekend, gaat ze in gedachten verder, en dan is het moeilijk om een dader te vinden. Anyway, je moet ergens beginnen. De moordenaar zou Madeleine dus om emotionele redenen om het leven kunnen hebben gebracht. Maar ook een materieel motief is denkbaar. In een derde van de moorden gaat het om roof, diefstal, erfeniskwesties, drugshandel, dat soort dingen. Om geld. Dus het valt niet uit te sluiten dat de dood van Madeleine daarmee te maken heeft. Volgens Kiki heeft ze schatrijke ouders. 'Inkomen en vermogen Madeleine', spreekt ze nu in.

In de Damstraat loopt ze het gebied links voorbij, de Oudezijds Voorburgwal met daarachter coffeeshop *The Bulldog*, en de Oudezijds Achterburgwal, met de vertrouwde adresjes waar ze alles waar ze trek in heeft kan kopen. Ze slaat aan het eind van de Nieuwe Hoogstraat linksaf, richting de Waag. Op de Nieuwmarkt herkent ze een paar dealers, die haar onopvallend groeten. Ze kijkt vluchtig naar de coffeeshop De Jolly Joker, op de hoek van de Nieuwmarkt en de Zeedijk, waar de beste wiet *in town* te koop is; de herinnering aan de geur prikkelt haar neusgaten. Ze wendt zich af, steekt de Geldersekade over en duikt een café in, waar ze aan een tafeltje bij het raam gaat zitten. Ze bestelt een cappuccino en kijkt naar de mensen die langslopen en -fietsen zonder ze te zien.

De dader of daders hebben hooguit tien minuten gehad. Dat is de tijd tussen het moment dat de speelsters het veld weer op gingen en haar ontdekking van Madeleine. Nee, zes minuten, corrigeert ze zichzelf, want Madeleine was dood toen ze haar vond. De voetbalster moet er dus minstens vier minuten gehangen hebben. Zes minuten vanaf het moment dat de laatste speelster het veld op ging. Wie was dat? Ze sluit haar ogen en probeert het beeld terug te halen. Beton kwam als eerste naar buiten, daarna Elif, en wie als laatste? De Zwarte Roos? Ze gaat het aan Elif vragen. Misschien zijn er ook foto's van gemaakt. De tegenspeelsters waren eerder op het veld dan de Ajacieden. Waren die er allemaal? Daar heeft ze niet op gelet.

Natuurlijk kunnen de daders al in het gebouw aanwezig zijn geweest. Niemand heeft echter onbekenden het pand zien verlaten, terwijl toch alle ogen, in afwachting van de komst van Madeleine, op de uitgang gericht waren. De politie heeft meteen na aankomst het gebouw doorzocht en geen verdachte personen aangetroffen. Hebben ze wel goed gezocht, ze gingen immers meteen uit van zelfmoord? Hebben ze alle namen van de mensen die in het gebouw aanwezig waren, in de kantine bijvoorbeeld, of van de aanwezigen buiten, genoteerd?

De hamvraag, van het begin af aan, is: hóé kan iemand ongestoord in een gebouw vol met mensen iemand ophangen? Blondie heeft vast geschreeuwd en tegengestribbeld, ze was sterk. Dat móét iemand gehoord hebben, en om het hoofd van een getrainde topsporter door een strop te krijgen en haar op te hangen, is niet eenvoudig. Waarom bleef Madeleine überhaupt achter? Had ze een afspraak? Hield iets of iemand haar tegen?

Kat neemt een slok van haar koffie. Misschien ben ik gek en vergis ik me. Misschien faalt mijn doorgaans feilloze intuïtie en is het toch zelfmoord. Ze pakt haar mobiel en appt Kiki voor het nummer van Elif. Dat krijgt ze binnen een minuut, zonder vragen – Kiki kent haar inmiddels goed genoeg om te weten dat als ze op een zaak gefocust is, ze met rust gelaten moet worden. Ach, Kiki. Hun opbloeiende liefde, als dat het al was, heeft geen kans gehad. Het is niet niets geweest, niet aan en ook niet uit, en ook niet in een pauzestand. Ze hebben het gewoonweg nooit uitgezocht. Misschien dat ooit... Kat schudt haar hoofd, seint naar de vrouw achter de bar voor een nieuwe cappuccino en belt Elif. Die neemt meteen op.

'Hoi, met Kat.'

'Hé, hoe gaat het?'

'Ik heb een paar vragen, heb je even?'

'Zeker.'

'Op welk moment heb je Madeleine voor het laatst gezien?'

'Je lijkt de politie wel.'

'Heeft die je al gesproken?'

'Kort, een paar routinevragen voor ik naar huis ging. En ze hebben mijn contactgegevens genoteerd.'

'Dus, wanneer heb je Madeleine voor het laatst gezien? Jullie waren met z'n allen in de kleedkamer, en toen?'

'Toen ging ze naar de wc.'

'Hoelang na het ingaan van de rust was dat?'

'Eh... dat weet ik niet precies. Ze zat op de bank te vloeken en op een gegeven moment stond ze op en ging ze weg.'

'Tegen wie was ze aan het vloeken?'

'Tegen wie niet.'

'Wat zei ze?'

'Eh... *Fuck* dit, fuck dat. Ik luisterde er allang niet meer naar.'

'En toen ging ze dus naar de wc.'

'Ja, het zal na een minuut of tien zijn geweest – nadat Minh Nguyen was binnengekomen, een donderpreek had afgestoken en was vertrokken.'

'Hoe weet je dat ze naar de wc ging?'

Het is stil aan de andere kant van de lijn, dan zegt Elif aarzelend: 'Dat nam ik aan.'

'Dat zei ze niet.'

'Nee.'

'Ze is in de sportzaal gevonden.'

'Dat is waar. Het leek me logisch dat ze naar de wc ging.'

Dat dacht waarschijnlijk iedereen. Madeleine is echter naar de sportzaal gelopen. Waarom deed ze dat? Waarom de sportzaal?

'Heb je niet iets geks gehoord?' vraagt Kat. 'Was er iemand in het gebouw die daar niet hoorde?'

'Niet dat ik weet.'

'Wie kan een reden gehad hebben om haar te vermoorden?'

'Iedereen.'

'Wat?'

'Grapje, sorry. Totaal ongepast. Maar iedereen...'

'Had een hekel aan haar', vult Kat aan.
'Zo is het. Kan ik je nog ergens anders mee helpen?'
'Kun je voor mij een lijst van alle speelsters maken? Met namen, e-mailadressen en telefoonnummers?'
'Ik weet niet of dat mag.'
'Zeker wel', zegt Kat. 'Helena Pastor en Kauffmann & Kauffmann zijn vier handen op één buik. We hebben carte blanche. Zal ik je mijn e-mailadres appen?'
'Oké.'
'Top. Thanks.'
Ze heeft nauwelijks neergelegd of haar telefoon gaat. Lisa.
'Je raadt het nooit', zegt Lisa.
'Zeg het dan maar meteen.'
'Er is een grote hoeveelheid coke gevonden in de sporttas van Madeleine Piël.'

26

Terwijl Veronica voor in het kantoor bezig was om de laden van hun bureaus leeg te kieperen en de inhoud te sorteren, belde Lisa achter in het kantoor met Helena. 'Is er al meer bekend over de doodsoorzaak van Madeleine Piël?' had ze gevraagd. Helena was losgebarsten: de politie had cocaïne in Madeleines tas gevonden. Dat ze drugs bij zich had en blijkbaar niemand daar verbaasd over was, behalve zij, de manager, beviel haar allerminst.

Lisa had Kat gebeld en over de reactie van Helena verteld. Nu dit gebeurd is, verwacht Helena sneller resultaat, dat is duidelijk. Het is wat haar betreft geen kwestie meer van preventie, maar van actie. 'We moeten alle zeilen bijzetten, Kat', had Lisa aangedrongen. 'En daar ben je bij nodig. Waar hang je uit?' vroeg ze. De verbinding werd verbroken.

Drugs, matchfixing, zelfmoord: die drie woorden hebben Lisa wakker geschud. Ze staat nu op scherp en weet dat ze later dit moment zal markeren als het ogenblik waarop ze als rechercheur 'aan' ging.

'Ik heb hier een stapel die weg kan', klinkt vanachter de boekenkast die haar van Veronica scheidt. Lisa steekt haar hoofd om de hoek. Op het bureau ligt een berg papier. Veronica wijst er met een triomfantelijke blik naar. 'Oude zooi. Kan weg.'

'Je mag het laten liggen', zegt Lisa. 'Misschien moet het nog gearchiveerd worden of...'

'Kan echt weg', herhaalt Veronica.

'Of heeft het emotionele waarde.'

'Weet je wat het is?' Veronica zou het goed doen als strenge juf die naar de uitkomst van een som vraagt.

'Nee, daarvoor moet ik het bekijken. Nu heeft het geen prioriteit.'

'Dan heeft het geen grote emotionele waarde', zegt Veronica. 'En is het ballast.'

'Ik zoek het deze week uit.'

Veronica staart haar aan. In de lange stilte die valt wendt Veronica haar ogen niet af en een onbestemd gevoel trekt op in Lisa's buik.

'Ik heb een afspraak met een accountant', zegt ze terwijl ze naar de kapstok loopt en haar jas aantrekt. 'Eind van de middag ben ik er weer.'

Veronica zwijgt nog steeds.

'Niet vergeten een uur lunchpauze te nemen, hoor', zegt Lisa. 'En haal lekkere broodjes voor jezelf. Op kosten van de zaak natuurlijk.'

'Ik bewaar de bonnen.'

'Goed zo. Dag.'

'Dag. Groeten aan meneer Schutte.'

Hoe weet ze die naam, schiet door Lisa heen terwijl ze de trap af loopt. Vast gehoord toen Kat en ik het over de accountant hadden. Ze is scherper dan ik dacht, onze secretaresse.

Accountant Lodewijk Schutte is kort en bondig: de boekhouding is pico bello in orde en verdachte transacties zijn er niet. Sinds het vertrek van de vorige directeur voetbalzaken wordt belangenverstrengeling scherp in de gaten gehouden en betalingen en transacties gecontroleerd en geaccordeerd, volgens het vierogen... nee, tienogenprincipe. Als Kauffmann & Kauffmann de administratie wil napluizen is dat geen probleem. Helena Pastor heeft toestemming gegeven delen van de boekhouding aangaande transfers en contracten naar het bedrijfsrecherchekantoor te mailen. Onder strikte geheimhouding uiteraard. 'Geheimhouding is our middle name', besluit Schutte.

'Die van ons ook', zegt Lisa. 'Vertrouwen is goed, Kauffmann...'

'Ja, ja, ja. U krijgt het vandaag.'

Om die hele administratie te scannen hebben ze twee dagen nodig, minstens.

'En matchfixing?' vraagt Lisa.

De accountant fronst. 'Geld dat witgewassen wordt, gaat natuurlijk niet langs ons', antwoordt hij. 'Dat loopt via gokkantoren en buitenlandse banken. Wat iedereen op persoonlijke titel uitspookt, is een zaak voor politie en justitie.'

Maar kan Ajax wel in diskrediet brengen, denkt Lisa.

'Forensische accountants houden zich bezig met fraude', vult Schutte aan. 'En dat zijn wij niet.'

Dat klopt, forensische accountants houden zich bezig met fraude, net als Kauffmann & Kauffmann, alleen is Kauffmann & Kauffmann sneller en beter. Lisa bedankt de accountant en gaat naar Helena Pastor.

In het directiekantoor, een kleine, witte ruimte met een bureautje en slechts één extra stoel, doet ze verslag van haar bezoek. 'Is dat alles?' vraagt Helena Pastor. 'Deze vragen heb ik natuurlijk ook aan onze accountant gesteld.'

'Dat weet ik, maar we zijn in de oriënterende fase, en ik wilde zelf horen wat de heer Schutte te zeggen heeft. En hoe hij zijn woorden kiest.'

Helena staart strak naar de schema's aan de muur en het volgekrabbelde whiteboard.

'Hij stuurt vandaag de relevante boekhouding door', vervolgt Lisa. 'Eerlijk gezegd verwacht ik niets bijzonders.'

'Ik ook niet.'

'Als alles klopt, kunnen we dat tenminste wegstrepen.'

Zo vol vertrouwen als Helena leek bij het geven van de opdracht, zo vol twijfel lijkt ze nu. Het gaat vast niet snel genoeg. Ze maakt zich duidelijk zorgen. Of laat ze niet het achterste van haar tong zien? Gaan haar zorgen over Ajax of over het bedrijfsrecherchebureau dat ze in de arm genomen heeft? Lisa laat het rusten, en beseft dat ze op korte termijn met resultaat moet komen.

'Verder volg ik een spoor met betrekking tot matchfixing', zegt ze. 'Er gaan geruchten over de wedstrijd van gisteren.'

'Dat soort geruchten gaan er altijd, zeker als we verliezen.' De manager gaat verzitten. 'Matchfixing lijkt me in dit geval sterk.'

'Want...?' vraagt Lisa.

’Hebben we het over speelsters?’

‘Over de scheidsrechter.’

‘Xenia Okkes? Die fluit al vijfentwintig jaar. Ze staat bekend om haar rechtvaardigheid en heeft geen enkel smetje op haar naam.’

‘En toch schijnt ze een aantal overtredingen van PSV niet gezien te hebben.’

‘Het blijft mensenwerk.’

‘En fouten van Ajax bestraft die geen overtredingen waren.’

‘Tja.’

Helena slaat haar armen over elkaar en leunt naar achteren.

‘Wat weet je over Xenia Okkes?’ vraagt Lisa.

‘Dat ze een goede scheidsrechter is.’

‘Ik bedoel privé.’

‘Niet veel’, antwoordt Helena. ‘Ze komt uit Utrecht, geloof ik. Honderd jaar geleden gescheiden van Jan van Bork.’

‘Dé Jan van Bork?’

Lisa herinnert zich een voetballer die voor veel geld de transfer naar Engeland had gemaakt en daar uitsluitend met blessures op de bank had gezeten. Geen idee wat er van hem terecht is gekomen.

‘En sindsdien?’

‘Ze leeft voor haar werk. Professor in de voetbalogie.’

‘Kinderen?’

‘Twee zonen, geloof ik. De oudste voetbalt bij Volendam.’ Helena glimlacht, voor het eerst in het gesprek. ‘Die wedstrijden fluit ze niet. Zoals je weet fluiten er nog steeds geen vrouwelijke scheidsrechters in het hoogste niveau mannenvoetbal.’

‘En die andere zoon?’

‘Wat zou het privéleven van Xenia Okkes met matchfixing te maken kunnen hebben?’

‘Soms gaat het om omkoping en is geld de drijfveer. Soms worden voetballers of scheidsrechters gechanteerd. Daarom wil ik meer van haar weten.’

‘Vraag het haarzelf.’ Helena pakt haar mobiel, zoekt iets op en typt. Er klinkt een ping op Lisa’s telefoon. ‘Ik heb haar nummer met je gedeeld.’

'Dank je. Ik ga erachteraan.'

Lisa staat op.

'Ik verwacht binnenkort wel meer concrete resultaten', zegt Helena als Lisa naar de deur loopt.

'Natuurlijk. Ik ben net begonnen.'

De manager knikt. Lisa verlaat het bureau in de wetenschap dat haar opdrachtgever ongeduldig is. Als ze Pastor echter zou verzekeren dat het snel tot een afronding komt, zou ze haar een valse belofte doen.

27

Elif heeft woord gehouden en de spelerslijst naar Kat doorgestuurd. Kat slurpt het laatste restje melkschuim uit haar kopje en staart naar het rijtje namen op haar mobiel. De voetbalsters die er gisteren waren heeft Elif geel gearceerd: elf, plus zeven reservespeelsters. De namen zeggen Kat niet zoveel. Namen zijn klanken als ze geen betekenis hebben. Ze neemt het rijtje door.

Madeleine Piël (Blondie) – aanvaller
Faiza Diop (De Zwarte Tulp) – aanvaller
Gonny Abrahams (Lucky) – middenvelder
Abenaa Korkor (Avalanche) – middenvelder
Charlotte Simons (De Vlo) – middenvelder
Elif Çekin (Elfje) – middenvelder
Daantje Mol (Bullstronk) – verdediger
Samia Loukili (De Fee van Fez) – verdediger
Ineke Pieper (Pippi Langkous) – verdediger
Kaylee Linssen (Pitbull) – verdediger
Jolanda Betonville (Beton) – keeper
Reserve:
Wilma Melkert (Mini) – aanvaller
Anouk Massini (Dropje) – middenvelder
Olga Ivanova (Verschrikkelijke Sneeuwvrouw) – middenvelder
Mary-Jane Vrede (De Steltloper) – verdedigster
Charlotte van der Loo (Lotje) – aanvaller
Samira Nassar (Sammie) – middenvelder
Rania Sewnundun (Rapido) – verdediger

Ze rekent af en besluit naar het huis van Elif te lopen, om de namen een gezicht te geven en er verhalen bij te krijgen. Ze kan natuurlijk googelen, alleen achtergrondinformatie van iemand die de speelsters persoonlijk kent is beter.

Op de stoep van het café aarzelt ze. Een oppepper zou haar goeddoen. Morgen is ook een mooie dag om te stoppen. Toch? Daarbij: wat maakt een snuifje eigenlijk uit? De zucht neemt bezit van haar lichaam en vrijwel meteen gaat ze een grens over. Ze weet waar goede coke te koop is, de beste. Ze steekt de weg over, loopt de Zeedijk op, slaat linksaf een steeg in en belt aan.

28

Lisa staat op de roltrap naar de uitgang van metrostation Nieuwmarkt. Ze wilde eigenlijk vanaf de Singel rennen, om te oefenen voor de Dam tot Damloop, maar om nou bezweet op haar bestemming aan te komen... In de metro, slechts één halte, heeft ze genoeg tijd gehad om na te denken. Als Xenia echt de wedstrijd bewust beïnvloed heeft, is de kans groot dat er een lijn is met de gokmaffia. Xenia zal niet de eerste zijn die wordt omgekocht of gechanteerd, bijvoorbeeld met een gokschuld of een geheim. Dat Helena zeker van haar integriteit schijnt te zijn, zegt niets.

Ze steekt de Nieuwmarkt over en loopt de Zeedijk op. Voor een galerie blijft ze staan. Hij ziet er gesloten uit. De plastic sculpturen in de donkere etalage staan er voor de show, weet ze, achter de galerie bevindt zich het illegale gokhuis van Dino.

Dino Mastenbroek, oftewel Dino M zoals hij in de pers genoemd wordt, is een oude bekende van Lisa, uit de tijd dat ze bij de politie werkte. Hij staat bij haar in het krijt, want zij heeft hem destijds laten lopen om een grotere vis te vangen. Hopelijk herinnert hij zich dat. Ze belt aan. Er wordt niet opengedaan. Ze belt nog een keer, wat langer. Weer niets. Er is natuurlijk een code om binnen te komen, denkt ze: driemaal bellen, of tweemaal kort, tweemaal lang of zoiets. Ze slentert weg, naar een Chinese winkel aan de overkant. Ze doet of ze de etalage bestudeert, vol poezen met knikkende koppen, lampionnen, Chinese kalenders, een allegaartje aan Aziatische spullen. Via het raam houdt ze de galerie in de gaten. Net als ze verder wil lopen, komt er een man in een regenjas aan. Hij staat stil voor de deur van de galerie. Zo onopvallend mogelijk nadert ze, gaat schuin achter hem staan en bukt, alsof ze haar veters strikt. Ze ziet hem de bel indrukken, een keer lang, twee keer kort, een keer lang. De deur gaat op een kier en hij stapt naar binnen. Ze kijkt op haar mobiel en wacht een paar minuten. Dan drukt ze ook op de bel, een keer lang, twee keer kort, een keer lang.

'Ja?' De deur gaat opnieuw op een kier. Erachter staat een kleine man. Achondroplasie, constateert Lisa, oftewel dwerggroei. Zijn leeftijd is moeilijk te schatten, waarschijnlijk rond de veertig, vijftig. Hij draagt een spijkerbroek, een houthakkersoverhemd en een kort leren jack.

'Ik kom voor Dino', zegt Lisa.

'Ik ken geen Dino.'

'Zeg dat Lisa naar hem vraagt. Lisa Kauffmann.'

De kleine man schudt zijn hoofd. 'Als u een van onze sculpturen wil kopen, moet u terugkomen als de eigenaar van de galerie er is.'

'Laat me door. Ik weet dat hierachter een gokhal zit.'

De ogen ter hoogte van haar middel worden donker, het is alsof hij elk moment met zijn hoofd in haar buik kan stoten. Lisa maakt razendsnel een berekening; zal ze om hem heen gaan of gewoon weglopen en een andere keer terugkomen?

'Het is goed, Balor.' Dino duikt op vanuit het donker achter hem. 'Mevrouw Kauffmann, wat gezellig, kom binnen, waar heb ik uw bezoek aan te danken?'

Lisa stapt naar binnen, het atelier in. Dino sluit de deur en geeft Balor een teken dat hij weg moet gaan. De kleine man trekt zich terug via een deur waarachter de illegale gokhal zich bevindt.

'Kom.' Dino maakt een uitnodigend gebaar.

Lisa schudt haar hoofd. 'Hoe minder ik weet, hoe beter.'

'En u bent juist zo goed in geheimen bewaren.' Dino glimlacht.

'Dat weet je dus nog?'

Hij maakt een kleine buiging.

'Ik kom om je iets te vragen. Over iemand die je kent.'

'Over klanten vertel ik niets.'

'Ik wil alleen weten of ze hier weleens komt. Of ze weleens genoemd wordt. Het is een publieke figuur. Xenia Okkes.'

'Xenia Okkes, Xenia Okkes...'

'De scheidsrechter.'

'Ja?'

'Circuleert haar naam in het circuit?'

'Niet dat ik weet.'

'Denk eens na.'

Dino schudt zijn hoofd. Lisa doet een stap naar voren. 'In de havenzaak heb ik je buiten schot gehouden. Ik had je erbij kunnen lappen en dan had je nu niet zo vrolijk "kunst" kunnen verkopen.' Ze tekent aanhalingstekens met haar vingers.

'Ik handel niet meer in coke, als je dat bedoelt.'

'Je gaat mij toch niet wijsmaken dat je een brave burger bent geworden? Wat doe je hier dan? Ik heb iets van je tegoed, Dino. Dus denk goed na. Of informeer bij je vrienden of concurrenten. Het maakt me niet uit hoe je het doet, ik wil weten of Xenia Okkes in het illegale circuit gokt en eventueel te linken is aan de gokmaffia.'

Dino lijkt even na te denken. Dan zegt hij: 'Hier komt ze niet, dat weet ik zeker. Maar geef me je nummer. Ik doe een rondje. En ik zal Balor vragen om zijn oren open te houden.'

'Thanks.' Lisa geeft hem haar nummer en vertrekt. Ze is net de stoep op gestapt als ze tegen iemand aan botst.

'Hé, kun je niet uit... Kat?!' Ze registreert een schichtige blik in Kats ogen, haar handen in haar zakken. 'Wat doe jij hier?'

'Ik... Ik denk na.'

'Op de Zeedijk?'

'Nadenken kan overal.'

'Kat op het spek. Letterlijk. Mijn zus Kat op het spek.'

'Ik loop waar ik wil.'

'Kat.'

'Ik doe wat ik wil!'

Lisa trekt in één ruk Kats hand uit haar zak. Er komt een zakje mee, met wit poeder, dat op de stoep belandt. 'Kat!' roept Lisa opnieuw en tranen springen in haar ogen. Ze stampt op het zakje, het scheurt, ze trapt weer en wrijft driftig met haar voet het poeder weg.

'Ben je krankzinnig?!' Kat duwt haar tegen de muur.

Lisa duwt terug. 'Nee, jij bent krankzinnig! Drank, coke, waar zit je verstand?! Je hebt het verantwoordelijkheidsgevoel van een wild konijn, jij. Ik zal Hannah vertellen dat haar moeder te laf was om haar te zien, en liever zichzelf helemaal naar de tering dronk en snoof.'

Bam. Een vuist komt tegen haar slaap. Lisa slaat terug en geeft haar zus ook een knal voor haar hoofd. Ze duwen en trekken en proberen elkaar te raken tot handen Lisa vastpakken. Ze kijkt om, het is een agent, een andere houdt Kat in bedwang.

'Kalm, mevrouw', zegt de ene agent tegen Lisa.

'Basta', zegt de andere tegen Kat.

Lisa zet een voet op het plastic zakje, zo onopvallend mogelijk. Een oudere vrouw met een boodschappentas in haar hand komt dichterbij.

'Zij is begonnen.' Ze wijst naar Lisa. 'Ik heb het met mijn eigen ogen gezien. Zomaar vanuit het niets viel ze die magere stakkerd aan.'

'U gaat mee naar het bureau', zegt de agent tegen Lisa.

'Nee, sorry, het zit anders', protesteert Kat. 'Ik begon. De eerste klap kwam van mij.'

De agenten lijken te aarzelen.

'Het was niet echt', zegt Lisa. 'Dit doen we vaker, we zijn zusjes.'

'Tweeling', bevestigt Kat.

'Jullie hebben die documentaire over dat kunstenaarsduo L.A. Raeven zeker niet gezien? De moeite waard, hoor. De tweelingzussen Liesbeth en Angelique Raeven vochten elkaar de tent uit, probeerden elkaar zelfs te verdrinken. Zo zijn wij ook, soms.'

De oudere vrouw loopt hoofdschuddend door.

'Dat weet mijn zus weer', zegt Kat. De trots in haar stem is nep, weet Lisa. 'Mijn zus weet alles', gaat Kat door.

De agenten kijken elkaar aan en halen dan hun schouders op. 'Doe dit voortaan lekker thuis', zegt de een, en ze slenteren verder over de Zeedijk.

'Dat flik je me niet nog een keer', sist Lisa tegen Kat.

'Houd je bek, bitch.'

De agenten kijken om. Lisa zet haar liefste glimlach op en zwaait. Vanuit haar ooghoek ziet ze Kat hetzelfde doen.

29

Eigenlijk vindt Kat het niet zo erg wat Lisa gedaan heeft. Oké, het is zonde van het geld, maar nu haar woede gezakt is, voelt ze ook opluchting. Lisa heeft besloten, geen snuif vandaag. 'Laf', 'geen verantwoordelijkheidsgevoel', zei haar zus; de woorden malen door Kats hoofd. Gaat ze uit lafheid een ontmoeting met het kind uit de weg? Of omdat ze het niet op kan brengen? Een mens toont moed als hij iets doet dat hij gevaarlijk of moeilijk vindt, en ben je daarom per se laf als je het laat? Was bobsleepiloot Edwin van Calker laf toen hij tijdens de Olympische Spelen van 2010 besloot niet van start te gaan omdat hij doodsbang was geworden voor het gevaarlijke parcours, waarop kort daarvoor nog een rodelaar dodelijk verongelukt was? Of was hij juist ontzettend moedig omdat hij durfde toe te geven aan zijn angst en nee durfde te zeggen voor het oog van miljoenen kijkers? Hoewel Kat niet warm of koud wordt van sport, maakte dit destijds indruk. Geen idee wie destijds gewonnen had, maar de moed – zij vond het tenminste moed – van de bobsleeër staat haar nog goed bij.

Dat ze het tekenen van de intentieverklaring uitstelt komt niet door twijfel, het komt doordat ze wil negeren wat ze op de wereld heeft gezet. Bij een gevoelsmens dringt emotie honderd keer harder binnen dan bij een normaal mens. Ieders hart kan breken, dat van haar spat echter, zodra ze verdriet toelaat, als een Duralex-theeglas in duizenden stukjes uit elkaar.

Wat als ze dat document niet tekent? Dan woont het kind nu bij Lisa en Eric. En dan blijft de kans bestaan dat ze terugkomt bij haar. Kat schrikt van die gedachte; wil ze dat, leeft die hoop ergens, diep vanbinnen? Echt niet. Hannah is... Laat ze haar nu toch eindelijk eens bij de naam noemen; zie je, ze is niet laf, ze kan het wel... Hannah is beter af bij haar evenwichtige zus, met vriend Eric, de spoedeisendehulparts, in de mooie flat aan het IJ, met twee broertjes en een zusje regelmatig om haar heen. Beter dan bij een labiele, zuipende junk. Ik heb het meisje uit liefde afgestaan. Uit liefde? Het lijkt alsof deze gedachten niet uit haar komen, alsof haar eigen gedachten haar iets vertellen dat ze niet weet. Liefde. Het mooiste woord ter wereld. Ze ziet de baby voor zich die Ruben schetste: een baby-Sneeuwwitje. Hoe kan iemand besluiten om de heks in een sprookje te zijn en niet van zo'n lief, onschuldig kind te houden? Alleen als je volhardt in niets voelen, verdoving zoeken, dóórgaan, kan dat.

Ze loopt richting Sarphatistraat, waar de flat van Elif is. Bij een hoog gebouw op de hoek van de Roetersstraat drukt ze op de bel. Ze heeft niet aangekondigd dat ze komt, het is de vraag of Elif thuis is. Met een klik opent de deur. 'Zesde etage', klinkt door de intercom.

Elif lijkt niet verrast als ze Kat de lift uit ziet komen. Ze nodigt haar uit naar binnen, wijst een plek op de bank aan en zet thee voor hen allebei.

'Ik wil het lijstje dat je me stuurde met je doornemen', zegt Kat als er twee dampende mokken op de salontafel staan en ook Elif is gaan zitten. 'Wie is wie en wat was de relatie van de speelster met Madeleine.' Dat ze allemaal de pest aan haar hadden, hoeft ze niet nog een keer te horen; niemand is louter slecht. Nu de voetbalster dood is, wil Kat ook weten wat er achter dat arrogante masker zat.

'Ik vertel je met liefde alles wat ik weet,' zegt Elif, 'maar wat moet je met die informatie? Ze heeft zelfmoord gepleegd, het was net op het nieuws.'

'O ja?'

'De forensisch arts heeft het resultaat van zijn onderzoek bekendgemaakt. Verstikking door ophanging, geen spoor van geweld. Het schijnt ook dat er drugs in haar tas zijn gevonden. Misschien was ze verslaafd, wist ze dat een carrière in Amerika er niet in zat en vreesde ze de negatieve publiciteit die zou losbarsten.'

'Zijn er sporen van drugs in haar bloed gevonden?'

'Nee.'

'Heb jij ooit gemerkt dat ze gebruikte?'

'Nee, ook niet. Ze is wel een keer op een van die feestjes verschenen.'

'Wat voor feestjes?'

Elif haalt haar schouders op. 'Waar coke gebruikt wordt. Rijke zakenlui verwennen beroemdheden graag en pronken met ze.'

'Ken je meer speelsters die daar komen?'

'Jolanda, geloof ik. En Charlotte. Die heeft mij weleens meegevraagd, ik bezoek alleen geen feestjes van mensen die ik niet ken.'

Kat opent haar mobiel en zoekt het document dat Elif haar gestuurd heeft. 'Dat brengt ons op de lijst met namen.'

'Je hebt me nog niet verteld waarom je meer informatie wil', zegt Elif.

'Ik wil begrijpen wat er gebeurd is.'

'In opdracht van...?'

'Niemand.'

Elif kijkt haar met een bevreemde blik aan. 'De politie doet onderzoek. Is dat niet genoeg?'

'Ik heb haar gevonden', legt Kat uit. 'Op de een of andere manier heb ik meer duidelijkheid nodig. Voor mijn verwerking doet het ertoe als ik haar laatste minuten kan reconstrueren. En als ik haar alsnog leer kennen, via de mensen om haar heen.'

Elif steekt een hand uit en raakt haar even aan. 'Brand los', glimlacht ze.

'Aanvalster Faiza Diop', begint Kat. 'Kan zij iets tegen Madeleine hebben gehad?'

'Je kiest wel meteen de beste uit. Faiza heeft een half jaar niet kunnen spelen nadat Blondie bij een training op haar achillespees had getrapt. Iedereen was ervan overtuigd dat ze het expres deed. Faiza was vorig jaar Blondies grootste concurrent.'

Kat maakt een aantekening en gaat door met de volgende van de lijst. 'Gonny Abrahams, middenvelder.'

'Kende Blondie al vanaf de middelbare school. Toch hadden ze nauwelijks contact. Ook geen ruzie. Ze negeerden elkaar.'

'Abenaa Korkor.'

'Blondie maakte foute opmerkingen. Zogenaamd om grappig te

zijn, maar ze waren heel gemeen. Abenaa heeft eens gedreigd haar kop van haar romp te trekken na nog één zo'n "grap".'

Opnieuw een aantekening.

'Charlotte Simons?'

'Door Blondie in een wc opgesloten, waardoor ze een wedstrijd miste. Blondie heeft het overigens altijd ontkend, Charlotte is er echter van overtuigd dat zij erachter zat. Ze praatte niet meer met haar, zei alleen het hoogstnoodzakelijke.'

'Dan ben ik bij jou aangekomen. Had jij een speciale reden om haar te haten?'

'Ik vind haten zo'n groot woord. Het is superirritant als iemand de sfeer verpest. Daar voel ik me sinds ik aanvoerder ben nog meer verantwoordelijk voor. Maar ook toen ik gewoon speelster was riep ik haar tot de orde als ze mensen uitkafferde. Het leek echter alsof alles van Blondie af gleed, als water van een eend. Ik had geen grip op haar.'

'Hoe vind je het dat ze dood is?'

'Vreselijk. Ik heb er spijt van dat ik niet aardiger ben geweest. We isoleerden haar, de een na de ander. Zonder dat af te spreken overigens, het gebeurde gewoon. Nu denk ik: wat moet ze eenzaam zijn geweest.'

'Dus je voelt je schuldig.'

Elifs ogen worden vochtig. 'Doorgaan alsjeblieft', zegt ze met een waterig lachje.

'Ineke Pieper, alias Pippi.'

30

In café De Blaffende Vis bestelt Lisa een espresso en loopt de trap op naar boven, naar haar vaste tafel bij het raam. Hoewel ze nu in de Pontsteiger woont, is dit nog steeds haar stamcafé. Het bevindt zich in de Westerstraat, op nog geen tien minuten lopen vanaf kantoor. Soms vindt ze het gewoon fijn om daar te werken, met geroezemoes om zich heen. Vandaag heeft ze nog een andere reden om langer van kantoor weg te blijven: ze wil Veronica de kans geven om het bedrijf te leren kennen zonder op de vingers te worden gekeken.

Ze pakt haar mobiel en scrolt naar meer informatie over Xenia Okkes. Als ze haar aan de telefoon heeft, wil ze beslagen ten ijs komen. De zoon die bij Volendam voetbalt heet Lesley van Bork. Hij is geen hoogvlieger, zal het Nederlands elftal nooit halen, speelt echter goed genoeg voor de basis van het eerste elftal. Getrouwd, woont in Buitenveldert met jeugdliefde Yumi Sato en hun twee kinderen. Golft en gaat graag in Spanje op vakantie, zo te zien op Facebook. De tweede zoon van Xenia, Rico, is complexbeveiliger in een penitentiaire inrichting in Alphen aan den Rijn. Gescheiden, drie kinderen, woont in een flat in Uithoorn. Geen bijzonderheden over hem. Volgens LinkedIn werkte hij eerst in een gevangenis in Alkmaar. Daarna zit er een gat in zijn cv van ruim een jaar, vervolgens gaat hij aan de slag in Alphen aan den Rijn. Waarom hij een jaar niet heeft gewerkt is iets om uit te zoeken. Ze drinkt de espresso op, bestelt er opnieuw een en belt Xenia. Die neemt op met: 'Ja?'

Lisa legt uit wie ze is. 'Ons kantoor heeft van Helena Pastor de opdracht gekregen om onderzoek te doen naar het voorkomen van fraude. We willen ons zo goed mogelijk informeren over de voetbalpraktijk. Bijvoorbeeld wat de mores rond vrouwenvoetbal zijn en of deze verschillen van de mannen.'

'En waarom belt u mij?'
'U zit lang in het vak. Is er iets veranderd de afgelopen jaren? Ik bedoel, sinds het vrouwenvoetbal succesvoller en populairder is geworden en er dus meer geld in omloop is?'
'Nee. Niet dat ik weet. Behalve dat de vrouwen tegenwoordig meer aandacht krijgen.'
'Van wie?'
'Van de pers, van showprogramma's en celebrity's; ze zijn BN'ers, dat was vroeger niet zo.'
'En van de *upper class*? Van oud geld, nieuw geld? Types van de Zuidas?'
'Ze worden meer op feesten uitgenodigd inderdaad. Krijgen dure cadeaus. De vrouwen staan sterk genoeg op hun benen om daar goed en integer mee om te gaan.'
'En u?'
'Ik sta ook sterk op mijn benen.'
'Wordt u ook op dat soort feestjes uitgenodigd? Krijgt u cadeaus?'
'Nee.'
'Waarom niet?'
'Weet ik niet. Ik ben te oud, denk ik.' Ze kucht. 'Het spijt me, ik kan u verder niet helpen.'
'Nog één vraag. Bezoeken de vrouwen casino's?'
'Geen idee.'
'Komt u weleens in een casino?'
'Pardon, mevrouw, welke kant gaat dit op?'
'Wordt u daar weleens voor uitgenodigd?'
'Dat gaat u niets aan. En hou op met dit schijnheilige gedoe. Ik weet heus wel dat u belt omdat gesuggereerd wordt dat ik Ajax-PSV niet eerlijk gefloten heb.'
'En is dat zo?'
'Nee, ik ben volstrekt onpartijdig.'
'Dan rest mij een vraag over uw zoon. Heeft Rico...'
De verbinding wordt verbroken. Lisa staart uit het raam. Het komt regelmatig voor dat criminelen voetballers in hun greep krijgen door ze uit te nodigen voor dure feestjes en ze mee te nemen

naar gokpaleizen en casino's. Daar mogen ze gratis gokken, krijgen champagne, coke in overvloed. Nieuwe, invloedrijke vrienden – het kan niet op, het leven lijkt een walhalla. In het begin wordt in de casino's alleen gewonnen. Als het daarna even tegenzit, kunnen ze geld lenen van hun gastheren; geen probleem, ze zijn vrienden, ze mogen je. De avond erop verliezen ze opnieuw en weer kunnen ze geld lenen, want de kansen zullen keren en dan kunnen ze het makkelijk terugbetalen. Inmiddels hebben de spelers zoveel schuld opgebouwd dat ze in de netten van hun gulle gastheren, en dus van de criminelen die daarachter zitten, verstrikt zijn geraakt. Soms leidt het tot een gokverslaving. Zou dat met Xenia Okkes ook aan de hand kunnen zijn? Zou ze schulden kunnen hebben? En wat met die voetballende zoon?

Ze schrikt uit haar gedachten op door een appje van Kat. *Over tien minuten Singeloverleg?* Ze stuurt een duimpje terug en rekent af.

Als Lisa binnenkomt zit Veronica achter het bureau en tuurt naar het beeldscherm van een van de computers.

'Hoi', zegt Lisa. 'Hoe gaat het hier?' Ze komt naderbij en ziet dat Veronica tabellen en cijfers aan het bestuderen is. 'Waar kijk je naar?'

'De boekhouding van Ajax. Die is vanmiddag binnengekomen.'

'Heb jij die geopend?'

'Ingewikkelde materie, maar tot nu toe klopt het, hoor.'

'Dat is niet de bedoeling, Veronica. Je mag pas bestanden openen als een van ons daar opdracht voor heeft gegeven.'

'O, nou, sorry. Ik dacht: ik neem je werk uit handen.'

'Dat is heel vriendelijk, maar punt één: het is jouw werk niet. En punt twee: dit is vertrouwelijke informatie. De klant gaat ervan uit dat we bedrijfsgegevens met niemand delen.'

Met een bokkig gezicht sluit Veronica het document. 'Wees blij dat ik het opgeslagen heb, want de mail is verdwenen.'

'De mail is verdwenen? Welke mail?'

'Alle.'

Het bloed trekt uit Lisa's gezicht. 'Hoe kan dat?'

Veronica zucht. 'Jullie mailprogramma was hopeloos verouderd. Ik heb beide computers gesynchroniseerd en Microsoft Exchange Server geïnstalleerd. Die verwijdert en archiveert e-mails automatisch.'

'"Verwijdert"?!'

'En ar-chi-veert. Doordat ik de e-mails op het ene apparaat heb verwijderd – waarom zou je tweemaal dezelfde bewaren – zijn de e-mails op alle gekoppelde apparaten verdwenen.'

'Noem je dit professioneel? Hoe kan je dat nou doen?!'

Veronica heeft even geen weerwoord.

'En hoe krijgen we de mail nou terug?'

'Dat weet ik niet.'

Lisa wrijft over haar slapen. 'Ik vraag het mijn broer wel.'

'Het is niet mijn schuld.'

'Nee, die mails zijn uit zichzelf verdwenen.'

'Nou zeg! Jullie hadden moeten updaten.'

'Jij had niet op eigen houtje over dit soort zaken moeten beslissen.'

'Ik doe zo goed mijn best!' Tranen springen in Veronica's ogen. 'Jullie zijn ook zo onduidelijk en in het sollicitatiegesprek zei je dat jullie een secretaresse zochten die zelfstandig kan werken. Zo kan ik het nooit goed doen.' Ze wrijft over de vlekken in haar hals.

Ze heeft een beetje een punt, denkt Lisa, voortaan moeten beide partijen duidelijker zijn. Ruben kan het hopelijk herstellen. Ze wijst naar de klok. 'Weet je wat: waarom ga je niet lekker naar huis? Je hebt genoeg gedaan vandaag.'

'Ik wil eigenlijk even...' Veronica wijst naar de stapel papieren die nog steeds op het bureau ligt.

'Welnee, het is mooi geweest.'

Veronica's gezicht klaart op. 'Okidoki.' Ze springt uit de stoel, loopt met kordate pas naar de kapstok en trekt haar jas aan. Op het moment dat ze de deur uit wil gaan, komt Kat binnen.

'Hoi', zegt Kat.

'Hoi. Tot morgen!' Veronica vertrekt en sluit de deur achter zich.

'Is ze nu al klaar?' vraagt Kat.
'Haar eerste dag. Voor iedereen wennen. En ik heb hoofdpijn.'
'Hoe was ze?'
Lisa wil niets over het akkefietje met Veronica zeggen. 'Top. Ze is aan het opruimen en reorganiseren geweest, en heeft ons gewezen op verouderde systemen. Ik bel Ruben vanavond of hij updates wil installeren.'
'Dus je bent blij met onze perfecte secretaresse?'
'Enorm.'
'Mooi, mooi.' Kat pakt een nietmachine van tafel en legt hem weer neer. Ze haalt adem, schijnbaar om iets te zeggen, en sluit dan haar mond. Dan haalt ze nog een keer diep adem. 'Die eh... Die ruzie van vanmiddag. Ik wil dat niet.'
'Ik ook niet, hou alleen op met coke, Kat. Alsjeblieft.'
'Je bent mijn moeder niet.' Kat zakt met een bons op een stoel.
'Gedraag je dan ook niet als een kind!'
'En daar gáán we weer!'
Lisa haalt diep adem. 'Nee, dat doen we niet.' Ze loopt naar Kat en legt haar hand op die van haar zus. 'Doe wat je wil, ik kan je toch niet tegenhouden, dat heb ik mijn hele leven tevergeefs geprobeerd. Draag alleen alsjeblieft verantwoordelijkheid voor de zaken waar je verantwoordelijk voor bent.'
'Zoals het bedrijf.'
'En de intentieverklaring.' Lisa voelt haar mond droog worden. De olifant in de kamer, nee, op haar schoot, is benoemd.
Kat wendt haar blik af en bijt op een nagelriempje.
'Het zou ons zoveel rust geven als je die – zoals beloofd – opgesteld en getekend hebt', vervolgt Lisa. 'We krijgen oproepen van het consultatiebureau, van de GGD voor prikjes, en overal moeten we uitleggen dat wij niet... Dat de natuurlijke moeder...'
Kat knikt, zegt niets. 'Ik zal het deze week doen', zegt ze uiteindelijk. Ze gaat voor het raam staan en kijkt naar buiten. Haar schouderbladen tekenen zich af onder haar T-shirt, haar dunne armen zijn als van een puber, evenals de kleine billen in de vale spijkerbroek. 'Hoe gaat het met haar?' vraagt ze dan plotseling.

Een schok gaat door Lisa en ze probeert haar ademhaling en haar stem onder controle te houden als ze antwoordt: 'Goed, heel goed. Ze was wat afgevallen, maar zit nu boven het geboortegewicht. Ymke denkt dat ze al kan lachen.'

Kat staat nog steeds bewegingsloos bij het raam.

'Wil je een foto zien?' vraagt Lisa.

'Nee, dank je.' Kat veegt met een ruw gebaar over haar wang en draait zich om. Ze loopt naar de vergadertafel. 'Laten we aan het werk gaan.'

Even later kijken ze naar vellen papier op de tafel, met de namen van de voetbalsters plus bijzonderheden. Kat heeft verteld van de gescheurde achillespees van Faiza, de kwetsende uitlatingen ten opzichte van Abenaa, Charlotte die in de wc vastzat, en Gonny die Madeleine al vanaf de middelbare school kent, en zich toch als een vreemde gedraagt. Bij de overige speelsters staat niets.

'Hebben wij even geluk dat ik de Story en de Privé bij de kapper lees', lacht Lisa.

'Dat wist ik. In de supermarkt blader je die tijdschriften altijd zo lang door dat de filiaalchef komt vertellen dat je ze óf terug moet leggen óf moet kopen', snuift Kat. 'Kom op, wat vertelt de roddelpers over onze vrouwen?'

'Daantje was verloofd met Rico Moretti, autocoureur. Nee, van die vent heb je nooit gehoord, want je kijkt nooit sport, maar die Moretti was nogal een *catch* en Daantje was dolgelukkig met hem. Tot Madeleine hem afpakte.'

'Ah, het ultieme emotionele motief. De aan de kant gezette vrouw.'

'Na nog geen drie maanden dumpte Madeleine hem alweer voor een ander. Waardoor ze er twee haters bij kreeg – knap, door één actie.'

'Die Rico kunnen we in ons achterhoofd houden. Al heeft zo'n type binnen een week weer een ander.'

'Binnen een dag.' Lisa schrijft bij Daantje crime passionnel en gaat verder met de naam Samia, met haar wijsvinger tikkend op het A4'tje: 'Samia heeft Marokkaanse roots, zoals je weet. Tweede generatie. Haar ouders zijn streng islamitisch. Die waren niet blij toen Madeleine een geluidsopname van een telefoongesprek tussen haarzelf en Samia liet horen, waarin de laatste vertelde over haar relatie met een hooggeplaatste, getrouwde politicus. Samia's vader wil sindsdien niets meer van zijn dochter weten en heeft alle contact verbroken.'

'Welke politicus?'

'Een hoge van het CDA.'

'Nee. Je bedoelt toch niet...?'

'Jawel.' Bij Samia schrijft Lisa: wraak.

'Zijn we er nu?'

'Nee. Jolanda, de keeper, schijnt verliefd te zijn geweest op Madeleine en is keihard afgewezen.'

'Aj, hoed u voor de afgewezen vrouw.'

'Precies. En dan hebben we Kaylee, van wie gezegd wordt dat ze mannelijke hormonen inspuit voor meer spierkracht. Geen idee of Madeleine daar iets mee te maken had. Ik weet wel dat ze volgens Samia stiekem de inhoud van telefoons las.'

'Om te kunnen chanteren?'

'Alles is mogelijk.'

De zussen staren zwijgend naar de papieren op tafel. Iedereen heeft een reden om Madeleine naar de eeuwige sportvelden te sturen. Het is knap hoe de sterspeelster dat voor elkaar kreeg. Alleen bij Elif en Ineke Pieper, oftewel Pippi Langkous, staat niets.

'We hebben dit wel op een rij gezet', zegt Kat dan. 'Maar ze kunnen het geen van allen gedaan hebben. Het team was gedurende de hele pauze bij elkaar. Ze liepen gezamenlijk naar buiten.'

'Dat weet je zeker?' vraagt Lisa.

Kat sluit haar ogen. 'Voorop liepen Beton, Elif, Faiza en Gonny... De rest kwam er in een kluitje achteraan.'

'Wie was als laatste op het veld?'

'Ik geloof Ineke. Ik hoop dat er foto's of camerabeelden zijn die uitsluitsel geven.'

Lisa knikt.

'Heb jij verder nog iets?' vraagt Kat.

'Ik ben met Xenia Okkes bezig. Weet jij waaraan je kunt merken dat iemand een gokverslaving heeft?'

'Als hij of zij in de financiële problemen zit, of als je verandering in gedrag ziet. Als iemand bijvoorbeeld stemmingswisselingen heeft, prikkelbaar is, angst- of depressieklachten heeft, sociale activiteiten vermijdt, van die dingen.'

'Dat merken vaak alleen de naasten.'

'Klopt, en dan nog: gokverslaafden kunnen goed de schijn ophouden.'

Lisa neemt zich voor om morgen ook contact op te nemen met Xenia's zoons. 'Ik kap ermee voor vandaag', zegt ze. 'Ik wil nog even...' Ze stokt. Met Hannah wandelen, wilde ze zeggen, maar de woorden blijven steken in haar keel. Niet te veel Hannah op één dag voor Kat.

'Je wil nog even...?' vraagt Kat.

'Rennen. Ik ga voor de Dam tot Damloop, heb ik dat al verteld?'

'Waar je zin in hebt', zegt Kat. Ze pakt haar jack. '*See you.*'

Lisa vraagt niet wat haar zusje gaat doen. Nu het evenwicht hersteld lijkt, bijt ze liever haar tong af.

31

Kat ziet ineens overal baby's. Het lijkt wel alsof op dit tijdstip, op deze mooie lentemiddag, alle baby's tegelijkertijd op straat zijn. Dikke baby's, dunne baby's, baby's die kraaien en baby's die huilen, kaal en met krullen, donker, licht, met speen, zonder speen, in kinderwagens en draagzakken. Overal duiken zuigelingen op. Of zijn ze er altijd en merkt ze dat nu pas op? Veel van iets is altijd eng. Eén vogeltje ziet er onschuldig uit, een overvloed echter – zoals in Hitchcocks *The Birds* – is beangstigend. Ooit lag ze op het strand en zag ze een schattig lieveheersbeestje op haar arm. En toen nog een en nog een. Ze ging rechtop zitten en zag honderden lieveheersbeestjes, op en om haar heen; haar benen en buik waren bedekt met die kriebelende insecten. Ze vloog gillend overeind. Ze knijpt haar ogen dicht en ziet baby's krijsend naar haar graaien. Is ze gek aan het worden? Wordt ze gestraft met een baby?

Op de stoep van haar huis op de Bos en Lommerweg staat een vrouw naast een peuter, ze heeft een baby in haar armen. De peuter is gevallen, heeft een bloedende knie en huilt hartverscheurend. Met een verhit hoofd probeert de moeder het kind te troosten, maar ze kan geen kant uit met de baby. 'Ach, zou jij heel even...' Voor Kat het weet houdt ze de zuigeling vast en hurkt de moeder voor haar huilende peuter. Ze voelt de warmte van het kleine lichaampje en ruikt babyshampoo. Het zweet breekt haar uit, haar benen beginnen te trillen en het hart klopt haar in de keel. Stippen verschijnen op haar netvlies en het wordt zwart voor haar ogen.

'Sorry, ik...' Ze duwt de baby terug in de armen van de moeder en vlucht, de stenen trap van haar huis op.

'Nou ja', hoort ze zeggen als ze naar haar sleutels zoekt. Behalve de peuter huilt de baby nu ook.

Met trillende handen steekt ze de sleutel in het slot, draait die om en rent de trappen op. Op de bovenste tree blijft ze hijgend zitten – tot haar hart niet meer in haar keel klopt; dan gaat ze zo snel ze kan naar binnen, opent de ijskast, pakt een fles gin, en zet die aan haar mond.

32

Met Hannah in de buggy rent Lisa door het Westerpark. Hoewel ze niet zo hard kan hollen als ze zou willen, zit een drafje er wel in. Hannah lijkt het best te vinden, ze slaapt heen en weer hobbelend de slaap der onschuldigen. Met de frisse ochtendduik in het IJ en de training die ze zichzelf tussen het werk en het moederschap heeft opgelegd, begint Lisa weer aardig in conditie te komen. Het lukt haar zelfs om het een met het ander te combineren: op haar laptop werken terwijl ze met haar voet de wieg wiegt, telefoneren en net doen alsof ze tegen Hannah praat, of zoals nu trainen en wandelen tegelijk. Ze wordt vast zo'n moeder die alle ballen omhoog kan houden. Famke heeft de Dam tot Damloop opgegeven. 'Ik wil er meer voor Clementine zijn', had ze gezegd. Volgens Lisa is ze er al uitsluitend en alleen voor Clementine, vult Clementine haar hele bestaan, en heeft ze zelf geen leven. Nou ja, dat moet Famke zelf weten. Ze verschillen te veel om boezemvriendinnen te zijn. Zelfs geen boezem-voeding-vriendinnen. Ook qua pedagogische inzichten verschillen ze nogal. Ze stopt met rennen en buigt zich over de wagen om het dekentje van Hannah recht te trekken. Wat is ze toch een plaatje. Lisa's hart stroomt over, hoe kun je zoveel van een kind houden. En dat terwijl die er helemaal niets voor hoeft te doen. Hoewel Eric zegt dat hij van Lisa houdt zoals ze is, heeft ze toch altijd het idee dat je als volwassene lief, slim, knap, origineel en geestig moet zijn om recht op liefde te hebben, terwijl het bij een baby alleen een kwestie is van zijn. Met de rug van een vinger aait ze langs het zachte wangetje.

Een vrouw met kinderwagen komt haar tegemoet. De kap van de wagen is dicht en er is een parasol boven bevestigd.

'Famke!' roept Lisa.

Famke kijkt geschrokken op. Lisa wil naar haar toe lopen, maar Famke schreeuwt: 'Daar blijven!'

Lisa blijft staan. 'Mag ze nu wel naar buiten?' vraagt ze.

'Voor het eerst', roept Famke.

'Mag ik haar zien?'

Famke loert onder de kap naar haar baby. 'Ze slaapt.'

'Dus...?'

'Een andere keer, oké? De buitenwereld is enorm wennen voor Clementine.'

Lisa steekt een duim op en loopt verder. Even later, op de terugweg, ziet ze Famke op een bankje zitten. Ze wiegt de wagen op en neer en neuriet een wijsje. Lisa besluit het vredige tafereeltje niet te verstoren en loopt, om niet opgemerkt te worden, via een kleine omweg het park uit.

33

Ruben geeft het op. Er is niets in de laptop en de mobiel van Lex te vinden dat zou kunnen wijzen op de verblijfplaats van zijn vriend. Op de nieuwe mobiel staan nauwelijks foto's en de WhatsApp-chatgeschiedenis is niet overgezet. Ruben heeft iedereen in hun omgeving gebeld en gemaild, zonder resultaat, Lex lijkt van de aardbodem verdwenen te zijn. Ook over de verdronken vriend heeft Ruben niets kunnen vinden. Een bezoek aan de website Schoolbank leverde hem klassenfoto's op, van de middelbare school, met Lex; geen van de klasgenoten lijkt echter op de donkere vriend.

In zijn appartement in de Lindenstraat rekt Ruben zich uit en strekt zijn benen. Hoeveel uur is hij nu al bezig? Hij loopt naar het keukentje, pakt een boterham en smeert er pindakaas op. Het brood is dagen oud, hij heeft niet eens de tijd genomen om boodschappen te doen. Eigenlijk zou hij het moeten opgeven; deze zoektocht is zinloos en zijn zussen hebben hem nodig. Lisa belde daarnet met de vraag of hij hun verwijderde mails kan terughalen. Als het terughalen van Lex toch zo eenvoudig was.

Nog één keer opent hij de laptop van Lex, niet om opnieuw naar aanknopingspunten te zoeken, maar om op Spotify zijn playlist te draaien. Misschien brengt die bizarre *mumblerap* waar Lex liefhebber van is, hem een beetje dichterbij. Namen als Young Thug, Future en Lil Uzi Vert staan op een rij, rappers die hun woorden niet goed articuleren en daardoor moeilijk te verstaan zijn, en waarbij ritme en melodie de boventoon voeren. Ruben zet de playlist op, het eerste nummer is *Best Friend* van Young Thug. Na een halve minuut stopt hij de muziek weer – wat een chaos, en hij heeft inderdaad geen idee waarover het gaat. Hij scrolt door de andere playlists. Tot zijn verbazing heeft Lex ook veel Afrikaanse muziek opgeslagen. Hij zet de playlist Ghana op. Mm, dat klinkt al beter.

Reggae-achtige, ritmische muziek. Nooit geweten dat Lex daarvan hield. Het was óf Hollands, óf die mumblerap-shit. De playlist Ghana is lang, heel lang. Ruben scrolt naar een overzicht en ziet dat Lex deze muziek veruit het meest gedraaid heeft. Hij denkt na, wat had zijn vriend met Ghana? Heeft hij hem ooit over dat land horen praten? Is Lex er weleens op vakantie geweest?

Er zeurt iets in Rubens hoofd. Ghana. Kwam die jongen daarvandaan?

Hij besluit de ouders van Lex nog eens te bellen en draait het 06-nummer dat op de website van de sportschool staat. De moeder van Lex neemt op.

'Hallo, weer met Ruben Kauffmann.'

'Hallo Ruben.'

'Ik heb nog een vraagje. Heeft Lex iets met Ghana?'

'Nee, maar wel met Brazilië', klinkt een vrolijke stem.

'Brazilië?'

'Hij belde vandaag dat hij daar zit. Met zijn nieuwe liefde. Noord-Brazilië. Canao... Canau...' Ze wendt zich hoorbaar van de microfoon af. 'Hoe noemde hij het ook alweer, Bouke?'

'Canoa Quebrada', klinkt de stem van Lex' vader op de achtergrond.

'O ja, Canoa Quebrada. Hij zit daar met zijn nieuwe vriendin.'

'Wie... hoe... wat...?' stamelt Ruben. Lex heeft het met hem nooit over een vriendin gehad. Laat staan een nieuwe.

'Geen idee, maar we zijn zo waanzinnig opgelucht. Je had ons ongerust gemaakt en wij kregen hem ook niet meer te pakken.'

'Hebben jullie hem gebeld? Dat is...'

Op de achtergrond klinkt gebrom van Bouke. 'Wat zeg je, Bouke? O ja, dat het heel goed met hem gaat en dat we ons geen zorgen hoefden te maken. Jij ook niet.'

'Maar ik heb zijn...'

'Dag Ruben!'

Het telefoongesprek wordt afgebroken. Ruben staart verbijsterd naar zijn mobiel. Ik heb zijn telefoon en zijn paspoort, had hij willen zeggen.

34

Hoewel Lisa na haar ochtendduik vroeg op kantoor is, is Veronica er eerder. De mails zijn gisteravond door Ruben teruggezet en Veronica is postbussen aan het aanleggen, waarin ze de ingekomen mail archiveert. Ze heeft koffiegezet, de keuken opgeruimd en schoongemaakt, een doekje over de tafel laten gaan. De balkondeuren zijn open, stofjes dwarrelen in de stralen van de ochtendzon. Ik begin al aan een secretaresse te wennen, constateert Lisa. Het is eigenlijk best comfortabel.

Kat komt binnen, ze rilt ondanks het mooie weer en haar dikke jack, en heeft een vale teint.

'Goedemorgen, Katharina', roept Veronica. 'Koffie?'

Kat knikt en gaat aan tafel zitten.

'Doe je jas even uit', zegt Lisa.

Kat maakt geen aanstalten.

'Je stinkt naar alcohol', sist Lisa, in de hoop dat Veronica het niet hoort.

'Je bent mijn moeder niet.' Dat antwoord, dat Kat haar al bijna twintig jaar geeft, werkt steeds meer op Lisa's zenuwen. Ze bijt op haar lip en loopt naar het bureau. 'Ik ga mails beantwoorden', zegt ze. 'Over een half uur overleg?' Ze wacht het antwoord niet af en gaat achter de computer zitten. Een mail van de raad van bestuur van de scholengemeenschap. Die wil een samenvatting van alle bewijsstukken omdat de voormalig directeur protest tegen zijn ontslag heeft aangetekend en met een rechtszaak dreigt. Ze zoekt de informatie op en concentreert zich op de inhoud. Het zal haar niet gebeuren dat ze bij die raad nog een keer een fout maakt. Op de achtergrond bromt genoeglijk een of andere machine. Kat kijkt op haar mobiel, waarschijnlijk op zoek naar info over Ajax, en houdt zich koest. Lisa highlight per bestand de meest relevante informatie, typt alvast een conceptmail, ze wil hem doorlezen voor ze hem verstuurt, en leunt achterover. 'Zo, en dan kunnen we nu gaan samenvatten.' Haar oog valt op de lege plek op het bureau. Gisteren lag er een stapel papieren. 'Waar zijn die documenten?'

Niemand reageert. Het apparaat zoemt op de achtergrond rustig door.

'Waar zijn die documenten?' vraagt Lisa nogmaals, nu met stemverheffing.

Kat kijkt met een verstrooide blik op van haar mobiel.

'Die stapel papieren?' herhaalt Lisa. 'Die hier op het bureau lag?'

Kat haalt haar schouders op. 'Ik ben er niet aan geweest.'

Hun beider blik gaat naar Veronica, die op een krukje zit, naast een papierversnipperaar en een prullenpak vol met snippers. De secretaresse kijkt op. 'Privacy voor alles', zegt ze met een lach. 'Ik ben er bijna doorheen.'

'Je bent wat?' Lisa loopt op haar af. 'Zijn dat de papieren die ik moest uitzoeken?'

'Kat zei dat ze weg konden.'

Lisa draait zich om naar Kat.

'Dat is niet waar', zegt Kat.

'Jawel.' Veronica komt overeind. Ze heeft rode koontjes. 'Ik vroeg je: zal ik die stapel opruimen? En toen zei jij: dat kun je maar beter doen.'

'Kat!' roept Lisa.

'Nee', zegt Kat. 'Jij vroeg: zal ik die stapel opruimen? En ik antwoordde: dat kun je beter níét doen.'

Veronica perst haar lippen op elkaar. 'Met alle respect, hoor,' zegt ze, 'volgens mij ben je niet helemaal wakker. Ik weet zeker dat je mij dat akkoord hebt gegeven.'

'Niet waar.'

'Je ziet haar toch met die papieren in de weer?' vraagt Lisa aan Kat. 'Waarom heb je niet gevraagd wat ze door de versnipperaar haalde?'

Kat houdt haar mobiel omhoog. 'Ik ben aan het werk, ik zoek informatie over de reservespeelsters. Waarom heb jíj niet gevraagd wat Veronica door de versnipperaar haalde?'

'Ik... Ik...' Woorden blijven steken in Lisa's keel. Alles, alles, alles is altijd haar verantwoordelijkheid. Er verandert geen klap.

'Ik weet zeker dat ze zei "Dat kun je maar beter doen"', briest Veronica. 'Ik ben toch niet gek?'

'Nee, je bent niet gek', sust Lisa. Haar blik gaat heen en weer van Kat naar Veronica en van Veronica naar Kat. Dat Kat maar wat heeft gemompeld en Veronica dat verkeerd heeft begrepen, is aannemelijk. Aan de andere kant was Lisa tegen Veronica meer dan duidelijk geweest over de documenten.

'Denk jij dat zij, met haar cv, zich niet kan vergissen?' vraagt Kat aan Lisa. 'En dus dat ik lieg?'

Lisa geeft niet direct antwoord, waarop Kat haar stoel met een bruusk gebaar naar achteren schuift, opstaat en naar de deur loopt. 'Ik ga buiten werken', zegt ze. 'Ik zie je.' Ze trekt de deur met een klap achter zich dicht.

Had ze loyaler moeten zijn? Achter Kat moeten staan? Kat denkt ongetwijfeld weer dat zij overal de schuld van krijgt. En loopt dan weg, zoals vroeger. Kat is alleen geen kleuter meer. Ze hebben verdorie samen een bureau. En ze hebben samen Nana Mouskouri.

Als ook de buitendeur met een klap dichtvalt, zegt Veronica: 'Die heeft een dijk van een kater, als je het mij vraagt.'

'Ik vraag je niets.'

'Nou zeg.'

'Kat is ook jouw baas, dit bedrijf is van ons samen.'

'Dus...?'

'Dus is respect belangrijk. Zowel voor haar als voor mij.'

'Ik ben voor dag en dauw begonnen, heb alles schoongemaakt, alle bestanden in de goede mappen gezet, opgeruimd, en nu ben ik niet respectvol?'

'We moeten aan elkaar wennen', zegt Lisa, en ze weet dat ze laf is. 'We zijn heel blij met je. Kat ook.'

Veronica trekt een nukkig gezicht.

'Echt. En het is niet zo'n ramp van die papieren.' Behalve dat de originele oprichtingsakte van het bedrijf, indertijd opgesteld door haar vader, erbij zit. 'Het meeste kan opnieuw geprint worden.'

Veronica veegt denkbeeldig zweet van haar voorhoofd. 'Gelukkig. En dan beter opbergen, hoor. Deze lagen eerst gewoon los in deze bakjes zonder label en in de lades hier. Afijn, wat zal ik nu gaan doen?'

Misschien moeten we haar wat meer verantwoordelijkheid geven, denkt Lisa. Koffiezetten, tafels schoonmaken, mappen aanmaken is onder haar niveau. Van verveling gaat een mens onderpresteren. 'Ik heb een map aangemaakt', zegt ze, 'met documenten en bewijsstukken die naar een scholengemeenschap gestuurd moeten worden. De essentie heb ik gehighlight. Zou je daar samenvattingen van kunnen maken? En de mail na willen kijken die in *Concepten* staat? Dan kan die vandaag verstuurd worden.'

Veronica gaat achter een computer zitten. De papiersnippers in en om de prullenbak blijven liggen. Het zouden stille getuigen van een feestelijke bijeenkomst kunnen zijn.

Lisa neemt een kop koffie en maakt een lijstje van telefoontjes die ze moet plegen. Ten eerste naar Lesley van Bork, de zoon van Xenia die bij Volendam voetbalt. Online staan massa's foto's van hem, een lachende, roodharige man met een open gezicht vol sproeten. Tienduizenden fans volgen hem op Insta. Aan de posts te zien is Lesley geliefd. Via Helena heeft Lisa zijn telefoonnummer bemachtigd. Ze verwacht dat ook hij de smetteloze reputatie van zijn moeder zal benadrukken, maar je weet nooit; als het echt een open en vriendelijke vent is, krijgt ze misschien meer los.

Ze belt hem op en legt uit waarom ze contact zoekt.

'Er is nog nooit geklaagd over mijn moeder', zegt hij. 'Ze is een hele goede scheidsrechter.'

'Dat hoor ik van iedereen', antwoordt Lisa. 'Je zal wel trots op haar zijn.'

'Zeker.'

'Maak je je ook weleens zorgen om haar?'

Zijn antwoord blijft een seconde uit. 'Nee hoor', zegt hij dan.

'Merk je de laatste tijd verandering in haar gedrag?'

'Ze is altijd vrolijk. Zelfs nadat ze de cruise waar ze zich zo op verheugd had moest annuleren, bleef ze opgewekt.'

'Waarom annuleerde ze die?'

'Weet ik niet. Het was niet het goede moment of zoiets.'

Financiële problemen, schiet door Lisa's hoofd. 'Waar ging die cruise heen?'

'Canada en de oostkust van Amerika.'

'O, dat lijkt me fantastisch. Staat hoog op mijn bucketlist. Had ze een goede maatschappij?'

'Canada Cruises.'

'Ja, die schijnt goed te zijn.'

'Dat was het?'

'Wacht, niet ophangen. Ik wil je nog iets voorleggen en ik snap dat het gevoelig kan zijn.'

'Vertel.'

'Je moeder bezoekt regelmatig het casino, is het niet?'

'Dat is geen geheim. En het is ook niet verboden.'

Ah, beet. 'Heb je het idee dat ze het gokken in de hand heeft? Ik bedoel: gokt ze vaker dan goed voor haar is?'

'Je doelt op een gokverslaving.'

'Zou kunnen.'

Het blijft stil.

'Ben je er nog?' zegt Lisa.

'Nou ja, je komt er toch wel achter. Rico heeft niet zo'n goede invloed op haar.'

'Je broer.'

'Verder wil ik er niet veel over zeggen. Sorry.'

'Ik begrijp het.'

Lesley haalt diep adem.

'Ik hoop dat er hulp voor ze komt, Lesley, voor je broer en je moeder.'

'Dat hoop ik ook. Dag.'

Als hij de verbinding verbroken heeft, denkt Lisa na. Hij ontkent niet dat er hulp voor Rico én Xenia nodig is.

Een kort telefoontje met Canada Cruises, waarbij ze zich voordoet als mevrouw Okkes, maakt duidelijk dat de cruise inderdaad is geannuleerd omdat Xenia niet kon betalen.

Ze maakt een aantekening. Dan gaat haar telefoon. Kat.

'Ik was bij Odette op de koffie en ben *en passant* wat wijzer geworden. Rico van Bork is geen onbekende in afkickland. Hij heeft pas een afkickkliniek in Zuid-Afrika bezocht.' Van Kats boosheid is niets meer te merken.

'Dat mag ze helemaal niet aan jou vertellen', zegt Lisa.

'Nee, dat mag niet.'

Lisa ziet Kats uitdagende blik bijna door de telefoon heen.

'Ze heeft het ook niet verteld, ik heb het geraden', vervolgt Kat. 'En zij hoefde alleen te zwijgen als ik gelijk had.'

Slimmerik. 'Gokverslaving?'

'Coke', antwoordt Kat.

Lisa denkt meteen aan de vondst in de tas van Blondie. Mogelijk is er een verband. 'Ik ga die Xenia een bezoekje brengen', zegt ze. 'Misschien dat ik face to face meer uit haar krijg.'

'Oké, succes.'

'Waar ben jij mee bezig?'

'Vertel ik je zo. Ik ben iets aan het onderzoeken.'

'Fijn.'

'Dat is de vraag', antwoordt Kat.

'Hoezo?'

'Vertel ik je zo. Ik ben om een uur of drie terug.'

Lisa belt aan bij een pand op de Koninginneweg. Oud-Zuid, geen buurt voor iemand met financiële problemen. Hoewel, armoede kan achter elke gevel schuilen en sommige mensen hebben er alles voor over om hun status niet te verliezen. Dan is een mooi huis met een torenhoge hypotheekschuld het laatste wat ze hebben.

Er wordt opengedaan en van bovenaf wordt gevraagd wie er is. Ze roept haar naam en beklimt twee steile, in elkaar verlengde trappen. Boven staat Xenia op haar te wachten.

'Dag, ik ben Lisa Kauffmann van bedrijfsrecherchebureau Kauffmann & Kauffmann', legt Lisa uit. 'Ik heb u gebeld en u verbrak opeens de verbinding.'

'Omdat uw vragen ongepast waren.'

‘Ik doe onderzoek in opdracht van Helena Pastor.’

‘Dat heeft u aan de telefoon al verteld.’ De scheidsrechter, een vrouw van begin vijftig, heeft een atletisch figuur, maar ziet er slecht uit, met dikke wallen onder haar ogen. Haar grijzende haren zijn dof. Ze maakt een beweging naar haar hoofd, haar trillende hand blijft halverwege steken.

‘Mag ik binnenkomen?’ vraagt Lisa.

Xenia beseft blijkbaar dat ze geen keus heeft. Dat Lisa anders terug blijft komen. Bovendien legt de naam Helena Pastor gewicht in de schaal. Ze gaat haar voor naar de woonkamer en wijst naar een plaats op de bank. ‘Kan ik u iets aanbieden?’ vraagt ze. ‘Koffie? Thee?’

‘Een glas water graag.’

Terwijl Xenia in de keuken is, neemt Lisa de woonkamer op. Er zijn zo te zien geen waardevolle spullen, er hangt geen kunst aan de muur, Xenia heeft het met eenvoudige middelen gezellig gemaakt. Foto’s van Lesley en Rico en hun gezinnen, of wat daar in het geval van Rico van over is, staan op een dressoir. Aan de muur hangen kindertekeningen. In een hoek staat speelgoed: een kindertafeltje, een bak vol knuffels, auto’s en poppen, en een grote plastic box vol duplo.

‘De kinderen van Lesley en Yumi spelen hier regelmatig’, zegt Xenia als ze met een glas water terugkomt en Lisa’s blik volgt. ‘Robin en Pim, het zijn zulke schatten, ze kunnen wat mij betreft niet vaak genoeg hier zijn. Wat henzelf betreft ook niet. Omi-de-pomi, noemen ze me.’ Ze zet het glas voor Lisa neer op tafel.

‘Ik heb pas een dochtertje’, glimlacht Lisa. ‘Het mooiste wat me ooit is overkomen.’

‘Dan sta je nog aan het begin’, glimlacht nu ook Xenia. ‘Je kunt op een hoop zorgen en problemen rekenen, maar het is het waard. Ik haal al mijn geluk uit het mooie gezinnetje van Lesley.’

‘En uit uw werk, neem ik aan?’

‘Ja, natuurlijk, ook daaruit. Maar de kinderen staan toch op nummer één.’

Lisa neemt een slok water. ‘En Rico?’

Het gezicht van Xenia betrekt. 'Wat bedoelt u?'

'Haalt u uw geluk ook uit Rico?'

Xenia kijkt haar strak aan. 'Wat heeft die vraag met uw onderzoek te maken?'

'Mevrouw Pastor heeft de preventieve tak van ons bedrijf opdracht gegeven risicofactoren in kaart te brengen en malafide praktijken in het vrouwenvoetbal te voorkomen.'

De scheidsrechter zucht. 'Daar hebben we die roddels weer.'

'Ik zou graag uw verhaal horen.'

'Er is geen verhaal. Ik heb niet partijdig gefloten. Dat heb ik nooit gedaan. PSV speelde die dag gewoon beter.'

'Ik zal open kaart met u spelen.' Lisa gaat rechtop zitten en zet haar glas met een tik op tafel. 'Uw zoon Rico worstelt met een cokeverslaving. In de tas van Blondie is een grote hoeveelheid coke gevonden nadat ze dood werd aangetroffen. Ik wil weten of er een verband bestaat.'

'Haha', doet Xenia, haar ogen lachen niet mee. 'Madeleine speelde voor Ajax. Er wordt gesuggereerd dat ik in het voordeel van PSV floot. Wat u denkt slaat nergens op.'

'Ik laat de kwestie van omkoping even buiten beschouwing', zegt Lisa. 'Ik wil weten of Madeleine coke voor u heeft meegenomen.'

Xenia kijkt Lisa niet aan. Lisa houdt het gevoel dat ze warm is. 'U kunt gerust vertellen wat er gebeurd is, u heeft de coke namelijk niet aangenomen', zegt ze. 'Het zat nog in Madeleines tas, dus u valt niets te verwijten.'

Xenia is duidelijk in tweestrijd, een trillende hand frummelt aan een oorlelletje.

'U staat bekend om uw rechtschapenheid', dringt Lisa aan. 'U heeft kleinkinderen die dol en trots op u zijn.' Ze wijst naar de kindertekeningen. 'Omi-de-pomi liegt niet, toch?'

'Ik zit niet te wachten op problemen.'

'Het lucht op als u de waarheid vertelt. En Rico kan ik er waarschijnlijk buiten houden, want ook hij heeft de coke niet ontvangen.'

Xenia slaakt een diepe zucht. 'Goed dan.' Ze gaat verzitten en begint te vertellen. 'Voor de wedstrijd kwam Blondie naar mij toe in mijn kleedkamer. Ze wist inderdaad van de cokeverslaving van Rico en dat ik er altijd voor hem ben.' Met een droeve blik staart ze voor zich uit. 'Ik ben zelfs een keer midden in de nacht naar het Bijlmerpark gegaan om drugs voor hem te kopen, terwijl hij met een cold turkey hier op de bank lag.'

'Moeders...' knikt Lisa begripvol.

'Als iemand mij daar toen gezien had...' Xenia rilt. 'Maar voor je kind heb je alles over.'

'Madeleine kwam dus voor de wedstrijd naar uw kleedkamer', moedigt Lisa aan.

'Ze bood me coke voor Rico aan in ruil voor het fixen van de wedstrijd in het voordeel van Ajax. Ik heb geweigerd, natuurlijk, en ben ontzettend kwaad geworden. Eerlijk gezegd vrees ik dat ik daardoor in het voordeel van PSV heb gefloten.' Xenia bloost. 'Onbewust, ik schaam me er vreselijk voor; misschien heb ik me door het aanbod van Madeleine laten beïnvloeden.'

'En Madeleine?'

'Heb ik weggestuurd en ik heb gezegd dat ik melding zou maken.'

'Dat was het? Begon zij toen gewoon aan de wedstrijd?'

'Ze insinueerde dat mijn kinderen, kleinkinderen en ik niet veilig zouden zijn als ik haar omkooppoging zou aangeven.'

'Zei ze dat letterlijk?'

'Het was wel duidelijk. In ieder geval heeft ze het daarmee wel voor elkaar gekregen dat ik mijn mond hield.'

Als Xenia wel zou praten had Madeleine een gigaprobleem, denkt Lisa. Dat heeft ze zich ongetwijfeld gerealiseerd. Spreekt Xenia eigenlijk wel de waarheid? Blondie kan niets meer bevestigen of ontkennen. Waarom heeft Blondie de coke in haar tas gestopt en niet op een veilige plek opgeborgen? 'Weet u hoe ze aan die coke kwam? Of in opdracht van wie ze dat voorstel voor matchfixing deed?' vraagt ze.

'Dat heb ik niet gevraagd.'

'U heeft dit niet na haar dood aan de Ajax-directie of aan de politie verteld. Waarom niet? Me dunkt dat het belangrijke informatie was.'

'Het is wel door mijn hoofd geschoten dat mijn weigering iets met haar zelfmoord te maken kon hebben. Alleen zou het melden van haar poging tot omkoping haar tragische dood niet terugdraaien, toch? En dat ze coke bij zich had weet de politie, want het zat in haar tas.'

'Door het voor u te houden beschermde u uw goede naam. En Rico.'

Xenia lijkt zich hervonden te hebben. De ontboezemingen hebben haar zichtbaar opgelucht. 'Ik heb helaas niet veel tijd meer', zegt ze. 'Ik moet Robin en Pim zo ophalen.'

Lisa staat op en steekt haar hand uit. 'Bedankt voor uw openheid.'

'Ik zal contact met Helena Pastor opnemen', zegt Xenia. 'Dan is alle ruis de wereld uit.' Haar tred is een stuk lichter als ze Lisa uitlaat.

35

Lisa heeft haar jas net uit als Kat binnenkomt. Veronica zit achter de computer, ze heeft waarschijnlijk een kluif aan de samenvattingen van de bewijsstukken.

'Hoi.' Kat gooit haar jas over de kapstok. 'Kunnen we even aan tafel zitten?'

'Wat heb je gedaan?' vraagt Lisa.

'Dat vertel ik zo. Veronica, kun jij er ook bij komen?'

'Nu meteen?' vraagt Veronica. 'Ik leg net de laatste hand aan die scholengemeenschap. Weet je trouwens, Lisa, dat je de voorzitter van de raad een mail gestuurd hebt met in plaats van *reactie*: *erec...*'

'Ja, ja, ja. Dat is opgelost.'

Kat gaat zitten en klopt op tafel. 'Kom', zegt ze. 'Ik heb jullie iets te vertellen.'

Lisa en Veronica schuiven aan. Negen van de tien keer heeft haar zus *bad news*, vooral als ze zo'n ernstig gezicht trekt.

'Veronica, jij hebt in Groningen hbo Officemanagement gestudeerd, hè?' vraagt Kat. 'Aan welke opleiding ook alweer?'

'Tio Business School.'

'O ja.'

'Wil iemand koffie?' vraagt Veronica.

'En daarna het certificaat *Administrative Professional* behaald?'

'Online, inderdaad.'

'Waar wil je naartoe, Kat?' vraagt Lisa.

'Ik ben gewoon benieuwd', antwoordt Kat. 'Veronica, je hebt werkervaring opgedaan bij advocatenkantoor Lambert & Dubois in Brussel en bij Hornstein & Van Doornum op de Zuidas.'

'Zoals ik in mijn cv heb gemeld', lacht Veronica. 'Maar als je het niet erg vindt, Kat, ik heb zoveel te doen.' Ze komt half overeind uit haar stoel.

'Er bestaat geen hbo-opleiding Officemanagement bij de Tio', zegt Kat. 'Wel Businessmanagement met allerlei specialisaties, geen Officemanagement.'

Veronica kijkt strak naar Kat. 'Die naam is zeker veranderd.'

'Weet je hoe de directeur heette?'

'Geen idee.'

'Hij heeft daar negenentwintig jaar leidinggegeven.'

'Ik ben niet goed in namen.'

'O nee?' Kats ondertoon is scherp.

Lisa krijgt een ongemakkelijk gevoel. 'Ga nog even zitten', zegt ze tegen Veronica. 'Blijkbaar moet er iets opgehelderd worden.'

Veronica doet langzaam wat ze zegt.

'Je hebt niet in Groningen gestudeerd', gaat Kat door. 'En zowel Lambert & Dubois als Hornstein & Van Doornum hebben nimmer van Veronica Verhulst gehoord.' Kat richt zich tot Lisa. 'Heb jij haar cv gecheckt?'

Lisa schudt langzaam haar hoofd. Ze hunkerde naar een secretaresse en Veronica was direct beschikbaar. Lisa had zich voorgenomen deze week haar referenties te bellen, maar was er niet aan toegekomen.

'Ik gebruikte in Brussel de naam van mijn man.' Veronica krabt nagellak van een vinger. 'Ik ben na mijn scheiding naar Amsterdam gekomen.'

'Dat klopt. Toen ik je foto naar advocatenbureau Lambert & Dubois stuurde, herkenden ze jou onder de naam Marguerite Carpentier. Je bent niet vrijwillig uit Brussel vertrokken, je bent ontslagen omdat je incapabel was en vertrouwelijke gegevens van bekende cliënten aan roddelbladen doorspeelde.'

Veronica wordt bleek en haar ogen gaan schichtig heen en weer.

Lisa herinnert zich dat Veronica in gegevens leek te snuffelen, in de boekhouding van Ajax, haar uitgaande post. Ze wist de naam van de accountant en wist precies met wie Lisa een afspraak had. Aan al hun opdrachtgevers, de conservenfabriek, het verzorgingshuis, Artis, het Rijksmuseum, noem maar op, heeft Kauffmann & Kauffmann geheimhouding gegarandeerd.

Het lijkt alsof Kat haar gedachten raadt. 'Heeft Veronica een geheimhoudingsplicht getekend?'

Lisa begint zich ellendig te voelen. 'Nog niet.'

'Ik kan heus mijn mond wel houden, hoor', snibt Veronica.

'Daar denken ze bij Lambert & Dubois anders over.'

De secretaresse perst haar lippen op elkaar.

'En op de Zuidas heb je niet gewerkt, niet bij Hornstein & Van Doornum, niet bij andere bedrijven daar.'

'Hoe weet je dat?' vraagt Lisa.

'Veronica Verhulst, alias Marguerite Carpentier, alias Ans van Dijk, heeft vanaf 2021 wegens oplichting vastgezeten in de vrouwengevangenis in Nieuwersluis. Ze is pas vorige maand vrijgekomen. Lijkt me sterk dat ze in die tijd "buitenshuis" gewerkt heeft.'

Lisa's mond valt open. Veronica staat op en loopt naar haar jas. Ze trekt hem aan, haalt de sleutels van kantoor van haar sleutelbos en legt ze op tafel. 'Dat was het dan weer', zegt ze op berustende toon. 'Dank jullie wel en het beste.' Ze doet een stap richting de deur.

'Ho, wacht.' Lisa vliegt overeind en houdt haar bij de arm tegen. 'Dit flik je nooit en nergens meer. Nog één keer zo'n stunt en we zetten jouw foto met naam en toenaam op alle social media. En doen aangifte bij de politie.'

Veronica buigt haar hoofd.

'En je houdt je mond over alles wat je hier op kantoor gezien of gelezen hebt, begrepen?'

'Ja.'

'Hetzelfde geldt voor gegevens die je eventueel naar jezelf doorgestuurd of op een USB-stick gezet hebt. Vernietig alles, anders hang je, en goed ook.'

'Ik heb niets verzameld, echt niet.'

'Het is je geraden.'

'Zoek gewoon werk waarvoor je niet hoeft te liegen', zegt Kat. 'Start opnieuw, maak er wat van.'

'Kan ik gaan?' Veronica staart naar Lisa's hand alsof ze iets smerigs ziet. Lisa laat los, waarna Veronica naar de deur loopt. Daar draait ze zich met opgestoken wijsvinger om. 'Denk aan de bureaustoelen. Vijfsterrenkruisvoet.' Dan stapt de ex-secretaresse het kantoor en hun leven uit.

Lisa gaat bij Kat aan tafel zitten en verbergt haar handen in haar gezicht.

'Je weet wat de meestvoorkomende fraude is, hè?' vraagt Kat.

'Cv-fraude', kreunt Lisa. 'Les één van papa.' Ze schudt haar krullen los en kijkt Kat aan. 'Ik voel me zo'n sukkel.'

'Iedereen voelt zich weleens een sukkel', antwoordt Kat. 'Zelfs ik.'

'Goh.'

Lisa lacht als een boer met kiespijn.

'Vijfsterrenkruisvoet', zegt Kat met opgestoken vinger.

'Denk eraan, hoor.'

Ze beginnen te lachen, eerst grinnikend, dan gieren ze het uit. Net als vroeger krijgen ze de slappe lach, waarbij tranen over hun wangen rollen. 'Coucouroucoucou', zingt Lisa, waarop weer een lachsalvo volgt. Telkens als ze denken dat het ophoudt, beginnen ze opnieuw. Wat heb ik dit gemist, denkt Lisa, ik heb weer even mijn zusje terug. 'Hèhè', zegt ze als de slappe lach eindelijk over is.

'Kreeg ik eindelijk mijn zin,' grinnikt Kat, terwijl ze haar wangen droogveegt, 'een ex-gedetineerde die een kans verdiende. Goedbeschouwd was Veronica best zielig.'

'Zal ik haar terughalen?' vraagt Lisa meesmuilend.

'Misschien een idee.'

'*No way, sweetydarling.* Je gaat haar niet ineens aardig vinden omdat ze zielig is en een puinhoop van haar leven maakt.'

'Nee, oké. Veronica krijgt vast ergens anders weer een kans. En dit keer zoek ik de secretaresse uit. Vertrouw op mij, ik heb intuïtie, zoals je weet.'

Ja, intuïtie kan Lisa haar zusje niet ontzeggen.

Kauffmann & Kauffmann Bedrijfsrecherche is op zoek naar een gemotiveerde secretaresse (zij, hij, hen), die een nieuwe start wil maken in het arbeidsleven. Onze kernwaarden zijn eerlijkheid, betrouwbaarheid en vertrouwen in de talenten en ontwikkelingsmogelijkheden van ieder individu.

Ons bedrijf streeft naar diversiteit en inclusie en moedigt sollicitaties aan van alle gekwalificeerde kandidaten, ongeacht achtergrond, geslacht, leeftijd, arbeidsverleden of mentale kwetsbaarheid. We verwelkomen graag een leergierige en gedreven secretaresse in ons team.

Zo, duidelijk. Kat sluit het berichtje af en stuurt de vacature naar drie re-integratiebureaus.

36

'Ik heb weer gelachen.' Kat schuift aan bij Odette, Kiki en Elif, aan een tafeltje in Argentijns restaurant Luna aan de Lindengracht. Kiki vond het tijd voor een goede biefstuk, Odette prefereerde een vegetarische cannelloni. Elif had zich bij hen aangesloten. Morgen is de begrafenis van Madeleine en de stemming binnen het team heeft een dieptepunt bereikt, had Kiki gezegd. Elif kon wel wat afleiding gebruiken, dus of Kat het erg vond als die ook meekwam? Dat had Kat geen punt gevonden.

'Wat fijn', reageert Odette op Kats opmerking. 'Waarom?'

Kat haalt haar schouders op. 'Dat is altijd moeilijk na te vertellen, vroeger konden Lisa en ik om de stomste dingen in een deuk liggen.'

'Tof dat je het weer beter met je zus kunt vinden.' Kiki legt een hand op die van Kat. 'We hebben elkaar allemaal nodig.'

Kat voelt de warme huid en trekt haar hand terug. 'Ik neem een Uruguayaanse ossenhaas. Tweehonderd gram. En een caipirinha', kondigt ze aan.

Odette fronst, maar Kat negeert dat teken en zwaait naar de serveerster.

Als ze allemaal besteld hebben, richt Elif zich tot Kat. 'Ben je iets wijzer geworden over de dood van Blondie? Geloof je nog steeds dat het geen zelfmoord was?'

'Wat denk jij?'

Elif besmeert een stukje brood met kruidenboter. 'Ik denk eerlijk gezegd wel aan suïcide. Ze had er reden voor. En iemand met zoveel mensen in de buurt in korte tijd overmeesteren en ophangen? Onmogelijk.'

'Het krukje lag verkeerd om', zegt Kat.

Elif kijkt verbaasd op. 'O?'

De serveerster zet de caipirinha voor Kat neer. Ze neemt een grote slok. En nog een. De zure limoen en cachaça brandt in haar keel. Ze ademt smakkend uit. 'Jammie.'

'Kat, is de positie van zo'n krukje echt genoeg om aan zelfmoord te twijfelen?' vraagt Kiki.

'Ja.' De anderen lachen. Of het om haar antwoord is of om de manier waarop ze het zegt, weet ze niet. Kat voelt zich onbegrepen en herkent de plotselinge brok in haar keel als eenzaamheid. Ze richt zich weer tot Elif. 'Weet je al van wie de badjas was?' vraagt ze. 'Waar die riem bij hoorde.'

'O ja. Beton drinkt tomatensap tijdens de rust, dus als die vlek tomatensap was, en als dat overeenkomt met de vlek op de riem, dan zal die badjas wel van haar zijn.'

'Beton?' vraagt Odette.

'Jolanda Betonville, de keepster.'

'De afgewezen vrouw', weet Kat. 'Wordt Beton genoemd omdat ze supersterk is, en alles tegenhoudt, en natuurlijk omdat het woord in haar naam zit. Je moet veel kracht hebben om een vrouw als Madeleine op een kruk te tillen en haar tegelijk een strop om te doen. Ook dan is het in je eentje nauwelijks te doen.'

'Beton heeft trouwens een nieuwe liefde, dus dat gebroken hart is geheeld', zegt Elif.

'Weet je dat zeker?' vraagt Kat.

Elif pakt haar mobiel erbij, scrolt en laat wat paparazzifoto's zien, waar Jolanda stralend met een nieuwe vlam op staat. Kat checkt de foto's, ze zijn recent.

'Na de rust was Beton als eerste op het veld', zegt Elif. 'Dat wil ze altijd.'

'Dus geen reden en geen gelegenheid om Madeleine iets aan te doen.' In haar hoofd streept Kat Betons naam door op het lijstje. 'Ik wil morgen bij de begrafenis zijn, kan dat?'

'Die is openbaar, dus dat lijkt me wel', antwoordt Elif. 'Daarna komt het team bij elkaar in de kantine van De Toekomst. Dat is besloten.'

Dus blijf daar weg, is de boodschap van Elif, concludeert Kat.

'Zou je dat nou wel doen, zo'n begrafenis?' vraagt Kiki aan Kat. 'Al die emoties.'

Odette valt haar bij. 'Dat vraag ik me ook af, Kat. Je bent aan het herstellen. Je hebt voor het eerst in lange tijd weer gelachen.'

'Ik beloof jullie dat ik pas na de begrafenis zal instorten.'

'Kat!' roepen Odette en Kiki.

Elif schudt haar hoofd.

'Waar blijft de ossenhaas?' Kat leegt haar glas en wenkt de serveerster. 'Nog een caipirinha graag!'

'Kat', waarschuwt Odette.

'En doe mijn vriendinnen er ook een!'

37

'Ons moment', zegt Lisa, terwijl ze zich vergenoegd met een glas wijn naast Eric op de bank nestelt. Hannah is in bad geweest, heeft de fles gekregen en ligt in haar wiegje te slapen. Haar handen ruiken naar babyolie, merkt ze als ze het glas naar haar mond brengt. Baby: de lekkerste geur die er bestaat.

'Ze wordt snel te groot voor de wieg. Zullen we komend weekend een ledikant gaan kopen?'

'Anne-Marie heeft die van ons nog staan', antwoordt Eric. 'Daar hebben Moos, Sywert en Ymke in gelegen.'

'Dat is ook leuk', zegt Lisa oprecht. 'Een familiewieg. Kunnen we hem met z'n allen beschilderen. Vindt Moos vast fantastisch.'

Eric drukt een kus op haar hoofd. 'Weet je wat ik het allermooist aan jou vind?'

'Nou?'

'Dat grote hart van jou. Waar je Moos, Sywert, Ymke en Hannah in hebt gesloten. Je houdt van ze alsof het jouw eigen kinderen zijn.'

Met andere woorden: Hannah is jouw kind niet, denkt ze. Hoewel Eric het lief bedoelt, doet het een beetje pijn. Hij heeft dat blijkbaar niet door, hij trekt haar tegen zich aan en kust haar hals. 'Daarom ben ik verliefd op jou.'

'Mmmm, vanwege de kinderen', grapt Lisa.

'Omdat je zo liefdevol bent.'

Lisa krijgt het warm onder zijn kussen en aanrakingen, het is alweer een tijd geleden dat ze seks hebben gehad. Haar hoofd stond niet naar een liefdesspel en de onderbroken nachten hadden haar uitgeput. Nu begint er vanbinnen iets te gloeien. Het verspreidt zich naar haar buik, de binnenkant van haar dijbenen… Haar mobiel gaat af.

'Negeren', mompelt Eric. Met zijn handen op haar wangen drukt hij zijn mond op die van haar en de kus verandert in een tongzoen. De mobiel rinkelt door. Met één oog loert Lisa naar het scherm. Ze beëindigt de tongzoen, geeft er een klein kusje achteraan en maakt zich los. 'Sorry', zegt ze.

'Lisa', roept Eric.

'Sorry', zegt ze nogmaals en neemt op.

Nog geen half uur later zit ze in een Uber richting West. Het was Dino die belde. Hij had een nieuwtje: Xenia Okkes kwam elke dinsdag in een illegaal gokpand op een industrieterrein in Amsterdam-West. Altijd samen met dezelfde man. 'Een jonge man, Rico?' had ze gevraagd, maar dat wist Dino niet. 'We noemen nooit namen', had hij geantwoord. 'Ze valt op doordat ze nooit gokt en de hele avond emotieloos achter die vent staat. Ze wordt De Zoutpilaar genoemd. Met een tik op zijn schouder bepaalt zij wanneer ze vertrekken.'

Ze zag het plaatje voor zich. Scheidsrechter Xenia die niet meespeelt en het spel beheerst, achter haar jongste zoon Rico.

'Het is vandaag dinsdag', realiseerde ze zich, hardop.

'Dat klopt,' had Dino geantwoord, 'dus als je ze wil aantreffen moet je nu gaan. Zeg bij de ingang dat je een introducee van mij bent.'

Lisa had niet lang geaarzeld. Onder luid protest van Eric was ze opgesprongen. 'Je wist toch al dat die scheidsrechter gokte?' had Eric gevraagd, en: 'Ze heeft je alles verteld, wat is de nieuwe informatie?'

'Onderbuikgevoel, schat', had ze gezegd. 'Guts. Een achenebbisj gokpand is iets anders dan een casino. Ik móét erheen.'

'Ik ga vreemd, hoor!' had Eric gedreigd. 'Met buurvrouw Famke.'

In de lift had ze er nog om gelachen. Lieve, betrouwbare Eric – ze zal hem gauw weer eens verwennen met een massage met een happy ending.

Voor de deur van een bedrijfspand op de Nieuwpoortkade stopt de taxi. Het gebouw ziet eruit als een bedrijf na sluitingstijd: donker en verlaten. Aan de buitenkant van dit soort gokhuizen is meestal niets te zien. Er worden regelmatig invallen gedaan. Het zijn plekken waar illegaal gegokt wordt, die broedplaatsen voor criminaliteit zijn. Ze trekken figuren aan die het gebruik van geweld niet schuwen. Toen zij bij de politie in dienst was, werkte ze regelmatig met gemeenten samen, met de FIOD, de Kansspelautoriteit en de Belastingdienst, om dit soort gokhuizen aan te pakken. Niet altijd ongevaarlijk; bij de invallen werden behalve grote sommen geld ook vuurwapens en drugs gevonden. Het is te hopen dat niemand haar vanavond zal herkennen; politie is hier net zo onwelkom als een rat in de keuken van een driesterrenrestaurant. Ze betwijfelt of de naam Dino haar kan beschermen als het erop aankomt.

Ze belt aan. Als open wordt gedaan door een vrouw van middelbare leeftijd met een bobbel in de blazer van haar mantelpak, zegt ze: 'Dino.'

Na een kort knikje mag ze door naar binnen. Een door tl verlichte ruimte, blauw van de rook, staat bomvol met goktafels. Het is druk, mensen hebben zichtbaar moeite om zich tussen de tafeltjes door te manoeuvreren. Lisa kan niet goed focussen, met haar krullen deels voor haar gezicht speurt ze de zaal af naar Xenia. Gelukkig wordt ze met rust gelaten, maar terwijl ze rondloopt voelt ze ogen in haar rug prikken. Als ze als ex-politieagente wordt herkend, dan is het einde oefening, dan wordt ze er hardhandig uit gesmeten. Of als ze denken dat ze te veel weet, belandt ze met een blok beton op de bodem van de Amstel, ze houden hier niet van pottenkijkers. Langzaam beweegt ze zich tussen de mensen door naar achteren. Dan staat ze stil. Daar, aan een halfronde blackjacktafel, staat Xenia, haar hand op de schouder van een man, die voorovergebogen zit te spelen. Lisa kan zijn gezicht niet zien en manoeuvreert naar een plek aan de overkant. Als de man een stapel fiches naar zich toe schraapt, werpt hij een verheugde blik over zijn schouder naar Xenia. Dan ziet Lisa wel wie het is. De fanatieke speler is niet Rico. De man die door Xenia Okkes begeleid wordt, is haar andere zoon: de brave echtgenoot, vader en vooral ook publiekslieveling Lesley.

Xenia kijkt op. Haar ogen worden groot en ze haalt haar hand van de schouder van haar zoon. Die schijnt de onrust van zijn moeder te voelen, zijn blik gaat heen en weer. Xenia geeft hem een por en gebaart: hup, wegwezen. Voordat Lisa het weet, maakt Lesley zich uit de voeten, tussen de tafeltjes door naar de uitgang. Onderweg duwt hij mensen opzij en stoot tegen tafelranden. Fiches vallen op de grond, er wordt gevloekt. Als hij de deur naar de uitgang heeft bereikt, duwt iemand zijn jas in zijn handen. En weg is hij, naar buiten. Lisa wil de achtervolging inzetten, maar Xenia roept: 'Pas op, recherche! Houd haar tegen!'

Onmiddellijk blokkeren twee mannen de weg en Lisa wordt aan haar armen vastgegrepen. De vrouw met het mantelpakje duikt op als vanuit het niets en duwt iets hards tussen haar ribben. 'Mee naar achteren.'

Lisa aarzelt; 'achter' wordt ze ongetwijfeld in elkaar geslagen, ze denken vast dat ze een 'stille' is. Ze ziet hoe Xenia door de uitgang wegglipt.

'Meekomen', dreigt de vrouw.

Ze kijkt zoekend om zich heen. Aan de tafeltjes is het gokken hervat en het ziet er niet naar uit dat ze hulp kan verwachten. Er zit niets anders op dan meelopen. Ze wordt door een klapdeur gevoerd, daarna door een gangetje en nog een deur, die uitkomt in een ruimte met in het midden een bureau. Tot haar verbazing zit Balor, de kleine portier van de Zeedijk, achter het bureau. Naast hem staan beeldschermen. De camera's zijn zo afgesteld dat hij een totaaloverzicht heeft van wat zich in de gokhal afspeelt, want het hele interieur van de gokhal is te zien. Balor gebaart dat haar 'begeleiders' kunnen vertrekken.

'Goedenavond mevrouw Kauffmann', zegt hij op vriendelijke toon. 'Heeft u zich bedacht?'

Lisa kan de vraag niet plaatsen.

'De vorige keer wilde u ons gokpaleis niet bewonderen, en nu bent u hier.' Hij glimlacht. 'Niets veranderlijker dan een mens.'

'En nu ben ik hier', bevestigt Lisa.

'Wat komt u doen? In tegenstelling tot mijn beveiligers weet ik dat u niet meer bij de politie werkt.'

O. Dat weet hij gelukkig, ze voelt dat haar schouders ontspannen.

'Dat vertelde Dino', legt Balor uit. 'Ook dat u hem geholpen heeft toen u nog wél bij de politie werkte.'

'"Geholpen" is te veel gezegd. Dino had destijds mazzel dat ik een grotere vis wilde vangen.'

Balor begint te lachen. 'En daarmee heeft u Dino de gelegenheid gegeven om een hele grote vis te worden. Een haai. Wat zeg ik? Een orka. Een potvis!' Hij spreidt zijn armen als een visser die opschept over zijn vangst.

Is dat zo? Heeft ze zich destijds vergist en de verkeerde laten gaan? Soms moest ze in een paar seconden een afweging maken. Soms is dat niet de juiste.

'U heeft het geluk dat u krediet heeft opgebouwd', vervolgt Balor. Hij staat op uit zijn stoel en loopt op haar af. 'En laten we afspreken dat ik u hier niet meer zie.' Hij legt een hand op haar rug en duwt haar naar een witte, stalen deur. 'Hierdoor komt u op de parkeerplaats, aan de achterzijde van het gebouw.'

Een gevoel van opluchting maakt zich van haar meester. Naar buiten, ja dat wil ze, zo snel mogelijk. Bij de deur aarzelt ze toch en draait zich om. 'Lesley van Bork', vraagt ze. 'Wat kunt u over hem zeggen?'

Balor fronst. 'Als ik u was zou ik nu naar buiten gaan', zegt hij. 'Ik sta bekend als humeurig.'

'Hij had een hoge gokschuld, is het niet?'

Balor duwt de deur wijd open en werpt een blik naar de plaats waar dure auto's geparkeerd staan, sommige met de koplampen aan. 'Weet u, dingen kunnen soms wonderlijk lopen. U loopt naar buiten, slaapt vannacht als een baby en staat morgen fris en fruitig weer op – met een heel klein beetje geheugenverlies – terwijl er mensen zijn die op deze plek naar buiten stappen en nooit meer worden teruggezien. Die hebben hun neus te veel in andermans zaken gestoken.' Hij ademt diep in en zijn borstkas zwelt op. 'Wat een prachtige avondlucht. Goedenacht, mevrouw Kauffmann.'

38

Natuurlijk is ze niet naar huis gegaan, ze heeft een taxi aangehouden en zich naar Buitenveldert laten rijden, naar het huis van Lesley van Bork. Als hij ook een taxi heeft genomen, dan kan hij al thuis zijn.

Ze staat voor een vrijstaande villa in De Borcht, een doodlopende straat bij het Amstelpark. Ze bekijkt de woning, in de hal brandt licht; de woonkamer en tuin zijn dus waarschijnlijk aan de andere kant, aan de kant van het water. Ze rolt haar voeten af als ze over het grint langs het huis sluipt. Ze komt bij een tuin en kan vandaar schuin de woonkamer in kijken, er hangen geen gordijnen. Het is alsof ze in een zaal naar een toneeluitvoering kijkt. De inrichting kan zo in een modeblad: beige, modern, stijlvol. Lesley steekt de kamer over met twee glazen wijn in zijn handen. Hij lacht, zegt iets, zet de glazen op een salontafel en neemt zijn vrouw in zijn armen. De vrouw, slank, Aziatisch, met zwarte, steile haren tot op haar billen, slaat haar armen om zijn hals, ze lijken te gaan dansen. Dan komt een blonde labrador kwispelend op hen af. Ze lachen allebei en aaien de hond, terwijl ze elkaar niet loslaten. Op de grond staan een poppenhuis en een loopwagen in de vorm van een kikker. Het toonbeeld van het perfecte gezinnetje.

Lisa slaat een mug dood op haar arm. Ze kan twee dingen doen. Aanbellen en daarmee ook de vrouw van Lesley confronteren. Of wachten tot de hond uitgelaten moet worden en dan alleen Lesley aanspreken. Ze besluit tot het laatste en zoekt een plekje op de grond. Het is een prachtige lenteavond en ze zit hier goed, bij het kabbelende water. Je zou bijna vergeten dat dit Amsterdam is, zo rustig is het hier. De muggen laten haar nu met rust. Een vleermuis scheert langs en vanuit het Amstelpark klinkt de roep van een uil.

Binnen is het stel op de bank gaan zitten en kijkt televisie. Lisa's been wordt na een tijd stijf; nu moet die man toch eens in beweging komen. Ah kijk, de hond. De labrador legt zijn poot op Lesleys knie en wordt over zijn kop geaaid.

'Hij moet piesen, gast. Laat dat beest uit', mompelt Lisa. En ja hoor, Lesley staat gelukkig op, zegt iets tegen zijn vrouw en vertrekt met de hond uit de huiskamer. Lisa komt overeind, loopt geruisloos terug, de hoek van de villa om, en posteert zich vlak bij de voordeur. Die gaat open en Lesley wandelt de nacht in, de labrador aan de lijn. Lisa sluipt achter hem aan. Zou hij naar het park gaan, op dit tijdstip? In het donker? Ja hoor, hij steekt over en neemt de zuidelijke ingang van het Amstelpark. Ze volgt hem, van plan om hem daar aan te spreken. Ze trekt een sprintje en komt naderbij. Op het moment dat ze hem wil confronteren, staat Lesley stil en pakt zijn mobiel. Lisa verschuilt zich achter een boom.

'Met mij', hoort ze hem zeggen. 'Het liep even anders.'

Het is stil.

'Dat kan ik niet doen', zegt hij dan. 'Echt, ik maak het in orde. Ik stond vanavond op winst, ik had het voor een deel terug kunnen betalen, als niet ... Dat weet ik. ... Dat weet ik. ... Dat kun je toch niet van me vragen?' ... Hij wordt duidelijk emotioneel. 'En mijn carrière dan! Als ze daarachter komen, kan ik het schudden!' Aan zijn stem kan Lisa horen dat er iets in hem breekt. 'Dat heeft mijn moeder toch al gedaan? ... Ik heb kinderen, dat kun je me niet aandoen. ... Alsjeblieft, geef me nog een kans!'

Het is weer een tijd stil. Ze hoort hem zijn neus ophalen. Zijn snelle ademhaling verraadt hoe overstuur hij is.

'Oké', zegt hij uiteindelijk. 'Oké, ik doe mijn best.'

De verbinding wordt verbroken. Lisa ziet zijn silhouet tegen het licht van een straatlantaarn als hij zijn handen voor zijn gezicht slaat.

Ze stapt uit het donker naar voren. 'Het moment van de waarheid, Lesley', zegt ze.

Hij schrikt en de hond begint te grommen.

'Koest maar', zegt ze, tegen allebei, baas en hond.

'Wie...?' Lesley knijpt zijn ogen samen.

'Lisa Kauffmann van Kauffmann & Kauffmann. We hebben elkaar aan de telefoon gehad. En je hebt me net in West gezien. Ik moet je iets vertellen, word eerst even rustig. Kom.' Ze pakt zijn elleboog en leidt hem naar een bankje. Zijn lichaam trilt als een riet als hij gaat zitten, met een mouw veegt hij zijn neus schoon.

'Wat moet je van me?' vraagt hij.

'Ik ga je iets vertellen wat je al weet. En ik wil dat je weet dat ik het weet.' Ze kijkt onderzoekend of hij in staat is te luisteren. Dat lijkt het geval te zijn. 'Toen je profvoetballer werd, ging een jongensdroom in vervulling', begint Lisa. 'Je kwam in het eerste elftal bij Volendam, veelbelovend, getalenteerd. In de pers werd je geroemd om je kwaliteiten en bewonderd om het feit dat je zo'n aardige jongen bleef. Ondanks de aandacht van vrouwen trouwde je met je jeugdliefde, Yumi. Iedereen vond je een toffe gast zonder kapsones. Je kreeg er nieuwe vrienden bij. Ze nodigden je uit voor feestjes, je kreeg dure cadeaus en ze namen je mee naar casino's. Je wist niet wat je overkwam, iedereen leek van je te houden en het geluk lachte je toe. In het casino werd je een graag geziene gast, gokken ging geweldig, je won en won, het geld bleef rollen, de champagne bleef stromen. Wat een leven, en dat viel allemaal te beurt aan die gewone jongen uit Monnickendam, die je in je hart altijd bleef. En toen, op een kwade dag, keerde het geluk. Je verloor, en nog eens. Geen punt, je vrienden leenden je geld; dat kon je later wel terugbetalen, voor hun mattie hadden ze alles over. Je ging door met gokken, probeerde geld terug te winnen, maar het verlies werd groter, de drang om te winnen dwingender. Tot het verlies niet meer te overzien was, en voor je het wist was gokken geen leuk spelletje meer, je was verslaafd. Winnen deed je zelden meer en de schulden stapelden zich op; ineens wilden die zogenaamde vrienden hun geld terugzien. "Dat kan ik nu niet", zei je. "Ik heb niets meer." "Geef me tijd." Dat zei je toch?'

'Hoe weet je dat?'

'Zo gaat het altijd.'

Lesley steunt zijn ellebogen op zijn knieën, hij verbergt zijn hoofd tussen zijn handen.

'Ze gaven je respijt,' gaat Lisa door, 'maar op een dag kwamen ze: we willen nú ons geld terug. Ze wisten dat dat niet kon, en dat was ook het doel: ze wilden je in de tang hebben, want er viel veel aan je te verdienen. Jouw gokschuld was *peanuts* bij de grootste plannen die ze hadden. Ze zeiden dat je je schuld op een andere manier kon inlossen. Moest je een eigen doelpunt scoren? Een penalty tégen forceren? Geel krijgen in de eerste helft?'

'Rood.'

'Rood in de eerste helft? Toe maar. Er wordt op van alles gegokt. Niet alleen op winst, ook op penalty's, rode en gele kaarten in de eerste helft of in de tweede helft, eigen doelpunten, je kunt het zo gek niet bedenken. Jij moest dus voor rood zorgen. Deed je dat?'

'Nee.'

'Nee?'

'Ik mocht niet van mijn moeder.'

Het klinkt belachelijk uit de mond van een volwassen vent, maar Lisa neemt hem serieus. Ze ziet voor zich hoe hij net in het gokpand voor zijn moeder zat en hoe zij haar hand op zijn schouder legde. Plotseling gaat er een lampje branden. 'Heb je Xenia ervan op de hoogte gesteld en heeft zij het voor je opgelost?' vraagt ze.

Lesley zwijgt.

Lisa beseft hoever de moederliefde van Xenia gaat: ze gaat mee naar gokhuizen, zowel om hem te beschermen als om hem op tijd weg te krijgen, zodat zijn vrouw niets in de gaten krijgt en hij voor de buitenwereld de normale huisvader kan blijven. Op dinsdag het ene gokpand, op andere dagen wellicht andere. Xenia wist dat ze haar zoon niet kon stoppen, dus bewaakte ze hem, zoals ze voor Rico coke ging halen toen bleek dat ze ook hem niet van zijn verslaving af kon helpen. Xenia heeft veel voor haar kroost over, en doet dingen die dwars tegen haar principes ingaan.

'Is het soms zo dat je moeder in jouw plaats een wedstrijd heeft gefixt?' vraagt ze zacht.

Lesley haalt zijn handen van zijn ogen en kijkt haar aan met een blik waar pijn uit spreekt.

'Ajax-PSV?' vraagt Lisa door. 'Vrouwenteam?'

Hij knikt.

'Ze wilde niet dat je jouw carrière door fraude zou vergooien. Dan liever ik, moet ze gedacht hebben. Weet je wat voor offer dat moet zijn geweest?'

'Natuurlijk! Ze is de meest integere persoon die ik ken!'

Lisa denkt na. Haar volgende stap zal weer een gesprek met Xenia zijn, maar ze maakt zich zorgen om Lesley. 'Je gaat zo meteen alles aan je vrouw vertellen', zegt ze gedecideerd. 'Ze houdt van je, ze zal je steunen. Ze kent je nog als brugpieper, dus ze is geen *golddigger* die het schip verlaat bij de eerste storm. En je meldt je vanavond bij een afkickkliniek. Als je naar dezelfde als je broer Rico gaat, hebben ze jouw achtergrondgegevens al en kan je snel geholpen worden.'

'Ik heb schulden, ik...'

'Met gokken krijg je meer schulden. Zeg dat ze wachten en anders naar hun geld kunnen fluiten.'

Lesley schudt zijn hoofd. 'Ze maken me af. Weet je wat er gebeurd is met Mario Bigoni?'

Lisa knikt. 'Vermoord in de Rijn gevonden. Hij was betrokken bij een omkoopschandaal. En vanwege dat soort praktijken moeten zulke bendes opgerold worden. Geef me de namen van die gasten.'

De voetballer kijkt haar met angstige ogen aan. Het lijkt nu pas door te dringen dat er iets van hem verwacht wordt. 'Dat... Dat kan ik niet. Het gaat niet alleen om mij. Ze bedreigen mijn kinderen, mijn...'

'Juist daarom! Je moeder wordt geofferd, je kinderen zijn niet meer veilig, je moet iets doen!'

Lisa ziet het voorhoofd van de voetballer glinsteren in het licht van de lantaarnpaal. In zijn ogen staat doodsangst. 'Sorry. Sorry, ik moet gaan', stamelt hij. 'Dag.'

Hij staat op van de bank, rukt de hond mee en haast zich het park uit.

Lisa laat hem gaan. De man zal tijd nodig hebben om dit te verwerken en na te denken. Haar volgende stap is naar Xenia.

Hoewel het inmiddels nacht is, begrijpt Lisa als ze op de bel drukt en de deur zonder vragen opengaat, dat Xenia haar verwachtte. De scheidsrechter staat bovenaan de trap, haar handen in de zij. 'We zijn snel uitgepraat', zegt ze, als Lisa de bovenste tree bereikt.

'Lesley heeft gebeld, neem ik aan?'

'Uiteraard.'

Lisa gaat op dezelfde plek zitten als de vorige keer. Door het licht van de schemerlampen krijgen de kindertekeningen iets beangstigends, alsof ze gemaakt zijn door getraumatiseerde kinderen uit oorlogsgebied. Een orka lijkt een bom, rood is bloed, een hond een weerwolf.

'De wedstrijd was dus wel degelijk gefixt', zegt Lisa.

'Ja.'

'En je deed het inderdaad voor een zoon.'

'Je had alleen de verkeerde zoon, en het verkeerde motief. Lesley had veel te verliezen. Zijn carrière, zijn reputatie... Dat juist hij in de handen van die klootzakken is gevallen...'

'Wie zijn "die klootzakken"?'

Xenia doet alsof ze de vraag niet hoort en praat door. 'Ze zullen nooit stoppen. Als je eenmaal in hun fuik zit, komen ze terug. En nog een keer, en nog een keer. Het houdt nooit op. Daarom deed ik het. Voor Lesley ben ik met Ajax-PSV de streep over gegaan. Overtredingen van PSV zag ik zogenaamd niet en ik floot bijvoorbeeld onterecht voor buitenspel van Ajax.'

'Dus je kon onmogelijk aan het verzoek van Blondie voldoen, om in het voordeel van Ajax te fluiten. Je zou dat al voor PSV doen.'

'Juist. En omdat ik me door die klootzakken één keer heb laten overhalen, zullen ze vanaf die wedstrijd bij mij terugkomen – keer op keer, dat weet ik. Van integer naar corrupt is een kleine stap, van corrupt naar integer is een niet te overbruggen afstand, lichtjaren. Beter gezegd duisterjaren, mijn leven is verwoest, maar als Lesley is afgekickt, kan hij door met het zijne.'

'Ik moet dit bij Helena Pastor en de KNVB melden. De consequentie is dat je nooit meer zal scheidsrechteren.'

'Als je Lesley er maar buiten houdt. Vertel dat ik het gedaan heb, en zeg dat ik gokverslaafd ben. Iedereen denkt dat ik graag gok.'

Lisa overdenkt het voorstel. Ze kan ermee instemmen, het is tenslotte waar dat Lesley niets gedaan heeft. 'Dat doe ik onder één voorwaarde', zegt ze.

'En dat is?'

'Ik wil namen horen.'

Xenia staart naar het raam, naar de weerspiegeling of naar het donker buiten. Een tram, waarschijnlijk de laatste, ratelt voorbij.

'Het gaat om een internationaal goksyndicaat', zegt ze ten slotte. 'De hoofdfiguren zitten in Azië. Hun tentakels reiken tot ver in Rusland, Balkan, Duitsland, Zwitserland, België... Ze willen Nederland in hun greep krijgen.'

'Wie is de baas?'

'Een man uit China.'

'Naam?'

'Dat zegt je toch niets.'

'Ik wil het weten.'

'Wei Li', zucht Xenia. 'Hij heeft de leiding over een van de grootste goksyndicaten ter wereld.'

'Hoe weet je dat?'

Xenia zwijgt. Het dringt tot Lisa door dat er een tussenpersoon moet zijn. Iemand die in verbinding staat met Azië, die opdrachten uitvoert in naam van Wei Li. Waarschijnlijk loopt in ieder land zo'n stroman rond. 'Een sleutelfiguur', spreekt ze hardop uit. 'Lesley kent Wei Li via een Nederlandse tussenpersoon.'

'Ik heb genoeg verteld', zegt Xenia. 'Je hebt een naam.'

'Van een onbereikbare Aziaat die ergens in China aan de touwtjes trekt', zegt Lisa gefrustreerd. 'Ik wil de identiteit van die Nederlander.'

'Die geef ik je niet. Die persoon is veel te machtig, gevaarlijk en dichtbij.'

'"Dichtbij"? Wat bedoel je daarmee?'

Xenia perst de lippen op elkaar.

'Over wie heb je het, Xenia?!'

De getergde vrouw staat op uit haar stoel. 'Je moet gaan', zegt ze. 'Je hebt mijn familie genoeg in gevaar gebracht. Hup, eruit, ik wil naar bed.'

Lisa begrijpt dat verder aandringen geen zin heeft. Misschien helpt het als Xenia er een nacht over slaapt. En als de druk wordt opgevoerd. 'Morgen neem ik contact op met Helena Pastor', zegt ze. 'Je hebt tot twaalf uur de tijd om de identiteit van die sleutelfiguur aan mij bekend te maken. Als je dat niet doet, moet ik behalve de matchfixing helaas ook de gokverslaving van Lesley melden.'

Xenia ziet er ineens dodelijk vermoeid uit. Ze ademt zwaar en houdt zich vast aan de rugleuning van een stoel. 'Dit was het dan', zegt ze op berustende toon. 'Ik laat je uit.'

Bij de deur probeert Lisa het nog een keer. 'Je helpt Lesley door mij te helpen de bende op te rollen.'

'Wat ben jij naïef', zegt Xenia met een droevig glimlachje. De deur valt achter Lisa in het slot.

39

Het is het holst van de nacht en stil als Lisa thuiskomt. En donker, op het maanlicht dat naar binnen schijnt na. In de hal trekt ze haar schoenen uit. Op kousenvoeten loopt ze naar de woonkamer en gaat voor het raam staan. Honderden lichtjes flikkeren. Een uitzicht in de Pontsteiger, op tweeëntwintighoog, doet niet onder voor New York. Amsterdam, de stad die blijft dromen. 'De lieve stad', zoals oud-burgemeester Eberhard van der Laan het noemde. Als hij, die als geen ander weet had van de criminaliteit, meedogenloosheid en armoede, als híj Amsterdam 'lief' kon noemen, dan kan zij het ook. Ze wil erin blijven geloven, voor Hannah, voor Moos, Ymke en Sywert. Zolang kinderen hier opgroeien móét ze erin blijven geloven. Na zo'n avond als vanavond wordt dat haar niet makkelijk gemaakt. Lesley is ooit ook een schattig klein baby'tje geweest. Iedereen, Dino de gokbaas ook, en Rico de 'verloren' zoon, en Balor, de man met dwerggroei, onuitstaanbare Blondie. Hun moeders hadden vast andere plannen met ze.

In de verte knippert het lampje van de Rembrandttoren, op een geruststellende manier, alsof de wolkenkrabber knipoogt. Diep in haar blijft de hoop dat het goed komt. Het moet goed komen, met haar, met Kat, met Hannah. Wat Kat ook beslist – dat heeft ze nog niet gedaan, niet echt – Hannah zal ook van haar blijven. Een leven zonder dat liefste meisje van de wereld kan Lisa zich niet meer voorstellen. De lichtjes buiten worden waterig als ze een brok in haar keel wegslikt. Dan maakt ze zich los van het uitzicht en loopt op haar tenen naar de kinderkamer. Bij het wiegje zingt ze zacht het liedje voor Hannah dat haar moeder, en daarvóór haar oma, altijd voor háár zongen.

Suja suja, Prikkeltje, het is al vreselijk laat
je bent het mooiste stekelvarken dat er maar bestaat
de poezen hebben snorren en daar kunnen ze door spinnen
de koeien hebben horens en de vissen hebben vinnen
en onze neef de otter heeft een bruinfluwelen jas
maar jij hebt allemaal stekeltjes, die komen nog te pas
die komen nog te pas

In de ouderslaapkamer kleedt ze zich uit en kruipt naast Eric. Die bromt iets, in zijn slaap slaat hij een arm om haar heen en kruipt tegen haar aan. Het komt goed, denkt Lisa, het móét goed komen. Met of zonder stekeltjes.

40

'Wat zie jij eruit', hoort Lisa als ze de volgende ochtend tien minuten te laat binnenkomt op kantoor.

'Ook goedemorgen. Ik dacht: ik draai de rollen om.'

'Slecht geslapen?' vraagt Kat.

'Ik vertel je zo waarom. Eerst koffie.'

Kat doet wat haar zus vraagt.

'We kunnen ook jou als secretaresse aanstellen', plaagt Lisa. 'Dat doe je goed.'

'Wat doe ik dan niet goed?'

'Dat zei ik niet. Ik maakte een grapje. Ik zei niet: dat doe je wél goed. Ik zei: dat...'

'Jajajaja. Houd je humor alsjeblieft voor je.' Kat zet twee volle bekers op tafel en gaat zitten. 'Zie ik er netjes genoeg uit voor een begrafenis?' vraagt ze.

'O ja, Madeleine.' Lisa buigt over de tafel om te bekijken wat Kat aanheeft; ze heeft dat met haar slaaphoofd niet geregistreerd. 'Zwarte broek, zwart T-shirt: niets mis mee. Behalve dat je er nu helemaal uitziet als een plaatnagel.'

'Een wat?'

'Een zwarte spijker.'

'Houden we dit?' zegt Kat. 'Ik heb al zo de pest aan begrafenissen.'

'Wie niet?'

'Wurmen.' Ze gaat verzitten. 'Beginnen we met werkoverleg? Ik heb één agendapunt.'

'En dat is...?'

'Er komt zo een nieuwe secretaresse. Secretaris. Een man. Hij komt op proef, want hij weet niet of hij het aankan.'

'Klinkt veelbelovend.'

'"Alles wat aandacht krijgt groeit." Als jij nou een beetje over hem moedert, dan...' Kat slikt. 'Als jij nou een beetje aardig bent en hem wegwijs maakt, dan komt het helemaal goed.'

'Waarom jij niet?'

'Ik heb een begra-ha-fe-nis. En ik ga daarna naar De Toekomst. De speelsters zijn dan allemaal bij elkaar.'

'Je gaat ze toch niet vlak na een begrafenis verhoren?'

'Niet verhoren. Een praatje maken. Oren en ogen openhouden.'

Lisa schudt haar hoofd. 'Dat is ongepast.'

'Heel ongepast, want na een begrafenis zijn mensen op hun zwakst. Trouwens...' vervolgt Kat. 'Hij heet Joop.'

'Wie?'

'Onze nieuwe secretaresse. En hij is 54 jaar. Ik vind "secretaris" zo'n raar woord, jij niet? We noemen hem gewoon secretaresse, hoor. Joop de secretaresse.'

'Ik noem hem Joop. Of meneer...?'

'Augustinus. Wat jij wil.' Kat leunt met haar ellebogen op tafel en buigt voorover. 'Vertel, heb je wat spannends meegemaakt?'

'Dat kun je wel zeggen.' Lisa vertelt over haar tocht naar het gokpand, en de constatering dat er behalve de leider in China, in Nederland een belangrijke en gevaarlijke honneurswaarnemer is. Ze eindigt met het afscheid van Xenia. Kat luistert. Af en toe gooit ze er 'Nee! Echt? Dat meen je niet!' tussendoor, verder houdt ze haar mond. Als het verhaal klaar is, leunt ze achterover, vouwt haar handen achter haar hoofd en fluit tussen haar tanden. 'Xenia, dus toch een matchfixer. En wat nu?'

Lisa werpt een blik op de klok. 'Nu is het wachten, tot twaalf uur.'

'En als ze dan niet met een naam is gekomen?'

'Doe ik wat ik aangekondigd heb. Dan vertel ik Helena alles.'

Kat fronst. 'Klikspaan.'

'Pardon?'

'Je kunt Lesley best uit het verhaal houden. Behalve dat hij verslaafd is, heeft hij niets verkeerds gedaan. En zolang zijn prestaties er niet onder lijden...'

'Jij bent echt gek. Ik moet bij een opdrachtgever toch een volledig verslag uitbrengen?'

'Daar ga je weer.'

'Wat?'

'Iemand "gek" noemen die anders is of denkt. Niet doen. En zeker niet straks waar Joop bij is.'

Vanuit Lisa's onderbuik kruipt een gevoel van wanhoop omhoog. Verdorie, lijkt alles net een beetje ontspannen te raken, komt Kat weer met haar idiote ideeën. En die Joop zal wel een verschrikking zijn, een psychopaat. Waar heeft ze het allemaal aan verdiend? Ze kreunt.

'Kom op, zussie, zo moeilijk is het allemaal niet', zegt Kat.

Lisa werpt haar een spottende blik toe. 'Ik word gek van jou, is dat toegestaan?'

'Ja, dat mag. Nog een bakkie?'

Zonder op antwoord te wachten, maakt Kat opnieuw twee Nespresso. 'We zoeken dus een grote boef, die in Nederland de zaken regelt', roept ze boven het gepruttel van het apparaat uit. 'Enig idee waar we moeten zoeken?'

Lisa wacht tot Kat klaar is. Dan zegt ze: 'Een crimineel met internationale contacten, meedogenloos, een die er niet voor terugdeinst om mensen met alle beschikbare middelen onder druk te zetten. Je had de angst in Lesleys ogen moeten zien.'

'Hij heeft vast meer voetballers benaderd', zegt Kat. 'Ik kan straks bij de vrouwen weleens polsen?'

'Na de begrafenis.'

'Als ze weerloos zijn.'

Ze trekken scheve gezichten naar elkaar. Kat pakt haar mobiel en scrolt. 'Ajax tegen Utrecht, zondag', zegt ze.

'Sinds wanneer volg jij het sportnieuws?'

'Sinds we deze opdracht hebben. Hé.' Kat gaat rechtop zitten. Iets in haar stem alarmeert Lisa. Ze maakt een snel handgebaar: wat?

'Moet je luisteren', zegt Kat. 'Dit staat bovenaan in het sportnieuws. "Lesley van Bork verlaat Volendam per direct. Zijn zaakwaarnemer laat weten dat Lesley met zijn gezin voor onbepaalde tijd naar Dubai is vertrokken."'

Lisa rukt de mobiel uit Kats handen. Er staat een foto bij van Lesley op Schiphol. Met Yumi, hun kinderen en Xenia. Naast hen grote koffers. De familie Van Bork is zichtbaar niet blij met de aandacht, Lesley schermt zijn gezicht af. In het artikel worden verder weinig details gegeven. '"Redenen voor het plotselinge vertrek moeten in de persoonlijke sfeer gezocht worden"', leest Lisa hardop. Ze geeft de mobiel terug. Ze zijn dus op de vlucht, misschien wel voorgoed, misschien helemaal niet naar Dubai, wie zal het zeggen. De kans dat ze van Xenia ooit een naam krijgt is dus verkeken. Ze toetst het nummer van de scheidsrechter in en krijgt de voicemail. Zonder iets in te spreken hangt ze op – eerst nadenken.

'Je kan toch wachten met naar Helena gaan?' zegt Kat dan. 'Laat het even sudderen, wie weet hoe alles zich nog ontwikkelt. Je hoeft niet meteen alle kaarten op tafel te leggen.'

Kat heeft een punt. Het heeft geen haast en het kan een hoofdstuk worden in de integrale verslaglegging.

Dan gaat de bel. 'Daar zal je Joop hebben', zegt Kat.

'Hij is voor jou', zegt Lisa.

Kat kijkt haar vragend aan en doet open.

'Contract, inwerken, op zijn gemak stellen', verduidelijkt Lisa. 'Het is jouw Joop.'

Er wordt op de deur geklopt. 'Binnen!' roept Kat. Er wordt nog een keer geklopt. 'Je mag binnenkomen, hoor.' Kat opent de deur. Op de drempel staat een man van middelbare leeftijd met een rommelige baard, en een bierbuik onder een lichtblauw overhemd. Hij draagt een donkergrijs, wollen colbert en een stropdas.

'Welkom', zegt Kat.

'Hallo!' Lisa begrijpt zelf niet waarom ze zo roept. Ook niet waarom haar stem omhoogschiet. Wellicht omdat ze aardig wil zijn tegen Kats 'kansloze'?

Joop komt binnen, lijkt aarzelend, en geeft Lisa een klamme hand: 'Joop Augustinus.' Vervolgens begroet hij Kat ook met een handdruk: 'Joop Augustinus.' Lisa en Kat stellen zich voor.

'Zij gaat je inwerken', zegt Lisa, wijzend naar Kat.

Ze zal het nooit toegeven, maar Kat heeft gelijk: ze vindt mensen die afwijken griezelig, en weet zich tegenover hen nooit een houding te geven. Meestal gaat ze óf te aardig praten, en dan lijkt het alsof ze het tegen een kleuter heeft, óf ze wordt bot en afstandelijk. Een middenweg is er niet. Deze psychiatrische patiënt, of voormalige psychiatrische patiënt – om dat te zien hoef je geen Freud te heten – gaat problemen opleveren. Kat heeft er geen last van, die wordt juist meer zichzelf bij dit soort types. Haar zus gaat met Joop naar de computers, er lustig op los babbelend. Dat Joop nauwelijks antwoordt en uitsluitend naar de grond staart, lijkt haar niet te storen.

Lisa neemt een beslissing. Vóór het bezoek aan het consultatiebureau gaat ze thuiswerken; kan ze meteen zien hoe Maartje Hannah vertroetelt. Oppassen is op Maartjes verzoek van drie naar vier dagen gegaan. 'Laat me nou', had ze gezegd. 'Jullie zitten midden in een drukke periode, met die ingewikkelde opdracht erbij.' De moederliefde die Maartje zonder kinderen niet kwijt kon, lijkt te zijn gebundeld in liefde voor Hannah. Als een loep die de zon naar een brandpunt brengt, stort ze zich op haar eerste en waarschijnlijk enige kleinkind. Ze straalt aan alle kanten uit dat ze met volle teugen van het oma-schap aan het genieten is.

'Ik ga thuiswerken', kondigt Lisa aan.

'Is goed hoor, Joop en ik redden ons wel.'

'Je moet toch naar die uitvaart?'

'Over een uurtje. Als we dan niet klaar zijn, kan ik altijd vragen of Ruben of papa komt om Joop verder wegwijs te maken.' Kat lacht naar de nieuwe 'secretaresse' en klopt hem op de schouder. 'Zo Joop, een bakkie?'

41

De aula op begraafplaats Zorgvlied is afgeladen. Niet iedereen kan zitten, mensen staan opgepropt aan weerszijden van de rijen en achteraan. Kat heeft bewust geen stoel genomen. Vanaf de zijkant heeft ze beter overzicht. Op de eerste rij zitten familie en naasten, vlak erachter het team. Ze spot Helena en trainer Minh Nguyen, zelfs voetbalmakelaar Freek Havermans is er met zijn assistent. Kat kijkt wie van de Ajax-vrouwen er zijn. Ze heeft de namen met de foto's erbij uit haar hoofd geleerd en telt: Faiza, Gonny, Abenaa, Charlotte, Elif, Daantje, Samia, Ineke, Kaylee, Jolanda. Ook de zeven reservespeelsters zijn er, Kat kent hen niet bij naam. De speelsters huilen allemaal, terwijl de dienst nog niet eens begonnen is. Ze zijn waarschijnlijk onder de indruk van de berg bloemen en de actiefoto van Madeleine die op de kist staat. Ze juicht erop in het shirt van Oranje, haar gezicht is bevroren in eufo-rie.

De uitvaartleider komt naar voren en het geroezemoes verstomt. 'Welkom familie, vrienden en bekenden van onze dierbare...'

Kats gedachten dwalen af. Ze gaat de momenten na waarop ze Blondie in actie zag. Hoe die tijdens de warming-up de bal eindeloos hooghield, als een madonna-Maradona, hoe ze rende en passte, de aandacht van de scouts probeerde te trekken, en dan dat kenmerkende gebaar waarmee ze haar haar achter haar oren frummelde. Ze ziet hoe Blondie de tegenstander tackelde, met een uitdrukking van fanatisme en de wil om te zegevieren op haar gezicht. Dan haalt Kat het moment na de gemiste penalty voor zich. Madeleine stond beschaamd en ontgoocheld op het veld. Ze had gefaald en ze wist het. Kat zet dat beeld stil en sluit haar ogen. Wat deed ze toen? Madeleine draaide haar hoofd om en keek naar haar teamgenoten. Zat er verontschuldiging in die blik? Of zocht ze steun? De andere speelsters keerden zich af, liepen weg en vervolgden de wedstrijd. Kort daarna werd gefloten voor de rust. Madeleine liep met gebogen hoofd het clubgebouw in, de rest kwam druk pratend achter haar aan.

Dan is de uitvaartleider klaar met praten en wordt er muziek ingezet: *Ken je mij* van Trijntje Oosterhuis. '... Ken je mij? Wie ben ik dan?' Het lijkt alsof de vraag gesteld wordt door Madeleine zelf, want wie kende haar eigenlijk echt?

Op de rij van de speelsters worden papieren zakdoekjes doorgegeven. Een beetje hypocriet is het wel, denkt Kat, jullie konden allemaal haar bloed wel drinken.

De moeder van Madeleine neemt het woord, bijgestaan door wat een broer moet zijn: lang, blond en met dezelfde zelfverzekerde uitstraling als zijn zus. Mevrouw Piël schetst haar dochter als een kind dat altijd voor anderen opkwam, dat als kleuter een kind met het downsyndroom onder haar hoede nam – wee degene die de jongen durfde te plagen. Ze vertelt over de moed om voor haar mening uit te komen, dat ze het op een vechten zette als ze vond dat iets onrechtvaardig was, en thuiskwam met een blauw oog nadat ze het tegen de sterkste jongens uit de buurt had opgenomen. Ze was voor de duvel niet bang en ging zelfs een keer in haar eentje tekeer tegen een motorbende die een ravage op het sportveld had aangericht.

Met stijgende verbazing luistert Kat naar de speech. Het gebeurt vaker dat je iemand pas op zijn begrafenis leert kennen, maar dit slaat werkelijk alles, Madeleine als de Hollandse Jeanne d'Arc? Is dit typisch een van-de-doden-niets-dan-goeds-gevalletje? Of heeft de moeder en velen met haar een andere versie van Madeleine gezien? Kat probeert de blik van Elif te vangen, om iets van haar verbazing over te brengen, maar die staart voor zich uit terwijl de tranen over haar wangen biggelen.

De broer geeft een ander beeld. Hij schetst Madeleine als een gevoelig meisje, '*himmelhoch jauchzend, zum Tode betrübt*', dat haar emoties in het voetbal kon uiten en daar enigszins haar evenwicht in vond. Hij vertelt dat Madeleine als zusje niet makkelijk was, omdat ze zich snel gekwetst voelde, en dat werd de laatste jaren erger door alle haatberichten in de social media die ze over zich heen kreeg. Ze was impulsief en heftig in haar emoties, en ondanks haar ingewikkelde karakter hield hij veel van haar.

Na de speeches van de familieleden volgt een lied uit Madeleines kindertijd, *Barbiegirl,* wellicht bedoeld om een glimlach op de gezichten van de aanwezigen te toveren. Dat is echter niet wat er gebeurt: de menigte zit met diepbedroefde gezichten het lied uit, in stilte, onderbroken door hier en daar een snik. *Barbiegirl* lijkt zo ongepast als een goochelaar tijdens de nachtmis in de Naarderkerk.

Helena Pastor speecht namens Ajax. Ze geeft een overzicht van de carrière van Blondie. Er gaat een schok door de zaal als ze vertelt dat Freek Havermans na de wedstrijd aan Madeleine had willen vertellen dat de transfer rond was.

De speeches die volgen gaan langs Kat heen. Wie krijgt nu de lege plek in het team, vraagt ze zich af. Wie hebben er belang bij dat ze er niet meer is? Tot nu toe heeft ze alleen gekeken naar motieven uit het verleden: wraak, rancune. Een voordeel in de toekomst kan echter natuurlijk ook een reden zijn geweest. Ze neemt zich voor om dat straks, in De Toekomst, te gaan navragen.

Bij het laatste lied, *Mag ik dan bij jou* van Claudia de Breij, breken de speelsters. Ze houden elkaar niet vast, allemaal verwerken ze in hun eentje het verdriet. Het team huilt harder dan de familie.

Bij het definitieve afscheid, als alle aanwezigen langs de kist lopen, houdt Kat zich afzijdig en bestudeert aandachtig de gezichten van de mensen die er op de middag van Madeleines dood bij waren. Freek Havermans en zijn assistent kijken ernstig, maar dat lijkt een beroepsmatig eerbetoon. Trainer Minh Nguyen lijkt oprecht verdrietig, hij veegt met een zakdoek over zijn ogen en snuit zijn neus. De hartverscheurende bedroefdheid van Madeleines teamgenoten is een mooi staaltje schijnheiligheid, denkt Kat. Kat wordt er een beetje onpasselijk van. Ze is vastberaden de reden van hun gedrag te achterhalen.

Een paar uur later stapt ze naar binnen in het clubgebouw van De Toekomst. Elif heeft een seintje gegeven dat het hele team in de kantine zit. *Ik heb verteld dat jij het voor je verwerking nodig hebt om erbij te zijn*, had ze geappt. *Verwacht niet dat je met open armen ontvangen wordt.*

Het valt stil als ze binnenkomt. Met sombere gezichten zitten de speelsters aan de tafeltjes te eten en te drinken.

'Hoi', zegt Kat. 'Sorry dat ik stoor. Mag ik erbij komen?'

Elif gebaart naar een lege stoel. Kat neemt plaats en kijkt om zich heen. Bescheiden opstellen, neemt ze zich voor, je vangt meer vliegen met stroop dan met azijn. 'Het raakt jullie allemaal verschrikkelijk', zegt ze met een warme klank in haar stem. 'En daarom...'

Ze laat het einde van de zin open. De speelsters kijken haar afwachtend aan. Over de wang van Charlotte rolt een traan. Kat richt zich tot Gonny: 'Jij kende haar heel lang, hè?'

Gonny knikt.

'Hoe was ze op de middelbare school? Waren jullie vriendinnen?' Kat weet dat dat niet zo is, maar het kan zijn dat de vraag iets uitlokt.

'Ze was de grootste pestkop die er bestond', zegt Abenaa. 'Ze gooide altijd jouw sportkleding in de wc, toch Gonny?'

Gonny maakt een afwerend gebaar.

'Ze maakte zich niet bepaald geliefd', zegt Kat.

Abenaa klakt met haar tong. 'Dat is een understatement.'

'En toch zijn jullie ongelofelijk verdrietig. Begrijpelijk, hoor. Ze was een teamgenoot.' Kat kijkt de speelsters een voor een met een warme glimlach aan.

Charlotte slaat haar handen voor haar gezicht. 'Het is onze schuld.'

Een paar speelsters gaan onrustig verzitten. 'Charlotte', zegt Ineke op waarschuwende toon.

Kat wacht gespannen af, want als ze het nu fout aanpakt, dan klapt Charlotte dicht. 'Jullie schuld?' vraagt ze vriendelijk. Het ontgaat haar niet dat Abenaa Charlotte een trap onder tafel geeft. Ze ziet anderen ook naar Charlotte seinen. Die reageert niet. 'We hebben haar ertoe gedreven,' snikt ze, 'we wisten dat ze er helemaal doorheen zat.'

'Je kunt beter gaan', zegt Elif tegen Kat. 'We moeten dit met elkaar verwerken.'

Kat laat zich niet wegsturen nu ze zo dicht bij antwoorden op haar vragen is. Het extreme verdriet, de hekel die ze aan Madeleine hadden, het 'we hebben haar ertoe gedreven' van Charlotte... 'Ik begrijp ineens wat er is gebeurd', zegt ze.

'Nu niet', waarschuwt Elif.

'Ze weet het', huilt Charlotte. 'Ze weet dat we haar de dood in hebben gedreven.'

'Kom, ik laat je uit.' Elif staat op en pakt Kats arm.

'Wacht even!' Kat rukt zich los. 'Laat me iets vertellen.' Het valt stil. 'Jullie hoeven niets te zeggen, geen ja, geen nee, dus ik kan niets tegen jullie gebruiken. Ik wil alleen graag zeggen wat ik denk dat er gebeurd is. Omdat... eh...' haar hersenen werken op volle toeren, 'dat goed is voor mijn én jullie verwerking.'

Elif gaat langzaam terug naar haar plaats en slaat haar armen over elkaar. De speelsters kijken Kat zwijgend aan.

'Ik zal eerlijk zijn', begint Kat als niemand haar tegenhoudt. 'Jullie verdriet vond ik nogal... hypocriet. Ik dacht: ze haatten Madeleine, en nu huilen ze tranen met tuiten. Maar nu valt het kwartje.' Ze glimlacht. 'Jullie hebben stuk voor stuk last van Madeleine gehad. Je kunt gerust stellen dat ze jullie terroriseerde. De sfeer in het team was slecht, het plezier in het "spelletje" verdween, allemaal door Madeleine, die nietsontziend was in haar ambitie. Bovendien haalde ze ook privé een paar streken uit.'

Op de gezichten van de speelsters is niets te lezen. Geen bijval, geen afkeer. Ze staren Kat afwachtend aan.

'En toen kwam die bewuste wedstrijd', vervolgt Kat. 'Madeleine ging af. Voor de scout had ze afgedaan, althans dat dacht ze. Uit de speeches van haar familie maakte ik op dat ze een snel gekwetst, niet al te stabiele persoon was en een heftig karakter had. Ze was heftig in haar triomf, heftig na nederlagen, heftig in haar gevoel van afwijzing.' Borderline, denkt Kat, ze spreekt dat woord niet uit.

Elif, Charlotte en Abenaa knikken.

'In die bewuste eerste helft kantelde het machtsevenwicht. Na die belachelijke panenka werd Madeleine onzeker. Ze zocht steun bij jullie, en jullie keerden je af, iedereen was haar beu en gunde haar een afgang. Dat voelde ze natuurlijk en ze ging meteen naar de kleedkamers, waar jullie na haar binnenkwamen. Na de donderpreek van Minh Nguyen, waarin ongetwijfeld ook Blondie fel aangepakt werd vanwege de mislukte panenka, heeft blijkbaar iedereen gevoeld dat de machtsverhoudingen verschoven waren.'

Charlotte begint weer te huilen. 'Met z'n allen tegen één', snikt ze. 'Ik heb nooit gedacht dat ik daartoe in staat was.'

'Ik ook niet', valt Faiza haar bij.

'Wat hebben jullie tegen haar gezegd?' vraagt Kat.

'Toen Minh weg was hebben we haar verrot gescholden.' Kaylees toon, tot nu toe heeft ze niets gezegd, is hard. 'Ze wist van ellende niet waar ze het zoeken moest.'

'Ze zat te janken op de bank', beaamt Ineke. 'En wij gingen door, alles kwam eruit, we konden niet meer stoppen met kleineren. Het ging ver, zelf zo ver dat...' Ze slaat haar handen voor haar gezicht.

'Zelfs zo ver dat iemand zei dat ze beter zelfmoord kon plegen', gokt Kat. 'Wie was dat?'

'Ik', zegt Elif met een rood hoofd. 'Ik meende het natuurlijk niet zo.'

Jolanda, de keeper, alias Beton, heeft zich opvallend stilgehouden. Kat richt zich tot haar. 'En jij, wat deed jij op dat moment?'

Beton schudt haar hoofd.

'Nou?'

'Toen Elif dat zei, van die zelfmoord, gooide ik in een impuls de ceintuur van mijn badjas naar Madeleine toe. Ik heb er spijt van. Zo laf om iemand die bijna knock-out in de touwen hangt een klap na te geven.'

'En toen rende ze weg', zegt Kat. 'Met die ceintuur?'

Ze knikken.

'Niemand ging achter haar aan?'

Iedereen zwijgt.

‘We hadden er zelfs lol in’, geeft Gonny toe.

‘Ik begrijp niet dat ik me zo heb kunnen laten meesleuren’, zegt Charlotte. De rest valt haar bij.

‘En dat is waarom jullie zo in tranen zijn’, concludeert Kat. ‘Uit schuldgevoel, omdat je de donkerste kant van jezelf hebt leren kennen, terwijl je dacht dat je eigen moraal beter was dan die van haar.’

‘En toch ook wel om Madeleine’, zegt Elif. ‘We wensten haar niet echt dood.’

Kat bespeurt zelfs opluchting nu ze benoemd hebben wat er gebeurd is. De argwaan lijkt weg. Dit is het moment om door te drukken, denkt Kat. ‘Madeleine is naar de sportzaal gegaan. Toen de rust voorbij was, zijn jullie met z’n allen naar het speelveld gerend. Niemand is nog terug naar het spelersgebouw gegaan?’

‘Jawel, ik heel even.’ Gonny bloost. ‘Ik bel in de rust bij elke thuiswedstrijd mijn oma op’, zegt ze. ‘Dat brengt geluk.’

‘Heb je Madeleine toen gezien?’

Gonny schudt haar hoofd. ‘Ik ben niet ver naar binnen gelopen. Ik bel altijd op dezelfde plek, in een hoekje van de gang bij de prijzenkast. Als ik dat niet doe, gaan we verliezen.’

‘Iets gehoord?’

‘Ik heb nergens op gelet. Ik heb gewoon oma gebeld en ben toen weer naar het veld gegaan.’

Kat verwerkt de informatie. Ze moet toegeven: alles wijst op zelfmoord. Madeleine leek ertoe gedreven, door zichzelf, door de afgang ten overstaan van de scouts, door de aanvallen van haar elftal. En toch twijfelt Kat. Ze komt overeind. ‘Ik wens jullie veel sterkte. Het is nooit fijn om de *dark side* van jezelf te ontmoeten. Geloof me, ik kan erover meepraten.’

Droeve ogen kijken haar aan, er wordt flauw geglimlacht.

‘Dank voor je begrip’, zegt Elif. ‘Kan dit onder ons blijven?’

‘Het blijft onder ons.’ Kat legt haar hand geruststellend op Elifs schouder, groet de anderen en loopt naar de deur. Ze realiseert zich dat ze zich gedraagt als inspecteur Columbo als ze zich daar omdraait.

‘En die cocaïne in haar tas, weet iemand daar iets van?’

Kat scant snel de reacties. Een aantal speelsters kijkt haar geschokt aan. Anderen schudden hun hoofd. Niemand lijkt van de coke te weten, of wellicht zitten er goede actrices in het team.

Ze vertrekt. Zelfmoord, we moeten ons bij de conclusie van de politie aansluiten, zal Lisa zeggen. De zaak is gesloten. En toch blijft er iets knagen.

42

In gedachten wandelend over de Johan Cruijff Boulevard richting metrostation ziet Kat haar broer lopen.

'Ruben!' roept ze.

'Hé, hoi.'

Ze lopen op elkaar af.

'Moet jij geen nuttige dingen doen?' vraagt Kat. 'Zoiets als werken?'

'Ik heb de halve nacht klussen voor jullie gedaan. En vanmorgen jullie nieuwe kracht ingewerkt.'

'Joop. Hoe vind je hem?'

'Aardige vent. Zegt niet zoveel. Snel van begrip.'

'Vertel dat alsjeblieft aan Lisa. Die doet net alsof ik een ontsnapte tbs'er in dienst genomen heb.' Ze trekt een gezicht. 'Maar serieus: wat doe je hier?'

'Heb jij weleens dat je thuis iets kwijt bent en niet kan stoppen met zoeken?'

'Regelmatig.'

'Ik kan niet stoppen met zoeken.'

'Naar...?'

Ruben lijkt te aarzelen, en wijst dan naar een loungebar. 'Kom', zegt hij. 'Jij zal me niet zo snel voor gek verklaren.'

Even later zitten ze aan een tafeltje. Ruben roert in zijn koffie. 'Ik weet niet waar ik moet beginnen.'

'Bij het begin', zegt Kat. 'En anders bij de oerknal. Ik heb de tijd.'

'O ja?'

'Noem het zwangerschapsverlof', zegt ze en ze grijnst. '*Shoot.*'

Ruben begint te vertellen over Lex, de vriend die ineens verdween, over dat hij overal gezocht heeft, en bij Lex' ouders in Vinkeveen is geweest. 'En nu zeggen ze dat hij in Brazilië is', besluit hij zijn verhaal.

'Dat is dan toch goed?'

'Het kan er bij mij niet in. Hij zou zonder iets te zeggen van de wedstrijd zijn weggelopen, regelrecht naar Schiphol zijn gegaan en op het vliegtuig naar Brazilië zijn gesprongen?'

'Er gebeuren meer gekke dingen dan wij voor mogelijk houden. Misschien moest hij plassen en kwam hij een vrouw tegen, een ex of zo, op wie hij op slag verliefd werd, en die hem meegenomen heeft?'

'Allemaal plausibele scenario's, en niet eentje waar ik in geloof.'

'Misschien geneerde hij zich voor zijn impulsiviteit? Of voor het feit dat hij een vrouw verkoos boven Ajax?'

Ruben schudt zijn hoofd. 'Hij kan het land niet uit zijn. Zijn paspoort lag bij hem thuis.'

'O ja, hoe weet je dat?'

'Ik heb bij hem ingebroken.'

'Gast!'

'En zijn laptop meegenomen.'

'En zijn paspoort?'

'Nee, dat heb ik laten liggen. Ik heb alleen zijn laptop meegenomen omdat daar aanwijzingen in konden staan.'

Twee-één staat het voor het team immorele Kauffmannen. O nee, twee-twee; hun vader doet net als Lisa nooit iets dat niet mag.

'Waarom lach je?' vraagt Ruben.

'Ik stel me papa ineens inbrekend voor, met dat grote lijf van hem. En dat-ie vastgeklemd komt te zitten tussen het raam en de vensterbank.'

Ruben is niet in de stemming voor grappen. Hij vervolgt: 'Ik weet niet wat ik nog meer kan doen om hem te vinden. Zijn ouders denken dat hij in Brazilië zit, die gaan niet naar de politie.'

'Heb je ze verteld van dat paspoort?'

'Kreeg de kans niet. En bovendien: ik kan ze moeilijk vertellen dat ik bij hem heb ingebroken.' Hij schudt zijn hoofd. '*Anyway*, als zij niet meewerken heeft het voor mij geen zin om zijn vermissing aan te geven.'

'Zij zeggen hun zoon te hebben gesproken.'

'Ja. Het punt is alleen: ik heb zijn telefoon.'

'Dan heeft hij een andere gekocht omdat hij de zijne verloren is. Of hij gebruikte de telefoon van zijn vriendin.'

'Dat kan.'

'En die ouders hoorden niet iets bijzonders? Hij klonk niet angstig of zo?'

'Hij was vrolijk, zeiden ze.'

'Echt, Ruben, dan is hij toch gewoon ergens? Het is raadselachtig hoe hij het geflikt heeft, maar het is toch duidelijk dat je je geen zorgen hoeft te maken?'

Ruben zucht. 'Ik ga afrekenen.'

'Wacht.' Kat legt haar hand op die van hem. Het is een vreemd verhaal, maar haar broer lijkt er behoorlijk mee te zitten. Zozeer zelfs dat hij stad en land afzoekt. 'Ik ga je helpen. Heb je al in de MediaMarkt gevraagd? Bij Decathlon? Of in die Apple-winkel? Misschien hebben ze camerabeelden van die voetbalmiddag.'

'Meen je dat?'

'Die pakken soms een stukje straat mee.'

'Meen je dat je me wil helpen?'

'Natuurlijk. Kom, we gaan bij ze langs.' Kat geeft Ruben een arm. 'Is die wedstrijd trouwens terug te kijken?'

'Zeker, hoezo?'

'Kan je het moment aanwijzen waarop Lex vertrok?'

'Op de minuut nauwkeurig. Het was vlak na het voorlaatste doelpunt en vóór ik me naar hem omdraaide.'

'Haal bier en chips in huis, Ruub. Voetbalavond vanavond.'

Haar broer kijkt haar dankbaar aan. 'Wil je geloven dat ik hier al blij mee ben.'

Kat trekt hem mee en wijst: 'MediaMarkt.' Hopelijk lukt het ze om camerabeelden van die dag en dat uur te bekijken. Lex zou tussen de voetgangers die op dat moment op de Johan Cruijff Boulevard van het stadion naar het metrostation liepen, te zien kunnen zijn. De wedstrijd was niet afgelopen, dus met de drukte viel het mee.

In de MediaMarkt worden ze weggestuurd. Het helpt niet als Kat zich voordoet als een journalist van *Het Parool,* die een artikel wil schrijven over de fijne werksfeer bij grote bedrijven. Zonder perskaart kunnen ze toegang tot het kantoor op hun buik schrijven. Bij de Apple Store krijgen ze wel een leidinggevende te spreken, maar die vertelt dat hun camera's niet op de straat gericht zijn. Bij Decathlon geeft een manager een uitgebreide uitleg. Hij vertelt dat alleen de gemeente camera's op de openbare weg mag richten. Die nemen vierentwintig uur per dag op. De politie kan de beelden later terugkijken. Wat hij vertelt is voor Kat niet nieuw. 'Ik weet het', zegt ze. 'Die beelden mogen maximaal achtentwintig dagen bewaard worden. En daar wordt zorgvuldig mee omgegaan.'

'Zo is het', beaamt de manager.

'Ze zijn er dus wel, die beelden?' vraagt ze. 'De MediaMarkt filmt wat er voor hun deur gebeurt?'

'Klopt, maar die mag ik dus niet laten zien.'

Kat weet dat aandringen geen zin heeft. Ze bedanken de manager en gaan weer naar buiten.

'We kunnen nog naar de Fanshop', oppert Kat. Ze wijst naar een winkel naast de ArenA, met wel acht vlaggen van Amsterdam en het ronde logo van Ajax prominent aan de gevel, en etalages vol foto's van Ajacieden en rood-witte producten.

'Daar krijgen we hetzelfde verhaal', zegt Ruben. 'We zitten met die privacywetgeving.'

Kat denkt even na. 'Ben jij bekend in de Ajax-store?'

Ruben haalt zijn schouders op. 'Ik koop er weleens wat. Laatst een kleine maat Ajax-tenue, dat vertelde ik toch?'

Een baby-Sneeuwwitje in een mini-Ajax-shirt verschijnt op haar netvlies. Ze knippert om het beeld weg te krijgen. Ruben ziet blijkbaar dat het haar raakt. 'Sorry', zegt hij.

'Geen punt.' Ze duikt weg voor de troostende hand. 'Zou het kunnen dat iemand in de winkel zich jou herinnert?'

'Geen idee. Ik werd door een meisje geholpen. Ze vond het schattig dat ik dat shirt kocht, geloof ik.'

'We doen één poging.' Kat loopt al een paar stappen richting de winkel. Ruben blijft staan. 'Kom', dringt Kat aan. Haar broer zucht en sjokt achter haar aan. 'Ik denk dat het zinloos is', zegt hij.

In de winkel is het rustig. Een klant staat af te rekenen, een ander doet een Ajax-sjaal om en bekijkt zichzelf in de spiegel. 'Zie je het meisje dat jou geholpen heeft?' vraagt Kat.

Ruben kijkt rond en knikt naar een verkoopster, die op een krukje schoenendozen sorteert.

'Is zij het? Als jij haar herkent, herkent zij jou ook.' Kat geeft Ruben een duwtje. 'Ga naar haar toe. Vertel het hele verhaal. Met veel emotie. Vrouwen hebben een zwak voor kwetsbare mannen.'

Ruben verzet geen stap. Kat geeft hem een hardere duw. 'Kom op nou, man. Je hebt niets te verliezen. Vraag of ze je wil helpen. En gebruik je charmes.'

Ruben trekt een ongelovig gezicht. 'Mijn charmes? Heb ik die?'

'Ik wacht buiten, anders denkt ze dat ik jouw vriendin ben.' Ze verlaat de winkel en blijft op een afstandje staan. Door het glas van de deuren en ramen kan ze even het gebeuren in de winkel volgen, dan komt Ruben in beweging en raakt uit het zicht.

Het geeft haar even de tijd om na te denken. De afgelopen dagen zijn druk geweest: de zaak rond Madeleine, het gedoe op kantoor met de secretaresse en nu deze vermissingszaak. Het geeft de hoognodige afleiding, maar het is wel wat veel. Wat haar verontrust is dat op de plek vanbinnen die eerst gevoelloos was, net pijn ontstond toen het beeld van Hannah op haar netvlies verscheen. Daarbij: denken aan de baby als 'Hannah' begint gewoon te worden, alsof het meisje onderdeel van haar leven is. Eerst was het 'het kind' of 'de baby', of niets. Nu is het al Hannah. Een borrel zou goed zijn. Misschien moet ze een half jaar op reis. Of emigreren. Werken tot ze erbij neervalt. Zich dooddrinken. Haar linkerhersenhelft uitschakelen. Ze rilt, pakt haar mobiel en appt Lisa.

Hoe gaat het daar?

Het antwoord komt meteen. *Goed. Bezig met info over witwassen.*

Hoe'st met Joop?

Hij zegt niets.

Lekker rustig.

Lisa stuurt een emoticon van een boos duiveltje en stopt de chat.

Kat krijgt het koud. Waar blijft Ruben, verdorie. Ze heeft het nog niet gedacht of haar broer komt lachend en met opgestoken duim de winkel uit lopen. 'Ze gaat het proberen', zegt hij. 'Ze heeft mijn nummer en belt als ze de bewakingsbeelden heeft.'

'Wat moet je daarvoor doen?'

'Een keer met haar en mijn nichtje naar Artis.'

Weer een schok. Alsof ze synthetische kleding draagt en elektrisch ontlaadt. 'Mooi', zegt ze, ineens narrig. 'En dan duiken we nu de AH in voor bier, wijn en chips en gaan we naar jouw huis.'

'Het is pas middag.'

'Dus...?'

'Beetje vroeg voor drank?'

Ze draait zich om en beent naar de supermarkt. Ruben rent op een holletje achter haar aan. 'Wacht even, waarom ben je ineens zo sacherijnig?'

'Wil je dat ik je help of niet?' Ze ramt het toegangshekje van de super open, uit haar humeur, dat weet ze zelf ook wel. Soms is er geen antwoord op een waarom.

43

Joop heeft de hele ochtend zegge en schrijve drie woorden gezegd. 'Ja', 'nee' en 'o'. Lisa kan niet goed peilen of hij alleen gek, of gek en zwak- dan wel hoogbegaafd is. Hij is zich de hele ochtend aan het inlezen en schrijft met een bijna onleesbaar kriebelhandschrift notities in een schriftje. Af en toe kijkt hij op van zijn werk en staart uit het raam. Denkt hij dan na? Heeft hij last van absences? Aanvallen van faalangst? Ze vreet zich op omdat Kat haar heeft opgescheept met deze figuur. Zelf gaat haar zus de hort op, het zonnetje in, terwijl zij... Ze zucht en richt zich op het meest recente artikel over witwaspraktijken in het Europese voetbal. *Voetbalclubs dienen als een vehikel voor criminele activiteiten als: mensenhandel, corruptie en drugstransporten*, leest ze. Tot nu toe heeft ze niet veel over matchfixing in het Nederlandse voetbal kunnen vinden. Wel dat het voor de hand ligt dat criminelen erin geïnteresseerd zijn en dat Nederland er natuurlijk niet immuun voor is. Veel praktijken waarover zij haar wenkbrauwen fronst, zijn legaal. 'Dat dit allemaal mag', spreekt ze hardop uit.

Joop kijkt op van zijn werk.

'Ik was in mezelf aan het praten', verontschuldigt ze zich. 'De winsten van voetbalmakelaars verbazen me. Dat de manier waarop ze die enorme winsten maken, is toegestaan.'

'Illegale geldsommen overmaken via dubieuze vennootschapsconstructies in Cyprus, Montenegro, Servië et cetera, waarbij fictieve scoutingsopdrachten worden gefactureerd, dat mag niet.'

Lisa's mond valt open. De zin kwam in één keer uit Joops mond, alsof hij de hele ochtend woorden heeft opgespaard die hij nu vrijlaat, als duiven uit een til. Ze staat op en loopt naar hem toe. 'Maar de *succesfees*, die bonussen die zaakwaarnemers opstrijken als hun cliënt van club verandert, zijn legaal. Dat gaat om enorme bedragen, zo'n twintig procent van het transferbedrag.'

'Klopt', zegt Joop. 'En een voetbalmakelaar krijgt rond de veertig procent commissie op het brutoloon van "zijn" speler.'

Wauw, iemand om mee te sparren! Ze realiseert zich ineens hoe erg ze dat heeft gemist. 'Wat weet je over al die zaken rond voetbal?' vraagt ze.

'Alles.'

Heeft zij even mazzel. Een autist met kennis over 'de belangrijkste bijzaak van het leven'.

'Wat knap van je, Joop', zegt ze glimlachend. Sommige autisten kennen de lijnen en tijden van het openbaar vervoer uit hun hoofd, of weten de namen van alle prehistorische dieren; deze heeft een passie voor voetbal.

Hij slaat zijn ogen neer, gekwetst lijkt het wel.

'Ken je ook alle uitslagen uit je hoofd?'

'Natuurlijk niet.'

'O, nou, dat geeft niet, hoor. Dus je weet een hoop over voetbalmakelaars?'

Joop zwijgt. Zijn blik is weer naar binnen gekeerd en zijn baard lijkt nog meer te hangen. De duiven zijn weer binnen, de duiventil dicht.

'Weet je meer legale of illegale trucjes?' paait Lisa. 'Je helpt me er enorm mee.'

Hij schokt met zijn schouders.

'Toe, Joop, alsjeblieft. Je werkt voor een bedrijfsrecherchebureau, dus als je iets weet waarmee je een zaak kan helpen, moet je het zeggen.'

'Vennootschapsbelasting', zegt Joop.

'Wat is daarmee?'

'In Nederland liggen vennootschapsbelasting en taksen een stuk hoger dan in bijvoorbeeld Servië of Cyprus', bromt hij. 'Dus een deel van het salaris van voetballers laat de makelaar uitbetalen via Cypriotische of Servische vennootschappen.'

'Ah', begrijpt Lisa. 'Dat is dus een win-winsituatie voor de spelers, voor de clubs én voor de makelaar zelf.'

'Facturen gaan ook vaak via familie en andere rechtspersonen die zich zogenaamd in die landen bevinden.'

'En als dit op een legale manier gebeurt, dan is het toegestaan. Je brengt me op een idee, Joop. Ik ga legale, illegale en grensgevallen in kaart brengen. Dan weet ik waar ik me op moet richten en wat ik moet laten rusten, hoe frustrerend ook.' Ze klapt in haar handen. 'Dank je wel voor de info. Supergoed van je.'

Joop buigt zich weer over zijn laptop. Als Lisa terugloopt naar de tafel, hoort ze hem zacht, maar duidelijk zeggen: 'Neem je moeder in de maling.'

44

Het geluid van een flesje bier dat wordt geopend bezorgt Kat altijd een vrolijk gevoel. Ook als het het achtste is. Ze zet het aan haar mond, terwijl ze met haar andere hand in een bak *cheese-onion*-chips graait. Op een doorgezakte bank hangend, naast Ruben, wijst ze naar de tv. 'Spoel eens terug', zegt ze met volle mond. De kruimels chips vallen op haar schoot.

'Dat hebben we al honderd keer gedaan. Er is niets te zien', zegt Ruben. Hij laat het fragment van het doelpunt zien en laat de wedstrijd vijf minuten doorlopen. 'Hier was hij allang weg.'

Kat tuurt naar het scherm, naar de penalty die door de debutant genomen werd, het doelpunt, de geluidsexplosie in het stadion. Ruben heeft gelijk: op het veld gebeurt niets dat aanleiding kan zijn om plotsklaps te vertrekken.

'Wanneer spelen ze weer?' vraagt ze.

'Morgen.'

'Heb je kaartjes?'

'Ik heb een seizoenkaart. En jij kan op het ticket van Lex. Dat staat op de mobiel die ik van hem heb.'

'Laten we morgen gaan.'

'En dan?'

Kat haalt haar schouders op, terwijl ze weer een hand chips in haar mond propt. 'Dan zien we misschien iets in het stadion wat we op de tv niet zien.'

'Wat zeg je?'

Kat spoelt de chips met bier weg en herhaalt haar opmerking. Ze drinkt het flesje leeg en staat op van de bank. 'Zo, genoeg algemene ontwikkeling en vitaminen genuttigd. Ik zie je morgen.'

'Je kunt ook mee-eten.'

Ze woelt de haren van haar broertje door de war en vertrekt.

45

Zo'n ochtend met van alles wat moet. Van haarzelf vooral: voordat Eric naar zijn werk vertrekt wil Lisa gerend en gezwommen hebben. Ze zit al op de acht kilometer, de helft van de tien Engelse mijl, oftewel de 16,1 kilometer van de Dam tot Damloop. Eerst rennen, dan een duik in het IJ, borstcrawl heen, rugcrawl terug. Vervolgens naar boven om te douchen en Hannah over te nemen.

'Je doet te veel', zegt Eric en hij kust haar gedag. 'Ik houd net zoveel van je nu je wat voller bent.'

'Voller? Weet wat je tegen een vrouw zegt', dreigt Lisa lachend.

'Je bent prachtig.' Hij drukt haar tegen zich aan, kust haar op haar hoofd en gaat dan de deur uit.

Vandaag moet ze met Hannah naar het consultatiebureau, voor ze naar haar werk gaat. Ze heeft daar, op de Lindengracht, met Maartje afgesproken, waarna zij naar kantoor vertrekt en haar stiefmoeder Hannah mee naar huis neemt. Dat is het plan.

Al liedjes zingend, *De beer in de stad* en *Tippetip-bat-bat* van Annie M.G. Schmidt, haalt ze Hannah uit de box, verschoont de luier, doet haar een vestje aan en vertrekt met haar in de kinderwagen. 'Broem broem, toerelidie, toerelidie, broem broem...'

Op het plein voor de Pontsteiger loopt Famke. De buurvrouw duwt haar kinderwagen de kant van de Tasmanstraat op. Ze zet er de pas in. 'Famke', roept Lisa. 'Famke!'

De buurvrouw draait zich om, ziet Lisa en blijft staan.

'Hoi', roept Famke. 'Ook al vroeg met de kleine op pad?'

'Ik moet naar het consultatiebureau op de Lindengracht. Welke kant ga jij op?'

'Consultatiebureau?' Famkes vlechten zwiepen heen en weer. 'Doe jij dat?'

Daar gaan we weer, het mens wordt dodelijk vermoeiend. 'Ja', antwoordt Lisa kortaf.

'Geen prik laten geven, hoor.'

'Dat is al gebeurd. Een hielprik. En ze heeft het overleefd.'

'Sorry hoor, ik vind het onethisch. Er wordt op tweeëntwintig aandoeningen gescreend, ook aandoeningen waar geen behandelingen voor zijn. En een baby kan geen toestemming geven. Misschien wil ze later helemaal niet weten wat ze zou kunnen krijgen. Misschien wil ze niet dat er naar haar genen gekoekeloerd wordt. Een kind heeft recht op privacy.'

'Tja. Maar misschien is ze later wel blij dat ze op tijd voor een genetische ziekte behandeld is.' Waarom ga ik ertegenin, vraagt Lisa zich af. Het is zinloos.

'Een baby is een mens, hoor', zegt Famke pinnig.

'Absoluut.'

'Met zelfbeschikkingsrecht.'

Lisa kan zich niet meer inhouden. 'Heb jij Clementine gevraagd of ze de eerste maanden binnen wil blijven? Of ze wel of niet bekeken wil worden?'

Famkes blik is vernietigend. 'Ik bescherm mijn kind.'

'Ik ook. Dag Famke.' Terwijl adrenaline van haar tenen naar haar oren stroomt, en weer terug, loopt Lisa door. Iedere moeder heeft het recht om haar baby te verzorgen en op te voeden zoals ze wil, maar val een ander daar niet mee lastig, denkt ze. Dat mens draaft verschrikkelijk door.

Ze nadert het consultatiebureau. Maartje staat op de hoek te zwaaien. 'Hey lieveling', zegt ze terwijl ze Hannah uit de wagen tilt. Sinds haar stiefmoeder verliefd op de kleine is, is Lisa begroeten er niet meer bij. 'Dag lief, mooi kind.' Hannah laat het zich welgevallen, ze kraait en pruttelt en vindt het blijkbaar best. Maartje knuffelt en kust haar en draagt haar het consultatiebureau in. Lisa rijdt er met een lege kinderwagen achteraan.

Na controle door de verpleegkundige wordt alles goed bevonden: de baby groeit als kool, komt in gewicht aan en doet wat een kind van zes weken zou moeten kunnen. Lisa blijft bescheiden en laat niet merken dat ze beretrots is, terwijl Maartje roept: 'Een wonderkind!' De verpleegkunde lacht. 'Oma's...' zegt ze en werpt een blik van verstandhouding naar Lisa.

Op de stoep draagt Lisa Hannah over. 'Eric haalt haar om een uur of vijf op', zegt ze, terwijl ze de kleine een kusje op haar wang geeft.

'Niks hoor, ik hou haar.' Maartje neemt Hannah over en drukt haar tegen zich aan. 'Hannah is oma's kind, toch lieverd?'

Joop staat bij de tafel als Lisa binnenkomt. In zijn hand heeft hij een iPad. Op de tafel liggen een groot notitieblok en dagbladen, allemaal open bij de sportpagina. Ze ziet *De Telegraaf, Het Parool, de Volkskrant* en *Trouw*. Wat is die man in godsnaam aan het doen, vraagt ze zich af en zegt vriendelijk: 'Goedemorgen.'

Joop geeft een onverstaanbaar antwoord. Ze loopt naar het koffieapparaat en maakt koffie, hopend dat hij met een verklaring komt. Die blijft echter uit. Blazend in haar mok gaat ze even later bij hem staan. 'Gaat het?' vraagt ze.

'Jawel.'

'Zou je me willen uitleggen wat je aan het doen bent?'

Met een blauwe viltstift omcirkelt Joop de verslaggeving van een voetbalwedstrijd in *De Telegraaf*. 'Kijk', zegt hij. 'Klopt niet.' Op de andere sportpagina's staan ook cirkels, in andere kleuren. Ze heeft geen idee wat die verschillende kleuren betekenen. Waarschijnlijk realiteiten uit een ander universum. Joops universum.

Hij wijst. 'Dit zijn allemaal verslagleggingen van de wedstrijd Heracles-Vitesse, die in maart gespeeld is. In deze...' hij tikt op *de Volkskrant*, 'en deze...' een tik op *Het Parool*, 'krijgt de scheidsrechter een lading kritiek, terwijl hij in *De Telegraaf* de hemel in wordt geprezen.'

'Iedere recensie is subjectief', zegt Lisa. 'Het is net hoe de pet van de sportverslaggever staat.'

'Ik heb de wedstrijd bekeken.' Joop houdt de iPad omhoog. 'En het is waar. Wat de scheidsrechter doet is bagger. Buitenspel heeft hij niet gezien en hij keurt onterecht een doelpunt af.'

Dat is opmerkelijk, maar het bewijst niets. Lisa wordt een beetje tureluurs van de kleuren, pijlen en cirkels op het krantenpapier.

'Vanaf vanmorgen zeven uur vergelijk ik oude wedstrijden met recensies. Opvallend is dat een aantal journalisten stelselmatig bepaalde scheidsrechters onterecht positief recenseren.'

'Lieve Joop, wil je alsjeblieft je punt maken?' Wat een man: zo zegt hij uren niets, en dan is hij niet te stuiten.

Hij kijkt Lisa met een sombere blik aan. 'Ik ben je lieve Joop niet', zegt hij.

Lisa voelt het bloed naar haar wangen stijgen.

'Maar ik leg het je uit', vervolgt hij. 'Er zijn een aantal strategieën om wedstrijden te laten fixen. Bijvoorbeeld iemand chanteren, of iemand gokverslaafd maken en diegene geld lenen.' Zoals bij Xenia Okkes en Lesley van Bork, denkt Lisa. Hij is nog niet klaar. 'De gokmaffia paait soms iemand door bijvoorbeeld via een bevriende garagehouder korting te geven bij de aankoop van een auto. Het lijkt onschuldig, maar elke kleine dienst verlangt een tegenprestatie.'

Lisa knikt. Geef je één vinger, dan nemen ze de hele hand.

'Wat ook een "dienst" is, een zogenaamd belangeloze, is het krijgen van goede beoordelingen door bevriende journalisten. Hoe meer lovende recensies, hoe belangrijker de wedstrijden zijn die de KNVB – bewust of onbewust door kritieken beïnvloed – een scheidsrechter toekent. En hoe interessanter het voor gokbazen is dat de betreffende wedstrijden gefixt worden.' Joop scheurt een vel uit het notitieblok en geeft het aan Lisa. In zijn onmogelijke handschrift staan er namen op gekrabbeld. 'Dit zijn de scheidsrechters die wat mij betreft verdacht zijn.'

'Wat staat erachter?' Lisa tuurt op het vel.

'De data van wedstrijden waar een luchtje aan zit, de data van de normale wedstrijden om te vergelijken, plus de namen van de journalisten die je aan de betreffende scheidsrechters kunt koppelen. Matchfixing is moeilijk te bewijzen, maar nu heb je in ieder geval een lijstje dat je aan de verslaglegging van deze opdracht kunt toevoegen.'

Lisa staat versteld: niet alleen heeft de man een volkomen coherent verhaal gehouden, hij heeft nog gelijk ook. 'Dank je', stamelt ze. 'Dit is... Hier heb ik veel aan.'

'Ja.'

Zwijgend staren ze naar de kranten op tafel – Lisa een beetje opgelaten, hoe heeft ze deze man als een kind kunnen behandelen? 'Zullen we gaan zitten?' stelt ze voor. 'Wil je koffie?'

Joop knikt, zakt op een stoel en begint de kranten op te vouwen, zorgvuldig, met een scherpe vouw, met de betreffende artikelen aan de buitenkant. Hij maakt er een mooi stapeltje van. Als hij klaar is zakt zijn kin op zijn borst alsof hij in slaap valt. Ze kucht. Joop kijkt op, ziet de koffie, pakt de mok en neemt een slok.

'Misschien kun je me meer helpen', zegt Lisa. 'Ik ben op zoek naar een tussenpersoon. Iemand die tussen een topman van een Chinees goksyndicaat, Wei Li, en Nederlandse voetballers in zit. Hij bedreigt spelers en scheidsrechters namens Wei Li en perst ze af om wedstrijden te fixen. Het is een sleutelfiguur, mensen zijn als de dood voor hem. Als ik achter zijn identiteit kan komen, kan ik de opdracht van Ajax meer dan succesvol afronden.'

Joop lijkt na te denken.

'Heb je een idee?' vraagt Lisa.

'Ik zou beginnen bij spelers die het casino bezoeken', antwoordt Joop. 'Die van wie je vermoedt dat ze gechanteerd worden.'

'De enige voetballer van wie ik het weet is naar Dubai vertrokken.'

'Er moeten er meer zijn.'

Charlotte en Jolanda, denkt Lisa. Zij werden genoemd toen het over buitensporige feestjes ging. Misschien zijn ze er niet op ingegaan, maar ze kunnen een aanbod hebben gekregen.

'Charlotte Simons en Jolanda Betonville, zeggen die namen jou iets?' vraagt Lisa.

Joop haalt het zakboekje tevoorschijn en bladert erin. Dan schrijft hij op een apart vel: Charlotte Ajax-Fortuna Sittard, *Parool* 28 januari. Jolanda Ajax-Telstar, *Telegraaf* 4 februari. Hij geeft het aan Lisa. 'Misschien kun je hier iets mee.'

'Dank je', zegt Lisa.

Ze zwijgen een tijdje. Joop kijkt Lisa aan over de beker die hij aan zijn mond heeft. 'Jij denkt dat ik gek ben', zegt hij dan ineens.

Ze schrikt. 'Nee joh, natuurlijk niet.'

'Jawel, en je bent bang voor me.'

Ze schudt heftig met haar hoofd.

'Ik ga je twee dingen vertellen', zegt hij en haalt diep adem. Met een klap zet hij de lege mok op tafel, Lisa schrikt ervan. 'Een kleine twee jaar geleden werd mijn vrouw ziek. Uitgezaaide longkanker, zei de longarts van het AVL. Kleincellig, niet te opereren. Uitgezaaid naar de hersenen. Het was een kwestie van maanden.'

'Wat erg.'

Hij lijkt het niet te horen. 'Ze had nog acht maanden, het werd anderhalf jaar. Anderhalf jaar waarin ik het leven minder en de liefde tussen ons nog meer zag worden. Natuurlijk hielden we van elkaar, maar als er een houdbaarheidsdatum aan je huwelijk zit, besef je des te meer wat liefde en verbondenheid voor je betekent. Ik kon niet naar mijn werk, de verzorging kwam op mij neer; we hebben geen kinderen, moet je weten. "Leeft ze nou nog steeds?" vroeg mijn baas keihard. "We kunnen je niet langer zorgverlof geven." Toen ze drie maanden geleden stierf waren we op de kop af zevenentwintig jaar samen. Ik was mijn vrouw en mijn baan kwijt.' Hij kijkt haar aan en ze ziet nu pas dat hij heldere, blauwe ogen heeft. 'Ik ben niet gek', zegt hij, terwijl hij naar zichzelf wijst. 'Dit heet rouw.'

Tranen springen in Lisa's ogen. Wat heeft ze die man tekortgedaan. Ze herinnert zich haar eigen rouw toen haar moeder stierf. Ze kon zich niet concentreren, ontdekte vaak dat ze in het niets zat te staren en klampte zich vast aan zekerheden. Op school bleef ze zitten.

'Wat vreselijk voor je', fluistert ze.

Joop maakt een machteloos handgebaar.

'Je wilde nog iets vertellen?' vraagt ze.

'Dat ik wegga. Ik pas hier niet. Niet bij dit bureau, niet bij... jou.'

Net nu ze hem gaat waarderen, vertrekt hij? 'Ik heb... Ik heb je verkeerd beoordeeld', stamelt ze. 'En dat spijt me oprecht. Ik wil heel graag dat je blijft. Laten we een nieuwe start maken.'

Joop schudt zijn hoofd. 'Dit werk is onder mijn niveau. Ik moet meer uitdaging hebben, anders blijf ik piekeren.'

'Wat ben je van beroep?' Dat zou ze eigenlijk moeten weten, maar Kat heeft zijn cv gelezen, haar interesseerde het niet.

'Accountant.'

'Accountant? Echt? Dan heb ik iets interessants voor je! Zou jij de boekhouding van Ajax...'

'Nee, dank je.'

Het is gewoon gênant hoe ze op basis van aannames die man beoordeeld heeft. Heilig neemt ze zich voor hier een les uit te leren.

'Ik snap dat je liever een andere baan wilt, Joop. Een binnen jouw vakgebied. Maar weet dat je altijd terug kunt komen', zegt ze. 'En dat meen ik oprecht.'

Hij steekt zijn hand uit, over tafel. Ze pakt hem met twee handen aan en houdt hem vast. Tot hij zich losmaakt en vertrekt.

46

Bij ingang Zuid-G staat Ruben te wachten. Hij zwaait met zijn telefoon waar de Ajax-app op staat, houdt de QR-code onder een scanner en trekt Kat mee de roltrap op. De *Ajax Marsch* van Joop Leeuwendaal schalt door de speakers terwijl ze in vak 403 hun plaats zoeken. Ruben groet een man in de rij achter hen: 'Sol!' Naast Sol zit een jongere versie. 'Hi, Rowan.'

'Gappie!' De ouwe geeft Ruben een klap op zijn hoofd. Ruben grijnst.

Kat overziet het stadion en blikt omhoog langs de trap. 'Dus op deze plek zitten jullie altijd.' Kan iemand binnen een minuut de trap op gaan en uit beeld zijn? 'Wat deed je precies toen hij verdween?'

'Ik keek naar het veld, er was net een doelpunt gevallen. Ik werd door mijn buurman links om de nek gevlogen. Toen ik me tot Lex richtte, was hij weg.'

'We doen het na.'

'De wedstrijd?'

'Nee oliebol, dat moment. Probeer je te herinneren hoelang je naar het veld keek, hoelang die omhelzing duurde, zie het voor je. Ik ren ondertussen omhoog. Kijken of ik binnen ben voor je je omdraait.'

'Dat haal je niet.'

'We proberen het.'

Ruben kijkt naar voren en speelt dat hij vol spanning naar de penalty kijkt. Als hij begint te juichen rent Kat de trap op naar boven. Bij de deur ziet ze Ruben opzijdraaien. Ze floept de gang in. Dan komt ze terug en gaat weer zitten.

'Zag je me?'

'Nee.'

'Het kan dus', zegt ze. 'Er is genoeg tijd om weg te komen, maar je moet wel heel hard de trap op lopen.'

'Waarom zou hij dat doen?'

'Tja.'

Ruben wijst. 'Het begint.' De spelers komen het veld op, roodwitte vlaggen wapperen, de toeschouwers juichen.

Kat volgt de wedstrijd, matig geïnteresseerd, ze kan de lol niet inzien van tweeëntwintig miljonairs die achter een bal aan rennen. Haar gedachten dwalen af, naar Lisa, naar Joop die volgens een appje van Lisa alweer weg is, naar Hannah...

'Goal!'

Ze schrikt van Ruben.

'Goooooal!' brult hij opnieuw en steekt zijn armen in de lucht.

Kat kijkt naar de spelers die één verheugde kluwen vormen. Er komt nog een Ajacied aangerend en die springt erbovenop. De voetballer die het doelpunt heeft gemaakt, trekt zijn shirt over zijn hoofd en wordt gefeliciteerd. Kats oog valt op het grote scherm boven het doel. 'Ruben', zegt ze en geeft haar broer een stomp. Ze wijst.

'Wat?' vraagt Ruben.

'Dat scherm. Na een doelpunt is het publiek te zien. Wat als Lex iemand heeft zien zitten, tussen de supporters? Iemand die hij kende en onmiddellijk wilde spreken?'

De blik van haar broer is sceptisch. 'Dat zou stomtoevallig zijn.'

'Toevallig, niet onmogelijk. We moeten elk spoor onderzoeken. Kom.' Ze staat op en trekt aan Rubens arm.

'Wat?' vraagt Ruben opnieuw.

'We gaan de beelden van die wedstrijd opvragen. Hup, Ruub, je hoort later wel hoe het hier afgelopen is.'

Binnen informeren ze bij een bewaker naar de techniek. Daar moeten ze een van de av- en IT-specialisten voor hebben, wordt hun verteld. Die zit in de controlekamer, en het is niet de bedoeling dat hij of zij tijdens een wedstrijd wordt gestoord.

'Natuurlijk niet.' Kat gaat op zoek, Ruben in haar kielzog. Op het moment dat ze een deur met een bordje CONTROL ROOM vinden, begint ook de rust. Supporters stromen de gangen in, naar de bars waar bier en frisdrank, vooral bier, geschonken wordt. Het geroezemoes in de gangen wordt gedomineerd door mannenstemmen. Supporters met trays bier stormen langs.

'In de rust heeft de technicus vast even tijd', zegt Kat. Ze klopt aan. Geen reactie. Ze klopt nog eens, harder nu. Een jonge vrouw met een koptelefoon op haar hoofd opent de deur, achter haar een ruimte met mengpanelen en verschillende beeldschermen. Ze doet de headset af en kijkt Kat en Ruben verwonderd aan. Kat legt in een paar zinnen uit dat ze graag beelden willen zien van het publiek bij de laatste wedstrijd Ajax-Feyenoord. 'De beelden die op het grote scherm vertoond worden als er een doelpunt is gevallen.'

'Die worden niet bewaard', zegt de vrouw. 'Net zomin als die van de beveiligingscamera's die alle vakken in de gaten houden. En als we ze hadden, dan zouden we ze niet aan wildvreemden laten zien.'

Kat en Ruben kijken elkaar aan. Een tegenvaller.

'Toch wel jammer,' vervolgt de technicus met de trots van iemand die van haar vak houdt, 'want tijdens die wedstrijd is dankzij *Ultra-Wide Vision*-technologie een ongeëvenaarde *live-experience* aangeboden.'

'Wat houdt dat in?' vraagt Kat.

'Dat het hele stadion in *high-resolution*-panorama werd getoond. Alles was zichtbaar: tot aan de wuivende grassprietjes en de druppels zweet op de voorhoofden van de speelsters. Echt vet gaaf!'

'Dus het publiek was heel duidelijk te zien?' vraagt Kat voor de zekerheid.

'Tot in hun neusgaten!'

'Dank je wel', zegt Kat. 'Top.'

De geluidstechnicus sluit de deur. Op de gang aarzelt Kat, ze voelt er niets voor om de tweede helft van de wedstrijd bij te wonen, het zal haar een worst zijn wat de uitslag wordt. 'Blijf jij maar', zegt ze tegen Ruben. 'Ik duik mijn bed weer in.'

'Denk je serieus dat Lex vertrokken is omdat hij iemand heeft herkend?' vraagt Ruben.

'We houden de optie open. Heeft hij het weleens over iemand gehad die hij lang niet heeft gezien?'

Ruben schudt zijn hoofd. 'Zijn ouders hadden het over een vriend, maar die is dood.'

'Weet je dat zeker?'

Haar broer kijkt haar vertwijfeld aan. 'Waarom zouden ze over zoiets liegen?'

'Tja. Waarom liegen mensen? Omdat ze ergens bang voor zijn. Of iets te verbergen hebben.'

Hij schudt zijn hoofd. 'Geen idee. Het wordt vet gecompliceerd allemaal. Ik moet het even op een rijtje zetten.'

'En ik moet mijn nest in. Morgen verder, bro. Ik zie je!'

Op een bankje aan het Bos en Lommerplantsoen, vlak voor haar huis, zijgt ze neer. De terugreis was een bezoeking, de metrorit leek eindeloos en de bus was gevuld met kleuters die met hun juf van Artis kwamen. Gedurende de hele rit trompetterende olifanten, lachende apen, brullende tijgers, de *funny walks* van de pinguïns in het gangpad – het was meer dan een zichzelf respecterende, een zichzelf níét respecterende alcoholica kan velen. Zo zie je. Ze kan dan misschien op zwakke momenten week worden als ze aan Hannah als baby denkt, maar Hannah als kleuter lijkt haar onverdraaglijk, laat staan als bijdehand schoolkind of puber. Stel je voor dat ze met deze gigakater een luier moest verschonen of de fles moest geven. Stel je voor dat de baby huilt en zij haar niet hoort omdat ze haar roes aan het uitslapen is. Nee, ze heeft de juiste beslissing genomen, geen twijfel mogelijk.

Ze buigt voorover en legt haar kin op haar handen. Telkens weer moet ze zichzelf met haar hoofd overtuigen van haar ongeschiktheid, terwijl haar hart als een uit het nest gevallen vogeltje om aandacht roept. Als ze die papieren over de adoptie ondertekend heeft, dan hoeft dat niet meer, dan hoeft ze niet meer na te denken, heeft ze rust. Misschien gaat ze dan 'vergeten' dat ze moeder is en wordt ze gewoon de gekke tante van Hannah.

'Kat?' Ze kijkt op. Iemand is naast haar gaan zitten. Ze herkent

Stella. Naast haar heeft ze tijdens de zwangerschapscursus gepuft en denkbeeldige weeën opgevangen. Stella was een van de oudsten en zag erg tegen de bevalling op. Kat herinnert zich dat ze was verlaten door haar man die nooit kinderen wilde, en op de valreep dankzij haar *gay best friend* zwanger was geraakt.

'Hoe gaat het?' vraagt Stella. Ze ziet er afgetobd uit, met wallen onder haar ogen. Dat is wat een kind met je doet, denkt Kat, en wat calvados met mij doet. Kind of calvados, ze slopen je.

'Goed', antwoordt Kat vriendelijk.

'En met...?'

'Hannah. Perfect. Een eetlust als een bootwerker en ze slaapt de hele nacht door. Hollands welvaren.' Kat raakt verstrikt in haar fantasie. 'Ze huilt nooit, alleen als er echt iets is, verder is het alleen een beetje "eh, eh".'

Stella glimlacht flauw. Die van haar is vast een jankerd.

'En weet je wat zo leuk is', vervolgt Kat. 'Ze herkent me, ze volgt me de hele dag met haar ogen, en dan kijkt ze me ernstig aan, zo van: dus jij bent mijn moeder.' Ze lacht. 'Ze vindt het leuk als ik een liedje voor haar zing. Ik zing vaak, en jij?'

'Ik niet', zegt Stella.

'Ik vond het in het begin ook gek, hoor. Ik zing een beetje vals, moet je weten, maar het went, zeker omdat ze er zo op reageert.' Ik praat te lang over mezelf, denkt Kat, en het is nog een hoop onzin ook. Het is allang tijd voor een wedervraag. 'Hoe gaat het met die van jou?' vraagt ze.

Stella reageert niet. Ze kijkt voor zich uit.

'Is het een jongen geworden? Of een meisje? Je wilde het niet weten, hè?'

'Een meisje.'

'Leuk! Misschien kunnen ze een keer samen...'

'Ze is er niet meer.'

Kats adem stokt. Ze staart Stella aan.

'Veel te vroeg geboren.' Er rolt een traan over Stella's wang, ze veegt hem gauw weg.

'Shit hé', zegt Kat. 'Wat klote.'

Stella schopt een steentje weg. Het belandt in de goot. Kat zoekt naar woorden. Zij met haar idiote lulverhaal over 'Hollands welvaren'. 'Hoe gaat het nu met je?' vraagt ze zacht, als de stilte te lang duurt.

'Ik heb mijn bedrijf opgeheven toen ik vijf maanden zwanger was. Ik wilde van mijn spaargeld leven en fulltime van mijn kind genieten.' Stella zucht. 'Nu heb ik niets meer, geen man, geen kind, geen werk. Het leven is zinloos.'

'Ik heb wel werk voor je.' Het floept eruit.

Stella kijkt haar verward aan.

'Als secretaresse bij ons bedrijf. De vorige is net weg, we zitten zonder.'

'Ik ben pedicure.'

O. Nou. Ja. Ze legt het Lisa later wel uit. 'Kun je een telefoon opnemen?'

'Natuurlijk.'

'De rest leren we je wel. Probeer het, dan heb je tenminste afleiding.'

Stella bijt op haar lip. 'Wat voor bedrijf is het?' vraagt ze.

47

Het is inmiddels het uur van de wolf, drie uur 's nachts. De stad lijkt te slapen. In de verte rijdt een auto. Een huisdeur gaat open en een paar mensen nemen luidkeels afscheid. Dan is het weer stil. Na de ontmoeting met Stella was Kat aangeslagen naar huis gegaan, maar daar hield ze het niet uit. Rillend staat ze nu op de kade van de Silodam, haar armen om zich heen geslagen. Het water van het IJ klotst tegen de wand. Voor haar rijst de Pontsteiger als twee bergen omhoog. In slechts een paar appartementen brandt licht. Ze telt de verdiepingen; op de tweeëntwintigste is het donker, Lisa en Eric slapen. Hannah ook, het raam links zal haar kamertje zijn.

Kats keel doet pijn van het ingehouden huilen. De tranen over haar wangen worden veroorzaakt door de wind. Ongewild, door een fantasiebaby tot leven te roepen, heeft ze Hannah gestalte gegeven – Hollands welvaren, een die haar mama met haar ogen volgt en van liedjes houdt.

Hannah bestaat in Kats dromen, in haar verlangen, in haar fantasieverhaal, maar ze is er ook echt, in het leven van Lisa en Eric. Door de echte Hannah af te wijzen is Kat een deel van zichzelf verloren. Heeft ze er goed genoeg over nagedacht, is ze werkelijk niet in staat om voor haar kind te zorgen? Is liefde niet het allerbelangrijkste?

Liefde. Zodra dat woord opkomt, beseft ze dat het onvermijdelijke en onontkoombare gebeurd is. Ze houdt van Hannah, meer dan ze ooit in haar leven iemand heeft liefgehad.

Lisa heeft Hannah in haar armen. In het licht van de maan kijkt ze naar het slapende gezichtje, naar het welgevormde mondje, de lange, donkere wimpers, de bolle wangen, het neusje, de kin. Elke vierkante millimeter van haar kind is haar dierbaar.

Ze krijgt een brok in haar keel. Samen met de liefde is de kwetsbaarheid geboren, een levenslange angst voor verlies. Dat is haar niet verteld, over het moederschap, dat je kind je allergrootste achilleshiel zou worden.

Ze geeft Hannah een kusje op het voorhoofd. De baby fronst en lijkt in haar slaap te glimlachen. Een warme gloed trekt door Lisa's lichaam. Dit is de grootste liefde waartoe een mens in staat is.

Alsof een reus een oog opent, knipt op de derde verdieping van de Pontsteiger opeens een licht aan. De contouren van een magere vrouw met vlechten verschijnen voor een van de ramen, dat openstaat. In haar armen houdt ze een baby. Zachtjes begint ze te dansen, wiegend, rondjes draaiend. Kat kijkt gebiologeerd naar het tafereel. Tot de vrouw met de baby wegloopt en het licht weer dooft.

48

Kat wordt wakker van de bel, die dwingend lang aanhoudt.

'Ja, ja, ja, ja', moppert ze. 'Ik kom al.' Ze komt van ver, uit dromenland, of beter gezegd nachtmerrieland: vaag herinnert ze zich dat ze tot haar navel in een groot meer stond en een baby uit haar handen liet vallen, die onder water verdween. Ze probeerde hem te vinden, ze graaide en graaide en telkens als ze een arm of been te pakken had, glipte die als een paling uit haar handen. Ondertussen besefte ze dat de tijd drong en de baby snel zuurstof moest hebben.

Met kloppend hart stommelt ze in T-shirt en slip naar de deur en stoot haar teen tegen de deurpost. Hinkend bereikt ze de knop om de voordeur beneden open te doen. 'Wie is daar?' roept ze bovenaan het trapgat.

'Ruben!'

Terug in de huiskamer kijkt ze op de klok. Negen uur. Lisa is al op het werk. Appt die niet eens meer waar ze blijft? O shit, ze moet vertellen dat Stella vandaag komt. Beter zou zijn als ze Stella zelf zou ontvangen... Ach, er zijn zoveel dingen 'beter'. Ze schiet de slaapkamer in en trekt een broek aan.

Ruben komt binnen. 'Aneree stuurt zo meteen iets', zegt hij.

Aneree? Aneree?

'Dat Hindoestaanse meisje van de Fanshop', verduidelijkt Ruben. 'Ze heeft vanmorgen vroeg twintig minuten van de beveiligingsbeelden opgenomen. Met haar telefoon. "Het mag niet," zei ze, "ik kan ontslagen worden." Ik ben haar inmiddels geen tripje naar Artis, maar een safari verschuldigd.'

'Hopelijk is twintig minuten genoeg.'

'Haar baas kwam eraan, ze moest stoppen. Ik had wel al gezegd vanaf welk tijdstip Lex langs had kunnen lopen.'

Kat maakt snel koffie. 'Waar blijft het filmpje?'

'Het is een groot bestand en ze moet het stiekem sturen.'

Ongeduldig wacht Kat naast Ruben op de bank, zwijgend – zij tweeën zijn de avondmensen van de Kauffmann-familie, 's ochtends zeggen ze niet zoveel.

Een ping klinkt, het teken dat er een bestand binnenkomt. Ruben checkt zijn mobiel. 'Aneree.'

Kat kruipt dichter tegen haar broer aan en kijkt mee als Ruben het filmpje afspeelt. 'Wat een waardeloos beeld, die opname is duidelijk niet met *Ultra-Wide Vision*-technologie gemaakt', zegt ze ironisch.

Ingespannen turen ze naar het filmpje. Er lopen mensen langs, een groepje vrouwen, een man met een hond, een verliefd stel dat stilstaat, tongt en weer doorloopt, twee oudere dames met boodschappentassen. 'Daar heb je hem!' roept Ruben. Hij zet het beeld stil. 'Dat is Lex, honderd procent!'

'Er loopt iemand achter hem, hoort die erbij?' vraagt Kat. 'Spoel eens een stukje door.'

Achter Lex loopt een magere, donkere jongen. Hij haalt Lex in, pakt hem bij de onderarm of elleboog, dat is niet goed te zien, en loopt naast hem verder. Dan verdwijnen ze uit beeld.

'Laat nog eens zien', zegt Kat. Ruben doet wat ze vraagt. Hij draait het filmpje vier keer af. 'Dat is die jongen uit de boot', zegt hij. 'Die dood is.'

Kat fronst. Haar broer klikt het filmpje weg en haalt de foto van Lex met zijn vriend tevoorschijn. Kat bestudeert hem langdurig en zegt: 'Nog eens het filmpje.' Ze vergelijkt de foto met het filmpje en knikt. 'Dat lijkt inderdaad dezelfde jongen.'

'Het ís dezelfde!' Ruben laat zich tegen de rugleuning van de bank vallen. 'Waarom zeggen de ouders van Lex dat die gast verdronken is?'

Kat pakt Rubens mobiel en scrolt het filmpje door, beeld voor beeld. 'Houdt hij Lex nou vast?' vraagt ze zich af. 'Neemt hij hem onder dwang mee?'

Ruben veert weer rechtop. 'Ik weet het niet. Lex ziet er niet opgefokt of bang uit.'

Nadenkend zegt Kat: 'Stel dat Lex deze jongen, zijn beste vriend volgens jou...'

'Volgens zijn ouders.'

'... zijn beste vriend op het scherm heeft gezien, terwijl hij dacht dat hij dood was. En daar zo van geschrokken is dat hij zonder iets te zeggen is opgestaan en naar het vak is gerend – dat hij wellicht aan de vlaggen en spandoeken heeft herkend.'

'Dan moet hij totaal verrast zijn geweest', vult Ruben aan.

'Hij moet hebben gedacht dat hij een geest zag.'

'Bizar.' Ruben is duidelijk van slag, hij heeft zijn handen gevouwen en draait met zijn duimen.

'Vertel alles nog één keer vanaf het begin; hij was weg en toen...?' vraagt Kat.

Ruben herhaalt hoe hij gezocht heeft, hoe hij naar De Zon ging en 's avonds inbrak in Lex' huis in de Marnixstraat. Over de graffiti met de spreuk op de muur, in verschillende kleuren.

'Wacht even. Wat voor spreuk?'

Ruben denkt na. '*Freedom and... power*? Nee. *Freedom and... justice*! Ja, *Freedom and justice*, dat was het.'

'En weet je welke kleuren?'

'Rood, geel en groen, geloof ik.'

'Dat zijn de pan-Afrikaanse kleuren', weet Kat. 'Rood, geel en groen stammen af van de vlag van Ethiopië.' Ze zoekt op haar mobiel. 'Er zijn een heleboel vlaggen met die kleuren, ook buiten Afrika. Benin, Bolivia, Kameroen, de carnavalsvlag van Limburg, Congo, Ghana...'

'Ghana!' zegt Ruben. 'Hij had een playlist van muziek uit Ghana op Spotify.'

Kat klikt op de afbeelding van de vlag van Ghana. 'Ah, kijk! Op het wapenschild staat *Freedom and justice*.'

'Dat is de link', zegt Ruben. 'Die beste vriend kende hij niet van school. Ik heb op Schoolbank alle foto's bestudeerd van klassen waar Lex in zat. Daar zat geen Ghanese jongen bij.'

'Hij is dus niet dood en het is geen schoolvriend.' Kat krabt aan haar oksel en ruikt dat ze naar alcohol stinkt. 'Het wordt tijd dat we de ouders van Lex een bezoek gaan brengen.'

‘Ze zien me aankomen’, sombert Ruben.
‘Ik ben erbij, broertje, en ik ben onweerstaanbaar.’
Hoewel de blik die hij haar toewerpt spottend is, schittert er ook iets van bewondering in zijn ogen.

49

Het is bespottelijk. Zonder enige aankondiging van Kat stond daar opeens ene Stella op de stoep, een of andere vage kennis van haar zus, die vertelde dat ze aangenomen was. Eentje die niets kan – ja, eelt verwijderen. Behalve dan het eelt op mijn ziel, had Lisa gedacht. Lisa had haar aan het werk gezet, een beetje schoonmaken, telefoon aannemen, prullenbak legen. De ongemakkelijke lange stilte had ze doorbroken met gebabbel over haar dochtertje. Het onderwerp baby's was voor iedereen leuk, toch? Ze keuvelde en keuvelde, tot Stella plompverloren vertelde dat háár dochtertje na krap zes maanden levenloos ter wereld was gekomen.

Deze mededeling maakt Lisa sprakeloos. Dan put ze zich uit in verontschuldigingen. 'Sorry, sorry, ik wist niet...'

'Het geeft niet', zegt Stella, nog bleker dan toen ze binnenkwam. 'Ik zal eraan moeten wennen, de wereld is nu eenmaal bevolkt met kinderen.'

Zeg daar maar eens iets op.

'Het is misschien juist goed als je normaal doet', gaat Stella door.

Wat is normaal?

'Hoe heet ze?' vraagt Stella.

'Hannah.'

'Nee. Zo heet het kind van Kat toch ook? Is dat niet... onhandig?'

Lisa kucht. 'Sorry, het is hetzelfde meisje.'

'Je praat erover alsof het jouw dochtertje is.'

'Hannah is een tijdje bij ons', legt Lisa uit.

'Dan is ze jouw nichtje.'

'Helemaal waar.' Lisa forceert een glimlach. 'Waar ken je mijn zus van?'

'Van zwangerschapsyoga.'

O, ja, dat is waar, Kat heeft zelfs zwangerschapsyoga gedaan.

Alles om een gezond kind op de wereld te zetten, voordat haar taak erop zat. Ze kijkt om zich heen en doet of ze werk voor Stella zoekt. 'Zeg, waarom ga je niet lekker naar huis? Ik heb op dit moment niets voor je te doen en Kat gaat je inwerken.'

'Weet je het zeker?'

'Nou en of, voor vandaag ben je klaar, hoor.'

Stella loopt naar de kapstok trekt haar jas aan. 'Dan pik ik nog even een terrasje. Morgen zie je me weer.'

Lisa glimlacht, maar inwendig kookt ze. Hoe kan Kat zo gek zijn om een vrouw die diep in de rouw is om haar verloren kind, te koppelen aan een prille moeder met een gezonde baby? En die nota bene weet dat Kat het kind gebaard heeft?

'Heb je een foto van Hannah?' vraagt Stella.

'Eh ja, natuurlijk.' Lisa haalt haar mobiel tevoorschijn en laat de eerste foto zien die ze kan vinden. Stella bekijkt hem aandachtig. 'Wat een schatje', zegt ze. Haar ogen staan droevig terwijl ze haar mondhoeken omhoogbrengt. 'Ik word niet ongelukkiger als ik blije moeders zie. Wees alsjeblieft jezelf.'

'Zal ik doen.'

'Moeders praten graag over hun kinderen. Ik moet daarmee leren omgaan. Misschien kan ik op jou oefenen.'

Zou Kat dat expres hebben gedaan, flitst door Lisa's hoofd, zou ze deze vrouw hebben binnengehaald om het geluk van haar zus te verstoren? 'Ik zie je morgen', zegt ze vriendelijk.

'Tot morgen. Een kusje voor Hannah.'

50

In de bus naar Vinkeveen bespreekt Kat met Ruben de strategie. Ze stelt voor om open kaart te spelen en aan de ouders van Lex te vertellen dat de vriend met hun zoon gesignaleerd is. De vriend is niet dood, ze hebben de beelden op Rubens telefoon.

'Ik ben benieuwd hoe ze reageren', zegt ze.

Ze stappen uit en lopen het stuk langs de Herenweg. Hun bezoek is niet aangekondigd, de ouders zijn misschien niet thuis, maar ze hebben de hele dag. Desnoods doden ze de tijd met het huren van een roeibootje en een tocht over de Vinkeveense Plassen. En komen ze later terug.

Ruben wijst: daar is het. Ze lopen het bruggetje over en bellen aan bij de voordeur, aan de zijkant van het huis.

'Moet je horen', zegt Ruben. 'Dat is Bouke.'

'Vanavond ga ik even uit m'n bol…' Er wordt gezongen in huis, steeds dichter bij de voordeur. Dan gaat die open en staat Bouke Heerinckx in de deuropening. 'Ruben', zegt hij vrolijk en roept over zijn schouder: 'Ruben is er!' Hij gebaart dat ze binnen kunnen komen. 'En jij bent…?' vraagt hij aan Kat.

'Kat Kauffmann, Rubens zus.'

'Ah.'

De moeder van Lex komt aangelopen. 'Je kiest je momenten wel uit, hoor', zegt ze tegen Ruben. 'We moeten wéér zo weg. We kunnen jullie dus niets aanbieden.'

'Een glas water, zou dat mogelijk zijn?' vraagt Kat.

Terwijl Lobke Heerinckx in de open keuken een glas water inschenkt, stiefelt Kat door naar de witte bank en gaat erop zitten. Ruben volgt haar voorbeeld. Bouke kijkt hen een ogenblik aan, zijn blik wat onzeker, trekt dan een keukenstoel bij en gaat erop zitten, achterstevoren, zijn benen gespreid en zijn armen op de rugleuning. Als Lobke twee glazen water op de salontafel heeft gezet, zakt ze in een fauteuil. 'Wat willen jullie?'

'De vorige keer dat ik hier was, vertelden jullie over een klasgenoot met wie Lex goed bevriend was', begint Ruben. 'Hij zou overleden zijn.'

Lobke werpt een snelle blik naar haar man.

'Maar hij is niet overleden. En hij was ook geen klasgenoot', zegt Ruben.

'We vragen ons af wie hij wel is', vult Kat aan. 'Ook omdat Ruben denkt dat de verdwijning van Lex daar wellicht mee te maken heeft.'

'Lex is niet verdwenen', zegt Lobke. 'Hij is in Brazilië.'

'Heeft u daar bewijs van?' vraagt Ruben.

'Ik heb hem gesproken.'

'Met welk nummer belde hij?'

'Van zijn nieuwe vriendin.'

'Mag ik dat nummer zien?' vraagt Kat.

'Het was afgeschermd.'

'Mag ik dát misschien zien?'

Lobke zoekt op haar mobiel en houdt hem omhoog voor Kat. Er staat: *Anoniem onbekend.* Dat zegt niets, denkt Kat. Dat kan ook een energieleverancier met een aanbieding zijn geweest, of een provider, of een enquête.

Ruben slaat op zijn knieën. 'Oké, laten we ervan uitgaan dat hij in Brazilië is. Wat compleet onlogisch is, want zijn paspoort ligt nog bij hem thuis.' Hij negeert de frons van Bouke. 'Maar stel dat hij toch op een of andere manier aan een vals paspoort is gekomen en in Brazilië is beland. Dat verklaart niet waarom u heeft gezegd dat die Ghanese jongen verdronken is. Hij kwam uit Ghana, nietwaar?'

Lobke bestudeert haar nagels. Bouke zucht en maakt een mismoedig gebaar. 'We zijn er niet trots op', zucht hij uiteindelijk. 'Op hoe het met Yaw gelopen is.'

'Wij waren verantwoordelijk voor hem', vult Lobke aan.

'Yaw...?' vraagt Kat.

'Yaw Anokyaa', zegt Bouke. 'Hij heeft ruim twee jaar bij ons gewoond, als pleegzoon. Hij was gescout door een voetbalmakelaar en vanuit Ghana naar Nederland gehaald. Zijn hele familie heeft aan de onkosten en het vliegticket meebetaald. In de tijd dat hij hier woonde sloten wij hem in ons hart en werden Lex en Yaw beste vrienden.'

'En toen?' vraagt Kat.

'Belandde Yaw bij Cambuur op de bank', antwoordt Bouke. 'De voetbalmakelaar maakte zijn beloftes niet waar en deed zijn best niet meer voor hem, hij had immers zijn bonus binnen. Vervolgens ging het finaal mis. Met de carrière van Yaw, bedoel ik.'

Lobke neemt het over. 'We zagen hem in twee jaar tijd afglijden van vrolijk en levenslustig naar een depressieve, destructieve jongen. We hebben er alles aan gedaan, maar hij dreef steeds verder af, we konden niet meer tot hem doordringen.' Haar ogen vullen zich met tranen. 'En ik had zijn moeder aan de telefoon beloofd goed voor hem te zullen zorgen.'

'Hij is niet teruggegaan naar Ghana?' zegt Ruben.

'Dat kon hij niet.' Bouke schudt meewarig zijn hoofd. 'Zoals ik al zei: het hele dorp had zich in de schulden gestoken om hem naar Nederland te laten vertrekken. Zonder carrière terugkeren, met hangende pootjes, was geen optie. Het gezichtsverlies zou enorm zijn.'

'Hoe ging het verder met hem?' vraagt Kat.

'Bergafwaarts', antwoordt Lobke. 'Hij begon iedereen te wantrouwen, ook ons, zag ons notà bene als het Kwaad, dacht dat hij zichzelf tegen ons moest beschermen. Wij van onze kant konden hem ook niet meer vertrouwen, hij was zo onberekenbaar geworden. De ene dag leek er niets aan de hand en was hij de oude, vrolijke Yaw met een glimlach van oor tot oor, de andere dag stond zijn gezicht op onweer en deugde niets meer. Op een nacht roken we vuur. Gelukkig was Bouke waakzaam, anders waren we er niet meer geweest. Yaw was in de tuin een hoog vuur aan het stoken. Vlak bij de gevel, levensgevaarlijk! Toen was voor Bouke en mij de maat vol. Ons geduld had lang geduurd – vooral dat van Bouke die altijd eindeloos in dit soort jongens blijft geloven – en we hadden er keer op keer bij hem op aangedrongen hulp te zoeken. Dit was echter het moment dat we beseften dat we voor onszelf moesten kiezen. We hebben hem er toen helaas uit moeten zetten.'

Weer iemand die hem liet barsten, denkt Kat, en ze begint medelijden met de jongen te krijgen. Al die bedoelingen – goede en minder goede – van de mensen die 'iets' in hem zien, maar ten slotte blijft hij moederziel alleen, met minder dan niets, achter.

'Later hoorde ik van Lex dat Yaw dakloos was en zwierf', zegt Bouke. 'Hij heeft Lex nog een keer opgezocht en die bood meteen aan om samen naar een crisisopvang te gaan', zegt Bouke. 'Yaw schijnt daardoor compleet door het lint te zijn gegaan. Hij schreeuwde dat westerlingen geen benul van de *mind* van een Afrikaan hebben. Hij is woedend vertrokken en we hebben hem nooit meer gezien.'

Een traan rolt over Lobkes wang. 'Lex is er nooit overheen gekomen. Hij lijkt op zijn vader. Hij bleef zichzelf verwijten dat hij niet genoeg gedaan had. Hij is zelfs zijn pleegbroer weer gaan zoeken. Tevergeefs, Yaw lijkt van de aardbodem verdwenen. En hoe we ook op hem inpraten, Lex blijft schuldgevoel houden.'

'Daarom zijn we zo blij dat hij nu zijn geluk heeft gevonden in Brazilië', vult Bouke aan. 'We maakten ons veel zorgen. Hij verweet het ons, verweet het zichzelf en ging kapot van de wroeging.'

Lobke veegt één wang schoon. 'Hij was dol op Yaw. En wij ook.'

'We hebben een zwak voor jonge mensen', zegt Bouke. 'Op de sportschool probeer ik het beste uit ze te halen.'

'Dat is echt zo', zegt Lobke. 'Hij zet zich dag en nacht voor jongeren in. Omdat hij zelf zo'n rotjeugd heeft gehad.'

'Je doet wat je kan.' Bouke staart naar de grond en haalt zijn hand door zijn haar.

Lobke veegt de andere wang droog, met een bruusk gebaar. 'En nu houden we erover op.'

'Lex en Yaw waren samen in Amsterdam', zegt Ruben. 'Ze zijn gefilmd.'

'Ophouden!' roept Lobke. 'Ik wil er niets meer over horen.' Haar stem slaat over.

'Kijk dan naar het filmpje', zegt Kat.

Bouke staat op. 'Jullie moeten gaan. Mijn vrouw raakt overstuur. Wij allemaal trouwens. Het is ontzettend pijnlijk.'

Kat en Ruben staan tegelijk op. 'En de familie in Ghana?' vraagt Kat. 'Hebben zij onlangs iets van hem gehoord?'

'Zijn moeder mist hem.' Lobke begint te snikken. 'Ik bel haar af en toe.'

Bouke duwt Kat en Ruben met zachte hand naar de deur.

'Laatste vraag', zegt Kat. 'Wie was die voetbalmakelaar die Yaw naar Nederland haalde?'

'Pekka Hämäläinen', antwoordt Bouke. 'De klootzak. Hij verdient kapitalen aan dit soort jongens.'

'Hoe spel je dat?' vraagt Kat.

'P-e-k-k-a.'

'De achternaam natuurlijk.'

'Geen idee, het is Fins.' Bouke leidt Kat en Ruben via de gang naar de voordeur. 'We hebben liever niet dat jullie nog eens komen', zegt hij. 'Mijn vrouw gaat eraan onderdoor. Dat we Yaw niet hebben kunnen helpen, blijft een open wond.'

De deur wordt gesloten en ze knipperen allebei met hun ogen door het felle zonlicht. Dan lopen ze naast elkaar naar de weg.

'Zullen we een bootje huren?' vraagt Ruben.

'Nee, ik wil terug', zegt Kat. Naar de Pontsteiger. Om daar naar een raam te gaan staren, eigenlijk te idioot voor woorden. Ze lopen naar de bushalte.

'Ik geloof die ouders wel', zegt Ruben. 'En jij?'

Kat knikt. 'Tot op zekere hoogte. Ze laten niet het achterste van hun tong zien.'

'Zou je denken?'

'Ik weet het niet. Ik wil meer over die Pekka Hämä... Hämä...?'

'Hämäläinen.'

'... Hämäläinen weten.'

'Ik denk dat je gelijk hebt', zegt Ruben. 'Dat Lex Yaw heeft gezien op het scherm. Door dat verhaal van die ouders over Yaw snap ik wel dat Lex naar hem toe moest.'

Om hem dit keer niet in de steek te laten, denkt Kat. Misschien wilde hij hem helpen hulp te zoeken, hulp waar een ontheemde, gedesoriënteerde Afrikaanse jongen iets aan heeft. Of misschien wilde hij samen met Yaw die voetbalmakelaar aanpakken. 'Die Hämäläinen intrigeert me.'

'Intrigeert je?'

'Ik vraag me af hoeveel van die Afrikaanse jongens hij hierheen gehaald heeft. En hoe het hun is vergaan. En nu het vrouwenvoetbal in opmars is, kan ik me voorstellen dat Afrikaanse meisjes op termijn de volgende slachtoffers zijn.'

Ruben glimlacht. 'Je hebt de vlam weer, hè?'

'De vlam?'

'De Kauffmann & Kauffmann Bedrijfsrecherche-vlam.'

'O, die. Zullen we het een vuurvliegje noemen?'

Opeens heft haar broer een hand en woelt door haar haar. Ze rukt haar hoofd weg. Maar hij heeft wel gelijk: tegen wil en dank heeft een zaak haar weer gegrepen.

Op het centraal station nemen ze afscheid – Kat met het smoesje dat ze een afspraak met Kiki heeft.

'Kiki', zegt Ruben. 'Olala.'

'Niks "olala". Ze is gewoon een vriendin.'

'Nog wel. Tot je toegeeft aan je verliefdheid, zussie. Dan is er geen houden meer aan.'

'Rot op.'

'Ik ook van jou. *See you!*'

Ze loopt langs het IJ richting Pontsteiger. Het is steeds langer licht, ze moet zorgen dat niemand haar ziet. Wat wil ze eigenlijk? Aanbellen? Echt niet. Ze denkt aan vroeger, toen ze een puber was. Als ze verliefd was, probeerde ze altijd per-ongeluk-expres haar object tegen te komen en liep stad en land af, langs plekken waar hij zou kunnen zijn. En áls ze hem dan tegen het lijf liep, deed ze stomverbaasd: 'Jij hier?!'

Maar wat als ze Lisa tegen zou komen, met Hannah, bij de Pontsteiger? Dan kan ze niet doen alsof de ontmoeting toevallig is. Ze is gek dat ze dit doet. Als een magneet wordt ze naar Hannah toe getrokken. Alleen kijken, dat is alles wat ze wil, meer niet. Ze weet heel goed dat als ze haar kind zou willen zien, ze dat alleen hoeft aan te geven, en de deuren van Lisa en Eric zullen openvliegen. Maar dan gaat ze op bezoek, en ze wil niet op bezoek, ze wil stiekem kijken, om een hoekje gluren, zonder consequenties, zonder mensen die vragen stellen en meningen hebben. Om zich heen spiedend haast ze zich naar de Pontsteiger. Eenmaal bij de hoge flats zoekt ze dekking, met haar rug tegen een muur, en twijfelt of ze het hotel binnen zal gaan, op de begane grond van de eerste woontoren. Daar, achter die fietsenrekken aan de overkant, kan ze ook schuilen. Weer kijkt ze om zich heen, waagt dan de oversteek en rent naar het water, naar het IJ. Als ze zich daar verdekt opstelt, aan de achterkant van het gebouw, kan ze via de glazen pui de ingang in de gaten houden. Mocht Maartje met Hannah naar binnen gaan of Lisa met Hannah naar buiten komen, dan kan ze haar zien. Ze wacht. Dit is het tijdstip dat Lisa uit haar werk zou moeten komen. Ze wacht langer. Er gebeurt niets. Kat sluipt naar de ingang en loert naar binnen.

'Zoek je iets?' vraagt een stem achter haar.

Kat schrikt zich wezenloos. Ze draait zich om en springt in de vluchtstand. Daarbij buitelt ze over een kinderwagen. Die schommelt vervaarlijk en valt bijna om. 'Kijk uit!' krijst een vrouw met vlechten in haar haar. 'Ben je helemaal gek geworden?!'

'Sorry! Sorry! Ik...' In een automatisch gebaar reikt Kats hand naar de kinderwagen.

'Blijf van mijn kind af!' gilt de vrouw.

'Sorry', zegt Kat weer en rent weg, zo hard haar benen haar kunnen dragen.

51

Als ze wakker wordt is het donker. Ze zit op de grond, met haar rug tegen de bank hangend. Twee lege roséflessen flankeren haar, een derde bevat een bodempje. Een omgevallen glas ligt in een plas wijn. In een asbak het restant van een joint.

Alles doet pijn: haar rug, haar hoofd, haar benen, zelfs haar haren.

Gisteren is ze linea recta naar de slijter gelopen, herinnert ze zich. Ze is thuisgekomen en heeft het op een zuipen gezet. Ze weet dat ze de eerste fles rosé aan haar mond zette. En daarna? Geen idee. Vaag ziet ze de gezichten van Odette en Kiki boven zich hangen. Zijn zij hier geweest? Bezorgde gezichten, stemmen die vermanen, waarschuwingen – ze hoort ze nog, vervormd. Odette, Kiki, een krijsende vrouw met touwkabels in plaats van haar. Een kinderwagen die vervaarlijk heen en weer wiegde, als een ballon opsteeg, ze probeerde hem te grijpen, hij kantelde en vloog hoog de lucht in. Heeft ze gedroomd?

Ze richt zich op en strompelt naar de keuken om water te pakken. In de hal leunt een kapotte stoel tegen de voordeur. Eén poot is afgebroken. Heeft zij met de stoel gegooid? Ze buigt voorover, drinkt uit de kraan, drukt dan vier paracetamol uit een strip en slikt ze door.

Wat is er gisteravond in godsnaam gebeurd?

Kruipend over de vloer ziet ze haar mobiel onder de bank liggen. Met bonkend hoofd vist ze hem eronder vandaan en opent hem. Er staan appjes in van Odette, Kiki en Lisa.

Geen zorgen, we weten dat je het niet meende, heeft Odette geschreven. Wat niet meende? *Laat je horen hoe het met je gaat als je wakker bent?*

Kiki schrijft dat ze eruit zijn gezet: *Dat is helemaal niet erg, hoor. We begrijpen het als je alleen gelaten wil worden.*

Hoe bont heeft ze het gemaakt? Het wil wat zeggen als Kiki en Odette daadwerkelijk weg zijn gegaan. Heeft ze ook een stoel achter ze aan gegooid?

Lisa schrijft alleen: *Bel me!*

Ze zakt terug op de grond en rolt in een foetushouding. Ze kan nog een paar uur slapen. Vanaf morgen gaat ze weer normaal doen, heus, nee, echt.

52

Het restje rosé en de laatste paracetamol helpen tegen de kater. Koud douchen, tandenpoetsen, een geruststelling naar Odette en Kiki appen, onderweg Fisherman's Friend kopen, broodje makreel met mayonaise eten, augurkenvocht drinken, Fisherman's Friend in haar mond stoppen. Met deze maatregelen zal het vast lukken om min of meer fris en fruitig op het werk te verschijnen.

Als ze zich daar laat zien, kijkt Lisa haar met een boze blik aan. 'Wat heb jij uitgespookt vannacht?'

'Niks, hoezo?'

'Odette en Kiki waren in alle staten. Je hebt met een stoel gedreigd en ze eruit gegooid.'

Met een stoel gedreigd? Kat voelt het bloed naar haar wangen gaan. 'Dat was een grapje', stamelt ze.

'Ze zijn doodongerust!'

Kat perst er een lachje uit. 'Daar hebben ze hun beroep van gemaakt. Kiki en Odette zijn altijd ongerust. Ze doen alsof ik hun debiele zusje ben.'

'Nee, je bent míjn debiele zusje. Wat mankeert je?!'

Kats adem stokt. Van het ene op het andere moment verkilt ze. Moet ze dat werkelijk uitleggen? Aan haar, aan Lisa, die verdorie haar kind heeft overgenomen alsof het een paar schoenen is dat niet past? 'Dat weet je heel goed', zegt ze. 'Wat mij mankeert.'

Lisa valt stil. 'Sorry', zegt ze. 'Sorry, ja, dat weet ik.'

De wc wordt doorgetrokken en Stella komt naar buiten. O ja, verrek: Stella.

'Goedemorgen', zegt de nieuwe secretaresse. 'Hoe gaat het?'

'Prima', antwoordt Kat. 'Heeft Lisa je al een beetje ingewerkt?'

'Ach', antwoordt Stella, met een wat vaag gebaar naar de computers. 'Ik doe wat sommetjes.'

Kat voelt met haar mee, Stella heeft nul ervaring als secretaresse, en ze werkt op een kantoor waar de spanning te snijden is.

'Ik ga even verder met...eh...' Weer zo'n halfslachtig gebaar naar het bureau.

Kat glimlacht bemoedigend en Lisa geeft een knikje. Als Stella buiten gehoorafstand is, zegt Kat zacht: 'Sorry.'

'We maken ons zorgen, Kat.'

'Dat hoeft niet. Ik had het gisteravond nodig om door te zakken, en nu kun je weer op me rekenen. Vanaf nu pak ik het werk weer op.'

Lisa's blik staat nog steeds bezorgd.

'Echt', verzekert Kat. 'Ik... Het lukt wel. Werk geeft me afleiding, dat weet je.'

Lisa knikt. 'Wat moeten we met Stella', zegt ze op gedempte toon. 'Ze heeft geen ervaring en het verdriet om haar verloren kind maakt dat ze zich moeilijk kan concentreren. Ik vind het zo pijnlijk.'

Stella lijkt te voelen dat er over haar gepraat wordt. Ze kijkt op.

'Werkoverleg!' Kat trekt Lisa naar de vergadertafel en vertelt over voetbalmakelaar Pekka Hämäläinen, die Afrikaanse jongens ronselt om transferbonussen in zijn zak te steken. 'Het is legaal, maar wel iets om te onderzoeken', zegt Kat. 'Ik weet niet in hoeverre hij bij vrouwenvoetbal betrokken is. Dat weet Helena Pastor vast wel. We kunnen het in ieder geval met haar over het immorele aspect hebben, en over de risico's daarvan.'

Lisa knikt. 'Dergelijke praktijken schaden de goede naam van een club. Als ik haar was zou ik mij verre houden van dit soort aankopen en jonge speelsters zelf opleiden.'

'Heb jij nog steeds je handen vol aan het in kaart brengen van de gokmaffia?' vraagt Kat.

'Ja, je wil niet weten hoe diep die in het Europese voetbal geïnfiltreerd is.' Lisa zucht. 'Het stoort me dat het me niet lukt om achter de identiteit van die sleutelfiguur te komen.'

'Ik zou het opnieuw via Xenia Okkes proberen', zegt Kat. 'Nu ze met haar familie in het buitenland is, wil ze misschien wel praten.'

'Ik heb haar al gemaild en via Facebook en Insta proberen te bereiken, maar ze antwoordt niet.'

'Zal ik inbreken om te kijken of ik een aanwijzing over haar verblijfsplaats kan vinden? Misschien bij de post?'

Lisa kijkt haar strak aan.

'Oké, niet inbreken dus', zegt Kat. 'In dat geval denk ik dat ik met Charlotte Simons en Jolanda Betonville ga praten. Misschien zijn zij op die party's weleens benaderd om wedstrijden te fixen.'

'Je wil gewoon de deur weer uit.'

'Klopt.' Kat produceert een grijns.

'Vraag bij Charlotte eens door over Ajax-Fortuna op 28 januari. En bij Jolanda over Ajax-Telstar op 4 februari.'

'Hoezo?'

'Ze zijn toen onterecht door de pers de hemel in geprezen. Het kan zijn dat hun een "dienst" is bewezen, waar iets voor terugverlangd wordt.'

'Oké.'

Lisa's telefoon gaat en ze kijkt erop. 'Deze moet ik even nemen', zegt ze. Ze neemt op. 'Hoi Maartje.' Het enthousiaste stemgeluid van hun stiefmoeder klinkt door de telefoon. 'Leuk', zegt Lisa. En nog een keer: 'Leuk.' Ze luistert even naar het zo te horen opgewekte gekakel en zegt dan: 'Vanavond zes uur, Westerpark: helemaal goed, ik zie je.' Ze verbreekt de verbinding.

Kat kijkt haar vragend aan.

'Wandelen en trainen', zegt Lisa met een wegwuif-gebaar alsof het niet belangrijk is. 'Dus jij gaat nu naar de training van de Ajax-vrouwen?'

Kat ziet een kinderwagen in het Westerpark voor zich en verdringt een beeld van babyogen waarin bomen en wolken weerspiegeld zijn. 'Yep', zegt ze. 'Ik houd je op de hoogte.' Ondanks een opkomende hoofdpijn springt ze op, groet Stella, en zet koers naar De Toekomst.

53

Leunend tegen de omheining van het sportveld volgt Kat de training. De speelsters zijn er allemaal weer. Abenaa, Ineke, Gonny, Beton en andere inmiddels bekende gezichten zigzaggen met een bal om pionnen heen. Trainer Minh Nguyen roept iets dat Kat niet kan verstaan. Een meisje dat ze niet kent doet mee, heeft vast de plaats van Blondie ingenomen. De een z'n dood...

Kat haalt een flesje water uit haar zak, drinkt en wacht geduldig op de pauze; het zonnetje schijnt, ze heeft geen haast. Bovendien heeft ze hier tijd om na te denken. Vrouwenvoetbal is superinteressant voor gokmaffia. De kans dat je gepakt wordt voor matchfixing is sowieso te verwaarlozen. Bij vrouwenvoetbal al helemaal: er staan meestal geen camera's langs de lijn en er zijn minder toeschouwers. Voor de hand liggend dat gokbendes die via het fixen van wedstrijden woekerwinsten willen boeken, in vrouwenvoetbal een ideaal doelwit zien.

'Hé, hoi, wat doe jij hier?' Het is Elif.

Kat was zo in gedachten verzonken dat ze niet in de gaten had dat de training is gestopt.

'Kom je meedoen?' lacht Elif.

'Vandaag niet', lacht Kat terug. 'Ik ben hier om Charlotte en Jolanda iets te vragen.'

'O, waarom?'

'Niets bijzonders, iets dat me te binnen schoot.'

'Jo! Char!'

De speelsters kijken op. Elif wenkt ze, waarop de twee naar ze toe lopen. 'Hoi', zeggen ze als ze bij Kat zijn. Jolanda blijft met haar handen in haar zij staan, Charlotte veegt met een arm het zweet uit haar gezicht.

'Hallo. Ik heb wat vragen over de feestjes waar jullie soms komen', begint Kat. 'Over de mensen die daar zijn.'

Beide vrouwen draaien hun gezicht naar Elif. Die steekt haar handen in de lucht, als een cowboy die zich overgeeft. 'Ik weet van niets, ik bezoek geen feestjes. Geen alcohol voor mij, zoals je weet. Als ik niet op tijd naar bed ga, ben ik de volgende dag een dweil.'

'Jullie gaan daar wel naartoe, toch?' dringt Kat aan. 'Wie komen daar nog meer? Sporters? Grote jongens uit de zakenwereld? Weten jullie de namen van de andere feestgangers?'

'Nee, helaas', zegt Charlotte, terwijl ze aan haar neus krabt. 'We kennen die mensen niet.'

'Door wie worden jullie uitgenodigd?'

Charlotte haalt haar schouders op.

'Kom op', zegt Elif. 'Er moet iemand zijn die vertelt waar en wanneer er een feestje is.'

'Xenia Okkes', zegt Jolanda. 'We zijn weleens door haar uitgenodigd. En door haar zoon Lesley.'

'En door Blondie', vult Charlotte aan.

Toevallig net de mensen aan wie ik het niet kan vragen, denkt Kat. 'Zijn jullie weleens benaderd om een wedstrijd te fixen?'

'Nee, natuurlijk niet', zegt Jolanda.

'Charlotte, is er op 28 januari tijdens de wedstrijd tegen Fortuna iets bijzonders gebeurd?'

Charlotte begint hevig te blozen. 'Nee, hoezo?'

Dat antwoord kwam erg snel. Kat richt zich tot Jolanda. 'En als ik tegen jou zeg: Telstar, 4 februari?'

Jolanda trekt een denkrimpel. 'Was dat geen gelijkspel?'

'Hoe speelde je?' vraagt Kat.

'Gewoon.'

'Gewoon?'

'Ik weet het niet meer.'

'Als er iets was, moet je het zeggen, hoor', zegt Elif.

'Nee, niks.' Charlotte werpt een blik op het trainingsveld. Jolanda omklemt de omheining.

'Jullie krijgen soms dure cadeaus en privileges aangeboden', gaat Kat door. 'Het is niet verboden om die aan te nemen; mijn vraag is alleen of er iemand is die daar iets voor vraagt, een eigen doelpuntje bijvoorbeeld, een handsbal of een gele kaart.'

Charlotte en Jolanda schudden hun hoofd. 'De training begint weer', wijst Charlotte.

'Ja, sorry, we moeten weer terug.' Jolanda klinkt opgelucht.

'Mocht jullie iets te binnen schieten...?' Kat steekt een hand uit. Charlotte kijkt er even verbaasd naar, maar schudt hem dan. 'Dan laten we het je weten', antwoordt ze.

Kat schudt de hand van Jolanda ook. Klamme handen, concludeert ze, ze zijn bang. 'Dank jullie wel', zegt ze vriendelijk. 'Ik weet voorlopig genoeg.'

Kat volgt Charlotte en Jolanda met haar ogen terwijl ze terug naar het veld rennen.

'Daar krijg je niet meer uit, vrees ik', zegt Elif.

'Misschien niet.'

Elif geeft haar een tikje op haar rug. 'Hé, gaan wij nog eens een biefstuk eten?'

'Goed idee.' Kat draait zich naar Elif. 'Ik zal Odette en Kiki vragen.'

'Mag ook zonder, hoor.'

Een knipoog? Flirt Elif nou met haar?

'Ik moet terug', zegt de aanvoerster. 'Ik zie je.' Elfje rent naar haar medespeelsters. Kat moet lachen als ze zich Elif voorstelt als een soort Tinkelbel, het brutale en tegelijk lieve elfenvriendinnetje van Peter Pan, dat overal naartoe vliegt.

Kat speurt het veld af, op zoek naar Gonny. Die komt net vanuit het clubhuis aangelopen. Kat haast zich naar haar toe om de speelster even alleen te spreken.

'Gonny!'

Gonny zwenkt af. 'Wat is er?'

'Ik wil je wat vragen over het telefoongesprek met jouw oma, op de dag dat Madeleine overleed. Je zei dat het stil was in het clubhuis toen je belde.'

'Klopt.'

'Misschien heeft jouw oma wel iets gehoord.'

Gonny schudt haar hoofd.

‘Hoe weet je dat zo zeker?’ dringt Kat aan. ‘Het kan zijn dat jij er niet op lette omdat je aan het praten was, maar dat zij op de achtergrond iets hoorde.’

‘Nee, dat kan niet’, zegt Gonny.

‘Waarom niet?’

‘Ik kreeg mijn oma die dag niet te pakken.’

‘Was dat diezelfde dag? Weet je dat zeker?’

Gonny knikt. ‘Ik dacht later nog: zie je dat het ongeluk brengt als ik oma niet spreek.’

‘En toen?’

‘Heb ik haar antwoordapparaat ingesproken.’

‘Antwoordapparaat?’

‘Oma heeft zo’n ouderwets ding. Soms, voor de lol, luistert ze naar berichten, als ze zich eenzaam voelt.’

Ineens krijgt Kat krijgt een ingeving. ‘Mag ik het adres van jouw oma?’

‘Waarom?’

‘Om naar jouw bericht te vragen.’

Gonny haalt haar schouders op. ‘Holendrechtstraat 23-huis. Zeg dat je van mij komt, anders gooit ze meteen de deur dicht.’

‘Top. Thanks.’

Gonny loopt naar de plek waar alle speelsters om Minh Nguyen heen staan te luisteren. Als Kat het terrein van De Toekomst verlaat, stelt ze vast dat ze weer helder kan denken en handelen. De adrenaline heeft de kater verjaagd.

De oma van Gonny woont in een hofje in de Rivierenbuurt. Met de metro hoeft Kat slechts een paar haltes vanaf de ArenA naar het Amstelstation te reizen, het laatste stukje loopt ze langs de Amstel. Er varen mensen op de rivier, een boot met vier roeiers wordt geïnstrueerd door een stuurman met een megafoon. Ze gaat de Berlagebrug over en wandelt de Rivierenbuurt in naar het hofje. Bij nummer 23 belt ze aan. Ze wacht, er gebeurt niet veel. Op het moment dat ze haar hand heft om opnieuw te bellen hoort ze geschuifel in de gang. De deur wordt opengedaan en een oude dame kijkt haar wantrouwend aan.

'Hallo, ik ben Kat Kauffmann', zegt ze vriendelijk. 'Ik kom net van uw kleindochter Gonny.'

'Wat is er met haar?'

'Niets, hoor. Ze is lekker aan het trainen. Zou ik misschien even binnen mogen komen?'

'Nee.'

Voordat de deur weer dichtgaat zegt Kat snel: 'Gonny belt u altijd in de rust van een wedstrijd. Twee weken geleden was u niet thuis en heeft ze een boodschap ingesproken.'

'Nou en?'

'Ik zou dat bericht graag willen horen.'

'Waarom?'

'Ik doe onderzoek in opdracht van Helena Pastor, de manager.' Die naam lijkt iets te doen bij de oma van Gonny, haar ogen lichten op.

'Twee minuten, langer duurt het niet.'

'Ik laat geen vreemden binnen. Je hoort zoveel verhalen over berovingen tegenwoordig. Bij *Opsporing Verzocht* zie je dat ouderen met allerlei smoesjes worden opgelicht.'

'Heel verstandig, u kunt niet voorzichtig genoeg zijn. Kunt u dan misschien het antwoordapparaat pakken, zodat ik hem even mee kan nemen? Ik breng hem morgen weer terug. Dan doet u de deur dicht als u hem pakt. Ik wacht hier wel.'

De oude vrouw schudt haar hoofd. Kat overweegt om Gonny te bellen, maar die is waarschijnlijk nog op de training. Ze pakt haar mobiel, aarzelt, en haalt dan honderd euro uit een zijvak van het hoesje. 'Weet u wat, ik koop hem van u.'

Met samengeknepen ogen kijkt de oma naar de twee briefjes van vijftig. Dan grist ze het geld uit Kats handen en slaat de deur dicht. Die begerige ouwe taart is snel als het om geld gaat, denkt Kat. Ze wacht, en wacht, en op het moment dat ze vermoedt dat ze naar haar centen kan fluiten, gaat de deur weer open, wordt een ouderwetse voicerecorder in haar handen geduwd, compleet met losse stekker en snoeren. Dan sluit de deur weer.

Thuis schenkt Kat zich een glas wijn in, dat heeft ze na het harde werken wel verdiend. Het is nog geen vijf uur, maar de vijf zit zo vaak in de klok. Ze neemt zich voor om het bij één glaasje te laten vandaag, hooguit twee. Ze neemt een slok en duwt de stekker van de voicerecorder in het stopcontact. Er staan twaalf berichten op, die ze een voor een afspeelt. Bij de achtste herkent ze de stem van Gonny. 'Dag oma, hier is Gonny, u weet toch dat we vandaag tegen PSV spelen, waarom neemt u nou niet op? We staan achter en ik kan uw steun goed gebruiken.' Kat spitst haar oren. Hoort ze iets op de achtergrond? 'Nou ja, u bent vast iets leuks aan het doen', vervolgt Gonny. 'Zeker lekker taartjes aan het eten bij buurvrouw Baretti? Ik kom gauw weer langs, hoor. Dag. Dag.'

Ze speelt het bericht opnieuw af en zet het stil bij 'goed gebruiken'. Ze zet het volume harder en speelt het bericht nogmaals terug. In de verte klinkt een doffe klap. Ze laat de band verderlopen en haar adem stokt. Na de klap die klinkt als het vallen van een object, misschien het krukje, hoort ze voetstappen. Ze spoelt terug. Nog een keer. En nog een keer en nog een keer. Krukje, wegrennen, krukje, wegrennen, krukje, wegrennen. Verrek! Er was dus wel degelijk iemand. Een plan ontvouwt zich in haar hoofd. Het heeft een uiterst kleine kans van slagen, maar morgenochtend zal ze opnieuw bij de training aanwezig zijn om het plan uit te voeren.

Morgenochtend. Dan heeft ze een deel van de middag en de hele avond om niets te doen. Ze drinkt haar glas leeg en kijkt naar de klok. Halfzes. Over een half uur heeft Lisa met Maartje in het park afgesproken. Het verlangen voelt bijna fysiek, alsof ze door onzichtbare kabels naar haar kind getrokken wordt. Ze schenkt opnieuw een glas in. Niet gaan, niet gaan, spreekt ze zichzelf toe en neemt een grote slok, je kwelt jezelf, en als je Hannah ziet wordt het alleen maar moeilijker. Maar waarom zouden Maartje en Lisa gezellig in het middagzonnetje mogen wandelen, terwijl zij... Het is niet eerlijk: ik zit in dat donkere rothuis, zonder balkon, man of kind, terwijl mijn zus met mijn baby in het park loopt te paraderen.

Ze staat op, trekt haar jack aan, drinkt het glas leeg en gaat de deur uit.

54

Uren later ligt Kat in bed, in het donker, de kamer tolt om haar heen. Ze ziet de wandeling van het begin van de avond in het Westerpark voor zich: verscholen achter bomen en struiken volgde ze Lisa en Maartje die met de kinderwagen liepen. Het is alsof ze naar een film over een onbekende kijkt, een leven dat niets met haar te maken heeft, over mensen die niet haar familie zijn. Een film over twee vrouwen die babbelen en lachen en op een bankje gaan zitten en een baby uit de wagen halen. De oudste steekt haar handen uit, maar de jongste houdt het kind met een hand dicht tegen zich aan, terwijl ze met de andere een fles uit een tas haalt. Ze geeft de baby de fles. Het kind lijkt gulzig te drinken. Weer lachen de vrouwen, ze lachen en wijzen, lijken wel verliefd, verliefd op een kind.

Kat weet nog wat ze toen deed: ze bonkte met haar hoofd tegen de boom waar ze achter stond. De ruwe bast schuurde tegen haar voorhoofd en dat deed pijn, een fijne pijn. Ze was het park uit gelopen en via de slijter naar huis gegaan. Hoe ze in bed is gekomen, kan ze zich niet herinneren. De kamer tolt weer en ze voelt zich wegzakken.

Opnieuw droomt ze over een kinderwagen, een die opstijgt, de lucht in. Hij wiegt heen en weer, steeds harder en harder, tot hij op z'n kop draait – het kind kan er elk moment uit vallen. Ze gilt en wordt wakker, badend in het zweet. Er viel geen kind uit, de wagen was leeg.

55

En wéér zit Lisa 's ochtends alleen, met een secretaresse voor wie ze niet gekozen heeft. Een die steeds meer vragen begint te stellen. 'Hoe gaat het met Hannah?' en 'Waarom is Kats kind altijd bij jou?' Voordat ze achter de computer kroop om God mag weten wat te gaan doen, wilde ze per se weer een fotootje zien. Wat doet ze zichzelf toch aan? Wil ze pijn blijven oproepen, omdat verdriet haar aan het kind bindt dat ze verloren is? Lisa weet goed hoe vreselijk ze het vond dat ze, na een lange periode van rouw, haar moeder minder ging missen. Het was of Janna daarmee verder uit haar leven verdween, alsof het vliegertouw steeds verder uitrolde, de vlieger een stipje werd dat elk moment in de blauwe lucht zou opgaan. Ze kan niet tegen Stella's verdriet, het confronteert haar met haar angst om Hannah te verliezen. Ze neemt zich voor om weer bij Kat aan te dringen op het tekenen van de papieren.

'Wat doe je?' informeert ze als ze koffie voor Stella op het bureau zet.

'Kat heeft gevraagd om achter de foto's van de wedstrijd Ajax-PSV Vrouwen aan te gaan. Die heeft ze opgevraagd bij *Het Parool,* maar ze zijn nog niet binnen.'

Kat kan zich nog steeds niet neerleggen bij de conclusie dat Blondie suïcide heeft gepleegd. Dat betekent echter dat zowel haar zus als Stella uren steekt in een zaak waar ze geen cent mee verdienen.

'En wat doe jij?' vraagt Stella.

'Ik ga me storten op ene Pekka Hämäläinen, voetbalmakelaar met naar het schijnt duistere praktijken.' Gisteren had Ruben gebeld met de vraag of ze hem kon helpen. Hij is op zoek naar voetbalmaatje Lex en diens vriend Yaw, die door die Hämäläinen naar Nederland is gehaald. Ze beloofde het uit te zoeken, ook omdat de informatie die ze boven water krijgt relevant kan zijn voor de opdracht van Helena.

'Zal ik je helpen?' stelt Stella voor. 'Ik heb het mailtje naar *Het Parool* al verzonden. Hoe spel je de achternaam van die Pekka?'

Lisa spelt de naam en stort zich op haar werk.

56

Ze was al vroeg op pad. Nog voor de speelsters zich voor de training omkleedden, zocht zij de plek op waar Gonny met haar oma belde. Een voor een kwamen de voetbalsters aan, met de sporttas over de schouders en sommigen met de slaap in de ogen. Ze groetten haar, met een verbaasde blik, en liepen door naar de kleedruimtes.

'Hebben we er een fan bij?' vroeg Elif toen ze haar zag.

'Ik doe onderzoek, probeer het niet te begrijpen', lachte Kat. 'Zou jij willen vragen of de speelsters straks een voor een vanuit de kleedkamer naar het veld willen rennen?'

'Waarom?'

'Omdat ik gek ben.'

'Sorry, Kat', had Elif gezegd. 'Ik weet niet of ze daar zin in hebben.'

'Waarom niet? Ze moeten zich toch opwarmen, dat kan net zo goed vanaf hier, toch? Het enige wat ik vraag is of ze in hun eigen tempo langs willen rennen.'

Elif had haar hoofd geschud. 'Ik zal zien wat ik kan doen.'

En nu staat Kat met haar mobiel in de aanslag, haar duim hangt boven de geluidsopnameknop. De deur van de kleedkamer gaat open en Faiza komt naar buiten. Kat drukt op de knop en spreekt in: 'Faiza.'

Faiza kijkt haar met een bevreemde blik aan, waarop Kat een uitnodigend gebaar maakt: rennen alsjeblieft. Faiza holt langs, richting speelveld, en kijkt niet meer om. Hetzelfde gebeurt met Gonny, Abenaa, Charlotte en Elif. De laatste tikt lachend tegen haar voorhoofd terwijl ze voorbijrent. Het blijft even stil en dan komen achter elkaar Daantje, Samia, Ineke, Kaylee, Jolanda en het nieuwe meisje, dat een shirt draagt waar MELKERT op staat. Als iedereen langs geweest is, stopt Kat de geluidsopname, steekt een hand op naar Elif en wandelt het terrein af.

'Broertje.' Kat beklimt hijgend de laatste treden van Rubens zolderappartement in de Jordanese Lindenstraat. 'Maak ik je wakker?'

Ruben staat in boxershort en T-shirt bovenaan de trap. Zijn blonde haardos is verwilderd en op zijn kin groeien stoppels waarvan hij hoopt dat het ooit een baard wordt, weet Kat. Hij schudt zijn hoofd. 'Ik ben al een tijdje bezig.'

Ze geeft hem een hug, hij ruikt naar jongens en naar slaap; een herinnering aan zijn stoere jongenskamer vol Ajax-posters, -voorwerpen en -dekbed dringt zich op.

'Ik vind van alles over die Pekka Hämäläinen. Wat een louche gast is dat, zeg', zegt hij terwijl hij haar voorgaat naar de woonkamer. 'Het is een Fin die al een tijdje in Nederland woont. Hij heeft in Ghana zogenaamde voetbalschooltjes, waar hij talentvolle tieners selecteert, wurgcontracten laat ondertekenen, en hun families financieel leegplukt om ze op een toeristenvisum naar Nederland te laten gaan.'

'En dan?'

'In Nederland laat hij de jongens bij verschillende clubs stage lopen, en als dat succesvol is, moeten ze een kortetermijncontract tekenen. Geen enkele zekerheid en met ongunstige voorwaarden voor die jongens. De voetbalmakelaar profiteert ervan: hij krijgt een succesfee, dus een transferbonus. Die varieert naarmate de verkoopprijs stijgt. Bovendien krijgt hij een percentage van het brutosalaris van de speler. Bij iedere volgende transfer krijgt hij ook een aanzienlijk deel van het bedrag dat voor de jongen betaald wordt. Dat bepalen en toekennen van commissies zijn schrijnende toestanden.'

'En als zo'n jongen geen contract krijgt?' Kat gooit haar tas op de bank en ploft neer.

'Dan laat Hämäläinen hem stikken. De speler heeft geen geld, geen contract, geen werk- of verblijfsvergunning, niets. Kortom: hij verblijft hier dan illegaal en zijn familie kan naar hun geld fluiten.' Ruben haalt met een geïrriteerd gebaar zijn hand door zijn haren. 'In Europa zijn er talloze illegalen aan wie een voetbalcarrière is beloofd die nu op straat leven.'

'Dat is gewoon moderne slavernij!'

'Ik weet bijna zeker dat dit met Yaw is gebeurd. Hij had de mazzel dat hij bij de familie van Lex terechtkon, maar toen zijn carrière mislukte en hij er mentaal aan onderdoor ging, hield dat ook op.'

'Waar zou hij uithangen?'

'Yaw? Geen idee. Ik probeer die Hämäläinen te bereiken – gemaild, gebeld, ik krijg hem niet te pakken.'

'Dan zoeken we hem toch thuis op? Heb je zijn adres?'

Ruben knikt.

'Als je gaat, ga ik mee. Maar eerst heb ik een vraag aan jou.'

Kat legt uit dat ze twee geluidsbanden heeft, een van de voicemail van Gonny's oma, een met de rennende voetstappen van alle speelsters. 'Kun jij die bestanden in jouw computer zetten en de geluiden vergelijken? Ik ben ervan overtuigd dat voetstappen net zoiets zijn als vingerafdrukken: ieder mens loopt anders, de een licht, de ander zwaar, korte passen, lange passen, links iets anders dan rechts, enzovoort. Lukt het jou om de lengte en kracht van de stappen te analyseren? En te vertellen wie degene is die rent op het andere geluidsbestand?'

'Geef me een paar uur. Ik heb een programma op mijn computer waarmee ik auditief-akoestische analyses kan maken.'

Kat veert op. 'Top, dan ga ik ondertussen de ouders van Madeleine een bezoek brengen.'

'Kun je die mensen niet beter met rust laten?'

'Alles heeft met alles te maken', zegt Kat. 'Ik voel dat ik dicht bij de ontknoping ben, Ruub. Bel me als je meer weet!'

Met twee treden tegelijk rent ze de trap af. In haar hoofd herhaalt ze het contactadres in de rouwadvertentie.

Bij een villa in Amstelveen belt ze aan. De woning heeft een ruime voortuin en grenst met de achterkant aan het Amsterdamse Bos. De vitrage voor het raam wordt een stukje opzijgeschoven en Kat herkent mevrouw Piël, de moeder van Madeleine. Ze lijkt Kat ook te herkennen, want ze gebaart dat ze eraan komt. Even later zit Kat op een bordeauxrode designbank met zachte kussens en drinkt een glas cola met citroen en ijsklontjes. Dit is nog eens een ontvangst. De moeder van Madeleine blijkt, hoewel ze telkens volschiet, graag over haar dochter te willen praten.

'Hadden we haar maar serieus genomen', zegt ze met rode ogen. 'Ze dreigde er alleen zo vaak mee dat we het met een grote korrel zout namen.'

'Met zelfdoding?'

De moeder knikt. 'Als ze haar zin niet kreeg of niet genoeg aandacht. Soms ook als ze echt ongelukkig was. En daarna knuffelde ze me en beloofde ze altijd dat ze het zover nooit zou laten komen. Madeleine was erg onevenwichtig.'

'Dat begreep ik uit de toespraken.'

'Ze was geen slecht kind, echt niet. Op de basisschool is ze vaak gepest en daarna had ze zo'n houding van: niemand doet me wat. Ze zei: "Liever hard dan zielig, mama." Maar zo is ze gewórden, in haar hart was ze heel lief.'

'En moedig, zei u.'

'Voor de duvel niet bang. Mijn man en ik hebben weleens tegen elkaar gezegd: ze moet oppassen, straks kiest ze de verkeerde vijanden.'

Dat is precies wat Kat vreest, dat Madeleine tegen de verkeerde vijand op is gelopen, een die sterker en machtiger was dan zij, en dat dat haar fataal is geworden.

'Weet u iets over haar liefdesleven?' vraagt Kat.

'Ze werd heel gauw verliefd, maar dat duurde nooit langer dan drie maanden. Ze liet een spoor van gebroken harten achter.'

Kat drinkt haar glas leeg, de ijsklontjes tinkelen en vallen tegen haar lip, lekker koel.

'En zat daar iemand bij die niet kon accepteren dat ze de relatie beëindigde?'

'Geen idee. Nog cola?'

'Nee, dank u.' Ze zitten even zwijgend bij elkaar; het is geen onaangename stilte – beiden in gedachten verzonken.

'Mijn man en ik hebben er zo'n spijt van dat we er de laatste wedstrijd niet bij waren', zegt de moeder van Madeleine dan. Haar ogen glanzen. 'We lagen allebei met griep op bed. Als we toen hadden geweten...' Ze haalt een zakdoekje tevoorschijn en snuit haar neus.

'Als we alles van tevoren zouden weten...' troost Kat. 'U hoeft uzelf niets te verwijten.'

Mevrouw Piël glimlacht dapper en stopt het zakdoekje weer weg. 'Jullie zijn allemaal zo lief', zegt ze. Ze wijst naar een prachtig boeket in een vaas op tafel. 'Die kwamen een paar speelsters brengen. Het zijn van die schatten.'

Jaja, denkt Kat.

'We hebben een hele tijd herinneringen aan Madeleine opgehaald en recente foto's op haar mobieltje bekeken.'

'Heeft u dat mobieltje nog?'

'Jazeker, wacht even.' Als mevrouw Piël de kamer uit loopt heeft Kat de gelegenheid om de foto's te bekijken die op een zwartgelakte *sidetable* staan. Er staan er veel van Madeleine tussen, als kleuter, als schoolkind, puber. Niet één voetbalfoto, voor de familie Piël was Madeleine toch bovenal dochter.

'Alsjeblieft.' Mevrouw Piël geeft Kat een telefoon. 'Je mag hem een tijdje houden, maar we willen hem wel graag terug.'

'Natuurlijk.' Ze steekt het ding bij zich. 'Kunt u mij het wachtwoord geven?'

Mevrouw Piël knikt. 'Opnaardetop123uitroepteken.'

'Dank u.' Kat staat op. 'Ik kom gauw weer langs.'

'Dat zou fijn zijn.'

Fijn? Waarom, denkt Kat. Wat is er nou fijn aan een bezoek van mij? Ze heeft vast medelijden met magere secreten die er als een geest uitzien.

'Bedankt voor het luisteren', glimlacht mevrouw Piël met trieste ogen. 'Je bent een lief mens.' Ze trekt Kat dichterbij en geeft haar een hug.

'Dank u wel', stamelt Kat en weet niet hoe snel ze weg moet komen.

57

Op een bank in het Amsterdamse Bos geniet Kat van de zon die haar verwarmt. Het is zo goed als zomer. De narcissen zijn uitgebloeid en alle bomen zijn groen. In de struiken achter haar fluit een merel de eerste regel van *Happy*; tenminste, zo klinkt het.

Ze haalt Madeleines mobiel uit haar zak en laat hem van haar ene naar haar andere hand gaan. Zou hier de sleutel voor de oplossing in kunnen zitten? Ze opent hem en typt het wachtwoord dat de moeder haar heeft gegeven. *Opnaardetop123!*

Ze opent WhatsApp en ziet behalve de appjes naar familie, kennissen en Ajax-relaties ook versleutelde berichten. Die laatste doen ertoe, weet ze uit ervaring: die zijn niet voor niets afgesloten. Toch niet zó naïef misschien? Op momenten als deze is het jammer dat techniek haar altijd net zo weinig heeft geboeid als sport. Maar goed, daar kan ze Ruben voor bellen. Het moet een kort gesprek worden, want haar telefoon heeft nog slechts drie procent batterij.

Haar broer neemt meteen op. 'Wat moet je nu weer', zegt hij quasi-geërgerd.

'Hoe ontsleutel ik een whatsappbericht?' vraagt ze.

'Als het bericht *end-to-end* versleuteld is, kan niemand dat.'

Dat is een tegenvaller.

'Het is wel mogelijk om verwijderde berichten terug te halen, dat weet je, hè?' zegt Ruben.

'Goeie, Ruub, hoe ook alweer?'

'Is het een Android of een iPhone?'

'Android. Snel alsjeblieft, ik heb nog drie procent, nee twee procent batterij.'

Ruben legt uit dat in de opslag van de SD-kaart verwijderde bestanden staan, die ze de datum van vandaag moet geven. Vervolgens moet ze WhatsApp van de telefoon verwijderen en opnieuw installeren.

'Er wordt gevraagd of ik een back-up wil herstellen', zegt Kat gehaast.

'Klopt, nu klik je op *herstellen.*'

Kat doet wat hij zegt. 'Yes, ze zijn terug!' roept ze en staart naar de berichten. Ze zijn van en naar een en dezelfde persoon en de inhoud liegt er niet om.

'Ik heb trouwens goed nieuws voor je', zegt Ruben. 'Ik weet van wie die voetstappen zijn.'

'Ik ook', zegt Kat en voelt het bloed uit haar wangen trekken. 'Verrek, Ruub, als we het over dezelfde hebben, dan weet ik wie Madeleine vermoord heeft!'

58

'De foto's zijn binnen', roept Stella naar Lisa. Ze wijst naar het scherm.

Lisa gaat naast haar staan en kijkt mee. Het zijn foto's van de wedstrijd Ajax-PSV Vrouwen.

'Scrol eens door tot de rust', zegt ze.

Stella doet wat ze vraagt.

'Volgende, volgende... Stop.' Op een van de foto's ziet Lisa de speelsters na de rust alleen en in tweetallen uit het clubhuis komen. Beton loopt voorop, direct gevolgd door Elif en Kaylee, daarna de rest, behalve Gonny.

'Ga eens een paar foto's verder.' Ze tuurt naar het scherm. 'Stop hier.' De speelsters zijn bijna op het veld, de volgorde van speelsters is hetzelfde als daarnet. Het lijken identieke foto's, alleen zijn de speelsters een stuk verder en loopt Gonny ver achteraan. Identiek op één detail na. Ze zoomt in en veert dan overeind.

'Ik moet Kat bellen!' zegt ze hardop, tegen zichzelf.

'Want...?' vraagt Stella.

'Ik weet wie terug is gegaan naar het clubgebouw!'

'Ben jij nog in De Toekomst?' vraagt Kat buiten adem aan degene aan de andere kant van de telefoon, terwijl ze het Amsterdamse Bos uit loopt en de Amstelveenseweg oversteekt. Als er bevestigend geantwoord wordt, zegt ze: 'Blijf daar, ik kom eraan. Ik wil je spreken.'

Het antwoord hoort ze niet meer, haar batterij is dood.

'Ze neemt niet op', zegt Lisa gefrustreerd. 'Waarom is ze nou weer onbereikbaar?'

Stella haalt haar schouders op.

'Waar kan ze uithangen?'

'Ze ging naar haar broer, geloof ik.'

Er komt een mail binnen. De secretaresse werpt er een blik op. 'Bericht van ene Xenia, is dat spam?'

Xenia? Lisa schiet op haar af en duwt Stella bijna van haar stoel. *Beste Lisa,* leest ze. *Ik mail je om je te vertellen dat mijn familie en ik veilig zijn. Niet in Dubai, ergens op een plaats waar niemand ons kan vinden. Het zit me nog steeds dwars dat ik niet eerlijk tegen je geweest ben. Misschien geloof je het niet, maar ik ben oprecht een vrouw met waarden en normen en ik doe er alles aan om integer te zijn. Dat ik tegen jou gelogen heb en criminelen daardoor vrijuit heb laten gaan, zit me zo dwars dat ik er niet van kan slapen.*

Ik besluit daarom nog één keer van me te laten horen. Het was niet Blondie die me probeerde om te kopen, die insinueerde dat mijn kinderen, kleinkinderen en ik niet veilig zouden zijn als ik haar omkooppoging zou aangeven.

Ik noemde Blondie omdat ze dood was. Dat was fout, want ook postuum verdient ze geen slechte naam. Het was iemand anders die probeerde om met cocaïne mij de wedstrijd te laten fixen, die mij en mijn gezin bedreigde met verwoesting van onze carrières en zelfs met de dood. Met kloppend hart en klamme handen onthul ik bij deze de identiteit van de meedogenloze crimineel die in direct contact staat met Wei Li.

Lisa staart sprakeloos naar de naam eronder, die van de sleutelfiguur. Ze moet deze informatie even verwerken. Dan print ze snel twee foto's en belt ze Ruben.

59

Het is rustig op de velden van De Toekomst. De trainingen zijn afgelopen en de meeste mensen zijn naar huis. Kat gaat naar het clubgebouw en trekt de deur open. Ook binnen is het stil, haar voetstappen galmen als ze naar de kleedkamers loopt. Ze legt haar hand op de deurknop en opent de deur. Elif zit op een van de banken een schoen uit te kloppen, haar sporttas naast haar. Ze kijkt verheugd op. 'Waarom ben ik altijd blij als ik jou zie?' lacht ze. 'Ik denk: ik wacht even, want ik kreeg je niet meer te pakken. Biefstukdag?'

'Als je hoort wat ik te vertellen heb, ben je minder blij', antwoordt Kat somber.

'O?'

'Ik weet wie Madeleine vermoord heeft.'

'Vermoord? Lieve schat, leg je er nou eens bij neer. Het was zelfmoord.'

Kat schudt haar hoofd.

'Je bent nogal zeker van je zaak.'

'Daarom ben ik naar jou toe gekomen.'

'Als eerste?'

'Als eerste.'

Elif pakt losjes Kats hand. Vervolgens wijst ze naar de bank tegenover zich. 'Ga zitten, vertel je theorie.'

Kat neemt plaats, buigt voorover en leunt met haar onderarmen op haar knieën. 'Madeleine dreigde vaak zichzelf te doden als iets haar niet beviel. Dat deed ze als kind al en daar kreeg ze veel aandacht en meestal haar zin mee. Zo ook in de rust van de voor haar al mislukte wedstrijd tegen PSV.'

'Klopt', zegt Elif. 'Vandaar dat Beton die ceintuur naar haar gooide. We namen die emotionele chantage totaal niet serieus.'

'Terecht. Blondie deed alles om het serieus te laten lijken. Ze zocht een plek in de sportzaal. Daar stonden krukjes, daar was een haak en belangrijker: ze ging ervan uit dat Abenaa voor de tweede helft twaalf keer op de boksbal zou komen slaan, dat was zoals we weten haar ritueel. Ze rekende erop dat Abenaa haar zou tegenhouden als ze zogenaamd zelfmoord wilde plegen, en dan zou iedereen beseffen wat ze haar, Madeleine, hadden aangedaan. Emotionele chantage was Blondies *middlename.*'

'Maar Abenaa ging die dag niet naar de sportzaal.'

'Dus stond Madeleine voor niets op een krukje met een strop om haar nek. Ze zal zich behoorlijk belachelijk hebben gevoeld.'

'Trapte ze uit frustratie het krukje weg? Dat geloof ik niet.'

'Ik ook niet.'

'Nee?'

'Abenaa kwam niet. Iemand anders wel.'

'Je bedoelt Gonny. Maar zij ging niet verder dan de hal, om haar oma te bellen.'

Kat vouwt haar handen en kijkt Elif doordringend aan. 'Gonny belde haar oma, maar die nam niet op, dus ze sprak een boodschap in. Op dat bericht is het vallen van het krukje te horen en daarna rennende voetstappen.'

'Jeetje.' Elif krabt op haar hoofd. 'Wie kan dat geweest zijn? Daar zullen we waarschijnlijk nooit achter komen.'

'Jawel, hoor.'

'Wel?'

'Zoals je weet heb ik het geluid van jullie voetstappen opgenomen toen jullie van de kleedkamer naar het veld renden. Mijn broer heeft ze vergeleken met het rennen op de voicerecorder van Gonny's oma. De voetstappen daarop komen overeen met die van een van de speelsters.'

'Van wie dan?'

'Van jou, Elif. Niemand rent zo lichtvoetig en met zulke snelle, kleine passen als jij.'

Elif begint te lachen. 'Dat slaat nergens op.'

'Dus wat we horen zijn niet jouw voetstappen?'

Elif vertrekt geen spier. 'Ik ben niet eens meer binnen geweest. Ik liep als eerste het veld op.'

'Klopt, maar je bent teruggegaan', klinkt het ineens. Lisa staat in de deuropening, hijgend en verhit. Ze houdt twee foto's in haar handen. Kat heeft niet gemerkt dat de deur open is gegaan. Elif blijkbaar ook niet.

'Hier is het bewijs', vervolgt Lisa. Ze houdt de linker foto omhoog. 'Op deze foto loop je inderdaad bijna vooraan, en op deze...' ze houdt de rechter omhoog, 'ook. Het verschil is alleen dat je je waterflesje – het waterflesje dat je ooit op vrijdag de dertiende van je favoriete coach hebt gekregen – op de eerste foto niet in je hand hebt, en op de tweede wel.'

'Dat flesje heeft iemand naar mij gebracht, ik weet niet meer wie.'

'Dat zou kunnen', zegt Kat. 'Of je bent snel naar binnen en daarna naar voren gehold.'

'Ik lieg niet. En bewijs voor jullie belachelijke en kwetsende beschuldiging heb ik nog niet gehoord.'

'Geduld, Elif, er is meer. Madeleine was erachter gekomen dat jij speelsters probeerde over te halen om wedstrijden te fixen. Ze dreigde dat bij Helena Pastor te melden.'

'En waar zou ze die wijsheid vandaan halen?'

'We weten allemaal dat Blondie geen lieverdje was. Ze was altijd op zoek naar manieren om macht te kunnen uitoefenen, zocht naar kwetsbaarheden bij anderen waardoor ze zichzelf sterker kon voelen. Zo had ze de ziekelijke dwang om telefoons te jatten om privéberichten te lezen. Ook die van jou heeft ze op de een of andere manier te pakken gekregen.'

Elif haalt haar schouders op. 'Geen idee, nooit iets van gemerkt. Ik heb trouwens ook geen geheimen.'

'Je wist dat Blondie een bericht tussen jou en je opdrachtgever had onderschept, want ze appte je erover. Ze wist waar je mee bezig was, schreef ze. Jij was een van de speelsters die de ouders van Madeleine bloemen gingen brengen, is het niet? Toen je zogenaamd de foto's op haar mobiel wilde bekijken, heb je die berichten gewist.'

'Onzin, ik laat me door jullie niet intimideren', roept Elif.

'Ik heb ze echter kunnen terughalen.'

Elif is bleek geworden. 'Dat was grootspraak', zegt ze. 'Dat van die opdrachtgever heb ik allemaal gefantaseerd.'

Kat realiseert zich dat haar tweelingzus op het juiste moment is verschenen. Haar informatie over Elifs mascotte, het 'voor geluk onmisbare' waterflesje, komt verrekte goed van pas. Het is het bewijs dat Elif inderdaad is teruggegaan.

'Je liep terug om je flesje te halen', zegt Kat. 'Daar stuitte je op Madeleine, die begon te beseffen dat Abenaa dit keer niet naar de sportzaal zou komen en dat ook niemand haar zocht of kwam ophalen. Ze had de pech dat jij haar op het krukje zag staan met haar hoofd in een strop. Het enige wat je hoefde te doen is het krukje omverschoppen, en jouw probleem was opgelost.'

'Fantastische theorie, en niet meer dan een theorie', zegt Elif. Haar spottende toon ontgaat Kat niet. 'Iedereen weet dat ze een labiele borderliner was. En het geluid van mijn voetstappen zegt niets. Ik rende terug omdat ik – inderdaad – mijn waterflesje vergeten was en snel op het veld wilde zijn.'

'Het geluid van een vallend krukje, gevolgd door het geluid van iemand die vanaf die plek wegrent. We zullen zien wat de politie ervan zegt.'

Elif haalt haar schouders op en trekt een schoen aan.

'Jij was ook degene die Xenia Okkes een grote hoeveelheid coke voor haar zoon aanbood, zodat ze de wedstrijd zou fixen', vult Lisa aan. 'Die coke was waarschijnlijk het begin.'

Kat is verrast: hoe weet haar zus dat?

'Xenia Okkes, Xenia Okkes?' vraagt Elif en doet alsof ze zoekt. 'Waar op de wereld is Xenia Okkes?'

'Toen Xenia weigerde, heb je de coke in Blondies tas gestopt. Je vertrouwde erop dat Xenia niet zou vertellen dat je haar dat had aangeboden, om haar zoon Rico erbuiten te houden, maar honderd procent zeker wist je het niet', gaat Lisa door. 'Dus zorgde je dat Blondie ermee geassocieerd werd: twee vliegen in één klap. Het verlies van de waarde van de coke nam je voor lief om zo buiten beeld te blijven. Hopelijk vindt de politie jouw vingerafdrukken op de verpakking omdat je in de haast geen tijd had om die te wissen.'

Elif antwoordt niet. Met trillende handen trekt ze haar andere schoen aan.

'Blondie stond al op de dodenlijst van de gokmaffia, is het niet?' vraagt Kat. 'Sinds je jouw opdrachtgever in Nederland vertelde dat zij op het punt stond om je aan te geven.'

'Opdrachtgever?' vraagt Lisa. 'Bedoel je de tussenpersoon?'

'De tussenpersoon?'

'De grote baas van Elif zit ver weg', zegt Lisa. 'Namelijk in China. Maar de tussenpersoon, de sleutelfiguur in Nederland, die de nationale gokmaffia aanstuurt, is...' Ze wijst. 'Onze lieve Elif Çekin zelf.'

In één klap valt bij Kat alles op z'n plaats. Natuurlijk! Natuurlijk is het Elif! Op het veld hield Blondie doorlopend Elif in de gaten. En Charlotte en Jolanda waren doodsbang toen zij tijdens de training informatie aan ze vroeg. Omdat Elif erbij stond!

Met een snelle beweging ritst Elif haar sporttas open, grist er een pistool uit en richt dat op Lisa en Kat. Ze gaat staan. 'Handen omhoog,' zegt ze, 'of ik knal jullie koppen eraf.'

Lisa en Kat steken hun handen in de lucht. Terwijl ze het pistool op hen gericht houdt, stapt Elif naar de rij grote kledinglockers en doet met één hand een locker open.

'Ik ben benieuwd hoe je erachter bent gekomen', zegt ze tegen Lisa.

'Er zijn mensen met een geweten.'

Elif opent een tweede locker. 'Dan heb je ook vast ontdekt dat ons syndicaat over de hele wereld verspreid zit. We vinden jouw informant wel.'

'Wij ook. En dan zal ze tegen je getuigen.'

Dat maakt blijkbaar geen indruk. 'Leg jullie mobieltjes langzaam op de grond voor je en schuif ze over de grond ver van je af, die hoek in', zegt ze.

Kat en Lisa doen wat ze vraagt.

Dan gebaart Elif naar de lockers. 'En nu naar binnen', zegt ze. 'En snel.'

Kat aarzelt. Als Elif ze opsluit, kan het uren duren voordat iemand ze vindt. In die tijd kan ze het land uit zijn. Ze ziet dat Lisa ook nog geen aanstalten maakt om de locker in te gaan.

'Schiet op', snauwt Elif. Ze ontgrendelt het pistool.

'Het heeft geen zin om ons vast te zetten', zegt Lisa.

'Nou en of dat zin heeft. Tegen de tijd dat jullie bevrijd zijn, ben ik verdwenen.'

'Dat dacht je. Ik heb onderweg hiernaartoe de politie en Helena Pastor gewaarschuwd. Als het goed is, is het clubgebouw al omsingeld.'

Twijfel verschijnt in Elifs ogen; met het pistool nog steeds op hen gericht opent ze de deur van de kleedkamer en luistert. Het geluid van sirenes klinkt en blauw licht schijnt de hal in.

'Einde verhaal, Elif', zegt Kat.

'Trut. Stomme dronken trut', sist Elif. 'Jullie hebben geen idee hoe machtig de mensen zijn die ik achter me heb.'

'Maak je geen illusies. Jij bent voor hen slechts een pionnetje. Ik ben bang voor je dat die lui je als een baksteen laten vallen', zegt Lisa. 'De politie is natuurlijk wel geïnteresseerd in wie het zijn. Meewerken kan strafvermindering opleveren.'

'Gelul.' Elif richt het pistool op Kat. 'Jou knal ik als eerste af.'

'Die biefstuk kun je de komende jaren op je buik schrijven', zegt Kat nuchter. 'Er wordt fors bezuinigd op gevangeniseten.'

'Ik zou dat pistool laten zakken', adviseert Lisa. 'Als de politie binnenkomt en ze zien je ermee zwaaien, loop je de kans dat ze je neerschieten.'

'Elif Çekin', klinkt dan door een megafoon. 'Kom ongewapend naar buiten met je handen in de lucht.'

Elif aarzelt een kort moment, zucht dan en gooit het wapen op de grond. Ze loopt de kleedkamer uit. Als de deur achter haar dichtvalt, voelt Kat hoezeer haar benen trillen en ze gaat op de bank zitten; de politie zal zo wel komen. Lisa volgt haar voorbeeld en laat het trillen van haar handen zien.

'Hoe wist je dat ik hier was?' vraagt Kat.

'Tweelingintuïtie.'

'Niet.'

'Ruben', erkent Lisa. 'Hij vertelde wat jullie ontdekt hadden en dat je Elif ging confronteren.'

'En De Toekomst is dan de meest logische plek om af te spreken', knikt Kat.

'De toekomst', glimlacht Lisa, terwijl ze haar hand op Kats knie legt. 'De toekomst is altijd de meest logische plek.'

60

Lisa drinkt in haar ouderlijk huis koffie aan de grote houten eettafel. Het is ochtend, Hannah op schoot observeert de volwassenen aandachtig. Bart had gevraagd of Lisa verslag wilde komen doen van de gebeurtenissen die gisteren uitgebreid het nieuws hadden gehaald. Maartje, links van haar, houdt Hannah een rammelaar voor, en maakt kirrende geluidjes. Ook 'ome Ruben' is aanwezig. Die weet duidelijk niet wat hij met baby's aan moet en probeert Hannah het woord 'Ajax' te leren: 'Ajax, zeg dan, Hannah: Ajax.'

'Ze kan nog niet eens lachen', zegt Lisa. 'En haar eerste woord wordt sowieso "mama".'

De grote afwezige is Kat. Ze belde op dat ze bij moest komen van gisteren en met Odette bij Kiki, die totaal van slag is, had afgesproken.

'Het was dus Elif', concludeert vader Bart. 'En Kat had het goed: geen zelfmoord.'

Lisa vertelt over wat haar tweelingzus ontdekte door halsstarrig haar gevoel te volgen. 'Zij concludeerde als enige dat het krukje nooit door Blondie weggetrapt kon zijn.'

'Knap van Kat', zegt Bart.

'Zeker.'

'Heb je dat ook tegen haar gezegd?'

Lisa voelt een steek door haar borst. Altijd weer die aandacht voor zorgenkindje Kat. En vervolgens wordt háár verweten dat ze niet genoeg voor haar zus doet. 'Dat weet ze wel.'

'Dat weet ze niet. Geef haar de credits, Lisa, die heeft ze nodig.'

'Iemand nog koffie?' vraagt Maartje.

'Ik moet zo gaan', antwoordt Ruben. 'Ik heb met Kat afgesproken.'

'Dan krijgt onze Kat in elk geval aandacht genoeg', zegt Lisa met een sneer naar haar vader.

'We gaan Pekka Hämäläinen een bezoek brengen. Misschien heeft hij iets van Yaw gehoord. Yaw staat nog steeds onder contract bij hem – een waardeloos contract, maar het is een contract. En dus kan die Pekka een schakel zijn die helpt om Yaw en Lex te vinden.'

'Zal ik meegaan?' vraagt Lisa. 'Ik wil die gast weleens ontmoeten.'

Ruben fronst. 'Het lijkt me niet slim om hem met een zware delegatie te overvallen. Dat werkt averechts.'

'En wie is Pekka Hämäläinen?' vraagt Bart.

'Een louche voetbalmakelaar', antwoordt Ruben. 'Hij heeft Yaw, een Ghanese vriend van mijn voetbalmattie Lex, een wurgcontract laten tekenen en gedumpt toen hij niet goed genoeg bleek te zijn.'

Lisa zet zich schrap. 'En ik wil hem spreken omdat ik met de opdracht van Ajax Vrouwen bezig ben. Het zou me niet verbazen als hij dit soort kunstjes ook met Afrikaanse meisjes gaat proberen. Helena Pastor heeft ons bedrijf gevraagd de risico's van malafide praktijken in kaart te brengen, zodat ze voorkomen kunnen worden, en die man lijkt me een behoorlijk risico.'

'Ah, het mes snijdt aan twee kanten', begrijpt Bart. 'Maar dat kunnen Ruben en Kat toch prima aan? Kat brengt later verslag aan je uit.'

Als ze het niet verpest met haar geheel eigen en vooral ook onorthodoxe aanpak, denkt Lisa. Misschien helpt het dat Ruben erbij is.

Maartje legt haar hand op die van haar. 'Zullen wij naar Artis gaan? Het lijkt me dat je na gisteren een dag rust hebt verdiend.' Ze buigt zich over naar Hannah en zegt met een stem die minstens een octaaf hoger is: 'En Hannah wil de olifanten graag zien, hè Hannah? En de tijgers, grrrr.' Ze doet vervolgens een aap na: 'Oe, oe, oe, ie, ie, ie.'

Hannah neemt Maartje met een intense blik op. En dan gebeurt het. Op haar gezicht breekt de zon door en er verschijnt een prachtige glimlach.

'Kijk nou!' roept Maartje.

Lisa staart, met Bart, Ruben en Maartje, naar de adembenemende lach van haar baby en schiet vol. Bart en Maartje slikken hun ontroering weg.

'Wat zo'n kind allemaal voor elkaar krijgt', lacht Bart. 'We zijn een stelletje dweilen.' Ze gaan met z'n allen verder met het maken van dierengeluiden, om Hannah nog een keer te laten lachen. Dat lukt, en hoe.

'Dit moet Kat zien', zegt Bart dan.

Voor de zoveelste keer krijgt Lisa een knoop in haar maag. 'Ze mag dit niet missen, Lisa', zegt haar vader zachtjes.

Ze humt, en belooft dan: 'Ik zal met haar praten.'

'Dat is lief, meisje', zegt haar vader. 'Als je wil kan ik daarbij zijn.'

Misschien is dat wel een goed idee. Hopelijk kan haar vader de impasse doorbreken – want een impasse is het inmiddels – en voor eens en altijd vast laten leggen dat Hannah de dochter van haar en Eric is. Hannah Mesdag, met de achternaam van Eric en haar halfbroertjes en -zusje. Eindelijk het gezin dat ze wilde hebben, en eindelijk stabiliteit en rust. Niet in de laatste plaats voor Hannah.

'Dus we gaan naar Artis?' vraagt Maartje.

'Ik bel Stella dat ik vandaag niet kom', knikt Lisa en voegt de daad bij het woord. De secretaresse neemt alleen niet op. Ook niet als Lisa een paar minuten later weer belt. 'Dit is het antwoordapparaat van Kauffmann & Kauffmann Bedrijfsrecherche', klinkt aan de andere kant van de telefoon. 'We zijn er nu niet, maar als u...'

'Wat gek', zegt Lisa. 'Ze zou vanochtend de honneurs waarnemen. Het enige wat ze hoeft te doen is de telefoon opnemen.' Ze richt zich tot Maartje. 'Sorry, dan moet ik toch naar kantoor. We lopen al achter. En ik moet een verslag van gisteren in het rapport van de Ajax-opdracht opnemen.'

'Geeft niets, hè lieveling?' zegt Maartje tegen Hannah. 'Dan ga je lekker met oma naar de diertjes kijken.'

Een steek van spijt gaat door Lisa heen; ze zou vaker van haar kind willen genieten, maar ja. 'Ik kom haar wat vroeger ophalen', zegt ze. 'Dan ga ik trainen met Hannah erbij.'

'Daar heeft dat kind toch niets aan', werpt Maartje tegen. 'Haal haar gewoon daarna op, joh.'

Ergernis bekruipt Lisa. Ze is natuurlijk blij met de vele oppastijd, en natúúrlijk ook met de overweldigende liefde die haar stiefmoeder voor haar kind voelt, maar het is zo véél. Ze doet alsof Hannah haar kind is.

'Ik haal haar eerder op', zegt ze kortaf.

'Oké.' Maartje klinkt teleurgesteld. 'Oké dan', herhaalt ze. 'Wat jij wil.'

Ruben staat op. 'Ik ga naar Hämäläinen', zegt hij.

Lisa volgt zijn voorbeeld. 'Ik naar kantoor.' Ze geeft Hannah een kusje. 'Tot vanmiddag, schattebout.'

'Goudkust' wordt dit deel van IJburg genoemd. De huizen zijn ontworpen door verschillende architecten, uitgekozen door de bewoners, en vormen een bonte verzameling: groen, grijs, blauw, soms zelfs knalrood. Sommige hebben kleine ramen, glazen puien, erkers, uitbouwen, andere juist niet. 'Goud' staat voor het kapitaal dat elke bewoner ongetwijfeld op de bank moet hebben staan, want dit is een toplocatie aan het IJ.

Kat houdt zich stevig aan Ruben vast, straks waait ze van de scooter. Op de hoek van de straat remt hij hard en ze wordt tegen hem aan gedrukt. Even later staat ze naast de scooter, doet haar helm af en wijst naar een villa: 'Daar moet het zijn.'

'En nu hopen dat hij thuis is', zegt Ruben.

Ze bellen aan en een jonge vrouw doet open. Ze is donker, draagt tientallen vlechtjes in het haar en kan niet ouder dan vijfentwintig zijn, schat Kat. Een fotomodel met eindeloos lange benen en de juiste maten.

'Mevrouw Hämäläinen?' vraagt ze.

De vrouw knikt. Pekka Hämäläinen is van 1978, weet Kat, mevrouw Hämäläinen is waarschijnlijk de helft zo oud.

'Is uw man thuis?'

Er wordt heftig met het hoofd geschud. 'Lang weg. Komt gauw thuis', zegt ze.

'Zegt de naam Yaw Anokyaa u iets?' vraagt Ruben.

'Nee.'

Hij herhaalt zijn vraag in het Engels. Weer wordt er ontkennend geantwoord.

'Kunt u uw man voor ons bellen?' vraagt Kat. 'Wij willen hem graag spreken.'

'Vanavond thuis.'

Kat haalt een pen en een notitieblokje uit haar zak, schrijft haar telefoonnummer op en scheurt het blaadje af. 'Bellen alstublieft', zegt ze als ze het aan de vrouw van Hämäläinen geeft. 'Ja?'

'Ja.' De schoonheid sluit de deur.

'Waarom heb ik het idee dat dat papiertje in de prullenbak belandt?' zegt Kat als ze naar de scooter lopen.

'Kom hé, niet zo pessimistisch.' Ruben wijst naar een bankje aan het IJ. 'Zullen we even in de zon gaan zitten?' Ze nemen plaats en kijken over het water. In de verte vaart een groot schip langs. Rechts van hen springen kinderen het water in en zwemmen rond.

'Ik wil iets met je bespreken.' Kat krijgt meteen buikpijn van zijn serieuze toon. Twee kinderen in een rubberbootje roeien langs, een meeuw scheert over het water.

'Vanmorgen waren we bij pa en Maartje: Lisa met Hannah en ik. Het is niet hetzelfde als jij er niet bij bent, we missen je.'

De meeuw duikt in het water en vliegt met een vis in zijn snavel op. Andere meeuwen komen van alle kanten krijsend aangevlogen.

'Hoelang wil je dit volhouden, Kat? Je kunt toch niet de rest van je leven je eigen familie ontwijken?'

Kat schokschoudert. 'Het komt wel', zegt ze. 'Het heeft tijd nodig.'

'We zaten bij elkaar en Maartje ging een aap nadoen.'

'Een aap nadoen?!'

'Voor Hannah.'

'O, oké.'

'En toen lachte ze.'

'Maartje?'

'Doe niet zo stom: Hannah natuurlijk! Ze lachte zo lief. Je had erbij moeten zijn, Kat. Je wil niet weten wat je nu al mist van die kleine. Je kunt een rol in haar leven spelen. Wat voor een weet ik niet – tante, meemoeder, weet ik veel, iets!'

Kat staat op. Met een bruusk gebaar veegt ze haar broek schoon. 'Ik zal je één ding vertellen: ik wou dat ze nooit geboren was. En hoe meer jullie aan mijn kop zeiken, hoe minder trek ik heb om onderdeel uit te maken van het perfecte gezinnetje van mijn zus.'

Ruben kijkt haar met een bezorgde blik aan.

'En staar me niet zo aan, alsof ik een of andere zielige kneus ben! Lááát me!' Dat laatste schreeuwt ze bijna, het komt uit haar tenen.

'Oké', zegt Ruben. 'Als je maar niet denkt dat ik haar naam ga vermijden. Ik doe niet mee aan dat struisvogelgedrag van jou. Jij kunt je kop in het zand steken zoveel je wil, voor mij is Hannah iemand die bij de familie hoort en over wie ik praat.'

'Dus ik heb de keus tussen alles of niets', concludeert Kat. 'Of ik heb een familie met dat kind erbij, of ik heb niemand.'

'Je hebt ons allemaal in de tang, want we snappen je en willen rekening met je houden. Maar Hannah bestaat en is niet "dat kind", maar een mens. Ze is geen "pijnlijk onderwerp" dat genegeerd kan worden.'

Zijn woorden verrassen haar. Ruben is volwassen aan het worden, bedenkt Kat. 'Praat over haar, als je dat wil', zucht ze. 'Het is tenslotte jouw nichtje.'

'Zij.'

'"Zij"?'

'"Zij is tenslotte jouw nichtje."'

Zwijgend lopen ze naar de scooter, Kat met lood in haar schoenen – en in haar hart: dit gaat ze houden, tot in lengte van dagen. Tot zij verandert, haar familie gaat dat niet doen. En Ruben heeft gelijk: Hannah bestaat en blijft. Ze haakt haar arm in die van Ruben en drukt die van hem tegen zich aan. Hij beantwoordt haar met een kneepje.

Net voordat ze op de scooter stappen, gaat Kats telefoon. Ze doet haar helm af en neemt op.

'Jullie wilden mij spreken?' klinkt een zware mannenstem met Scandinavisch accent.

'Pekka Hämäläinen?' vraagt Kat, en ze seint naar Ruben dat hij mee moet luisteren. Hij komt naast haar staan, zijn oor bij het hare.

'Wie zijn jullie? En wat moeten jullie van mij?'

'Ik ben Kat Kauffmann en mijn broer is bevriend met Yaw Anokyaa.' Ze trekt een gezicht naar Ruben, die knikt. 'We kunnen hem niet vinden, misschien weet u waar hij uithangt?'

Het is stil aan de andere kant van de lijn, op wat getik na, alsof hij iets opzoekt.

'Kauffmann & Kauffmann Bedrijfsrecherche', zegt Pekka. 'Jij moet niet tegen mij liegen.'

'Dat doe ik niet. We zoeken contact met u omdat...'

'En ook niet bij mijn huis komen. Als je iets wil weten, bel mijn zaakwaarnemer.'

Kat wipt van het ene been over op het andere en terug. 'En Yaw Anokyaa?'

'Laat hem met rust. En laat mij met rust, want anders...'

'Want anders...?' waagt ze.

'Hoe is jullie uitdrukking ook alweer? Een gewaarschuwd mens...?'

'Telt voor twee. Lex Heerinckx, zegt die naam u iets?'

'Jij houdt niet op, hè? Kappen, ik zeg het niet nog een keer. Wie niet horen wil, krijgt problemen.'

'Meneer Hämäläinen...'

De verbinding wordt verbroken. Kat kijkt Ruben aan. 'Verbeeld ik het me, of was dit een bedreiging?'

'Niet met zoveel woorden, maar hij bedoelde dat ons iets overkomt als we naar Yaw blijven zoeken.'

'Heftig.'

'Bizar', bevestigt Ruben. 'Het betekent wel dat we op het goede spoor zitten.' Hij pakt zijn mobiel.

'Wat ga je doen?' vraagt Kat.

'Bouke bellen. Ik vraag me af of de familie Heerinckx ook bedreigd is toen zij Yaw zochten.' Hij toetst een nummer in en wacht tot er opgenomen wordt.

'Hallo Bouke, met Ruben Kauffmann nog even. Wij hebben net Pekka Hämäläinen gesproken en...'

Hij wordt blijkbaar onderbroken, want hij luistert even en zegt dan: 'Nee, we waren bij zijn huis; volgens zijn vrouw was hij weg, maar is hij er vanavond weer. Hij belde ons. ... Ja. ... Ja.'

De stem van Bouke klinkt weer aan de andere kant van de lijn.

'Nou, dat vroegen we ons af, inderdaad', zegt Ruben. 'Sloeg hij tegen jullie ook zulke dreigende taal uit? ... Onderwereld ... Nee. ... Inderdaad. ... Oké, dank u wel.'

'Vraag of hij iets van Lex heeft gehoord', zegt Kat.

'Heeft Lex nog iets laten horen? ... O, wat leuk, kunt u dat doorsturen? ... Dank u wel, doe hem de groeten als u hem weer spreekt. ... Dag.'

Ruben richt zich tot Kat. 'Volgens Bouke is hij levensgevaarlijk. Dreigt met breken van botten, het in de fik steken van je huis en je bij laagwater aan een paal binden ergens in de Biesbosch. Hij heeft bovendien geen fijne vriendjes.'

'Lekker type', zegt Kat.

'Misschien moeten we het laten rusten.' Ruben kijkt bezorgd. 'Dit zijn maffiapraktijken – te groot en te heftig voor ons bedrijfsrecherchebureautje.'

'"Bedrijfsrecherchebureautje"?' Kat geeft hem een tik op zijn helm. '"Laten rusten"?'

'Pas op hoor, Kat.'

Kat zwijgt. Geen vijand is haar te groot en ze zal hiermee doorgaan tot het einde. Ruben weet dat ook en hij kent het risico.

'Lex heeft zijn ouders een foto gestuurd, uit Brazilië', zegt Ruben. 'Met een mooi meisje op het strand van Copacabana. Ze zouden hem doorsturen.' Er klinkt een ping. 'Ah, daar zal je hem hebben.' Hij opent zijn telefoon. 'Krijg nou wat.'

'Wat?'

'Een appje. "Hey gast, sorry dat ik ineens vertrokken ben. Ben in Brazil. Vertel je later alles. Maar effe belangrijk..." En nu in kapitalen: "Bemoei je niet met Yaw en Hämäläinen, vijf uitroeptekens. Lex."'

'Van welk nummer?'

'Anoniem.'

61

Het is gek dat Stella er niet is. Ze heeft geen bericht achtergelaten en de afwas van gisteren staat nog op het aanrecht. Lisa baalt als een stekker. De telefoon rinkelt continu en journalisten bellen met vragen over Blondie en de aanvoerster van Ajax, Elif Çekin. Kauffmann & Kauffmann wordt in de pers de hemel in geprezen; fijn natuurlijk, maar positieve publiciteit genereert ook opdrachten. En dat terwijl Kat weer in geen velden of wegen te bekennen is, en Ruben zijn aandacht richt op een persoonlijke zoektocht. Ze kijkt naar buiten en zucht. Mensen in zomerkleding wandelen over de grachten. In de Singel wordt gesupt en gevaren. Twee kinderen lopen langs, met hun opa, likkend aan een ijsje; de vrolijke kinderstemmen dringen door tot aan haar plek aan het bureau. Misschien moet ze net als buurvrouw Famke huismoeder worden, en de boel de boel laten. Lekker in de zon lopen met de kleine.

Ze schrijft een tijdje verder aan het rapport en sluit dan haar computer af. Als ze nu vast gaat trainen voor de Dam tot Damloop, is er later op de dag volop tijd voor *qualitytime*.

Ruben zet Kat af bij haar huis, op haar verzoek – na zijn woorden kan ze uitsluitend aan een borrel denken. Het kan haar allemaal geen fuck meer schelen; als ze zich te pletter zuipt ziet haar familie vast in dat ze verre van Hannah gehouden moet worden. Ze doet alsof ze naar binnen loopt, maar als Ruben zwaaiend wegrijdt, holt ze naar de slijter.

Daar slaat ze twee flessen calvados in en twee rosé. Tijd voor een feestje.

Als ze dit schema volhoudt, kan ze in september de Dam tot Damloop halen, met twee vingers in haar neus. Ze rent al ruim driekwart van die afstand met gemak en heeft nog even. Lisa staat onder de douche en laat het water langs haar lichaam stromen. Het voelt weldadig, het komt bijna nooit meer voor dat ze én niet de zorg voor een kind, én geen werk af te maken heeft. Ze neemt uitgebreid de tijd om haar haren te wassen, haar lichaam te scrubben en haar benen te ontharen. Daarna, terwijl samen met haren en huidschilfers alle ergernissen het afvoerputje in stromen, staat ze wezenloos voor zich uit te staren. Het moest eens uit zijn met die idiote jaloezie van haar op Kat. Het slaat nergens op, ze zou voor geen miljoen met haar zus willen ruilen.

Ze zet de kraan uit, droogt zich af en smeert zich in met bodylotion. Vanavond gaat ze Eric verleiden, neemt ze zich voor. Ze trekt alvast sexy lingerie aan, daaroverheen een makkelijk zittende joggingbroek en hoody. Ze is nog niet aangekleed als ze de sleutel in het slot hoort. Maartje komt binnen, met één hand de lege kinderwagen vooruitduwend; met de andere houdt ze Hannah vast. Ze zingt: 'Ze kunnen zeggen wat ze willen, maar de olifant, heeft de dikste billen van het hele land... Hoi.' Dat laatste is tegen Lisa.

'Dag liefie.' Ze neemt Hannah over.

'Dag,' grapt Maartje, 'of was dat niet tegen mij?'

Lisa lacht: 'Jij bent ook een liefie. Dank je wel voor het oppassen.'

'Ze heeft een fles melk op en heeft een halfuurtje geleden een schone luier gehad.'

Lisa steekt een duim op. 'Superbedankt.'

Maartje blijft in de gang staan dralen. Zou ze thee of koffie willen? Lisa wil eigenlijk meteen met Hannah naar het park. 'Ik ga er zo vandoor', zegt ze. 'Nu is het nog lekker buiten.'

'Zal ik meegaan?' vraagt Maartje.

'Nee joh, jij bent al de hele dag met haar bezig, je zult wel kapot zijn.'

'Nee hoor.'

'Ga lekker naar huis, anders voelt papa zich verwaarloosd', lacht Lisa. 'Die verliest het toch al met vlag en wimpel van de nieuwe Kauffmann-telg.'

'Ik vind het leuk om met jullie even in het park te lopen.'

Lisa zet zich schrap. 'En ik vind het leuk om even alleen met mijn dochter te zijn.'

'Nou zeg', zegt Maartje gekwetst.

'Sorry, ik zie haar veel te weinig.'

'Elke avond!'

Moet ik nu echt in discussie over de hoeveelheid tijd die ik met mijn kind doorbreng, vraagt Lisa zich af. Dit is toch te gek voor woorden. 'Lieve Maartje', zegt ze stellig. 'Ik waardeer enorm wat je voor Hannah doet. En je bent de liefste oma van de wereld. Maar ik wil nu even alleen met haar zijn. En ik wil dat niet uit hoeven leggen.'

'Oké, ik begrijp het al.' Maartje geeft Hannah een kusje, zegt koel 'Dag' tegen Lisa en vertrekt.

Lisa legt Hannah in de wagen en gaat de deur uit. In het Westerpark, tussen de bloeiende planten, groene bomen en recreërende mensen, daalt tevredenheid over haar neer. Ze wandelt langs een speeltuintje met een klimrek en een zandbak en glimlacht om de spelende kleuters die zandgebakjes maken en op loopfietsjes sjezen. Een eindje verderop zit Famke, op een kleedje in het gras, de kinderwagen met een parasol naast haar. Zo te zien plukt ze madeliefjes en rijgt er een ketting van. Eigenlijk is ze best aandoenlijk, op haar kleine-huis-op-de-prairie-manier.

Lisa loopt verder, over het voetpad, in de richting van de kinderboerderij, en gaat halverwege op een bankje naar twee spelende pitbullpuppy's zitten kijken. Een jonge vrouw komt aangewandeld, met een kindje dat waarschijnlijk net kan lopen en een kleuter op een step. Twee kinderen hebben is ook leuk, droomt Lisa. Of drie. De kleuter draait het stuur van de step zo bruusk om dat het ding begint te zwabberen. 'Oei!' roept Lisa. En ja hoor, de step kukelt om en de kleuter valt met een klap met zijn kin op de grond. De vrouw is er snel bij, raapt de brullende kleuter op en veegt het grint van zijn gezicht. Ondertussen waggelt de baby naar de hondjes. 'Aaien', zegt hij en hij steekt zijn hand al naar een van de pitbulls uit.

'Nee, niet doen!' roept Lisa en schiet overeind. De moeder van het tweetal troost nog steeds de huilende kleuter en heeft geen oog voor haar andere kind. Lisa rent naar de baby en tilt hem hoog in de lucht, terwijl de hondjes, waarschijnlijk denkend dat ze wil spelen, tegen haar op springen en naar de benen van de inmiddels krijsende baby happen. 'Hou die honden bij je', roept ze naar een van top tot teen getatoeëerde man, die met twee riemen losjes bungelend in zijn hand op zijn gemak aan komt lopen. Hij haalt de honden van haar af en doet ze aan de riem. 'Sorry', zegt hij en loopt sloom door, met de twee springende en naar de riem happende pitbulltjes.

De moeder komt met een nog nasnikkende kleuter in haar armen naar Lisa toe. 'Dank je', zegt ze, terwijl ze de kleuter op de grond zet, de baby overneemt en op en neer hupt om hem tot bedaren te brengen. 'De vlammen slaan me uit, wat een toestand.'

'Gaat het weer?' vraagt Lisa en kijkt naar de kleuter. 'Lelijke schaafwond.' De kleine jongen draait zijn hoofd weg.

'Hij krijgt er thuis een ijsje op, hè Seppe', zegt de moeder. 'In ieder geval superbedankt.' Seppes gezicht klaart op. De baby snikt wat na en is dan stil.

'Dag', zegt de jonge moeder.

'Fijne dag!'

Lisa kijkt het drietal na. Misschien komt ze deze vrouw nog wel een keer tegen, het lijkt haar een aardig mens. Ze loopt terug naar de kinderwagen en pakt de beugel om verder te lopen. Dan staat haar hart stil. De plek waar haar kind net lag, is leeg. Hannah is weg.

Verontrust kijkt Lisa om zich heen.

Hannah?

Waar is Hannah?!

Ze rent zonder kinderwagen het pad af, tot halverwege, en dan weer de andere kant op. Als een kip zonder kop, waar moet ze zoeken? 'Hannah!' roept ze. 'Hannah!' Misschien heeft de moeder van die twee kinderen iets gezien. Ze holt in de richting van de kinderboerderij. Vlak voor de ingang haalt ze het drietal in en grijpt de moeder bij de arm. 'Heb jij mijn baby gezien?' vraagt ze buiten adem. De vrouw kijkt haar verwonderd aan. 'Mijn baby is weg', dringt Lisa aan. 'Heb je iemand gezien toen wij met jouw kinderen bezig waren?'

'Die man met die honden', antwoordt de vrouw. 'Verder niemand. Ik had mijn handen vol aan Willem en Seppe, ik heb nergens op gelet.'

De man met de honden, de man met de honden, ze probeert haar gedachten te ordenen. Hij liep verder, de andere kant op, hij passeerde de kinderwagen. Zonder de vrouw te bedanken holt ze terug, langs de wagen, de andere kant op. Daar staat hij op een veldje, spelend met de puppy's die weer los zijn. 'Hé', roept ze hijgend van verre. 'Hé!' Hij kijkt op. 'Heb jij mijn kind gezien?'

'Jouw kind gezien?' herhaalt hij.

'Mijn baby. Ze is weg. Uit de kinderwagen gehaald.'

'Nee, niets gezien.' Hij gooit met een bal, de hondjes rennen erachteraan. De man heeft blijkbaar het empathisch vermogen van een komkommer, want meer reactie volgt er niet.

Paniek overvalt haar. Kinderen spelen, mensen wandelen, niets lijkt de normale gang van zaken te hebben verstoord. Ze zoekt of Famke nog in het gras zit, misschien dat zij...? Maar Famke is al weg. Lisa staat op het punt om in huilen uit te barsten. Wat is er in hemelsnaam gebeurd? Waar is Hannah?

Met trillende handen belt ze het nummer van Eric. Die neemt niet op. Dan belt ze het OLVG, en krijgt de mededeling dat 'dokter Mesdag in vergadering zit'.

'Haal hem daar alsjeblieft uit, het is dringend!'

'Het spijt me, dat kan ik niet doen. Ik zal vragen of hij u terugbelt.'

Ze verbreekt de verbinding en probeert koortsachtig te bedenken wat logische vervolgstappen zijn. Haar hersenen lijken van pap. Wat doe je als je iemand kwijt bent? Er is haar geleerd om terug te keren naar het punt waar ze die persoon voor het laatst gezien heeft; geldt dat ook bij een kind dat nog niet kan lopen? Ze weet niets beter te bedenken dan terug te gaan naar het bankje.

De kinderwagen staat nog in het zonnetje op het pad. Ik heb me vast vergist, denkt ze als ze erop afloopt, Hannah ligt er gewoon in. Of iemand heeft haar even geleend en teruggelegd. Maar de kinderwagen is net zo leeg als daarnet. Lisa heeft het gevoel haar verstand te verliezen. Hoe is dit mogelijk?

Met nog steeds trillende handen belt ze het nummer van Maartje. De telefoon gaat meteen op de voicemail. 'Kun je me terugbellen?' zegt Lisa. 'Het is dringend!'

Ook Kat neemt niet op. Waar is iedereen?

Haar vader neemt gelukkig wel op. Ze barst meteen in huilen uit en probeert hikkend en snikkend haar verhaal te doen. 'Blijf waar je bent', zegt Bart. 'Ik kom naar je toe.'

Ze zakt neer op hetzelfde bankje waar ze net onbezorgd naar spelende hondjes keek. In één seconde kan de wereld veranderd zijn, één seconde en alles ligt aan diggelen.

Bart klinkt als een kudde neushoorns in de Serengeti-woestijn. De aarde lijkt te trillen onder zijn gewicht. Haar reusachtige vader neemt Lisa in zijn armen en laat haar huilen. 'Rustig, rustig, het komt goed.' Dan leidt hij haar naar het bankje, gaat zitten en trekt haar naast zich. Hij legt een hand op haar knie. 'Vertel.'

'Ik hielp een klein kind dat op twee honden afliep, en een moeder met een krijsende kleuter. Toen ik terugliep was de kinderwagen leeg.'

'Hoelang heeft dat geduurd?'

Ze sluit haar ogen en probeert het terug te halen. 'Hooguit vijf minuten, denk ik. Ik weet het niet precies.'

'Je hebt niemand bij de kinderwagen gezien?'

'Het was zo hectisch, die brullende kinderen en die dolgedraaide hondjes...' Ze begint weer te huilen. 'Zo stom. Ik heb niet op Hannah gelet.'

'Is de kinderwagen verplaatst?'

Lisa schudt haar hoofd. Bart fronst. 'Bestaat de kans dat iemand zich in een kind vergist heeft?'

'Lijkt me sterk. Iemand kan hooguit de verkeerde kinderwagen meenemen, als hij of zij dezelfde heeft. Maar een kind úít een wagen halen, dat doe je bewust.'

'Kan het een misselijke grap zijn?' vraagt Bart. 'Iemand die je wil laten schrikken?'

Ze schudt haar hoofd: onmogelijk.

Haar vader strijkt met een nadenkende blik over de stoppels van zijn kin. 'Vindt iemand dat je het als moeder niet goed doet? Of denkt iemand dat hij of zij het beter kan?'

Maartje, schiet door Lisa's hoofd. Ze pakt haar mobiel en belt nog eens het nummer van haar stiefmoeder. Opnieuw de voicemail.

'Aan wie denk je?' vraagt haar vader.

'Nee, niemand.'

'Lisa?'

'Echt niet', zegt ze. 'Ik zou niet weten wie.'

Haar vader blijft nuchter en analyseert de situatie. 'Het komt weleens voor dat een vrouw een kind van een ander steelt omdat ze er zelf geen kan krijgen. Of omdat ze haar kind is kwijtgeraakt.'

Natuurlijk. Lisa's adem stokt. Het is Kat! Ze spreekt haar vermoeden hardop uit.

Als door een wesp gestoken kijkt haar vader haar aan. 'Natuurlijk niet.'

'Kat is Hannah kwijtgeraakt, pap.'

'Omdat ze haar niet wilde!'

'Waarom wacht ze dan zo lang met het ondertekenen van de papieren?'

'Zoiets zou Kat nooit doen.'

'Ze drinkt weer', zegt ze. 'En niet zo'n beetje ook.'

Een wolk van verdriet trekt over zijn gezicht. 'Dat wist ik niet.'

Nee, pap, je weet zoveel niet, denkt Lisa. Ondanks al jouw levenservaring blijf je geloven dat jouw dochters engeltjes zijn.

Haar telefoon gaat. Eric. Ze barst opnieuw in huilen uit en haar vingers trillen zo hard dat ze niet kan opnemen. Bart neemt de telefoon over, neemt op en vertelt wat er is gebeurd. 'Goed', zegt hij tegen Eric. 'Prima, dan ga ik naar Kat. Ik zie je straks.'

Naar Kat, denkt Lisa. En ik dan?

Haar vader slaat een arm om haar heen en drukt haar tegen zich aan. 'Ik breng je naar huis, lieverd. Misschien wordt Hannah thuisgebracht. Eric komt naar je toe. Ik ga bij Kat kijken.'

'Het kan dat ze Hannah heeft. Ze is echt in de war, pap, zeker als ze gezopen heeft.'

Bart knikt en vervolgt: 'We vragen of Ruben in het park wil gaan zoeken.'

'En Maartje?'

'Die belde een half uur geleden dat ze naar een film ging die drie uur duurde. Ik krijg haar nu niet te pakken. Als ze hoort wat er is gebeurd, zal ze zeker mee willen helpen.'

Lisa staat op, en wankelt. Haar lijf is uitgeput, terwijl haar hersenen op exploderen staan. 'De politie', stamelt ze. 'Ik moet Hannah als vermist opgeven. Hoe langer iemand vermist is, hoe kleiner de kans...' Ze voelt dat ze op het punt van breken staat.

'De politie komt naar jou', zegt Bart geruststellend, terwijl zijn kolenschephand haar elleboog ondersteunt. 'Ik bel ze meteen. Politie bellen, Ruben bellen, Maartje bellen. Maar eerst moet jij naar huis.'

Een lege kinderwagen duwend, lopen ze naar de Pontsteiger. Lisa speurt voortdurend om zich heen. Wie heeft haar meegenomen? Iemand die van kinderen houdt of ze haat? Of die op een verkeerde manier van kinderen houdt? Een rilling gaat door haar lijf, en misselijkheid komt op, ze wankelt opnieuw.

'Hou vol, schat', zegt haar vader, en houdt haar wat steviger vast. 'Het komt goed, we vinden die kleine, zeker weten.'

Bij de ingang komen ze Famke tegen, die met een juten boodschappentas van de gezondheidswinkel naar buiten komt. 'Jij was net toch in het park?' vraagt Lisa.

'Ja.'

'Heb je Hannah gezien?'

'Hannah gezien?'

Lisa voelt dat ze weer bijna gaat huilen.

Haar vader neemt het over. 'Iemand heeft haar dochter uit de wagen gehaald en meegenomen.'

Famkes wangen worden rood en haar vlechten zwiepen heen en weer. 'Zie je dat het gevaarlijk is buiten!'

Het kost Lisa de grootste moeite om hier niet op te reageren. Hoe durft ze haar zo terecht te wijzen, ze was zelf ook in het park met Clementine. 'Heb jij in het park iets verdachts gezien?' vraagt ze.

'Hm.' Haar buurvrouw denkt na. 'Er liep wel een junk. Die was laatst ook bij de ingang van de flat.'

'Een junk?' vraagt Lisa. 'Hoe zag hij eruit?'

'Het was een zij. Mager, klein, blond stekeltjeshaar, spijkerbroek. Ze was stomdronken, als je het mij vraagt.'

Het bloed trekt uit Lisa's gezicht. Ze pakt haar telefoon en zoekt naar een foto van Kat. 'Is zij het?'

Famke bestudeert de foto en knikt. 'Ja, dat is ze. Ik weet het zeker, want ze maakte ruzie met iemand bij de tennisbaan en ging bijna op de vuist. Beveiligers hebben haar het park uit gezet.'

Lisa staart naar haar vader. De rimpel tussen zijn wenkbrauwen wordt dieper.

'Ken je haar?' vraagt Famke.

'Dank je wel, Famke', zegt ze.

'Dat soort mensen horen niet in een park. Er spelen daar kinderen.'

'Dank je wel, Famke', herhaalt Lisa met stemverheffing.

Famke snuift en loopt door.

'De tennisbaan is vlak bij het bankje', zegt Lisa tegen Bart.

'Niet te snel conclusies trekken, Lies.'

Haar zus was in de buurt, dat is geen snelle conclusie, maar een feit. Kat is gespot, waarschijnlijk dronken, en Ruben kan, als hij straks in het park is, navraag bij de tennisbaan doen.

'Ga jij alsjeblieft naar Kat.' Lisa duwt de deur open. 'Ik red het wel alleen omhoog.'

Bart knikt en loopt weg, zijn rug gebogen.

Niet veel later laat Lisa twee agenten binnen en gaat ze voor naar de huiskamer. Daar vertelt ze het verhaal opnieuw, hoe ze even niet oplette en de kinderwagen leeg aantrof. Ze geeft een beschrijving van Hannah en van de kleertjes die ze aanheeft.

'Heeft u enig idee wie haar kan hebben meegenomen?' vraagt een van de agenten.

'Mijn zus', antwoordt Lisa. 'Ik kan niemand anders bedenken.'

62

Kat droomt dezelfde nachtmerrie: een kinderwagen die in de lucht omkiepert en zij die klaarstaat om een kind op te vangen dat anders te pletter zal vallen, de opluchting en bevreemding die volgt als de wagen leeg blijkt te zijn. Waar is het kind, waar is het kind, kreunt ze in haar halfslaap. Is het opgestegen naar de wolken, verdampt, in rook opgegaan? Ze kreunt en woelt. Dan voelt ze twee handen die haar door elkaar schudden.

'Kat', hoort ze. 'Kat!' De stem van haar vader dringt tot haar door. Wat doet hij hier? De kinderwagen is inmiddels een stip geworden, als een ballon die losgelaten is en hoger stijgt.

'Kat!' klinkt nog een keer.

Ze opent haar ogen. Het is inderdaad haar vader die roept. In haar woonkamer. Het stinkt er naar kots. Vaag ziet ze ook de contouren van Kiki en Odette.

'Ze ligt net te slapen', zegt Odette.

'We hebben haar van het Haarlemmerplein gehaald', zegt Kiki. 'Daar stond ze, midden tussen het verkeer. Gelukkig heeft ze Odette gebeld.'

'Ze was wanhopig', vult Odette aan. 'De taxi wilde ons bijna niet meenemen omdat ze naar kots stonk.'

'Hoe komt ze aan die krassen in haar gezicht?' hoort ze haar vader vragen.

Odette en Kiki halen waarschijnlijk hun schouders op, want Kat hoort het antwoord niet. Krassen?, denkt ze. Wat voor krassen?

Haar vader zet haar rechtop. 'Kun je water en een washand brengen?' vraagt hij aan een van haar vriendinnen. Tegen Kat zegt hij: 'Kat, je moet naar me luisteren.' Hij klinkt streng, ongerust. 'Weet jij waar Hannah is?'

Hannah? Hannah?

'Ben je in het Westerpark geweest?'

'Zou kunnen', zegt Kiki. 'Dat is om de hoek van het Haarlemmerplein. En haar broek is groen bij de knieën. Van het gras volgens mij.'

Odette komt met een teiltje met water en een washand binnen. Bart neemt het aan, doopt de washand in het water en plenst het in haar gezicht. Kat kreunt.

'Kat, denk na', zegt Bart. 'Ben je in het Westerpark geweest en heb je Hannah daar gezien?'

'Ik... Ik weet het niet.'

'Weet je nog dat wij je van het Haarlemmerplein opgehaald hebben?' vraagt Odette.

Kat schudt haar hoofd. Ze herinnert zich dat ze bij Ruben achter op de scooter zat, dat ze van de slijter naar huis ging en de fles met calvados aan haar mond zette. Daarna is alles één groot zwart gat.

'Wat is er met Hannah?' vraagt ze moeizaam.

'Ze is weg. Iemand heeft haar uit de kinderwagen gestolen en meegenomen', antwoordt haar vader. 'We moeten weten waar ze is.'

'Hoe...?' Ze probeert haar gedachten op een rijtje te krijgen. Gestolen? Hannah? Heeft zij dat gedaan? Ze weet helemaal niets meer. Verdenken ze haar?

'De buurvrouw van Lisa heeft je in het park gezien. Je hebt ruziegemaakt bij de tennisbaan, dat is niet ver van de plaats waar Hannah verdween.' Bart schudt haar weer door elkaar. 'Zeg wat je gedaan hebt, Kat.'

'Ik...' Ze begint te huilen. 'Ik weet het niet!'

De mobiel van Bart gaat. 'Lisa', zegt hij en neemt op. 'Is ze terecht?' vraagt hij met gespannen stem. 'Niemand. ... Ja, ik ben nu bij haar. ... Nee, ze weet niets meer. ... Is de politie al geweest? ... Wát zegt Ruben?' Met grote ogen kijkt hij naar Kat. 'Verdorie, dat is niet best. Ik bel je later, hou me op de hoogte.'

'Wat?' vragen Kiki en Odette tegelijk.

'Wat?' vraagt Kat met dubbele tong.

'Ruben heeft Lisa verteld wat je over Hannah zei... Dat je wenste dat Hannah nooit geboren was.'

Drie paar ogen staren haar aan. Ze voelt zich een monster.

'Ik ga terug naar Lisa', zegt Bart. 'De politie zal daar wel zijn. Kunnen jullie bij haar blijven?'

Odette knikt. 'We zullen haar onder de douche zetten. En haar veel water te drinken geven.'

'Ik ben sterke koffie aan het zetten', vult Kiki aan.

'Als ze iets van haar herinnering terugkrijgt...?'

'Dan bellen we meteen', antwoordt Odette. 'Het zal alleen wel even duren voor ze nuchter is.'

Kat steekt een vinger op en mompelt: '"Ze" is hier.'

'Was dat maar waar', zegt haar vader op kwade toon.

Niet boos zijn, denkt Kat. Alsjeblieft niet boos zijn. Ze rolt in foetushouding en zakt weer weg in een diepe slaap.

63

Als Kat wakker wordt is het al donker buiten. Ze kreunt en draait zich op haar rug, haar ledematen zijn stijf en doen zeer van het op de vloer liggen. Op de bank, bij het licht van een schemerlamp, zitten Kiki en Odette dicht tegen elkaar. Smelleycat zit onder de bank en kijkt haar verwijtend aan.

'Ze is wakker', zegt Odette. Ze staat op en hurkt bij Kat. 'Gaat het een beetje?'

'Nee.'

'Ik heb een schone handdoek in de badkamer gelegd. Je gaat eerst douchen en schone kleren aantrekken. De politie komt zo terug om je wat vragen te stellen.'

'"Terug"?'

'Ze zijn al geweest, maar je was niet aanspreekbaar.' Odette kijkt over haar schouder naar Kiki. 'Bel jij ze? En Bart?'

Kiki pakt haar mobiel. Odette helpt Kat overeind. 'Weet je nog dat je vader hier was?'

Kat knikt.

'En weet je ook wat hij kwam doen?'

Het besef dringt ineens tot Kat door, als een gestalte die in de mist op je afloopt. Eerst vaag, zonder contouren, dan ineens doemt hij op en wordt scherp. Hannah is verdwenen!

'Hannah is weg!' schrikt ze. 'Ik moet gaan zoeken!'

'Eerst douchen.' Odette pakt haar arm, maar ze maakt zich los. 'Ik heb niets gedaan', zegt ze. 'Ik zou nooit... Ik zou nooit...' Wat zou ze nooit? Haar kind iets aandoen? Of heeft ze dat al gedaan, door haar weg te geven en er niet naar om te kijken?

'Rustig lieverd, ze wordt vast gauw gevonden. Iedereen is hard op zoek.'

'Ik moet erheen!'

‘Nee, nee, nee, nee, je helpt als je alles wat je weet aan de politie vertelt.’

Ze stribbelt tegen, maar Odette duwt haar met zachte hand naar de douche en zet de kraan open. Kat staat te trillen op haar benen. Ze kleedt zich uit, gooit haar stinkende kleding met grasvlekken en scheuren in de wasmand en gaat onder de straal staan. Wat is er met haar kind gebeurd? Misselijkheid komt op, niet van de drank – deze misselijkheid en buikpijn herkent ze als angst. Pure angst.

Hoe kan haar familie denken dat zij Hannah uit de wagen heeft gehaald en... Hoewel de straal warm is, verschijnt kippenvel op haar lijf. Ergens achtergelaten? Weggegeven? Weggegóóid? Verdenken ze haar van zoiets? Verwoed boent ze haar gezicht. Ze weet zeker dat ze Hannah nooit zou beschadigen. Ook ladderzat niet. Nooit!

64

De hele avond hebben ze gezocht. Tevergeefs. Lisa zit met haar handen voor haar gezicht op de bank. Eric heeft zijn arm om haar schouders gelegd. Maartje is in shock. Na het bioscoopbezoek zag ze dat ze tientallen keren gebeld was en is ze direct na het afluisteren van haar voicemail naar de Pontsteiger gekomen. Ruben heeft al zijn vrienden van Ajax opgetrommeld; die zoeken desnoods de hele nacht door, van het gebied rond het Westerpark tot aan Halfweg. Hijzelf loopt in de gang te ijsberen en te bellen en staat als een wandelend actiecentrum met zijn matties in contact.

Bart pakt een eettafelstoel en gaat voor Lisa zitten. Hij buigt voorover, legt zijn hand op haar arm en zegt: 'Denk nog eens goed na. Als het Kat niet is, wie zou het dan kunnen zijn?'

'Niemand', snikt Lisa.

'Je hebt op dit moment een tunnelvisie', zegt hij. 'En dan zie je geen andere opties. Ik wil dat je nadenkt als rechercheur. De kleinste aanwijzing kan tot de oplossing leiden.'

Bart praat vaderlijk streng, precies waar ze behoefte aan heeft. Ze voelt haar hoofd tot rust komen.

'Heeft iemand in jouw omgeving ander gedrag vertoond? Heeft iemand je bevreemd of verrast? Iets gedaan wat niet hoort?'

'Stella', beseft ze dan.

'Stella?'

'De nieuwe secretaresse. Haar kind is met zes maanden geboren en overleden. Ze is vandaag niet op komen dagen.'

'Heb je haar gebeld?'

'Vanmorgen, ja. Ze nam niet op.'

'Heb je haar adres?'

Lisa zoekt het adres van Stella op in haar mobiel. 'Ruben?' roept haar vader naar de gang.

'Overamstelstraat 42', zegt Lisa.

Ruben komt de huiskamer in met zijn mobiel in de hand. 'Ik wil dat je naar Overamstelstraat 42 gaat', zegt haar vader tegen hem. Daar woont ene Stella...'

'Vermeulen.'

'Stella Vermeulen. Ga kijken of Hannah daar is.'

Ruben steekt zijn duim op en vertrekt al bellend.

65

De politie was in het holst van de nacht verre van aardig, waarschijnlijk zien ze haar als een onbetrouwbare junk en alleen daarom is ze al verdacht. 'Houd u beschikbaar voor nader verhoor en blijf thuis', zeiden ze, nadat ze haar hadden doorgezaagd.

'Ik wil gaan zoeken', zei ze. 'Ik kan toch niet...'

'Laat dat aan ons over', was het barse antwoord. 'U bent daar niet toe in staat en u loopt iedereen voor de voeten.'

Hun conclusie is al getrokken, denkt ze. Misschien schaduwen ze me als ik de deur uit ga. Odette drukt een glas kruidenthee en twee paracetamols in haar handen. 'Kiki en ik blijven vannacht bij je', zegt ze.

'Als bewakers zeker.'

Odette kijkt haar gekwetst aan. 'Als vriendinnen natuurlijk.'

'In voor- en tegenspoed, Kat', vult Kiki aan. 'We houden van je, mocht je dat niet doorhebben.'

Die woorden van Kiki doen haar goed, ze wordt er zelfs een beetje warm van. 'Zeg eens eerlijk: denken jullie dat ik in staat ben om Hannah iets aan te doen?'

Odette schudt haar hoofd. 'Je bent het lastigste én het liefste mens dat ik ken. We weten dat je om Hannah geeft.'

De betekenis van die laatste woorden dringt langzaam tot Kat door.

'Het is alleen een kwestie van tijd dat je het zelf beseft', gaat Odette door. 'Misschien is dat moment nu gekomen, nu je zo ongerust bent.' Ze geeft haar een kus op haar hoofd en vervolgt met warme stem: 'Je hoeft niet al je problemen thuis in je eentje op te lossen. Wij zijn er voor je. En een rehab kan je helpen bij je verslaving, dat weet je. En het hoeft niet hier. Ik heb contacten in het buitenland.'

Kat schudt haar hoofd. Kiki pakt haar hand en knijpt er zachtjes in. Dan barst Kat in huilen uit, het komt van zo diep dat ze bang is dat ze nooit meer op zal kunnen houden. Haar vriendinnen slaan hun armen om haar heen. Ze laat hen begaan.

66

’s ochtends wordt ze in een schoon bed wakker, met een enorme hoofdpijn en een kurkdroge mond. Haar eerste gedachte is: Hannah! En dan beseft ze dat ze weer die rare droom over een lege kinderwagen heeft gehad. Ik droomde dat al voordat Hannah verdween, beseft ze. Maar ze gelooft niet in voorspellende dromen of andere spirituele bullshit. Ze stapt uit bed en stommelt naar de woonkamer. Daar liggen Kiki en Odette lepeltje-lepeltje op de bank. Op dat smalle ding zullen ze waardeloos geslapen hebben.

‘Is er nieuws?’ vraagt ze.

‘Nee’, zegt Odette verrassend helder. Ze gaat rechtop zitten. ‘Ze is nog niet gevonden. We zijn elk uur op de hoogte gehouden.’

Kat kreunt, ze wilde dat ze kon bidden.

‘Ik ga theezetten’, zegt Kiki met een lome stem.

‘Ik droom zo raar’, vertelt Kat. ‘Ik heb iedere nacht dezelfde nachtmerrie. Dat een kinderwagen als een vlieger aan een touwtje opstijgt en omkiepert. Steeds als ik volkomen in paniek denk dat het kind gaat vallen, en ik niet in staat ben om haar op te vangen, blijkt er niets in te zitten.’

‘In dromen verwerk je vaak een gebeurtenis van overdag’, zegt Odette.

Kat schudt haar hoofd.

‘Heb je iets met een kinderwagen meegemaakt?’ vraagt Odette.

Dan ineens schiet het haar te binnen. ‘Jawel!’ roept ze uit.

‘Wat dan?’ vraagt Odette.

‘Ik ben... Ik botste...’

‘Wat?’ dringt Odette aan.

‘Onbewust moet ik gevoeld hebben dat het niet klopte.’

‘Wat niet klopte?’

Kat aarzelt niet langer, vliegt naar de slaapkamer en schiet in haar kleren. 'Hoeveel weegt een baby?' roept ze.

'Eh... dat ligt aan de leeftijd.'

'Een kind van een week of acht?'

'Eh, gemiddeld vijf, zes kilo.' Odette steekt haar hoofd om de deur van de slaapkamer. 'Je gaat toch niet de deur uit?'

'Jawel, ik moet...' Het heeft geen zin om het uit te leggen. 'Vertrouw me.'

'Je moet beschikbaar blijven voor de politie.'

'Bel me als er iets is, oké?'

'Maar...'

Kat geeft Odette een kus op haar wang, snelt de deur uit en daalt de trappen met twee treden tegelijk af. Ze laveert tussen de auto's door de straat over, het getoeter negerend, gaat Albert Heijn in en komt naar buiten met een zak van vijf kilo aardappelen. Dan steekt ze haar hand op voor een taxi en zoekt ondertussen op haar mobiel naar een winkel met babyspullen. 'Ten Katestraat', zegt ze tegen de chauffeur. Terwijl hij wegrijdt, leunt ze naar achteren, de zak aardappelen op haar schoot. Zie je, ik ben niet gek, denkt ze, in die dromen heb ik mezelf iets willen vertellen. En ik ga nu uitzoeken of het iets met de verdwijning van Hannah te maken heeft. De taxi stopt op de hoek van de Ten Katemarkt. Ze betaalt en rent vervolgens naar de babywinkel. Buiten staan een paar kinderwagens uitgestald, vastgebonden aan een lange ketting. Ze stapt de winkel in en vraagt aan een verkoopster of ze een van de kinderwagens mag zien.

'Natuurlijk', zegt het meisje, wat bevreemd naar de zak aardappelen kijkend. Ze loopt met haar mee naar buiten en maakt een kinderwagen los. Kat legt de zak erin.

'Dat is niet de bedoeling', zegt de verkoopster.

Kat rijdt de wagen naar het midden van de stoep, gaat er met haar rug tegenaan staan, draait zich om en valt eroverheen. De wagen wankelt even, maar blijft vrijwel stabiel staan.

'Mevrouw!' roept de verkoopster. 'Wilt u hiermee ophouden?'

Kat herhaalt de handeling. Weer blijft de wagen stabiel. Zie je wel!

'Sorry', zegt Kat. 'Dank je wel dat ik hem mocht uitproberen.' Ze gaat ervandoor, het meisje dat 'Uw aardappelen!' roept negerend. De kinderwagen van die krijsende moeder, denkt ze. De kinderwagen van die krijsende moeder voor de ingang van de Pontsteiger was leeg.

Kat staat op de drempel en Lisa staart haar aan. Haar zus is lijkbleek en heeft rode ogen – gevolgen van een doorwaakte nacht.

'Ik heb haar niet', zegt Kat meteen. 'Echt niet.'

'Je was gisteren in het Westerpark.'

'Ik zou Hannah nooit iets doen, Lies. Ook dronken niet. Dat weet ik zeker. Ik durf niet eens in haar nabijheid te komen, omdat... Ik durf dat niet eens.'

Lisa staart haar secondelang aan, zucht dan en zet de deur verder open. Ze loopt voor haar uit naar de huiskamer. Daar zitten haar vader, Maartje, Eric en Ruben stilletjes bij elkaar. In hun blikken voelt Kat afstand en vervreemding.

'Hoi', zegt ze, en ze blijft aarzelend staan. Zo is het om verstoten te zijn.

'Heb jij iets van Stella gehoord?' vraagt Ruben dan.

'Nee, hoezo?'

'Ze is niet op het werk verschenen en we kunnen haar niet bereiken. Ik ben een paar keer langs geweest, ze lijkt niet thuis te zijn.'

'Denken jullie dat zij...?'

Ruben haalt zijn schouders op.

'De politie is er hard mee bezig', zegt Eric.

Stella, zou dat kunnen? Ze ziet de vrouw voor zich, ontdaan en kwetsbaar, maar ook dapper. Stella keek het monster van rouw recht in de bek. Steelt zo iemand het kind van een ander?

'Ik heb een andere theorie', zegt ze.

In Barts ogen verschijnt interesse. 'Wat dan?'

'Een tijdje geleden stond ik hier voor de ingang.'

Lisa opent haar mond, en klapt hem weer dicht. Die denkt ongetwijfeld: wat moest je daar, als je je kind niet eens wil zien, als je niet dichtbij durft te komen.

'En toen schrok ik van iemand die ineens achter me stond', vervolgt Kat. 'Ik struikelde over de kinderwagen die ze bij zich had, en die viel bijna om. De vrouw begon te gillen.'

'Waar wil je heen, Kat?' vraagt Eric.

'De vrouw maakte een enorme stampij, echt heel veel herrie, en toch klonk er geen kik uit die wagen. De kap was dichtgetrokken, dus ik zag het kind ook niet. Om een of andere reden hield het voorval me bezig. En vanmorgen realiseerde ik me: het was heel merkwaardig dat de wagen een beetje kantelde, net of er geen gewicht in lag. Ik heb de proef op de som genomen, en met vijf kilo staat zo'n wagen een stuk stabieler.'

'Ze kan een kind hebben weggebracht. Of misschien moest ze het halen', zegt Maartje. 'Er zijn honderd verklaringen waarom iemand met een lege kinderwagen rondloopt.'

'Maar niet waarom iemand tekeergaat alsof er wél een kind in ligt. Ze deed alsof ik het bijna vermoord had', werpt Kat tegen. 'Een vrouw met een lege kinderwagen, die hysterisch wordt als iemand ertegenaan stoot, dat is toch gek?'

'Ik ben het met Kat eens', zegt Bart. 'We moeten in de zoektocht naar Hannah elk spoor serieus nemen.'

'Kats intuïtie heeft al vaker perfect gewerkt', valt ook Ruben bij.

'We zoeken dus vrouwen in deze buurt met een kinderwagen', zegt Kat.

Lisa fronst. 'Zoveel zijn dat er niet. Of ik ken ze niet. Ik weet alleen dat de buurvrouw van driehoog ook een baby heeft. Je weet wel.' Ze richt zich tot Eric. 'Famke.'

'Met de onzichtbare man', glimlacht Eric wrang.

'En de onzicht...' Lisa wordt nog bleker dan ze al was.

'Wat wil je zeggen, Lisa?' Bart pakt haar arm.

'Onzichtbare baby?' dringt Kat aan.

Lisa knikt.

'Heb je haar nooit gezien?' vraagt Bart.

'Nee, ook niet op foto's. Famke maakte alleen tekeningen van haar, zei ze.'

'Dat is merkwaardig.'

'Wat is haar achternaam?' Ruben pakt zijn mobiel.

'Eh... Winkelman, geloof ik. Nee, Winkelmeijer. Famke Winkelmeijer-Doornbos.'

'Kom, we gaan naar haar toe.' Kat pakt Lisa bij de arm.

'Ik ga mee', zegt Eric en loopt al naar de deur.

'Wacht even', roept Bart hem na. 'Kun jij in haar medisch dossier komen?'

'Die dossiers zijn vertrouwelijk.'

'Kun je erin komen?'

'Jawel, maar dat mag niet. Ik kan daar de grootste problemen mee krijgen.'

'Het gaat om ons kind, Eric', dringt Lisa aan. 'Zelfs ik vind dat nu nood wet breekt.'

Eric staat in dubio. Hij kan hierdoor voor de tuchtraad komen, hiervoor ontslagen worden.

'We moeten weten met wie we te maken hebben, Eric. Kijk in dat dossier, alsjeblieft', dringt Bart aan.

'We mogen geen tijd verliezen!' De wanhoop staat op Lisa's gezicht. 'En dit kan allesbepalend zijn!'

Eric knikt. 'Oké. Ik zal doen wat ik kan.'

'Goed, dan gaan Kat, Lisa en ik naar die Famke Winkelmeijer', zegt Bart resoluut. 'En intussen kijken Ruben en jij of je iets over haar kunt vinden.'

'En ik?' vraagt Maartje.

'Wil jij de telefoon bewaken en de politie te woord staan als ze contact zoeken?' vraagt Bart.

De twee mannen en Maartje knikken. Bart gaat met Kat en Lisa naar de lift. 'We vragen gewoon of we even binnen mogen komen', zegt Kat.

'Dat laat ze niet toe. Ik kwam er de vorige keer niet in', zegt Lisa. 'Haar man kan niet tegen bezoek.'

'Dan loop ik langs haar heen het huis in.'

'Denk aan huisvredebreuk, Kat', zegt Bart.

'Denken zal ik zeker', antwoordt Kat.

Ze stappen uit de lift en bellen aan. Er wordt niet opengedaan. Kat bonkt op de deur. 'Famke!' Niets.

'Misschien is ze een eindje gaan wandelen', zegt Bart.

'Die man is altijd thuis', zegt Lisa. 'Stanley heet-ie. Hij heeft straatvrees en een sociale fobie.'

'Ik hoor niets.' Kat ramt nog een keer op de deur. 'Stanley!'

Een andere deur gaat open, die van de buren. Er komt een oude vrouw naar buiten. 'Komen jullie voor dat rare stel?' vraagt ze.

'Weet u waar ze zijn?'

'Hem heb ik al in geen eeuwigheid gezien. "De dood van Pierlala" noemen mijn man en ik hem. Nog magerder dan die vrouw van hem.'

'Heeft u haar vandaag gezien?'

De vrouw schudt haar hoofd. 'Ik hoor alleen de godganse dag die muziekdoos. Gek word je ervan. Ik heb al eens geklaagd, ze trekken zich er niets van aan.'

'Hoort u die nu ook als u binnen bent?'

'Altijd, zeg ik toch.'

'Mogen we even komen luisteren?' vraagt Kat.

De vrouw aarzelt. 'Wie zijn jullie? Je hoort de gekste dingen over babbeltrucs en zo.'

'Ik woon boven, ik ben uw buurvrouw', glimlacht Lisa.

De vrouw kijkt haar aan. 'Nu je het zegt. Ik zie je weleens als een idioot achter een kinderwagen rennen. Vooruit.'

Ze lopen mee naar de huiskamer, die blauw staat van de rook. In een fauteuil bij het raam zit een oude man een pijp te roken. 'Ze komen naar dat ellendige getingeltangel luisteren!' schreeuwt de vrouw naar haar man. 'Van dat stel hiernaast!'

'Naar wat?'

Met een geërgerd gezicht gebaart ze 'laat maar'. 'Doof', zegt ze tegen Lisa.

'Naar wat?' roept de man nog een keer.

'Sssst!'

Hij haalt zijn schouders op en lurkt aan zijn pijp. De vrouw steekt haar vinger op: 'Hoor dan.' Ze luisteren ingespannen. Achter de muur horen ze zacht, en toch onmiskenbaar, het geluid van een speeldoos. *Oh my darling, oh my darling, oh my darling Clementine.*

'Daar word je toch gek van?' zegt de buurvrouw.

Lisa knikt. 'Dat is Stanley, die dat draait, hij is altijd thuis.'

'Zou kunnen', zegt de vrouw. 'Ik zie hem nooit. "De dood van Pierlala" noemen mijn man en ik hem. Nog magerder dan die vrouw van hem.'

'Wanneer heeft u haar het laatst gezien?' vraagt Kat.

'Gisteren. Of eergisteren.'

'Had ze een kind bij zich?'

'Ja, ze heeft een makkelijk kind', antwoordt ze. 'Geeft nooit een kik. Ligt altijd zoet in die wagen.' Nadenkend houdt ze een vinger tegen haar kin. 'Behalve gistermiddag. Toen huilde ze. Ik ging kijken, maar ze waren al binnen.'

Kat kijkt Lisa aan en weet wat ze denkt. Hannah!

'Ze was snel weer stil. Een zoet kind is het. Ligt altijd in die wagen. Hem zie ik er nooit mee. Mijn man en ik noemen hem...'

'... de dood van Pierlala. Dank u wel, mevrouw', zegt Kat.

'Nog magerder dan die vrouw van hem.'

Bart steekt zijn hand op naar de oude man, die hem vriendelijk toeknikt en achter een blauwe wolk verdwijnt, en duwt Kat en Lisa zachtjes de deur uit. Ze groeten de oude dame, die weer naar binnen gaat en hoorbaar de deur op de knip doet.

'Wat nu?' vraagt Kat, die nog eens op de bel drukt en op de deur roffelt. Ze schrikt op van de lift die opengaat, Eric en Ruben komen eruit stormen. 'Wacht', roept Eric. 'Haar kinderen, haar kinderen zijn weggehaald!'

'Kinderen?' zegt Lisa. 'Ze heeft...'

Eric onderbreekt haar. 'Vier achter elkaar! Onvoorstelbaar. Vier! Jeugdzorg heeft ze uit huis geplaatst omdat het stel orthorexia nervosa heeft en ze hun kinderen uithongerden.'

'Wat?!' roepen Lisa en Kat tegelijk.

'In het medisch dossier staat dat Jeugdzorg zich ernstig zorgen maakte, omdat ze elk jaar opnieuw een kind kregen, dat vervolgens zodra het vast voedsel nodig had uit huis werd geplaatst. Ze zijn keer op keer uit de ouderlijke macht ontzet! Anderhalf jaar geleden is hun laatste kind, Clementine, van ze afgenomen!'

Bart bedenkt zich niet langer en werpt zich met zijn volle gewicht tegen de deur. 'Doe open!' brult hij. De deur geeft geen krimp. Ruben trapt ertegenaan, daarna Eric. Tevergeefs. Opnieuw steekt de buurvrouw haar neus om de deur. 'Wat...' begint ze, maar Kat valt haar in de rede en vraagt: 'Heeft u een breekijzer? Of een koevoet? Dat is zo'n ijzeren ding dat...'

'Ja, ja, ik weet heus wel wat een koevoet is.' De buurvrouw loopt haar huis weer in en komt met een breekijzer terug. 'Uit de kraaktijd van mijn man. Hij kan nooit wat weggooien.'

Lisa trekt het ding uit haar handen en zet het tussen de deur en het kozijn, dicht bij het slot. Ze wrikt en wrikt. Ondertussen duwen Eric en Ruben uit alle macht tegen de deur. Die kraakt, het kozijn splintert en klapt in één keer open. Eric en Ruben tuimelen naar binnen, gevolgd door Kat, Lisa en Bart. Ze hollen de gang door, naar de woonkamer. Daar staan ze plotsklaps stil, want daar, bij het raam, in een schommelstoel, zit Famke met Hannah op haar schoot. Op een stoel naast haar zijn vier gebreide, grote poppen gezet. De muziekmobiel speelt *Oh my darling Clementine.*

'Geef haar, Famke', zegt Lisa.

'Nee, hier is ze veilig', zegt ze. 'Mijn baby.'

Voor het eerst ziet Kat haar dochter.

'Geef haar aan mij', zegt Kat, tot haar eigen verbazing. Hannah kijkt haar met heldere, bijna verbaasde ogen aan en Kat krijgt een brok in haar keel. 'Kom, draag haar aan me over', zegt ze met schorre stem tegen Famke.

Die schudt haar hoofd. 'Jullie zorgen niet goed voor haar.' Ze richt zich tot Lisa. 'Je geeft niet eens borstvoeding. Je eet vlees en je kookt je groente. Het is onverantwoord om zo een kind groot te brengen.'

Lisa doet een stap naar voren. 'Je mag natuurlijk altijd advies geven. Graag zelfs. We willen allemaal het beste voor Hannah.'

'Het beste kan ik haar geven.'

'Het is mijn baby, Famke. Mijn baby.'

Famke lijkt een ogenblik in verwarring en Lisa weet dat ze nu door moet zetten.

'Hannah', zegt Lisa op zachte, hoge toon. 'Dag lieverd, hier is mama.' Hannah draait haar hoofd naar haar en lacht. 'Ja, hier is mama', herhaalt ze. 'Kom, lieve schat.'

Famke klemt de baby dichter tegen zich aan. 'Nee', zegt ze. 'Jullie weten niet wat gezond leven is.' Ze richt zich tot Eric. 'Jij bent toch arts?'

'Klopt', zegt Eric.

'Dan weet je dat wij de enige zoogdieren op aarde zijn die hun voedsel koken. En dat we daarmee de goede voedingswaarden vernietigen.'

'Dat is waar, ik weet dat je daarin gelijk hebt. En ik weet ook dat je hulp nodig hebt.'

'Help je eigen vrouw, die heeft het meer nodig dan ik.'

'Famke, je lijdt aan orthorexie, een eetstoornis waarbij je een obsessie hebt voor gezond eten, rauw in jouw geval.'

'Niet ik, júllie hebben een stoornis', zegt Famke.

'Daar wil ik best met je over discussiëren, maar eerst geef je Hannah terug. Ze is van ons.'

Ineens spuwen Famkes ogen vuur. 'Ik geef niks terug. Mijn kinderen zijn van mij afgepakt, omdat ik niet goed voor ze zou zorgen. Alle vier! En nu kan ik ze zelf niet meer krijgen. Ik heb recht op Hannah, omdat ik de beste moeder op de wereld ben. Moederschap is meer dan alleen een kind baren, je moet het waard zijn!'

Wat bedoelt ze met 'ik kan ze zelf niet meer krijgen', schiet door Kat heen. 'Waar is Stanley eigenlijk?'

'Stanley?'

'Je man', zegt Lisa. 'Die niet naar buiten durft.'

'Je buren hebben hem al heel lang niet meer gezien', zegt Kat.

Famke wiegt Hannah en begint te zingen. '*Oh my darling, oh my darling, oh my darling Clementine.*' Ze aait Hannah met één vinger over haar bolletje. 'Papa is een sterretje, hè schat. En wij zijn samen. Voor altijd samen.'

'Waar is Stanley, Famke?!' dringt Kat aan.

Famkes ogen schieten naar een antieke, eikenhouten kast met

twee deuren. Dan kijkt ze Kat opnieuw aan, met uitdagende blik. Kat aarzelt geen moment en loopt naar de kast, draait de sleutel om die in de deur zit en doet hem open.

'*What the f...*' roept Ruben als er een opgerold tapijt naar buiten valt.

Eric en Ruben schuiven stoelen aan de kant, trekken het tapijt open en... dan rolt er een donkere figuur uit, van top tot teen omwikkeld met plastic folie. Ze scheuren het folie open en zijn met stomheid geslagen. Een gemummificeerd lichaam, bruin, verdroogd en zonder ogen, ligt aan hun voeten.

'Stanley?' Lisa fluistert het bijna. 'Famke, is dit Stanley?'

Famke is gaan staan met Hannah in haar armen. Ze kijkt afwisselend naar de gang en naar hen. Kat ziet dat de vrouw haar kansen om te kunnen vluchten afweegt en leidt haar af door een van de poppen op te pakken. 'Blijf af', roept Famke naar Kat. Bart aarzelt geen moment, doet een stap naar voren, slaat Famke met zijn vlakke hand in haar gezicht en grist Hannah in één beweging uit haar handen.

Met een verdwaasde blik laat Famke het gebeuren.

Eric en Lisa duiken op Hannah, veilig in Barts armen, en controleren snel haar ogen, oren, mond, voetjes en handjes. 'Het gaat zo te zien goed met haar', zegt Eric. Lisa slaakt een zucht van verlichting. 'Houd haar nog even vast, pap', zegt ze tegen Bart. 'Ik sta te trillen op mijn benen.'

Ruben pakt zijn mobiel, belt de politie en vraagt om medische hulp. Eric leidt Famke terug naar haar stoel en gaat op zijn hurken bij haar zitten. 'Dat is Stanley, hè?'

Famke knikt. 'Hij werd slapper en slapper, kon niet meer lopen, en toen ging hij dood.'

'En je hebt geen dokter gebeld?'

'Ik wilde hem bewaren. Mijn kinderen ben ik ook al kwijt.'

'En je weet waarom', zegt Eric. 'Omdat ze net als je man zouden bezwijken aan jullie eetgewoonten.'

'Ouders moeten één lijn trekken en het goede voorbeeld geven, vindt u ook niet, dokter?'

'Het goede voorbeeld, dat klopt', zegt Eric.

'Weet u dat je met een rauwkostdieet minder ziektes en schimmels krijgt? Dat houden ze geheim, omdat de voedselindustrie miljarden opbrengt.'

'Je wordt straks opgehaald, Famke', vervolgt Eric. 'Je wordt ter observatie naar een kliniek gebracht.'

'Het is één groot complot. Onze regering zit in de klauwen van de voedselmaffia.'

'Wat heb je Hannah aan voeding gegeven?'

'Ik heb een vriezer vol moedermelk. Moedermelk is gezond. Ik ben een goede moeder.' Famke staart wezenloos voor zich uit. Eric pakt haar hand en blijft bij haar zitten.

Bart geeft Hannah kusjes, Maartje naast hem fluistert lieve woordjes en streelt haar wangetje. Hannah heeft niet geleden onder haar korte verblijf bij Famke. Ze ziet er schoon en tevreden uit. Kat staat er als verlamd bij en kijkt naar het tafereel.

'Je kunt haar aan me geven.' Lisa neemt Hannah van Bart over. Op een natuurlijke manier, alsof ze nooit anders dan baby's in haar handen heeft gehad. Het kleine meisje lacht naar Lisa. En Lisa lacht naar Hannah. Moeder en dochter. Kats hart klopt in haar keel. Ze durft nu eindelijk echt naar Hannah te kijken, haar te bekijken, te zien wat een prachtig kind het meisje is. Ze haalt diep adem en stapt dan met uitgestrekte armen op Lisa af. 'Mag ik haar even vasthouden?'

Eén tel verstijft Lisa en klemt Hannah tegen zich aan. Dan knikt ze en geeft ze Hannah aan Kat, die haar onhandig overneemt.

'Het nekje', waarschuwt Lisa.

Kat houdt het hummeltje tegen zich aan, duwt haar neus tegen het hoofdje en doet haar ogen dicht. Wat ruikt ze lekker, naar baby. Het dringt tot haar door dat dit haar kind is, haar dochter, 'onder haar hart gedragen' zoals hun grootmoeder een zwangerschap noemde.

Ze doet haar ogen weer open. Haar hele familie kijkt naar haar. Op Lisa's gezicht is bezorgdheid en angst te lezen. Ze is bang om Hannah te verliezen, weet Kat. Ook Erics blik is gespannen, terwijl Bart, Maartje en Ruben juist glimlachen. Ze drukt een kus op het hoofd van haar kind en geeft haar dan terug aan Lisa.

Op dat moment arriveren de politie en de ambulancebroeders.

67

'Dat moet op een gegeven moment toch flink gemeurd hebben', zegt Ruben. 'Dat de buurvrouw en haar man nooit iets hebben geroken.'

Lisa zit met Hannah op de bank, naast Ruben. Maartje en Eric zijn ook mee, om na te praten en te verwerken wat ze hebben meegemaakt. Kat zit stilletjes aan de eettafel, op een afstand.

Eric schudt zijn hoofd. 'Als iemand heel mager is, vel over been zeg maar, dan valt er weinig te ontbinden, en dan stinkt het ook niet zo. Bovendien had ze hem met plastic omwikkeld, dat scheelt.'

'En ze had altijd het raam open', zegt Kat.

Lisa heeft niet de energie om Kat te vragen hoe ze dat weet.

'En doordat haar man dood was, die...?' zegt Maartje.

'Stanley', antwoordt Lisa.

'Omdat Stanley dood was, kon ze dus geen kinderen meer maken. Die vier poppen, dat waren haar afgenomen kinderen.'

'Ik heb haar met zo'n pop voor het raam zien staan', zegt Kat.

'Echt? Wanneer dan?' vraagt Lisa nu toch.

Kat maakt een ontwijkend gebaar.

'Ze heeft Hannah wel even alleen gelaten', zegt Lisa. 'Ik kwam haar zonder kind voor de deur tegen toen ik Hannah kwijt was.'

'Daar had ze blijkbaar geen moeite mee', zegt Maartje. 'Bizar hoe haar idee van "zorg" was.'

'Alles draaide alleen om eten. Gezond voedsel zou je iedereen aanraden, maar voor Famke en Stanley was het een op de spits gedreven obsessie. Een met fatale gevolgen', zegt Lisa.

Eric knikt. 'Orthorexia-nervosa-patiënten eten vaak geen vlees, vis, graan, zuivel en vetten meer, alleen producten die ze wel gezond vinden, zoals rauwe groente en fruit. Ze eten steeds minder, omdat ze steeds minder voedsel als gezond bestempelen.'

'Hun kinderen zijn de dans ontsprongen, maar het heeft die man het leven gekost', concludeert Ruben.

Hannah begint een beetje te mekkeren. Ze zal de fles en een schone luier nodig hebben. Maartje schiet overeind. 'Zal ik...?'

Lisa glimlacht en reikt Hannah aan. 'Als ik jou toch niet had', zegt ze dit keer gemeend.

Maartje kijkt aangenaam verrast. 'Dank je, wat lief dat je dat zegt.' Ze neemt Hannah mee naar haar kamertje.

Er valt een stilte. Kat staart afwezig naar haar handen.

Een ping geeft aan dat Lisa een appje binnenkrijgt. 'Jullie raden nooit wie me een berichtje stuurt.'

Ze wacht de antwoorden niet af.

'Stella.' Ze leest voor. '"Ben gisteren naar mijn ouders in de Achterhoek gegaan. Het is me te veel allemaal. En het werk ligt me niet. Sorry dat ik niets heb laten weten. Dank voor alles. Groeten aan Kat."'

Ze kijkt op. 'Nou, lekker dan.'

'Dus je zit weer zonder secretaresse?' vraagt Bart.

Ze haalt haar schouders op. 'Kat kent vast nog wel een dozijn types die een kans verdienen', zegt ze ironisch. 'Hè, Kat?'

Haar zus lijkt het niet te horen. Schijnbaar in gedachten verzonken pulkt ze aan een nagelriempje. Dan legt Kat haar handen plat op tafel en kijkt op. 'Ik wil jullie wat zeggen.'

Haar vastberaden toon trekt meteen de aandacht.

'Ik heb besloten om me op te laten nemen. Niet in de afkickkliniek in Voorthuizen, waar ik eerder geweest ben, en waar zoals jullie weten Odette werkt, maar in het buitenland. In Schotland is een ontwenningskliniek, Castle Craig, ik ga me daar aanmelden. Ik hoop dat ik snel terechtkan.'

Even is het muisstil. Dan begint Bart te klappen, gevolgd door Ruben. Lisa staat op en slaat haar armen om haar zusje. 'Dapper van je', zegt ze.

'Heb je er vertrouwen in?' Kats stem bibbert.

'Wil je een eerlijk of een fijn antwoord?'

'Kan dat samengaan?'

'Ik heb er enorm veel vertrouwen in dat je het echt gaat proberen.'

Ruben geeft Kat een klapje op haar schouder. 'Tof dat je dat doet.'

'Dat betekent wel dat je Lex nu in je eentje moet opsporen', zegt Kat. 'Gaat dat lukken? Blijf die Hämäläinen stalken. Daar zit de sleutel. En kijk goed uit met die vent.'

'Ik zal je helpen', zegt Lisa tegen Ruben. 'Zolang het nodig is word ik Kat en Lisa tegelijk. Kauffmann & Kauffmann wil sowieso alles weten over de smerige handel van die Hämäläinen.'

Kat loopt naar de deur. 'Ik ga naar Odette.'

'Sterkte, Kattekind', roept Lisa haar na. 'Je kunt me altijd bellen, dat weet je.'

'Ik kom vanavond langs', zegt hun vader. 'En als het zover is breng ik je naar Schiphol. Geef datum en tijdstip waarop je vliegt maar door.'

Kat steekt haar duim op. Precies op het moment dat zij de gang in wil lopen, komt Maartje haar tegemoet met Hannah op de arm. Haar stiefmoeder blijft afwachtend staan. Kat kan haar ogen niet van Hannah afhouden. Dan pakt ze haar handje, bestudeert de vingertjes met de mini-nageltjes en drukt er een kus op. Vervolgens loopt ze de deur uit.

'Nou heeft ze nog steeds niet getekend', zegt Lisa tegen haar vader. 'Zal ik haar terughalen?'

'Ze gaat heus wel tekenen', stelt Bart haar gerust.

Als ze afgekickt is, komt ze haar dochter opeisen, flitst het door Lisa heen en haar hart draait zich om. Ze zou blij moeten zijn met een cleane en gezonde Kat. Heel blij.

68

Zes dagen zijn voorbij sinds Hannahs verdwijning. Het weekend heeft Lisa uitsluitend met haar gezin doorgebracht, om bij te komen. Toen Ymke, Sywert en Moos hoorden wat er gebeurd was, kwamen ze onmiddellijk van hun moeder naar de Pontsteiger. Een geroofde baby, een gemummificeerd lijk, een ingeslagen deur, politie, ze wilden het verhaal – door Lisa en Eric in kinderversie verteld – minstens tien keer horen. Daarna verloor Moos Hannah geen moment meer uit het oog, volgde haar als ze een schone luier kreeg en liep met Lisa mee naar het park. Hij gaf zijn kleine zusje aan één stuk door kusjes en zei: 'Ze mogen je nooit meej stelen, hooj Hannah. Je mag nooooooit meej weg.' En Lisa hoorde zijn hoge kleuterstemmetje in Hannahs kamertje, toen Hannah in haar bedje lag, een keer zeggen: 'Ik hou van jou, Hannah.'

Met behulp van Odette die haar contacten in Nederland en Schotland had aangesproken, kon Kat snel in Castle Craig terecht. Gisteren is ze naar Schotland vertrokken. De hele familie heeft haar op Schiphol uitgewuifd en Lisa heeft zich voorgenomen zich niet al te druk te maken over zaken waar ze geen invloed op uit kan oefenen. Op de website van Castle Craig zag ze een quote staan. *God, grant me the serenity to accept the things I cannot change, The courage to change the things I can, And the wisdom to know the difference.* Die zou ze boven haar spiegel moeten hangen.

Ze staart uit het raam van haar kantoor. Buiten wordt het steeds warmer, het is nu echt volop zomer. De balkondeuren staan open en de straatgeluiden dringen zelfs door aan haar bureau. Tegenover haar zit Ruben. Hij heeft woord gehouden en ondersteunt haar waar mogelijk, vooral met alles wat nullen en enen heeft en digitale fraudekwesties. Ondertussen zit ook hij met zijn hoofd ergens anders, weet ze. Na drie weken zoeken is Lex nog niet terecht. En dat vreet aan hem. Pekka Hämäläinen houdt zich stil. Ze besluit de verslaglegging voor Helena Pastor even te laten rusten. Ze zal haar een berichtje sturen dat er wat gegevens ontbreken om het rapport rond te krijgen. Dat is niet naast de waarheid en haar broer helpen heeft nu prioriteit. Dat zou Kat ook gedaan hebben en zij is nu een beetje Kat, nietwaar? Ze typt *Pekka Hämäläinen* in, in de zoekbalk.

Pekka Hämäläinen buiten levensgevaar, leest ze op de NOS-site. Buiten levensgevaar?

'Ruben', zegt ze.

Haar broer kijkt op van zijn computer.

'Kom eens kijken.'

Hij komt naast haar staan en ze wijst naar het artikel op het beeldscherm. *Pekka Hämäläinen, de voetbalmakelaar die gisteravond voor zijn woning in Amsterdam ernstig is mishandeld, is volgens de artsen die hem behandelen buiten levensgevaar. Hij wordt in coma gehouden. Van de dader of daders ontbreekt ieder spoor.* In het artikel wordt verder verteld dat Hämäläinen enkele weken in het buitenland was geweest en volgens zijn vrouw net weer thuis was.

'Van wanneer is dat artikel?' vraagt Ruben.

'Gisteren. Ik heb de afgelopen dagen geen nieuws gevolgd, jij?'

Ruben schudt zijn hoofd.

'Je wordt niet zomaar het ziekenhuis in geslagen. Dit heeft met de louche zaken te maken die onze Pekka in de voetbalwereld doet', zegt Lisa.

Ruben schudt zijn hoofd. 'Van daders geen spoor, staat er.'

'Wat niet wil zeggen dat er geen spoor is. Of heb je je zoektocht naar Lex en Yaw opgegeven?'

'Nee, maar...'

'Jij hebt het adres van Hämäläinen?' vraagt Lisa.

'Ja.'

Ze staat op en geeft haar broer een duw. 'Kom, we gaan.'

'Waarnaartoe?'

'Naar het huis van Pekka natuurlijk. Hij heeft toch een vrouw? En buren kunnen iets gezien hebben. Kom.'

'En het werk?'

'De Kat in mij weet zeker, pardon voelt, dat dit met werk te maken heeft.' Ze steekt haar mobiel en sleutels in haar zak, port haar broer richting deur en verlaat samen met hem het pand.

De vrouw van Hämäläinen doet open en herkent Ruben. 'Hallo', zegt ze. 'Gelukkig geen...' Ze lijkt naar een woord te zoeken.

'Pers?' vraagt Lisa.

'Kranten. Camera's.' Lisa meent een Afrikaans accent te horen.

'Ik ben Lisa Kauffmann.' Ze geeft de vrouw een hand. 'Mogen we binnenkomen?'

'Panin Hämäläinen', zegt de vrouw. 'Mag niet.'

'Van uw man mag u geen mensen binnenlaten', gokt Lisa. 'Maar hij is er niet en u bent bang.'

Panin knikt, het zweet staat op haar bovenlip.

'Wij willen helpen', vult Ruben aan.

Het lukt ze niet om binnen te komen. De vrouw schudt heftig haar hoofd en spiedt de straat af.

'Heeft u gezien dat uw man mishandeld werd?' vraagt Lisa.

'Nee, niets gezien.'

'Wie heeft hem gevonden?'

'Ik, niets gezien.'

'Hoe vond u uw man?' vraagt Lisa weer.

'Hoe?'

'Waar lag hij? En hoe? Lag hij op zijn rug?' Dit zijn te veel vragen, beseft Lisa. Het Nederlands van Panin is niet best en als je bang bent, gaan je hersenen in de overlevingsstand.

'Op rug, hier.' Panin wijst naar de stoep voor hun huis. 'Met brief in bloed.'

'Brief in bloed?' Lisa en Ruben kijken elkaar aan.

'Heeft politie', zegt Panin. 'Ik heb niets.'

'Weet je ook wat erop stond? Op de brief?'

'*Freedom and justice.*'

'Het devies onder het wapen van Ghana', zegt Ruben tegen Lisa.

'Ghana, ja', bevestigt Panin. Ze kijkt opnieuw de straat af. 'Ik doe dicht', zegt ze, en ze maakt aanstalten om de deur te sluiten.

'U heeft mijn telefoonnummer', zegt Ruben snel. 'Ik heb u een tijdje geleden een bericht gestuurd.'

Panin knikt en sluit de deur.

'Ze schijt in haar broek', zegt Ruben.

'Ze heeft meer gezien', denkt Lisa hardop. 'Blijkbaar is ze bang dat hij terugkomt.'

'Wie?'

Lisa peinst en spreekt dan haar vermoeden uit. 'Pekka, Ghana, voetbal, vergelding. Ik denk aan Yaw.'

'Yaw?!' Ruben kijkt verbijsterd. 'Denk jij dat Yaw...?'

'Yaw is de laatste met wie Lex gezien is. Sindsdien is Lex spoorloos. Pekka Hämäläinen heeft Yaw kapotgemaakt. Hij ligt nu in coma.' De contouren van wat er gebeurd kan zijn gaan zich aftekenen. 'Misschien is Yaw wraak aan het plegen op iedereen die hem in de steek heeft gelaten.'

'Dan moeten we Lobke en Bouke waarschuwen.'

'De ouders van Lex?'

'Die hebben hem in zijn ogen ook in de steek gelaten. We moeten snel naar Vinkeveen, Lisa.'

Alleen Lobke is thuis. Onwillig laat ze Lisa en Ruben binnen. Lisa stelt zich voor.

'Hoeveel Kauffmannen zijn er wel niet?' vraagt Lobke.

Lisa blijft staan tot Lobke hen uitnodigt om te gaan zitten. Dat duurt even. Dan zegt ze: 'Ga zitten, willen jullie wat drinken?'

Lisa bedankt en ook Ruben wuift het aanbod weg.

'Wij komen jullie waarschuwen', begint Ruben. 'Pekka Hämäläinen is zwaar mishandeld voor zijn eigen woning. We weten dat Lex met Yaw is meegelopen. En dat Yaw met wraakgevoelens rondloopt.'

'Lex is in Brazilië...' protesteert Lobke.

'Dat is hij niet', valt Ruben haar in de rede. 'De foto van Lex op het strand moet ik nog steeds krijgen. Geef toe, jullie weten ook niet waar hij is.'

Lobke valt stil en perst haar lippen op elkaar.

'Als het klopt dat Yaw wraak aan het nemen is op iedereen die hem in de steek heeft gelaten, dan komen u en uw man ook aan de beurt', zegt Lisa.

Lobke blijft kalm. 'Yaw zal ons niets aandoen.'

'U heeft contact gehad met zijn moeder in Ghana', zegt Ruben.

Lobke knikt. 'Ik heb haar beloofd om goed voor haar zoon te zorgen.'

'Mag ik dat nummer?'

'Waarom?'

'Ik wil weten of zij iets van hem gehoord heeft.'

'Dat heeft ze en alles gaat goed.' Dat antwoord kwam te snel, ze liegt, concludeert Lisa.

Ruben glimlacht. 'Dan kan het toch geen kwaad als ik haar even bel? Als goede vriend van Lex?'

'Ik heb het nummer niet meer.'

'Mevrouw Heerinckx', zegt Ruben.

'Ik geef het niet. Ik weet niet of ze het fijn vinden... Of ze het goedvinden...' Ze begint te stotteren.

'Dat weten we alleen als ik bel.'

'Belt u ze anders, dan vraagt u of ze Ruben willen spreken', stelt Lisa voor. 'Als dat oké voor ze is, geeft u de telefoon aan mijn broer.'

Lobke zucht en pakt een mobiel uit een tasje op de salontafel. Ze zoekt een nummer op en belt. '*Hi Jacqueline, this is Lobke Heerinckx*', zegt ze als blijkbaar is opgenomen. '*How are you? ... Yes, long time. ... Sorry. ...*' Ze luistert een tijdje, dan verschijnt er een bezorgde uitdrukking op haar gezicht. '*No, neither do I.*' Ze luistert even en zegt dan: '*A friend of Yaw wants to speak to you. ... Yes. ...*' Ze geeft haar mobiel aan Ruben.

Ruben vertelt in het Engels wie hij is en dat hij Yaw zoekt. Hij luistert een tijdje naar het antwoord. Dan zegt hij: '*Who was this person?*' Opnieuw luistert hij, en fronst. '*Okay, I'll call you back. Bye!*'

Lisa kijkt haar broer vragend aan. 'Ze heeft al maanden niets meer van haar zoon gehoord. Het hele dorp is ongerust. Ze vertelde ook dat Hämäläinen Yaw inderdaad geronseld heeft en dat iedereen meebetaalde om hem te laten vertrekken. En ook dat iemand uit hun eigen dorp garant heeft gestaan voor Hämäläinen en de familie ervan overtuigd heeft de voetbalmakelaar te vertrouwen.'

'Wie?'

'Panin Hämäläinen.'

Lisa richt zich tot Lobke. 'Wist u dat?'

'Nee', stamelt Lobke. 'Echt niet. We dachten dat alleen Pekka... We wisten niet eens dat hij een Ghanese vrouw had.'

'Die vrouw doet alsof ze van niets weet en is ondertussen bij deze moderne slavernij betrokken.' Lisa staat op, Ruben volgt haar voorbeeld. 'Ik waarschuw u,' zegt ze, 'Yaw is gevaarlijk. Houd uw deuren goed op slot.'

Lobke knikt, maar zegt ook: 'Ik ben echt niet bang voor hem. Het is een goede jongen.'

'U heeft mijn nummer', zegt Ruben terwijl Lobke hen naar de hal begeleidt.

'Ja, ja.' Ze laat Lisa en Ruben uit. Door het glas naast de deur ziet Lisa dat ze meteen haar mobiel pakt en belt.

'Wat nu?' vraagt Ruben als ze buiten staan.

'Ik smelt, laten we een ijsje eten.' Lisa wijst naar een snackbar aan de overkant, met een terras. Ze steken over, bestellen een sorbet en gaan ermee op het terras zitten.

'Het is heel aanlokkelijk om nu een roeiboot te huren en te gaan varen en zwemmen', zegt Lisa.

'Zullen we het doen?'

Lisa schudt haar hoofd. 'Ik heb het gevoel dat we nog iets gaan meemaken vandaag.'

'De intuïtie van Kat is overgesprongen', lacht Ruben. 'Heb je iets van haar gehoord?'

'Dat ze aangekomen is.'

'Ik hoop dat het haar gaat lukken.'

In gedachten verzonken eten ze hun sorbet.

'Ik heb mijn ijsje op', zegt Lisa dan. 'Zullen we teruggaan?'

'Yep.'

Op hun gemak tuffen ze terug, in het zonnetje, over een weg met links en rechts water, met een stop voor een op haar gemak overstekende moedereend met een schare kuikentjes. Daarna rijden ze verder naar Amsterdam.

69

Ze hebben de scooter nog niet voor hun kantoor geparkeerd, of Rubens telefoon gaat.

'Panin Hämäläinen', zegt hij. Hij neemt op en zet het geluid op de speaker. 'Help!' klinkt de stem van Panin. 'Hij is hier!'

'Wie?'

'Voor het raam, hij komt…' Er klinkt glasgerinkel en een gil. 'Nee, nee, niet doen!'

'Panin, bel 112!'

Er klinkt nog een gil. En gejammer, op hoge toon, in het Afrikaans.

Lisa en Ruben bedenken zich geen moment. Ruben start de scooter en Lisa springt achterop. Yaw is bij Panin Hämäläinen! Wel erg toevallig, denkt Lisa. Ze hebben Lobke net verteld wat Panins aandeel was en nu valt hij haar aan? Het kan niet anders of Lobke heeft wel degelijk contact met die jongen.

'Harder, Ruub!' roept ze.

Hij kan niet harder, rijdt wel door rood en snijdt stukken af door soms de stoep te nemen. Bij het huis van Panin wordt de scooter tegen een hek gezet en rennen ze naar de voordeur. Het raam is ingeslagen, op sommige glasscherven op de grond en op die in het kozijn zit bloed. Een paar buren staan op een afstandje te kijken.

'We hebben 112 gebeld', zegt een van hen. Lisa gooit zich tegen de deur, hij gaat niet open. Ruben probeert het ook door er met zijn schouder tegenaan te rammen. Tevergeefs. Binnen horen ze gegil en gekerm.

'Yaw!' roept Lisa. 'Stop!'

Ze gaat naar het raam en trapt met haar schoen nog vastzittende glasscherven weg. Dan klimt ze naar binnen, Ruben volgt. In de huiskamer knippert ze met haar ogen, om te wennen aan het donker. Panin, in een wurggreep genomen door een man achter haar, hapt naar adem en worstelt om los te komen. Haar ogen puilen uit en haar mond staat open.

Lisa ziet ook dat de man die de vrouw probeert te vermoorden niet Yaw is.

'Laat los, Bouke', zegt Ruben bezwerend.

'Stop, Bouke', zegt Lisa met klem. 'Je wilt geen moord op je geweten hebben.'

'Je moest eens weten wat zij allemaal op haar geweten heeft', hijgt Bouke. 'Al die jongens die naar de verdoemenis gaan!'

'Je bent geen moordenaar. Laat haar los.'

'Ze is slechts een radertje in de organisatie', zegt Ruben. 'En ze handelde uit armoede.' Dat laatste verzint haar broer, weet Lisa.

'Het heeft haar anders geen windeieren gelegd.' Bouke knikt naar de luxe inrichting. 'Ze is even rot als haar man.' Hij knijpt haar keel verder dicht.

Panin kermt en verliest het bewustzijn. Slap hangt ze in de armen van Bouke, die zijn greep niet verminderd heeft. Het is een kwestie van seconden, dan kan het voor Panin te laat zijn.

'Wil je dat Lex de zoon van een moordenaar wordt?' zegt Lisa. 'Zijn leven is kapot als je niet onmiddellijk loslaat.'

'Lex is de zoon van een man die optreedt tegen onrecht', zegt Bouke. 'Hij zal trots op me zijn. En Yaw ook.'

'Yaw help je hier ook niet mee. Hij raakt jou kwijt, zijn tweede vader. Hij is al door zoveel mensen in de steek gelaten.'

Haar argument lijkt tot de man door te dringen. Zijn greep verslapt.

'In de gevangenis kan je niets voor hem doen. Laat los, Bouke!'

Even aarzelt Bouke en dan laat hij Panin gaan en zakt ze op de grond. Ruben rent op hem af en geeft hem een kaakstoot waardoor de man op de grond tuimelt. Ruben gaat boven op hem zitten om hem in bedwang te houden. Lisa snelt naar Panin, voelt de pols van de vrouw, buigt haar hoofd achterover en knijpt haar neus dicht. Ze plaatst haar mond over die van Panin en blaast. Nog een keer, en nog een keer. Het geluid van sirenes komt dichterbij en zwelt aan, ze gaat door met beademen. Precies op het moment dat twee politieagenten binnenstormen, opent Panin haar ogen. Een van de agenten hurkt bij haar. Panin wrijft over haar keel. 'Hij', zegt ze schor en wijst naar Bouke.

De andere agent neemt de vader van Lex van Ruben over en slaat hem in de boeien.

Lisa trekt haar broer naar zich toe. 'Wegwezen.'

'Huh?'

'We leggen later een verklaring af. Terug naar Vinkeveen, voor de politie bij Lobke is om verslag te doen.'

Terwijl de agenten bezig zijn met de opstandige Bouke, een met horten en stoten afgelegde verklaring van Panin opnemen en een ambulance bellen, spoeden Lisa en Ruben zich het huis uit.

'Wat is er gebeurd?' vraagt een van de nieuwsgierige omstanders.

'Je kunt het morgen ongetwijfeld in de krant lezen', antwoordt Lisa en ze springt bij Ruben achterop om voor de tweede keer die dag naar Vinkeveen te rijden.

Lobke doet niet open. Lisa loopt om het huis heen met Ruben in haar kielzog. De vrouw staat met haar rug naar hen toe achter in de tuin. Ze draagt een zomerbroek en een luchtig bloesje en kijkt over het water.

'Lobke', zegt Lisa. 'Waar zijn Yaw en Lex?'

De vrouw draait zich om, aan een van de lussen van haar broek hangt een bosje sleutels. Uiterst kalm vraagt ze: 'Is ze dood?'

'We waren net op tijd.'

Het antwoord verwart haar duidelijk. 'En Bouke? Waar is Bouke?' Ze pakt haar telefoon, maar voordat ze kan bellen, neemt Ruben de mobiel uit haar hand.

'Jij hebt Bouke ingelicht, hè?' vraagt Lisa. 'Toen je wist dat de vrouw van Hämäläinen erbij betrokken was.'

'Natuurlijk. Waar is mijn man?'

'Die is met de politie mee voor verhoor. Vertel ons waar Yaw en Lex zijn', dringt Lisa aan.

'Wie zegt dat ik dat weet?' antwoordt Lobke.

'Ik', zegt Lisa stellig. 'Je was niet ongerust. Iedere moeder is dodelijk bezorgd als haar kind verdwijnt.'

'En Brazilië was natuurlijk een bullshitverhaal', zegt Ruben.

'Laten we gaan zitten.' Lobke wijst kalm naar een vlonder waar een tuinset op staat. 'Ik zal het jullie vertellen.'

Ze nemen plaats aan een tropisch houten tafel en stoelen met zachte kussens. Nu even niets forceren, weet Lisa, dan komt het hele verhaal.

'Lex heeft Yaw op het scherm gezien tijdens die voetbalwedstrijd. Hij zag aan de spandoeken in welk vak hij zat, naast de F-Side, altijd herkenbaar. Hij is Yaw onmiddellijk gaan zoeken en vergat in de haast en de opwinding zijn jasje met zijn nieuwe mobiel.'

'Waar nauwelijks iets op stond', knikt Ruben.

'Belangrijker dan dat ding was Yaw, zijn vriend, nee, zeg gerust broer.' Ze perst er een flauwe glimlach uit. 'Ik vertel het precies hoe Lex het mij verteld heeft, hè?'

'Heel goed', zegt Lisa. 'Gaat u door.'

'Hij vond Yaw en verliet samen met hem het stadion. Yaw vertelde hoe diep hij in de problemen zat. Hij kon niet terug naar zijn dorp in Ghana en hij had hier geen woning, zat financieel aan de grond en was zwaar depressief.'

'Hoe kwam hij dan aan een ticket voor die wedstrijd?' vraagt Ruben.

'Hij had Hämäläinen bij zijn huis opgewacht en hem om hulp gesmeekt. Die had hem met een kaartje voor een belangrijke wedstrijd afgescheept en beloofde dat het goed zou komen als hij zich gedeisd hield. Yaw liet zich paaien, maar eenmaal in het stadion raakte hij compleet over zijn toeren. Hij wilde na de wedstrijd voor de trein springen. Bij station Bijlmer ArenA, heel symbolisch.'

'En gelukkig vond Lex hem', moedigt Lisa aan.

'Ja, en Yaw vertelde hem van zijn zelfmoordplannen. Lex overreedde hem mee te gaan naar ons. Yaw wilde niet, want hij was trots en dacht dat hij niet welkom zou zijn. Gelukkig wist Lex hem over te halen. Mijn man en ik waren ontzettend blij Yaw weer te zien.'

'Nog ongelukkiger dan daarvoor, compleet aan de grond en suïcidaal', zegt Lisa. 'Jullie wilden hem meer dan ooit helpen.'

'Bouke wist natuurlijk van de rol van Hämäläinen, en toen hij hoorde hoe hij Yaw totaal heeft laten barsten en hem uiteindelijk met een lullig voetbalkaartje afscheepte, ging hij helemaal over de rooie. Yaw was als een zoon voor mijn man, moet je weten. Bovendien voelt Bouke zich zoals je weet enorm betrokken bij jongeren, hij is met zijn sportschool een mental coach voor ze, een hulpverlener met hart voor de jongens. Hij heeft alles voor ze over. Zijn jeugd, weet je wel, hij wil dat anderen het beter hebben.'

'Dus dit met Hämäläinen raakte hem diep', concludeert Lisa.

'Tot in zijn ziel. Hij zwoer wraak. Hij wilde Hämäläinen doden en iedereen die verantwoordelijk is voor deze mensenhandel erbij. De wereld is beter af zonder dergelijke types.'

'Beetje drastisch en naïef om de hele onderwereld in je eentje om zeep te willen helpen', vindt Lisa.

'Dat vonden Yaw en Lex ook, die waren het er totaal niet mee eens. Ze wilden zelfs naar de politie als Bouke zijn plan serieus door zou zetten.'

'Hoe kan het dat Bouke die stap toch genomen heeft? En waar zijn Yaw en Lex nu?'

Lobke plukt aan haar blouse en staart over het water. 'De jongens waren niet voor rede vatbaar. Ze moesten afkoelen – vond ik, en Bouke was het uiteindelijk met me eens. We bedachten iets waarmee we twee problemen tegelijk aan konden pakken: zorgen dat Yaw en Lex er totaal buiten zouden blijven en een gewetenloze voetbalmakelaar als Pekka Hämäläinen aanpakken.'

'Dat klinkt als een masterplan', zegt Ruben.

Lobke glimlacht. 'Het is heel simpel. Gezond verstand gebruiken.'

'Waar zijn ze nu?' Lisa verliest bijna haar geduld door de ijskoude manier waarop Lobke met de zaken omgaat.

'Laat ik het zo zeggen: ergens waar ze geen kwaad konden doen. En waar ze het fijn hebben.'

'Maar wel opgesloten zijn!' Het dringt tot Lisa door dat Lobke en Bouke de jongens al die tijd gevangenhouden. 'Hoe kunnen jullie!'

'We dachten eerlijk gezegd dat het voor even zou zijn.'

'En toen bleek dat Hämäläinen in het buitenland zat, duurde het veel langer', concludeert Lisa. 'Ze zijn al drie weken weg!'

'Dat klopt. Dat is niet zo erg. Yaw kan zijn geest tot rust laten komen en een plan voor de toekomst maken. Waarbij hij ons ook weer in zijn leven toe zal laten. En Lex kan nu zijn verloren tijd met Yaw inhalen. Ik had er erg veel moeite mee dat hij zo veranderd was en niets meer met mij wilde delen.'

Het draait eigenlijk allemaal om Bouke en Lobke, beseft Lisa bitter. Met al hun 'hulp'.

'Nogmaals: waar zijn ze?' Lisa wil de waarheid weten voordat de politie arriveert om Lobke te vertellen wat er met haar man is gebeurd. Het is niet denkbeeldig dat ze haar voor verhoor meenemen.

'Ja, waar...' Lobke kijkt even vluchtig naar het water. Lisa heeft dit bijna onbewust afgegeven signaal naar de verblijfplaats opgevangen. Ruben blijkbaar ook, want hij zegt: 'De eerste keer dat ik hier was, liep Bouke van achter uit de tuin naar de woning.' Hij wijst. 'Daar aan die steiger ligt een boot. Hij kwam met dat ding ergens vandaan.'

'In de Vinkeveense Plassen liggen eilandjes', weet Lisa.

Ze staat op. 'Kom we gaan', zegt ze gedecideerd tegen Lobke. 'En jij wijst waar we moeten zijn.'

Lobke sluit even haar ogen, beseft dan kennelijk dat er niets anders op zit. Ze loopt naar de steiger waar een boot is aangelegd. Lisa stapt in en Ruben volgt met Lobke, die de motor start. Ze manoeuvreert de boot met de boeg naar het water, geeft gas en vaart dan snel de Vinkeveense Plassen op. Er zijn veel bootjes: kano's en roeiboten en er wordt gezeild. Kinderen springen vanaf steigers het water in en dobberen op luchtbedden over het water. Na vijf minuten varen naderen ze een eilandje, een heel eind vanaf de oever. Lobke remt af en meert aan bij een steiger. Er staan borden: STRENG VERBODEN VOOR ONBEVOEGDEN, en GEVAAR. Ze stappen aan land. Het riet staat hoog; via een smal pad tussen brandnetels en bramenstruiken komen ze bij een houten hutje zonder ramen. Lobke klikt de sleutelbos uit de lus van haar broek en opent de deur van massief multiplex. Meteen daarna volgt een andere deur, eveneens van massief materiaal, met rubber in het kozijn. Ze komen in een geluidsstudio met rubberen tegels en akoestische panelen, volkomen geïsoleerd, en in één oogopslag ziet Lisa dat het een kamer in een kamer is. De inhoud van het huisje is een stuk kleiner dan de omvang buiten doet vermoeden. Op een tafel staat een mengpaneel met versterker, daarvoor staat een draaikruk. Aan de muur hangt een kast, zo te zien een suskast voor zuurstof. Het is op een bepaalde manier gezellig gemaakt. Er liggen boeken: over Ghana, over wereldwonderen, over plekken op aarde die je gezien moet hebben, Afrikaanse en westerse filosofen, een boek over levenskunst. En er zijn legpuzzels, spelletjes en een schaakbord. Een kast vol fruit, snoepgoed, snacks en frisdrank staat aan de wand, daarnaast een prullenbak. Tussen twee matrassen staat een chemisch toilet. Op elk matras zit een jonge man aan de enkel vastgebonden, met een kabelslot dat lang genoeg is om bij de kast vol drankjes en etenswaren, de boeken en spelletjes te komen. Het kabelslot zit aan een ijzeren wandbeugel in de vloer. Beide jongens komen overeind.

'Mama', zegt de een.

'Lex!' roep Ruben uit.

De andere moet Yaw zijn. Hij heeft een donkere huidskleur en bijna zwarte ogen. Hij lijkt rustig, mat.

'Ik kom jullie losmaken, lieverds', zegt Lobke. 'Yaw heeft tijd gehad om tot rust te komen, en papa heeft gedaan wat hij kon om Hämäläinen een lesje te leren.'

'Heeft hij het echt gedaan? Jullie zijn gek geworden!' roept Lex.

'Is hij... dood?' vraagt Yaw.

'Nee, helaas.' Lobke pakt een andere sleutel van de bos en kijkt naar Lisa. 'Ze begrijpen dat dit voor hun bestwil was. Uit liefde hebben we ze hier gehouden, in de geluidsstudio van mijn man. Een geluk dat we die hadden, hij hoopt ooit door te breken met een plaatje.' Een liefdevolle blik verschijnt op haar gezicht. 'Het is geen vijfsterrenhotel, maar we hebben ons best gedaan en de jongens hadden gelukkig elkaar.'

Ruben knielt bij Lex neer. 'Ik heb je overal gezocht, man.'

Lex schraapt z'n keel. 'Sorry dat ik ineens pleite was. Het is een lang verhaal.'

'Geeft niets. We weten grotendeels wat er is gebeurd.'

Lobke heeft intussen Yaw bevrijd. Hij probeert om op te staan, wankelt en houdt zich staande aan de wand.

'Hoe hebben jullie ze hier gekregen?' vraagt Lisa aan Lobke.

'Ik heb een slaapmiddel in hun eten gedaan. Daar voel ik me wel rot over.'

En over de rest niet, vraagt Lisa zich verbaasd af. Zo denkt Lex er blijkbaar ook over.

'Ik begrijp niet dat jullie dat idiote plan hebben uitgevoerd. Zo los je de problemen niet op.'

'Jajaja, dat heb je nou al honderd keer gezegd. En die brave naïviteit van jullie is precies de reden waarom we het op deze manier moesten aanpakken.'

'Ben blij dat er niemand dood is.'

'In liefde en oorlog is alles toegestaan', vervolgt Lobke alsof ze het verwijt van Lex niet heeft gehoord. 'En deze situatie was allebei. Liefde voor mijn jongens en oorlog met dat geteisem.' Ze maakt ook Lex los. 'En we dachten: we verzorgen ze goed, zorgen voor genoeg afleiding en lekkere hapjes, en het is tijdelijk. Bovendien hebben de jongens elkaar, ze zijn vrienden voor het leven.'

Lex zucht en schudt zijn hoofd bij de woorden van zijn moeder. Dan pakt hij Yaws hand. 'Dat laatste klopt, moeder. Vrienden. Meer dan vrienden. En inderdaad voor het leven.'

70

Ze waren teruggevaren naar de wal. In de tuin stond de politie te wachten en Lobke werd meegenomen naar het bureau. Yaw en Lex kregen medische hulp aangeboden, die ze weigerden, en kozen ervoor om in het huis te blijven.

Lisa heeft in de keuken brood, ham en kaas gevonden en tosti's gemaakt. Ze spuit een flinke klodder ketchup op de borden. Yaw en Lex nemen het dankbaar aan.

'Dus jullie zijn meer dan broers of vrienden', zegt Ruben.

'We houden van elkaar', beaamt Lex en trekt een gezicht. 'Heel handig in de voetbalwereld.' Hij kijkt Yaw liefdevol aan. 'Daarom vond ik het zo erg dat hij zich door mij in de steek gelaten voelde. Ik dacht oprecht dat ik er goed aan deed door hem naar een crisisdienst te brengen.'

Lisa neemt de jongens op. Ze hebben een zware tijd achter de rug, maar ze stralen.

'Homo', scheldt Ruben met een lach. 'Had het toch gewoon gezegd.'

Lex lacht ook.

'Het was een stuk makkelijker geweest als je er geen geheim van had gemaakt.'

'Mijn ouders wisten het natuurlijk.'

'Ik bedoel tegenover de rest.'

Yaw trekt een gezicht. 'De voetbalwereld, Ghana... niet bepaald gayvriendelijke omgevingen.'

'Bij vrouwenvoetbal wel', zegt Lisa. 'Daar zijn lesbische relaties normaal.'

'Bij de mannen is het nog steeds een taboe, hoor. Vandaar dat we onze bek erover hielden.'

'Dat snap ik. En op deze manier verandert er niks.'

'Tja', zucht Lex.

Lisa kijkt naar Yaw en zegt: 'En dan is nu het moment daar.'

'Om...?' vraagt Yaw.

'Je moeder te bellen. Ze is vreselijk ongerust.'

Yaw knikt en haalt diep adem.

'Weet je het nummer?' vraagt ze.

Hij knikt. Lisa reikt hem haar telefoon aan en hij toetst een nummer in.

'Yaw', antwoordt hij als iemand opneemt. Een opgewonden woordenstroom volgt. Yaw lacht en praat in een taal die ze niet verstaat. Weer klinken er enthousiaste stemmen, van meerdere mensen lijkt het wel.

Als de verbinding na een lang gesprek verbroken is en hij de telefoon aan Lisa teruggegeven heeft, zegt Yaw: 'Ik heb ze alles verteld: dat ik mislukt ben als voetballer, alles.'

'Wat zei je moeder?'

'Dat ik als zoon nooit mislukt ben.' Hij haalt diep adem. 'Ik ga werk zoeken en dan naar Ghana als ik het hele dorp terug kan betalen.'

'Ik help je', zegt Lex. 'En dan gaan we samen naar jouw familie, oké?'

'Eh', aarzelt Yaw.

Lex knijpt zijn ogen samen. 'Heb je ze echt alles verteld?'

Met neergeslagen ogen antwoordt Yaw: 'Niet van jou.'

Ruben doorbreekt de wat pijnlijke stilte. '*First things first*, mannen. Eerst nemen we de horde voetbal. Hoe, zien we wel.'

'Alles heeft tijd nodig', zegt Yaw tegen Lex.

Dat is een waar woord, en Lisa moet ineens aan Kat denken.

Yaw leunt achterover. Hij slaat een arm om Lex en trekt hem tegen zich aan. 'In Afrika zeggen we: het Westen heeft de klok, wij hebben de tijd.'

Lisa staat op en lacht. 'En wij zeggen: er is een tied van komen en er is een tied van gaan. Ga je mee, Ruub?'

71

Kat staat voor het raam van haar kamer en kijkt over de groene, glooiende heuvels die het kasteel waar de afkickkliniek in gevestigd is, omringen. De afgelopen weken heeft ze hard aan zichzelf gewerkt, volgens de twaalf stappen van het Minnesota-model. De eerste zeven stappen heeft ze zo goed als achter de rug. Ze heeft haar probleem erkend, toegegeven dat ze hulp nodig heeft en die aanvaard, de balans van haar leven opgemaakt – *Scheiße* – en alle misstappen in haar leven aan de groep verteld. Ze heeft haar eigen zwakheden en tekortkomingen ontdekt – dat was makkelijk – en aan die zwakheden en tekortkomingen gewerkt. Stap zeven is het maken van een lijstje van mensen die ze schade heeft berokkend.

Op een klein bureautje ligt dat lijstje, ze is ermee bezig. Papa, Lisa, Maartje, Ruben, Odette, Kiki... Ze hebben zich allemaal zorgen om haar gemaakt en zij heeft ze allemaal laten barsten. Deze zes mensen hebben werkelijk alles uit hun handen laten vallen als zij zich weer eens in de nesten had gewerkt. Zes mensen die je nooit in de steek laten, wat een rijkdom eigenlijk. In de groep zitten cliënten die niemand meer hebben.

Met haar persoonlijk begeleider heeft ze het over Kiki gehad. Ze zou zo graag een normaal leven willen leiden als ze terug in Amsterdam is. En een relatie hoort daarbij, een evenwichtige vriendschap met iemand om wie je geeft. Ze geeft om Kiki, ze vindt haar leuk, lief, grappig en intelligent. Heeft ze dat eigenlijk al eens tegen haar gezegd? Ze weet het antwoord wel: nee. Eerlijker moet ze worden, haar emoties met haar omgeving delen, vertrouwen en liefde geven en kunnen ontvangen.

Ze twijfelt of ze Hannah op het lijstje moet zetten. Heeft ze haar dochter schade berokkend omdat ze haar aan Lisa heeft afgestaan? Nee. Het zou juist egoïstisch zijn geweest om haar te houden, in haar toestand. Ze is de schade vóór geweest. Hannah gaat niet op het lijstje, besluit ze. Met Hannah gaat ze het goedmaken zonder dat ze iets fout heeft gedaan.

De volgende stap is contact zoeken met de mensen die je pijn hebt gedaan. Dat gaat ze doen, zeker weten. Ze neemt zich voor om vanavond iedereen te bellen.

Onder een afdakje op het pleintje voor haar staat een groepje mannen en vrouwen te praten. Ze roken alsof hun leven ervan afhangt. Er staan jonge mensen bij, mager of juist pafferig, en hele oude met getekende gezichten. Wat hen bindt is een verleden vol verlies en verslaving, of andersom: verslaving en verlies, en de wil om die vicieuze cirkel van verslaving en afkicken, verslaving en afkicken, te doorbreken. Elk van hen hoopt hier nooit meer terug te komen. Zij ook.

Ze voelt liefde en respect voor de medecliënten, die stuk voor stuk op een goede dag beseften dat ze slechts één leven hebben. En dat ze daar iets van moeten maken. Die liefde zou ze ook voor zichzelf moeten voelen, zei haar begeleider.

Met haar neus bijna tegen het raam zingt ze zacht een liedje. *Er is mij één keer gegeven, leven zal ik, leven, leven, lef in leven, lief in leven, levenslang.* Het raam beslaat en er verschijnt een rondje condens. Ze tekent er met een vinger een hartje en de hoofdletter H in.

Dan wordt er op de deur geklopt.

'Ja?' antwoordt ze.

Haar begeleidster komt binnen. 'Kat, er is bezoek voor je.'

Bezoek? In Schotland?

De begeleidster doet een stap opzij en daar staan Odette en Kiki.

'Nee!' roept Kat en haar hart maakt een sprongetje.

'Ik haal thee voor jullie', zegt de begeleidster.

Kat omhelst eerst Odette en dan Kiki, die ze iets langer vasthoudt. Ze ruikt de zon en de buitenlucht in de blauwe haren.

'Verrassing!' lacht Odette. 'We doen een weekend Edinburgh en dachten: we plakken er een bezoekje aan Kat aan vast.'

Kiki geeft Odette een stomp. 'Niet! We wilden jou verrassen en dachten: we plakken er een weekendje Edinburgh aan vast.'

'Wat heerlijk dat jullie er zijn', zegt Kat. Ze kijkt haar kamertje rond, hoe kan ze deze twee hier ontvangen? 'Willen jullie in de tuin wandelen? Of een rondleiding door het gebouw?'

'Dat komt wel', zegt Kiki en gaat op het bed zitten. 'Ik ben benieuwd hoe het met je gaat.'

'Ik ook.' Odette neemt naast Kiki plaats.

Kat trekt de stoel die voor het bureau staat bij. 'Goed', zegt ze. 'Veel beter. In het begin vond ik dit de hel, maar ik heb veel geleerd. Het is behoorlijk intensief: individuele begeleiding, groepsgesprekken, therapie, sport.' Bij dat laatste steekt ze haar tong uit: bah. Odette en Kiki lachen. 'In de ochtend zijn er lezingen en we moeten ook AA-meetings bijwonen', vervolgt Kat. 'En weet je waar ik me voor aangemeld heb? Voor *art therapy*. En therapie met paarden.'

'Wauw, lekker bezig.' Odette klopt op haar schouder.

'Je ziet er echt goed uit', zegt Kiki.

'Je straalt', bevestigt Odette.

Zo voelt Kat zich ook. Ze lacht van oor tot oor. 'Hoe gaat het met Smelleycat?' vraagt ze aan Odette.

'Staart me de meeste tijd vanonder de kast ondoorgrondelijk aan', lacht Odette. 'Hij laat zich sinds kort wel aanhalen.'

De begeleidster komt binnen met een dienblad met thee en koekjes. '*Have fun*', zegt ze, zet alles neer en trekt zich weer terug. Er staan een theepot, kopjes en een schaaltje koekjes op.

'Ik heb veel inzichten gekregen', zegt Kat, terwijl ze melk bij de thee doet.

'O kijk, ze wordt al echt Brits', grapt Odette.

'Schots; zeg nooit Brit tegen een Schot.'

'Kijk, ze wordt al echt Schots', zegt Odette.

'En scheef', lacht Kat, en trekt een bijpassend gezicht.

Ze nemen elkaar op, verheugd, vertrouwd. Warmte verspreidt zich over Kats borst.

'Wat zijn die inzichten?' vraagt Odette, terwijl ze aan een stukje *shortbread* knabbelt.

Eerlijk zijn, emoties delen, herhaalt Kat in haar hoofd, en haar handen worden zweterig.

'Nou', zegt ze, en haalt diep adem. 'Dat zal ik je zeggen... Ik denk dat ik de zorg voor Hannah op me ga nemen.'

Kiki, die kennelijk net een koekje naar haar mond wilde brengen, blijft in de beweging steken.

Odette stopt met kauwen, haar keel beweegt zichtbaar op en neer als ze de hap shortbread doorslikt. 'Is dat niet wat snel?' vraagt ze.

'En Lisa en Eric dan?' vraagt Kiki.

'Die mogen haar zo vaak zien als ze willen', antwoordt Kat, de vraag van Odette negerend.

Kiki en Odette vallen stil, pakken dan allebei hun theekopje en staren erin. 'Jullie zijn net Jansen en Janssen', lacht Kat. 'Jullie handelingen gaan precies synchroon.'

'Denk er goed over na, Kat', zegt Odette.

'Dat doe ik. Ik wil een normaal, stabiel leven.'

'En kun je dat ook al zo snel?'

'Nounou, wat een vertrouwen.' Kats wangen gaan gloeien. 'Ik denk dat ik dat kan, ja. En een kind helpt daarbij, verantwoordelijkheid houdt me op de rails.'

'Dus je gebruikt Hannah om je leven op orde te krijgen? Je scheept haar zo klein als ze is al op met verantwoordelijkheid?' Odette zet met een klap haar kopje op het schoteltje, de thee klotst eroverheen. 'Weet je hoe het heet als kinderen over hun ouders gaan moederen? Parentificatie! En weet je wat er met die kinderen gebeurt?'

Kat staart haar aan.

'Die krijgen weinig zelfvertrouwen en een levenslang schuldgevoel omdat ze hun moeder niet gelukkig hebben kunnen maken! Want een kind kan een moeder niet helpen gelukkig te zijn of "op de rails te houden", dat moet die moeder zelf doen!'

'Odette, je bent niet aan het werk', maant Kiki.

Odette blaast in de thee en neemt een slok, met trillende handen. Dan lijkt ze te kalmeren en zegt: 'Jij zou dat moeten weten, Kat. Jij hebt voor je moeder gezorgd toen ze ziek werd en je bent daardoor te snel volwassen geworden. Jouw kindertijd is veel te vroeg gestopt, doordat je de verantwoordelijkheid van je moeder op je nam. Een kind moet kind kunnen zijn.'

Het is gedaan met de gezelligheid, constateert Kat. En ze voelt zich ook niet meer blij. 'Lekkere koekjes, hè?' zegt ze.

'Ja', antwoorden Kiki en Odette tegelijk. Dan is het een tijdlang stil. Buiten fluiten vogels en iemand lacht.

'Zullen we gaan wandelen?' vraagt Kat na weer een tijd.

'Ja, leuk', zegt Kiki. 'Het is hier mooi.'

Odette zendt een blik naar Kiki.

'Ja, oké', antwoordt Kiki.

'Kiki en ik moeten je nog iets vertellen', begint Odette. 'Dat wilden we het liefst face to face doen.'

Iets vertellen? Dat klinkt altijd als een aangekondigde onheilstijding. Mama gaat dood. Of: we houden niet meer van je. Of: we verbreken de vriendschap. 'Ik moet je iets vertellen' betekent altijd een bak ellende.

'Kiki en ik zijn verliefd op elkaar geworden', zegt Odette, en ze pakt Kiki's hand.

Kiki glimlacht en haar ogen stralen. 'Het leeftijdsverschil was even een ding', zegt ze. 'Daarom durfden we niet aan onze gevoelens toe te geven. Maar liefde overwint alles. We zijn gek op elkaar.'

Kats mond wordt droog en er valt een steen in haar buik. 'Fijn voor jullie', stamelt ze. 'Gefeliciteerd.'

'We waren bang dat je het er moeilijk mee zou hebben', vervolgt Kiki.

We. Het is al *we*. Kat voelt een klem om haar borstkas, misselijkheid komt op. 'Nee hoor', zegt ze. 'Juist leuk. Mijn twee beste vriendinnen een setje.'

Odette blaast uit. 'O, gelukkig. Je wil niet weten hoe blij ik daarmee ben.'

Kiki staat op en omhelst Kat. 'Je bent een lieverd.'

Ze lachen en proosten met de kopjes thee. De lucht lijkt helemaal geklaard. Kiki drinkt haar kopje leeg en zegt: 'Nu heb ik wel zin om te wandelen.'

'O shit.' Kat slaat haar hand voor haar mond. 'Therapie. Vergeet ik helemaal dat ik zo therapie heb. Als ik die mis, zijn de rapen gaar.'

'Jammer.' Kiki steekt haar lip naar voren. 'Kun je niet een keer wegblijven?'

'Therapie vormt onderdeel van de behandeling', zegt Odette tegen Kiki. 'Die kun je niet zomaar overslaan.'

'Zo is het', bevestigt Kat. 'Maar gaan jullie lekker samen wandelen. Of naar Peebles, dat is een leuk dorpje, kun je heerlijke scones met jam en *clotted cream* eten. En er zijn leuke *charity shops*.'

'De volgende keer zien we je in Nederland.' Kiki omhelst Kat voor de tweede keer. 'We halen je op van Schiphol.'

'Zeker weten.' Ook Odette geeft haar een knuffel.

'Nou, dág', zegt Kat. 'Veel geluk.'

'Gaat lukken', lacht Kiki, en hand in hand met Odette, die op de drempel even zwaait, verlaat ze Kats kamer. De deur blijft op een kier. Kat loopt erop af en trekt hem dicht.

72

Lisa föhnt haar bruine krullen, haar lichaam in een handdoek gewikkeld, en bekijkt zichzelf in de lange spiegel, van top tot teen. Ze heeft nog steeds een vol figuur, een 'rubensfiguur' noemt Eric het liefkozend. Ze had verwacht dat ze door dat trainen voor de Dam tot Damloop wel wat zou zijn afgevallen. Ze prikt in haar buik en billen, die lijken nu wel gespierder. Ze zet de föhn uit en hoort door het gekraai uit de kinderkamer dat Hannah wakker is. Ze zet de deur op een kier en roept de gang in: 'Neem jij haar?'

'Yo!' klinkt de stem van Eric.

Ze loopt naar de slaapkamer en kleedt zich aan. Dan gaat ze naar de kinderkamer, waar Eric Hannah in de lucht houdt. 'Hoei, hoei, Hannah is een vliegtuig', roept hij, terwijl hun dochtertje schatert.

'Geef haar maar.' Lisa steekt haar handen uit. 'Ze moet verschoond worden. En de fles krijgen.' Eric reikt Hannah aan en Lisa legt haar op het aankleedkussen op de commode.

'Hoe laat komt ze aan?' vraagt Eric, die erbij blijft staan.

'Om twee uur', antwoordt Lisa.

'Ga jij haar ophalen?'

'Ik heb werkoverleg.'

Ze trekt de luier uit, maakt Hannah schoon met babydoekjes en pakt een nieuwe luier. Dan buigt ze voorover, blaast op de babybuik en maakt trompetgeluiden. Hannah schatert weer.

'Dat is geen antwoord op mijn vraag', zegt Eric. 'Ga jij haar van Schiphol halen?'

Lisa schudt haar hoofd. Bart, Ruben en Maartje hebben aangekondigd dat ze met een spandoek met Welkom! in de aankomsthal zullen wachten. Ze heeft gezegd dat ze naar een bespreking moet, een smoes waar ze zich nu schuldig over voelt. Maar ze wil de confrontatie met Kat zo lang mogelijk uitstellen. Het telefoongesprek met haar zus, waarin die haar excuses aanbood en beloofde haar leven te beteren, heeft haar niet gerustgesteld. Kat repte met geen woord over Hannah, ook niet over de adoptiepapieren. Ruben daarentegen vertelde dat Kat in het goedmaak-telefoontje met hem niet uitgepraat raakte over Hannah. Ze had gezegd dat ze hem als oom waardeerde en hoopte dat Hannah later met hem naar Ajax zou gaan. Alsof Kat daarover gaat. Lisa doet de schone luier om en klikt de drukknopen van de romper dicht.

'Moet je niet wat hartelijker zijn?' vraagt Eric.

Lisa kijkt hem aan alsof hij gek is.

'Het is je zus!'

'Die Hannah komt opeisen!'

Eric lijkt stomverbaasd. 'Geloof je dat echt?'

Er knapt iets. Is Eric werkelijk zo naïef? Hij heeft toch gezien hoe Kat naar Hannah keek, op de dag dat ze besloot weg te gaan? Waarom denkt hij dat ze zich heeft laten opnemen? Omdat ze afgekickt in staat is om voor een kind te zorgen!

'Je begrijpt er niets van', zegt ze. Ze voelt dat ze moet huilen, pakt Hannah van het aankleedkussen en loopt met haar het kamertje uit.

'Ho, wacht even.' Eric haalt haar in en neemt haar met baby en al in zijn armen. 'We willen allemaal het beste.'

'Ik wil haar niet kwijt.'

'En daarin mogen we niet egoïstisch zijn.'

'Jij wil toch ook dat ze blijft?' snikt ze.

'Ja', antwoordt Eric.

'Ze is bij ons toch beter af?'

Eric aarzelt.

'Ja toch? Zeg iets!'

Eric haalt diep adem. 'Mijn hart zegt van wel.'

'En je verstand?'

Een tel, een aarzeling. Dan antwoordt hij: 'Ook.'

'Zie je wel!'

Ze blijven verstrengeld staan. Blijkbaar vindt Hannah het een leuk spelletje, want ze trekt aan een krul in Lisa's haar, die terugveert als ze hem loslaat. Ze trekt nog een keer, en nog een keer, en schatert. Lisa lacht door haar tranen heen. 'Poink, poink', zegt ze.

Eric veegt de tranen van haar wangen. Dan zegt hij: 'Ik moet je iets vertellen.'

'Wat dan?'

'Bart belde dat ze allemaal vanaf Schiphol hiernaartoe komen. Kat gaat iets meedelen; dat hoort bij de afsluiting van haar behandeling.'

'Ze heeft al sorry tegen iedereen gezegd.'

'Ze had het over stap elf, zei Bart.' Eric geeft haar een kus.

'Au!' zegt Lisa.

'"Au"?'

Lisa maakt een krul los uit Hannahs handje, waar hard aan getrokken is. 'Ik zal iets lekkers in huis halen', belooft ze.

'Heb vertrouwen.'

'Hm.'

Ze is dikker geworden, constateert Lisa als Kat de voordeur binnenkomt. Haar zus zet haar koffer neer, met een wat schuchtere blik, en omhelst haar. Een paar seconden, daarna maakt Lisa zich los. 'Welkom', zegt ze.

Bart en Maartje geven haar een zoen en doen hun jas uit.

'Waar is Hannah?' Zoekend kijkt Kat de gang in.

Zie je wel, denkt Lisa.

Eric komt met Hannah in zijn armen vanuit de kinderkamer de gang in. 'Jullie zijn er al', lacht hij. 'Kijk eens wie daar is', zegt hij tegen het kleintje, wijzend naar Kat.

Lisa zou hem het liefst een mep verkopen, met zijn 'kijk eens wie daar is'.

'Mag ik haar even vasthouden?' vraagt Kat. Ze neemt Hannah van Eric over en knuffelt haar en geeft kusjes.

'Zullen we?' Lisa gebaart naar de huiskamer aan het eind van de gang. 'Ik heb taart.' Ze gaat voor ze uit, maakt een gebaar naar de bank en fauteuils, en loopt zelf door naar de open keuken. Ze snijdt de appeltaart aan en spuit er slagroom op. Hopelijk ziet niemand haar handen trillen. 'Koffie allemaal?'

'Ik help je', zegt Maartje.

Kat gaat met Hannah op de bank zitten. 'Wat ben jij een mooie meid', zegt ze. 'Een mooie, lieve, grote meid.'

Ruben en Bart kijken vertederd, dat ontgaat Lisa niet. Met Maartje zet ze koffie en taart voor iedereen neer en gaat zitten.

'Hoe was het daar?' vraagt Lisa. 'O, pas op!'

Kat probeert met Hannah op schoot een slok hete koffie te nemen. Lisa schiet naar voren en neemt de baby over. Kat frummelt met een onzeker gezicht aan een kettinkje om haar hals. 'Sorry.'

'Kat heeft in Schotland een hoop geleerd, is het niet, Kat?' Bart knikt naar haar zus, blijkbaar ter aanmoediging.

'Ja, we werkten daar volgens het Minnesota-model. Dat zijn twaalf stappen op weg naar herstel. Ik heb alle stappen voltooid, op elf en twaalf na.'

'En wat houden die in?' vraagt Maartje.

'"Vind een manier om rust te vinden in je leven"', antwoordt Kat.

Nu gaan we het krijgen, denkt Lisa.

'Om niet terug te vallen, moet ik stabiel zijn', zegt Kat. 'En om stabiel te kunnen zijn, heb ik rust nodig. Ik moet stoppen met tegen mezelf vechten.'

'Heel verstandig', knikt Bart.

'Allemaal negatieve energie', vult Maartje aan.

'En mijn gevoel toelaten. Dat betekent dat ik de liefde die ik voel een plek moet geven.' Ze richt zich tot Lisa. 'Ik ben erachter gekomen dat ik zielsveel van Hannah hou, Lisa.'

Lisa verstijft. In haar keel zit een puntig rotsblok, onmogelijk weg te slikken. Waar ze bang voor was, gaat nu gebeuren.

Kat begint te huilen, terwijl ze verder praat. 'Ik kan niet meer zonder haar, ze is het mooiste wat me ooit overkomen is. En daarom...'

Nee, schreeuwt het in Lisa's hoofd.

Kat haalt een papier uit haar broekzak. Het is in vieren gevouwen en verkreukeld.

'En daarom laat ik haar voorgoed bij jou en Eric. Want ik ben er ook achter gekomen…' ze veegt haar neus af met de mouw van haar shirt, 'dat liefde loslaten is. Liefde is het allerbeste voor iemand willen. Ook als dat pijn doet.' Ze vouwt het papier open. 'Officieel kunnen jullie haar na een jaar adopteren. Maar ik verklaar hiermee dat Hannah jullie kind is en dat ik adoptie niet tegen zal houden.' Ze overhandigt het vel aan Lisa.

Vechtend tegen haar tranen leest Lisa wat Kat opgeschreven heeft: Hierbij verklaar ik, Katharina Philomena Kauffmann, dat ik Hannah Kauffmann afsta aan mijn zus Elisabeth Barbara Kauffmann en haar vriend Eric Willem Mesdag, en dat ik de officiële adoptie als Hannah één jaar oud is, niet zal tegenhouden. Gevolgd door een handtekening en de datum van vandaag.

'Dank je wel', stamelt Lisa. Ze duwt Hannah in Maartjes armen en vliegt op haar zus af. Ze omhelzen elkaar en Lisa drukt tientallen kussen op Kats hoofd. 'Je mag haar altijd zien', fluistert ze. 'Altijd!'

'Ik weet het', antwoordt Kat. 'Dat is fijn.'

Ze laten elkaar los. Maartjes ogen zijn rood. Bart snuit luidruchtig zijn neus, terwijl Eric met beide handen zijn gezicht bedekt. Rubens gezicht is nat.

'Willen jullie dit niet aan mijn Ajax-vrienden vertellen', zegt hij, wijzend naar zijn wangen. Iedereen begint te lachen, als in een ontlading.

Lisa neemt Hannah over en zet haar op schoot, het gezichtje naar Kat. 'Kijk, ze heeft jouw ogen', wijst ze.

'Jouw donkere haar', zegt Kat. 'Ik hoop dat ze krullen krijgt.'

'Zie je dat kuiltje?' zegt Lisa. 'Dat heb jij ook.'

'Heeft ze nou twee kruinen?' Kat onderzoekt Hannahs hoofd. 'Ja hoor, net als jij.'

Lisa ziet dat Bart bij Eric gaat zitten en iets in zijn oor fluistert. Eric knikt, zo te zien verheugd. Wat bespreken die twee nou weer?

'Ze lacht ook net als jij', zegt Kat, die het niet in de gaten lijkt te hebben. 'Kijk, ze rimpelt haar neus, dat doe jij ook.'

'Jij ook.' Lisa rimpelt haar neus. Kat doet haar na. Hannah trekt aan een krul van Lisa, als een klokkenluider, en lacht. En rimpelt dan ook haar neus. Ze schieten alle drie in de lach.

'Heb jij morgen tijd?' vraagt Lisa.

'Om...?'

'Ik loop morgen de Dam tot Damloop. Wil je een paar uurtjes op Hannah passen?'

'Natúúrlijk!'

'Hé, en ik dan?' roept Maartje lachend.

'Jullie mogen om haar vechten. Maar morgen is Kat aan de beurt.'

Maartje steekt haar lip naar voren en doet met pretlichtjes in haar ogen alsof ze teleurgesteld is.

Ruben staat op. 'Ik moet ervandoor, mensen. Ajax speelt tegen PSV vanavond.'

'Succes', zegt Bart.

'Ja, succes', zeggen ook Lisa en Kat. Lisa zwaait met Hannahs handje. 'Succes, ome Ruben! En doe Lex en Yaw de groeten.'

73

Het is de tweeëndertigste minuut; 2-1 voor tegen PSV en meer dan een halve wedstrijd te gaan. Slimme Sol zit weer met zijn zoon Rowan achter Ruben, en de F-Side begint een lied, waarbij de overkant van het station het overneemt en ze elkaar om de beurt antwoorden, als twee koren in een vrolijke versie van een Griekse tragedie.

Naast Ruben zitten Lex en Yaw, die om het hardst schreeuwen naar de scheids, naar de keeper, naar een middenvelder die niet ziet dat de linksbuiten vrijstaat, dus weer over alles en niets.

'Naar voren', roept Lex. 'Over de flanken!' Lex is als vanouds tot het uiterste gespannen. Zijn benen wippen nerveus op en neer.

Yaw ziet er goed uit nu hij een baan heeft in de sportschool, die Lex tijdelijk van zijn vader heeft overgenomen. Bovendien traint hij met veel plezier de E'tjes van een amateurvoetbalclub in Amsterdam-West. Dat Hämäläinen uit coma ontwaakt is en revalideert, lijkt hem niet meer bezig te houden. Wel bezoekt hij regelmatig, samen met Lex, het huis van bewaring, waar Bouke en Lobke in afwachting van hun rechtszaak zitten. Hoewel Lex en hij hun opsluiting in de muziekstudio op het eiland moeilijk kunnen verteren, willen ze niet met Bouke en Lobke breken. Uit liefde kunnen verkeerde dingen worden gedaan, die op de een of andere manier makkelijker te vergeven zijn dan verkeerde dingen vanuit slechte intenties.

Een bal wordt door een Ajax-verdediger gestopt. Ruben fluit op zijn vingers en klapt mee, net als Lex en Yaw.

Vorig jaar had Ajax een slecht seizoen, maar in de dertien jaar dat Ruben fanatiek Ajax-supporter is heeft hij Ajax zien triomferen en nederlagen zien lijden. Ajax herrijst altijd uit de as, Ajacieden heten niet voor niets godenzonen. Nieuw seizoen, nieuwe kansen, denkt Ruben.

74

Lisa typt de laatste regels van het rapport voor Helena Pastor. Ze is tevreden. Ze heeft de risico's op matchfixing en het dreigend gevaar van oprukkende gokmaffia in kaart gebracht, evenals mogelijke witwaspraktijken. Bovendien heeft ze een hoofdstuk gewijd aan malafide voetbalmakelaars, die dubieuze voetbalscholen in Afrika beheren en tieners ronselen – om hen vervolgens met wurgcontracten of helemaal geen contracten het bos, of beter gezegd de jungle van de stad in te sturen. Ze heeft de casus van Yaw als voorbeeld gebruikt, met naam en toenaam. Met zijn permissie natuurlijk.

Ook beschrijft ze de zaak van Xenia Okkes en Lesley. Door die expliciet te noemen, beschermt ze hen eigenlijk, omdat er nu geen geheimen meer zijn. Hopelijk kunnen ze als de tijd zijn werk heeft gedaan en de rust is teruggekeerd, terug naar Nederland.

De moord op Blondie en de veroordeling van Elif krijgen een apart hoofdstuk, vanwege de gokmaffia, die voor zowel het mannen- als het vrouwenvoetbal een gevaar vormt. Wei Li zou op de internationale opsporingslijst moeten staan. Of dat gebeurt is aan de politie en aan de UEFA; Lisa kan niet meer doen dan hem vermelden.

Het lijstje verdachte scheidsrechters en de recensies die de verdenkingen van hen staven, levert ze als bijlage, evenals de prestaties van Charlotte in de wedstrijd Ajax-Fortuna Sittard, en van Jolanda in Ajax-Telstar in vergelijking met de recensies in respectievelijk *Het Parool* van 28 januari, en *De Telegraaf* van 4 februari.

Ze leest het rapport nog één keer door, en nog een keer. Ze durft het niet op te sturen, ze weet hoe blind je voor een tekst kan zijn als je daar lang aan hebt gewerkt. De gekste fouten haal je daar soms na een week nog uit, en dan is het vaak al verzonden. Het woord 'reactie' dubbelcheckt ze tegenwoordig altijd, vooral in mails – het zal haar nooit meer gebeuren. De vlammen slaan haar nog uit als ze aan de mail aan het bestuur van de scholengemeenschap denkt. De rechtszaak die de oud-directeur tegen de scholengemeenschap had aangespannen, is door hem ingetrokken, dus ze hoeft niet te getuigen en ook niet met de vergissing in de cijfers en het herziene rapport op de proppen te komen.

De voordeurbel gaat. Lisa luistert aan de intercom en hoort een mannenstem. Ze drukt op de knop om open te doen en wacht in de deuropening af. Op de trap klinkt gestommel.

'Joop Augustinus!' roept ze verheugd als ze ziet wie het is. 'Wat leuk. Hoe gaat het met je?'

Hij staart naar haar voeten en zegt: 'Kom op met die boekhouding van Ajax.'

'Maar... maar... Kom binnen. Wil je koffie? Ga zitten.'

De man neemt plaats aan tafel, zijn armen bungelend langs zijn lichaam. 'Ik ben terug, en ik ben nog steeds in de rouw', zegt hij. Hij richt zijn hoofd op en kijkt haar doordringend aan. 'Niet gek. In de rouw. Mijn vrouw is dood.'

'Ik weet het, Joop.'

'En als je in de rouw bent, moet je werken, ben ik achter gekomen. Niets doen maakt het erger. Daarom ben ik er weer.'

'Dit werk was toch te gemakkelijk voor je?'

'Wil je me niet terug?'

'Jawel. Graag zelfs!'

'Nou dan. Zal ik die boekhouding nakijken?'

Lisa wil hem om zijn nek vliegen, maar ze kijkt wel uit om het te doen. 'Heel graag. En ik heb het rapport voor Helena Pastor over Ajax Vrouwen af. Wil je de transferkosten nakijken en vergelijken met de cijfers uit de boekhouding? En waar nodig verbeteren? O, en Joop, een massa opdrachten staan in de wachtstand en schreeuwen om aandacht; zou jij de stand van zaken alsjeblieft op een rij willen zetten?'

Joop loopt naar het bureau en gaat zitten.

'Ik moet vanmiddag weg', vervolgt ze. 'De Dam tot Damloop. Jij redt het wel?'

Hij kijkt haar aan met een blik van 'wat denk jij nou?'.

'Dank je, Joop, ik kan je wel zoenen', jubelt Lisa, en pakt de sporttas die onder de kapstok staat.

'Beter van niet', antwoordt Joop, en zet zich achter de computer aan het werk.

75

Bij de Prins Hendrikkade, de start van de Dam tot Damloop, staan Eric, Sywert, Ymke en Moos klaar om haar aan te moedigen. Kat past op Hannah, vanmorgen heeft Lisa haar zus uitgebreid geïnstrueerd en ze vertrouwt erop dat Kat, met haar feilloze instinct, ook een perfect functionerend moederinstinct zal hebben. Schone luier, fles en liefde, wat wil een kind nog meer?

'Ben je er klaar voor?' vraagt Eric.

'Yep.' Ze springt en rekt om zich op te warmen. Ze heeft een tag in haar schoen, waarmee de tijd wordt opgenomen. Alle renners staan in startvakken en vertrekken om de beurt. Lisa staat in het rode.

'Hé, hoi!' Helena Pastor tikt op haar schouder. 'Heb je er zin in?'

'Nou en of!'

'Zit jij ook in dit vak?'

'Ja.'

'Gezellig.'

'Ik heb net het rapport afgerond en het wordt nog één keer nagekeken. Je kunt het deze week verwachten.'

'Tof, dan kan ik het je vragen.'

'Wat?'

'Of je een keer met mij iets leuks wil doen. Je lijkt me een topwijf.'

Topwijf, zij?

'Sporten of zo', zegt Helena.

'Wat dacht je van zwemmen in het IJ', lacht Lisa. 'Drie keer per week, alle seizoenen, weer of geen weer.'

'Deal.'

Ze geven elkaar een boks.

Dit lijkt op het ontstaan van vriendschap, denkt Lisa. Zij, Lisa, mannenvrouw, een vriendin? Een echte? Ach, waarom niet.

Het startschot klinkt en ze begint te rennen.

Een krappe twee uur later nadert ze de finish. Ze is kapot en kan niet meer, ze heeft steken in haar zij en is misselijk van moeheid. De tag in haar schoen is vast niet tevreden, iedereen uit haar vak is haar voorbijgerend, ze herkent niemand meer van de sporters die met haar zijn gestart.

Slow but sure, is haar mantra, *slow but sure*. Ze hijgt en sleept zich voort. Daar is het einde, dáár.

Dan ziet ze Eric langs de kant zwaaien, met Sywert, Ymke en Moos met een vlaggetje, en hé, daar staat ook Bart. O, en daar zijn Ruben met Aneree, het meisje van de Fanshop, en Maartje. Het zien van haar zwaaiende familie plus aanhang geeft nieuwe kracht en ze zet een tandje bij. Tot op de draad druipend van het zweet en naar adem snakkend valt ze uiteindelijk uitgeput in de armen van Eric.

'Hoeja!' roept Moos, zwaaiend met het vlaggetje.

'Hier is water', zegt Ymke. Lisa maakt zich los van Eric en klokt het in één keer naar binnen.

'Gaaf dat je het gehaald hebt', zegt Sywert. 'Hoelang heb je erover gedaan?'

'Te lang', hijgt Lisa, terwijl ze het flesje aan Ymke teruggeeft.

'Kijk eens wie er ook zijn', zegt Eric en wijst.

Kat loopt door de menigte heen op haar af, met in haar armen Hannah, gestoken in het mini-Ajax-shirt van oom Ruben. 'Hoera!' roept Kat en steekt Hannahs arm in de lucht. 'Hoera voor mama!'

'Dag liefie.' Lisa geeft Hannah een kus. 'Dag andere liefie.'

'Ze heeft zich uitstekend gedragen', zegt Kat. 'En ik ook.'

'Ik verwacht niet anders', lacht Lisa. 'Nee, houd haar maar even, hoor', zegt ze als Kat Hannah wil overdragen. 'Ik ben drijf.'

Met z'n allen gaan ze een stukje buiten de drukte staan. 'Ik duik meteen onder de douche', zegt ze tegen Eric. 'Zullen we zo gaan?'

'Bart heeft nog een nieuwtje.' Eric wenkt. Haar vader stapt naar voren en schraapt zijn keel. 'Jullie weten dat de flat van Famke is leeggehaald', zegt hij.

Lisa knikt. Famke is na haar opname bij haar ouders in Friesland gaan wonen en heeft de huur opgezegd; dat hoorde ze van de nieuwsgierige buurvrouw.

'Ik heb contact opgenomen met de eigenaar.'

Waar wil haar vader heen?

'Ik heb voor jou destijds de Lindenstraat gekocht, Lisa. En ik vond dat ik nu wel iets voor Kat mocht doen.'

'Natuurlijk', zegt Lisa.

'Dus ik heb het appartement waar Famke woonde voor jou gekocht, Kat. Je mag het voor een normale prijs van me huren.'

Kat staat met open mond.

Het dringt tot Lisa door wat haar vader zegt. Een flat voor Kat in de Pontsteiger! 'Yeah!' roept ze. 'We worden buren, Kat, je komt superdicht bij ons wonen!'

'Echt?' stamelt Kat.

'Die blijdschap is alleen eigenbelang, hoor', lacht Lisa. 'We krijgen er een liefdevolle oppas bij.' Ze omhelst Kat met Hannah tussen hen in. 'Vanaf nu zijn we zus-buur-meemoeders, Katje. Misschien kun je op den duur een vaste dag in de week op haar passen.' Ze kijkt Eric vragend aan. Die knijpt even zijn ogen dicht ter goedkeuring. 'Of een nacht en een dag', vult Lisa aan.

'Zou fantastisch zijn', antwoordt Kat.

Lisa laat los en jubelt: 'Eric, we krijgen weer een seksleven!'

'Ik weet niet of ik dit wil horen', bromt Bart.

Eric geeft haar een vrolijke knipoog. Hij wil dit duidelijk wél horen.

Kat, met Hannah nog altijd op haar arm, trekt Lisa naar zich toe en geeft haar een zoen op haar wang. 'Stap twaalf', zegt ze. 'Emoties delen en verspreiden.'

Bart slaat zijn armen om hun beider schouders. 'Mijn meiden', zegt hij trots tegen Eric. 'Ik vind dit een uitgelezen moment om onze grote filosoof Johan Cruijff te citeren: "Winnen doe je met z'n allen."'

'Eh, eh', doet Hannah. 'Eh, eh.'

'Ze zegt hoera', zegt Lisa verrast. 'Echt waar, ze zei hoera!'

Iedereen lacht. Ruben pakt de arm van zijn nichtje en zwaait hem omhoog. 'Hoera, hup familie Kauffmann, hup Ajax.'

Hannah kraait, legt een handje in Kats hals en trekt met de andere aan een krul van Lisa.

Dankwoord

Met dank aan Gerd Hoffmann, oud-rechercheur. Zijn vriendschap, liefdevol kritische feedback en deskundige bedrijfsrecherchetips zijn keer op keer voor de De zusjes Kauffmann-serie van onschatbare waarde.

Mijn dank gaat ook uit naar Frits Barend, professor in de Ajaxologie, die al mijn Ajax-vragen heeft weten te beantwoorden, en naar Cesira Boersma en Daan Kleinloog, die mij hebben geholpen het voetbaljargon in dit boek te perfectioneren.

Ook bedank ik Marieke van Bork, Reinier Mol en Anna Kleinloog, meelezers van het eerste uur.

Ten slotte spreek ik hierbij mijn waardering en dankbaarheid uit naar de mensen van Uitgeverij Marmer, in het bijzonder naar mijn redacteur Ad van den Kieboom. Dankzij zijn vertrouwen, enthousiasme en deskundigheid heb ik met veel plezier 'méér dan een thriller' kunnen neerzetten.

Amsterdam, augustus 2024

De zusjes Kauffmann-serie:
De zusjes
Nachtwerk
Moederweelde
Speelveld van de dood

De Volle-trilogie:
Volle bloei
Volle kracht
Volle glorie (zal nog verschijnen)

Kerstnovelle:
Een goede kerst

Colofon

Redactie: Ad van den Kieboom
Omslagbeeld: Shutterstock.com
Omslagontwerp: Riesenkind
Zetwerk: Mat-Zet bv, Huizen
Druk: Wilco

Eerste druk september 2024

ISBN 978 94 6068 670 2
E-ISBN 978 94 6309 906 6
NUR 305, 331

Uitgeverij Marmer BV
Noorderstraat 55
3742 BB Baarn
+31 649881429
www.uitgeverijmarmer.nl
info@uitgeverijmarmer.nl
@AuteurHettyKleinloog
@hettykleinloog